THADDEUS (SFOA)

GOLD TEAM – STAHLHARTE BESCHÜTZER
BUCH ZWEI

RILEY EDWARDS

OPERATION ALPHA

Herausgegeben von: Aces Press, LLC
ISBN Taschenbuch: 978-1-64384-735-1
Besuchen Sie Riley im Netz!
www.rileyedwardsromance.com
facebook.com/Novelist.Riley.Edwards
instagram.com/rileyedwardsromance
youtube.com/channel
tiktok.com/@rileyedwardsromance
twitter.com/rileyedwardsrom
E-Mail: riley@rileysrebels.com

WILLKOMMEN

Liebe Leserinnen und Leser,

willkommen in der Fan-Fiction-Welt von *Special Forces: Operation Alpha*!

Falls Sie diese Welt zum ersten Mal betreten, sollten Sie wissen, dass die Autorin in ihrer Erzählung einen oder mehrere meiner Charaktere verwendet. Manchmal spielt die Figur dabei eine wichtige Rolle in der Geschichte, und zuweilen wird sie nur kurz erwähnt. Das ist völlig legal und erlaubt, da der Roman von Aces Press, LLC veröffentlicht wird.

Dieses Buch ist vollständig das Werk der Autorin. Zwar habe ich beim Brainstorming geholfen und Ideen eingebracht, wenn es darum ging, welche meiner Figuren in der Erzählung erwähnt werden würden, aber ich hatte weder Einfluss auf den Schreibprozess noch auf die Bearbeitung der Geschichte.

Ich bin stolz und begeistert, dass meine Figuren so viel Anklang finden und viele Autorinnen und Autoren ihnen in ihren eigenen Erzählungen Platz schaffen. Vielen Dank, dass Sie sie und mich unterstützen!

Viel Spaß beim Lesen!
Susan Stoker xoxo

WILLKOMMEN

Liebe Leserinnen und Leser,

willkommen in der Fan-Fiction-Welt von *Special Forces: Operation Alpha*!

Falls Sie diese Welt zum ersten Mal betreten, sollten Sie wissen, dass die Autorin in ihrer Erzählung einen oder mehrere meiner Charaktere verwendet. Manchmal spielt die Figur dabei eine wichtige Rolle in der Geschichte, und zuweilen wird sie nur kurz erwähnt. Das ist völlig legal und erlaubt, da der Roman von Aces Press, LLC veröffentlicht wird.

Dieses Buch ist vollständig das Werk der Autorin. Zwar habe ich beim Brainstorming geholfen und Ideen eingebracht, wenn es darum ging, welche meiner Figuren in der Erzählung erwähnt werden würden, aber ich hatte weder Einfluss auf den Schreibprozess noch auf die Bearbeitung der Geschichte.

Ich bin stolz und begeistert, dass meine Figuren so viel Anklang finden und viele Autorinnen und Autoren ihnen in ihren eigenen Erzählungen Platz schaffen. Vielen Dank, dass Sie sie und mich unterstützen!

Viel Spaß beim Lesen!
Susan Stoker xoxo

BEVOR SIE DIESES BUCH LESEN

Danke, dass Sie sich für den Kauf von *Thaddeus (SFOA)* entschieden haben. Ich bin überglücklich, erneut in Susan Stokers *Special Forces: Operation Alpha* Universum mitwirken zu dürfen. Seit vielen Jahren bin ich ein Fan von Susan und habe jedes ihrer Bücher (mehrfach) gelesen. Obwohl ich mein Bestes getan habe, um ihren Originalcharakteren treu zu bleiben (denn sie sind einfach fantastisch), bin ich nicht Susan. Daher habe ich die Figuren so wiedergegeben, wie ich sie als Leserin erlebt habe.

Ich möchte, dass alle Fans der SOP-Reihe das Gefühl haben, alten Freunden zu begegnen, wenn sie ihre geliebten Charaktere darin wiederfinden. Ich hoffe, dass ich ihnen gerecht geworden bin. Aber vergessen Sie bitte nicht, dass ich mir auch einige Freiheiten genommen habe.

In *Thaddeus (SFOA)* spielen auch einige Charaktere der Reihe *SEALs of Protection: Legacy* mit: Rocco, Ace, Gumby, Phantom, Bubba und Rex. Zudem sind einige Bösewichte und Handlungselemente aus *Ein Beschützer für Sidney* in dem Buch vertreten. Sie können *Thaddeus (SFOA)* durchaus als eigenständigen Roman lesen, aber ich würde Ihnen empfehlen, sich zuerst *Ein Beschützer für Sidney* zu Gemüte zu führen.

Und natürlich wird der unbestrittene IT-König und Cyber-Genie John »Tex« Keegan uns auch wieder beehren.

Ich hoffe, Sie genießen die Welt, die ich für Sie erschaffen habe, so sehr, wie ich es geliebt habe, sie zu gestalten.

Für Susan.
Danke, dass du uns, deinen treu ergebenen Lesern, so wunderbare
Charaktere beschert hast.

PROLOG

THAD

Ich zweifelte ernsthaft meine Fähigkeit an, im Leben die richtigen Entscheidungen zu treffen. Vor drei Tagen hatte ich in Las Vegas zu tief ins Glas geschaut und mein Schädel schmerzte immer noch. Ich hatte das Gefühl, als würde jemand in meinem Kopf sitzen und eine Trommel schlagen. Die Hitze und der Gestank von fauligem Müll waren da nicht gerade zuträglich.

Zane hatte kein Mitleid. Nur einen Tag nachdem Brooks und Tatiana sich das Jawort gegeben hatten, hatte er uns nach Mexiko geschickt. Der Scheißkerl hatte genauso viel getrunken wie wir und war am nächsten Tag vollkommen nüchtern aufgewacht. Er hatte Befehle gebellt, als hätte er selbst keine ganze Flasche Knob Creek getrunken.

Jetzt genossen er und seine Frau Ivy ihren Urlaub, den sie »Babymoon« nannte. *Was auch immer das bedeuten soll.*

Ich wiederum ging mit Max an meiner Seite die Avenida Revolución entlang, während selbst meine Gator-Sonnenbrille die grellen Strahlen der Nachmittagssonne nicht mildern konnte.

Selbst die bunten Gebäude brachten mich in Rage.

»Du musst wirklich an deiner Einstellung arbeiten«, beschwerte Max sich. Ich biss die Zähne zusammen, um mich davon abzuhalten, ihm eine Beleidigung an den Kopf zu werfen.

Es war nicht seine Schuld, dass ich so schlecht gelaunt war. Eigentlich wusste ich gar nicht, warum ich so wütend war. Wir hatten alle viel Spaß in Vegas und waren fast drei Monate in den Staaten gewesen. Ich hatte schon lange nicht mehr so viel Zeit außerhalb des Nahen Ostens verbracht. Vielleicht war das mein Problem. Drei Monate waren eine lange Zeit, um untätig und ziellos herumzusitzen. Aber das erklärte nicht, warum ich jetzt so verstimmt war, denn inzwischen waren wir wieder auf der Jagd. Tex hatte eine Spur gefunden, die uns vielleicht zu Leon Brown führen würde. Die Hinweise waren zwar nicht eindeutig, aber es war immerhin ein Anfang. Brown war mit einer Frau in Venezuela gesehen worden. Mit etwas Glück handelte es sich um Ashaki Maloof. Aber sie war eine CIA-Agentin, und es würde mich nicht wundern, wenn sie bald wieder untertauchen würde. So sehr ich es auch hasste, im Dunkeln zu tappen und nicht zu wissen, wer sie war und welche Rolle sie spielte, sie war nicht unsere Angelegenheit, sondern Omni. Auch wenn wir Prinz Al Issa nicht ausgeschaltet hätten, wäre er tot gewesen. Bald würde Omni in Aufruhr sein.

Ich musste mich zusammenreißen und wieder einen klaren Kopf bekommen. Es war helllichter Tag, aber die Straßen von Tijuana waren nicht gerade sicher. Statistisch gesehen wäre ich einer geringeren Gefahr ausgesetzt, wenn ich in Kandahar einen Spaziergang machte. Zumindest laut des Auswärtigen Amtes.

»Glaubst du, Zane hat uns in einem lindgrünen Haus untergebracht, nur um uns zu ärgern?«, fragte ich Max, als wir die Cantina National erreichten.

Ich hatte in meinen zweiunddreißig Jahren noch nie eine

so leuchtende Fassadenfarbe gesehen. Sie war wie ein riesiges blinkendes Neonlicht, das sämtliche Bandenmitglieder in der Nachbarschaft auf uns aufmerksam machte. Wir könnten auch gleich ein Schild draußen aufhängen: Weiße Jungs wohnen im lindgrünen Haus.

»Wahrscheinlich. Ich würde es ihm zutrauen. Die Farbe ist widerwärtig, aber sie fügt sich in die Nachbarschaft ein. Das Haus nebenan ist flamingorosa. Wir können von Glück reden, dass wir nicht dort wohnen müssen.«

Eine hübsche Brünette mit langen glänzenden Haaren, die ihr bis zur Taille fielen, begrüßte uns. Sie war umwerfend. Und jung. Viel zu jung, als dass ich ihr hätte hinterherstarren sollen. Vielleicht war das ein Teil meines Problems. Es war schon sehr lange her, seit ich mich nicht nur mit der Hand befriedigt hatte. So verdammt lange, dass ich mich nicht einmal mehr an das letzte Mal erinnern konnte, an dem ich mit einer Frau zusammen war.

»Ist der Tisch in Ordnung?«, fragte die Frau.

»Ja. Danke«, erwiderte Max.

Ich setzte mich an den Tisch und war dankbar, dass zumindest Max wachsam war.

»Erde an Thaddeus.« Max klopfte auf den Tisch und riss mich aus meinen Gedanken.

Dann spürte ich es.

Eine knisternde Energie. Eine Spannung, die in der Luft lag. Ich erinnerte mich an dieses Gefühl. Es hatte nur einen Menschen gegeben, der dieses Phänomen hervorrufen konnte. Ihre Berührung war wie ein Blitzschlag gewesen.

Schließlich drehte ich mich um und war wie erstarrt. Ich blinzelte ein paarmal, aber die Fata Morgana war immer noch da. Die schöne Frau zwei Tische weiter starrte mich an. Sie hatte ihre grünen Augen vor Schreck geweitet und ihre vollen Lippen nach unten gezogen.

Im nächsten Moment fing sie sich wieder und setzte eine

ausdruckslose Miene auf, als sie sich ihrem Tischnachbarn zuwandte.

Was zum Teufel?

Max hob das Kinn, um mich stillschweigend zu fragen, ob ich sie kannte.

Die Antwort war kompliziert. Kannte ich die gepflegte Frau, die dort mit einem Mann in einem teuren, perfekt sitzenden Anzug zu Mittag aß? Er trug eine Uhr, die ein Jahresgehalt kostete, während sein Haarschnitt wahrscheinlich ein Vermögen wert war. Nein, *diese* Frau kannte ich nicht.

Kannte ich Emerson Pierce? Sehr gut sogar. Ich hatte Stunden damit verbracht, jeden Zentimeter ihres Körpers zu erforschen. Das alles schien eine Ewigkeit zurückzuliegen. Seit über einem Jahrzehnt hatte ich sie nicht mehr gesehen. Damals war ich ein junger zweiundzwanzigjähriger Mann, der so dumm gewesen war, atemberaubenden Sex mit Liebe zu verwechseln. Vielleicht war der Sex gar nicht so gut, wie ich ihn in Erinnerung hatte. Damals war ich so unerfahren, dass ich mich wahrscheinlich blamiert hatte. Für sie kann die Erfahrung nicht sonderlich denkwürdig gewesen sein, denn sie hatte sich einfach aus dem Staub gemacht.

Emerson stand auf, richtete den Saum ihres eleganten roten Kleides und warf einen flüchtigen Blick in meine Richtung. Ihre hübschen Augen tanzten nicht mehr vor Verlangen und Lust wie beim letzten Mal, als ich mich in ihnen verloren hatte. Jetzt lag ein eindringlicher Ausdruck darin. Sie schüttelte kaum merklich den Kopf und flehte mich im Stillen an, sie nicht zu beachten. Am liebsten wäre ich aufgesprungen, um Antworten zu verlangen. Aber ich blieb sitzen und ließ mir nicht anmerken, dass ich mich immer noch an jedes Keuchen und jedes Stöhnen erinnern konnte, das sie von sich gegeben hatte, während sie mich ritt. Ich konnte immer noch ihre Hände spüren, mit denen sie an meinen Haaren zerrte, während ich meine Zunge zwischen ihren Schenkeln spielen ließ. Sie war ein wildes Ding und völlig schamlos in ihrer Lust.

Ihre teuren Absätze klackerten auf dem abgenutzten Holzboden, als sie an unserem Tisch vorbeiging. In meinen Augen brachte schon die Vorderseite ihres hautengen Kleides ihre Kurven bestens zur Geltung, doch diese war nichts im Vergleich mit der Rückseite. Der Stoff schmiegte sich an ihren prallen Hintern, während der Rücken entblößt war. Mit meinem Blick verschlang ich jeden Zentimeter ihrer Haut, bis er an dem schwarzen Schriftzug ihrer Tätowierung hängenblieb.

Ich hätte ihn sicher nicht als »feminin« beschrieben, denn er reichte in fetten Lettern von Schulterblatt zu Schulterblatt. Die Buchstaben waren unverkennbar griechisch. Der Name war unverkennbar meiner.

Θεοδωρος.

Sie hatte darauf bestanden, mich Thaddeus zu nennen. Ihrer Meinung nach war der Name stark und sinnlich, genau wie ich. Sie sagte, sie würde ihn nie vergessen. Offenbar hatte sie nicht gelogen.

»Ist alles in Ordnung?«, fragte Max.

»Nicht einmal annähernd.«

Zum zweiten Mal in meinem Leben hatte Emerson Pierce meine Welt auf den Kopf gestellt.

KAPITEL EINS

EMERSON

Südamerika gehörte zu den Erdteilen, die ich verabscheute. Vielleicht lag es an der Gesellschaft. Jefferson Baldwin war einer der fünf widerlichsten Männer, die ich je getroffen hatte. Und das wollte etwas heißen. In den letzten acht Jahren war ich vielen abstoßenden Menschen begegnet.

»Wir sind da, Liebling.« Jeffersons sanfte, kultivierte Stimme riss mich aus meinen Gedanken.

Showtime.

»Oh, Jefferson, es ist wunderschön«, schwärmte ich.

Das protzige Hotel, vor dem unsere Limousine gerade hielt, war wirklich wunderschön. Angesichts des horrenden Preises hatte ich auch nichts anderes erwartet. Die edlen Villen grenzten auf der einen Seite an einen tropischen Regenwald, wobei jedes Zimmer einen Blick auf das Karibische Meer bot. Das kristallklare Wasser war einfach traumhaft. Aber ich hatte keine Zeit, an den kilometerlangen Sandstränden spazieren zu gehen. Ich war geschäftlich hier, nicht um Urlaub zu machen.

»Willkommen zurück in Venezuela, meine Liebe«, träl-
lerte er, als sei diese Reise ein romantischer Ausflug.

In seiner Vorstellung war sie das wohl auch. Abgesehen
vom Sex. Als ich Jefferson das erste Mal traf, hatte ich nicht
erwartet, dass er den Köder schlucken würde. Aber er hatte
mir tatsächlich die Nummer der naiven, unschuldigen Jungfrau abgekauft. Ich hätte alles getan, um in die Nähe dieses
Mannes zu kommen. Und wenn ich dafür mit ihm hätte
schlafen müssen, hätte ich auch das getan. Aber zum Glück
konnte ich ihn davon überzeugen, dass ich noch rein und
unberührt war und mich der Liebe meines Lebens erst nach
der Hochzeit hingeben wollte.

Was sollte ich sagen? Ich war eine sehr gute Schauspielerin.

»Es ist so schön, wie ich es in Erinnerung habe.« Wie
immer in der Rolle der liebeskranken Freundin beugte ich
mich zu ihm vor und drückte ihm einen keuschen Kuss auf
die Lippen. »Du bist zu gut zu mir.«

Es fiel mir zunehmend schwerer, einen Würgereiz zu
unterdrücken, wenn ich diesen abstoßenden Mann berührte.
Ich hatte jedes Mal das Bedürfnis, in Bleiche zu baden und
mir den Mund mit Erfrischungstüchern auszureiben.

Ich wusste, wo seine Hände und sein Mund gewesen
waren. Selbst nachdem er begonnen hatte, mir den Hof zu
machen, vergnügte er sich weiterhin mit seinen Gespielin-
nen. Diese Frauen gaben ihm alles, wozu ich nicht bereit war.
Dafür war ich dankbar, denn das machte es mir leichter,
meine Rolle zu spielen. Jefferson wollte nichts weiter als eine
elegante, kultivierte, schöne Frau an seiner Seite, mit der er
angeben konnte.

Das konnte ich ihm bieten. Im Grunde konnte ich so
ziemlich alles tun, aber ich wollte auf jeden Fall vermeiden,
mit ihm zu schlafen. Jefferson Baldwin war ein Mittel zum
Zweck. Und mein Ziel rückte langsam in greifbare Nähe.
Wenn ich von ihm bekommen hatte, was ich wollte, würde
ich mein nächstes Opfer ins Auge fassen. Dabei musste ich

eine Gratwanderung vollführen und darauf achten, dass die Männer sich untereinander nicht allzu vertraut waren. Das Geschäft mit dem Kauf und Verkauf von Frauen wurde von einem kleinen Kreis betrieben, und es war nicht leicht, Männer zu finden, die meine anderen Opfer nicht kannten. Vorausgesetzt natürlich, ich ließ sie am Leben.

Fast geschafft.

Jefferson lächelte und seine Augen leuchteten. Er genoss es sichtlich, wenn ich seinen Reichtum anerkannte, indem ich von dem teuren Schmuck und den Kleidern schwärmte, die er mir gekauft hatte, und von den Orten erzählte, die wir besucht hatten. Er war sehr großzügig. An Geld mangelte es ihm nicht.

»Komm, Liebes, du wirst gerade noch genügend Zeit haben, um dich vor der Veranstaltung heute Abend auszuruhen.«

Die Wagentür wurde geöffnet und ein junger Mann vom Parkservice reichte mir die Hand. Trotz der drückenden tropischen Hitze trug er einen perfekt sitzenden Anzug.

»Danke«, murmelte ich, ergriff seine Hand und ließ mir von ihm beim Aussteigen helfen.

Jefferson folgte mir und gab ihm ein Trinkgeld. Ich wartete pflichtbewusst, bis Jefferson seinen Arm um meine Taille gelegt hatte, um mich durch die Empfangshalle zu führen.

Ich bin nur eine Zierde, mehr nicht.

Ein Concierge kam uns entgegen und führte uns durch einen Gang nach draußen. Ich ging schweigend und mit ausdrucksloser Miene weiter, während die beiden Männer sich auf Spanisch unterhielten. Ich tat so, als würde ich die Palmen, Orchideen und anderen tropischen Sträucher betrachten, die den Weg säumten. Jefferson hatte mich nie gefragt, und ich hatte ihm nie erzählt, dass ich fließend Spanisch sprach. Der Concierge erklärte, dass das Zimmer nach Jeffersons Wünschen eingerichtet wurde und dass das

17

neue Kleid, das er für mich gekauft hatte, in weniger als einer Stunde in der Villa sein würde.

Dann wechselten sie nahtlos ins Portugiesische, Jeffersons Muttersprache. Er ahnte nicht, dass ich wusste, dass er als Jefferson Garcia geboren und in den ärmsten Slums Brasiliens aufgewachsen war. Seinen Nachnamen hatte er geändert, nachdem seine Mutter mit ihm das Land verlassen hatte, weil sein Vater von einer Straßenbande getötet worden war, die er verraten hatte. Der Name Garcia war danach vom Tod befleckt und gezeichnet und wurde mit einem Verräter in Verbindung gebracht. Ihre einzige Chance zu überleben war die Flucht.

Da ich kein Portugiesisch sprach, konnte ich dem Gespräch nicht folgen. Aber seit ich mich vor einigen Jahren auf diesen Kreuzzug begeben hatte, versuchte ich, so viele Sprachen wie möglich zu lernen, zumindest die wichtigsten Wörter. Wörter, von denen ich wünschte, ich hätte sie mir nie aneignen müssen.

Der Concierge öffnete die Tür und Jefferson mimte den Gentleman, indem er mir den Vortritt ließ. Vielleicht war die Geste auch gar nicht so zuvorkommend und er wollte nur, dass ich vorausging, damit er mich im Falle einer Schießerei als menschlichen Schutzschild benutzen konnte. Ich tippte auf Letzteres. Ein Mann, der die schlimmsten Gräueltaten an Frauen verübte, konnte ohnehin kaum als Gentleman bezeichnet werden.

Wenn ich zu angestrengt über seine Verbrechen nachdachte, würde ich ihm im Schlaf die Kehle durchschneiden. Aber noch nicht. Zuerst brauchte ich mehr Informationen.

Die Männer unterhielten sich wieder auf Spanisch, wobei der Concierge Jefferson mitteilte, dass seine Hunde bis zum Kampf heute Abend versorgt sein würden. Mir kam die Galle hoch und ich musste schlucken. Jefferson hielt mich von all seinen Geschäften fern, doch zu den Kämpfen nahm er mich mit, denn wenn er auf seine Hunde oder auf seine

Hähne wettete, wollte er mich an seiner Seite haben. Ich hatte ihn sogar schon auf Stiere wetten sehen.

Das Ausmaß der Grausamkeit war so verstörend, dass ich Albträume davon bekam.

Fast geschafft.

»Emerson, Liebes, warum machst du dich nicht frisch und ruhst dich etwas aus? Ich habe noch etwas zu erledigen.« Mit diesen Worten entledigte er sich meiner für den Moment. Jefferson formulierte seine Forderungen häufig in Form einer Frage, die trotzdem nichts anderes als ein Befehl war.

»Das klingt wunderbar. Danke.«

Meine Absätze klackerten auf dem Marmorboden, als ich auf das große Schlafzimmer zuging. Die Villa war riesig und bot weitaus mehr Platz, als zwei Menschen brauchten, aber Jefferson hielt nichts von Sparsamkeit. Alles, was er tat, war übertrieben und pompös. Ich ging an zwei zusätzlichen Schlafzimmern vorbei, beide mit Blick aufs Meer, betrat das große Schlafzimmer und schloss die Tür hinter mir.

Erleichtert, endlich allein zu sein, streifte ich die albernen Blixa Alligator Pumps von Manolo Blahnik ab. Jefferson hatte darauf bestanden, dass ich die viertausendfünfhundert Dollar teuren Schuhe heute trug. Er wahrte stets das Image des wohlhabenden Geschäftsmannes, selbst wenn er in seinem Privatjet reiste.

In den letzten acht Monaten hatte ich eine Schuhsammlung im Wert eines bescheidenen Eigenheims angehäuft. Sobald ich mit Jefferson fertig war, würde ich die meisten davon verkaufen, um meinen Kreuzzug zu finanzieren. Ein paar würde ich behalten, um die Rolle der reichen, aber unschuldigen Dame der Gesellschaft zu spielen.

Ich zog die Hose und die Seidenbluse aus und warf die teuren Kleidungsstücke achtlos auf den Boden des Badezimmers. Da hier nirgendwo ein Staubkorn zu sehen war, hatte ich keine Angst, den Stoff zu beschmutzen. Außerdem würde das Outfit gewaschen und gebügelt sein, bevor ich es überhaupt vermissen würde.

Die Maßlosigkeit war widerlich. Niemand hatte es nötig, so verschwenderisch zu sein, aber Jefferson liebte es, sich selbst zu verwöhnen. Sein Lebensstil war so weit von dem meiner Kindheit entfernt, dass es geradezu lachhaft war. Damals hatte ich nicht einmal Schuhe für fünfzig Dollar besessen, geschweige denn ein Paar, das mehr kostete als mein erstes Auto.

Ich trat unter den warmen Wasserstrahl der Dusche und ließ in einem seltenen Moment der Schwäche meinen Tränen freien Lauf. Ich weinte um das Leben, das ich hätte haben sollen und das ich nie wieder würde führen können. Ich trauerte um alles, was ich verloren und freiwillig aufgegeben hatte.

Einst war ich glücklich gewesen – überglücklich – und dann hatte ein einziger brutaler Akt ihn aus meinem Leben gerissen. Aber er war für immer in mein Herz eingebrannt. Mir blieben nur die wunderbaren Erinnerungen, und meistens war es eine Qual, in ihnen zu schwelgen.

Ich trug ihn auf meiner Haut, den einzigen Mann, den ich je lieben würde. Nie hätte ich mir erträumt, ihn wiederzusehen. Aber ich hatte ihn gesehen, in einem Wirtshaus in Mexiko. Er hatte besser ausgesehen, als ich ihn in Erinnerung hatte. Und als er mich mit einem hasserfüllten Blick bedacht hatte, hatte er den letzten Rest meines Herzens zertrümmert.

Thaddeus Bench.

Mein Ein und Alles.

Ich drehte das Wasser ab und sah zu, wie es in den Abfluss rann. Dann versiegte es, und mit ihm die letzten Träume und Hoffnungen auf ein normales Leben.

KAPITEL ZWEI

THAD

Wir hatten fast eine ganze Woche vergebens in Mexiko nach einem Mann gesucht, der Informationen über Leon Brown hatte. Der Kerl war tatsächlich im Land gewesen, doch wir hatten ihn verpasst. Zane Lewis, mein Chef, war verärgert, Tex war genervt und Brooks war außer sich vor Wut.

Es gab eine Menge offener Fragen zu unserem letzten Einsatz in Saudi-Arabien, bei dem Tatiana Miller fast gestorben wäre und der Rest von uns in einem Feuergefecht um sein Leben gekämpft hatte. Jemand hatte unseren Aufenthaltsort verraten. Zane wollte Antworten.

Verdammt, das wollten wir alle.

Wir nahmen an, dass Leon Brown, Tatianas ehemaliger Chef, die Antworten auf diese Fragen hatte. Der Mann hatte Tatiana im Auftrag einer unbekannten Organisation rekrutiert. Sie hatte geglaubt, für die CIA zu arbeiten, doch selbst nach intensiven Nachforschungen hatten weder Garrett noch einer von Zanes mächtigen Kontaktleuten noch der berühmt-berüchtigte Tex etwas über eine Geheimabteilung innerhalb der Behörde finden können, die die Aufträge leitete, die Tatiana erteilt worden waren. Aber Geheimoperation hin oder her, irgendwo konnte man immer ein paar Brotkrumen finden, wenn man wusste, wo man suchen musste.

Mittlerweile waren wir zurück in San Diego, um uns neu zu formieren.

Ich hatte diese Stadt einst geliebt. Und seit zehn Jahren mied ich sie.

»Wie oft hast du während des Trainings in der Brandung gelegen und das rote Dach des Del betrachtet, während du dir gewünscht hast, genau dort zu sein, wo wir jetzt sitzen?«, fragte Max.

Ich ließ den Blick durch die Strandvilla schweifen, die unbestreitbar luxuriös war. Senffarbene Wände, Mahagonitische, ein Kamin aus Marmor, dicke Teppiche auf edlen Holzböden und in der Mitte des Raumes eine Couch, die mit ihren gut gepolsterten Kissen aussah, als könnte man sich gemütlich darauf ausstrecken, seine Lieblingssendung auf dem riesigen Fernseher über dem Kamin anschauen und dann in einen tiefen Schlaf sinken. Oder man genoss einfach den Ausblick auf den Strand von einem der großen Fenster, die sich über die gesamte Vorderseite der Villa erstreckten.

»Nie«, antwortete ich schließlich.

»Blödsinn. Ich kenne niemanden, der da draußen lag, während ihm der Sand in der Poritze steckte, die Wellen ins Gesicht schlugen und er Salzwasser schluckte, und nicht davon träumte, mit einem Bier in der Hand im Del zu sitzen«, entgegnete er.

Vielleicht hatte Max recht, aber während meiner Ausbildung zum SEAL war das Del wirklich das Letzte, woran ich gedacht hatte. Mir war es nur ums Überleben gegangen. Jeden Tag, jede Minute, jede Sekunde. Ich wollte nichts weiter als gewinnen. Versagen war für mich nie infrage gekommen. Ich hatte nur die Navy, und wenn ich aus dem

Training ausgeschieden wäre, dann hätte ich ein elendiges Leben als Flugzeugmechaniker gefristet.

Genau aus diesem Grund gehörte ich nicht zu den Männern, die sehnsüchtig das Hotel Del Coronado betrachtet hatten, während die Ausbilder uns tagein, tagaus die Hölle heißmachten. Im Gegensatz zu meinen Kameraden schweifte ich nicht mit meinen Gedanken ab, um mich nicht auf die Schmerzen konzentrieren zu müssen. Nein, ich gab mich dem Moment hin, nutzte den Schmerz und genoss mein Leid.

Ich hatte keine andere Wahl, denn ich hatte keinen anderen Ort, an den ich mich hätte wenden können.

»Wenn du mit dem Kopf bei der Sache gewesen wärst, wärst du vielleicht nicht fast erstickt«, stichelte Brooks.

»Fick dich. Ich wäre nicht erstickt«, konterte Max.

Max und Brooks hatten die Ausbildung zum SEAL gemeinsam durchlaufen. Ich war in der Trainingsgruppe vor ihnen gewesen, während Kyle aufgrund einer Verletzung die Klasse nach ihnen besuchte. Wir waren alle durch die gleiche Hölle gegangen und hatten Stunden in der Brandung zur Linken des Nobelhotels gesessen.

»Ich hoffe, ihr Idioten seid abfahrbereit, denn ihr fliegt nach Venezuela«, verkündete Zane, als er den Raum betrat.

»Hast du Leon Brown ausfindig gemacht?«, fragte Kyle und schaltete die Nachrichten aus, um Zane seine volle Aufmerksamkeit zu schenken.

»Nicht direkt. Aber es geht das Gerücht um, dass Brown sich mit einem Mann namens Jefferson Garcia treffen will«, antwortete Zane.

»Wer ist Jefferson Garcia?«

»Ein weiteres Teil des Puzzles. Mittlerweile benutzt er ein Alias und nennt sich jetzt Jefferson Baldwin. Er und seine Mutter flohen aus Brasilien nach Surinam, verweilten dort kurze Zeit und ließen sich schließlich in Guyana nieder. Da Garcia keine Ausbildung genossen hatte, tat er dasselbe wie jede Straßenratte, die ihre Familie unterstützen muss: Er schloss sich einer Bande an. Garrett hat euch sein Dossier geschickt.«

Ich zog meinen Laptop dem Tablet vor und kramte ihn aus meinem Rucksack hervor. Als ich den Computer endlich hochgefahren hatte, lasen die anderen die Informationen bereits auf ihren Handys oder iPads.

Ich ließ die anderen in der Sitzecke zurück und machte es mir am Küchentisch bequem. Z nahm mir gegenüber Platz.

»Er sieht nicht wie eine Straßenratte aus«, bemerkte Max.

Als das Bild von Jefferson Garcia auf meinem Bildschirm erschien, musste ich zustimmen. Der Mann trug einen teuren Anzug, einen perfekt gestylten Haarschnitt, eine goldene Uhr an seinem linken Handgelenk, die unter der Manschette seines Jacketts hervorlugte, und Slipper, die auf Hochglanz poliert waren. Das People Magazine hätte Garcia kaum den Titel »Sexiest Man Alive« verliehen, aber er war auch nicht der hässlichste Mann, den ich je gesehen hatte.

»Sein geschätztes Vermögen beträgt zwei Komma eins Milliarden?« Der Unglaube in Kyles Stimme war unüberhörbar. »Gehört er zu Omni?«

»Ich habe nicht gesagt, dass er kein reicher Gangster ist«, erwiderte Z. »Und die Antwort auf deine Frage lautet: Vielleicht. Tex und Garrett sind auf mögliche Verbindungen gestoßen. Aber wenn er wirklich zu Omni gehört, wäre er das einzige uns bekannte Mitglied, das keine legalen Geschäftsanteile besitzt.« Ich überflog das Dokument, während Zane fortfuhr. »In den 1990er Jahren waren die Straßenbanden in Guyana schlecht organisiert. Den meisten geht es auch heute noch so. Garcia hat darin eine günstige Gelegenheit gesehen und sie ergriffen. Er war Mitglied in mehreren kriminellen Banden, lernte ihr Handwerk und baute sich dann eine Armee auf. Er organisierte. Zuerst hielt er sich mit kleineren Verbrechen über Wasser, hauptsächlich mit bewaffneten Raubüberfällen, aber die Diebstähle brachten ihm das nötige Betriebskapital ein. Er erkaufte sich die Loyalität seiner Männer und begann schon bald, ganze Stadtteile zu übernehmen und Territorien zu beanspruchen. Auch das hatten die anderen Banden nicht in Betracht gezogen.«

Jefferson Baldwin hatte vielleicht keine Bildung genossen, aber der Mann war schlau. Den Informationen zufolge, die Garrett geschickt hatte, befanden sich die meisten seiner Territorien im Hafengebiet, was bedeutete, dass er die Wasserwege kontrollierte. Ein weiterer seiner Stützpunkte lag an der venezolanischen Grenze.

»Hier steht, dass er sein Kokain nur nach Europa exportiert«, meldete Brooks sich zu Wort.

»Tex fand das auch interessant«, erklärte Z. »Er hat nachgeforscht und kam zu dem Schluss, dass es wohl ein profitables Geschäft ist. In europäischen Häfen gibt es weniger Sicherheitsvorkehrungen, was bedeutet, dass mehr Ware mit wenig oder gar keinem Aufwand ihr Ziel erreicht.«

»Du klingst nicht überzeugt«, bemerkte ich.

»Ich stimme Tex' Einschätzung durchaus zu, aber ich glaube auch, dass Garcia ein aufgeblasenes Arschloch ist. Indem er in Europa Handel treibt, streichelt er sein Ego. Es gibt ihm das Gefühl, etwas Besonderes zu sein. In seinen Augen ist es prestigeträchtiger, sein Produkt an vornehme Europäer zu verkaufen, als es an erbärmliche amerikanische Junkies zu verscherbeln.«

Nachdem ich den vollständigen Bericht gelesen hatte, bemerkte ich: »Er wurde nie verhaftet.«

»Wie ich schon sagte, hat er sich die Loyalität mehrerer Leute erkauft – unter anderem die der Guyana Police Force, sowie die Solidarität bürgernaher Polizeiarbeitsgruppen zur Kriminalitätsprävention. Als er sein Imperium aufbaute, sammelte er außerdem Informationen über Mitglieder des Innenministeriums, die die Polizeibehörde leiten, und über

Regierungsbeamte, die der People's Progressive Party angehören, welche die Mehrheitspartei im Land ist.«

»Sollen wir ihn festnehmen oder töten?«, wollte Max
wissen.

»Ihr habt einen Tötungsbefehl für Garcia. Nehmt Brown,
wenn möglich, in Gewahrsam.«

»Verstanden«, erwiderte Max.

»Was macht Garcia in Venezuela?«, erkundigte ich mich,
da in dem Bericht nichts über irgendwelche Geschäfte in
dem Land stand.

»Er ist heute Morgen eingeflogen, um sich einen Stall
voller Frauen zu sichern. Er inspiziert seine Ware vor dem
Export stets persönlich.«

Mir entfuhr unwillkürlich ein Knurren. »Was zum
Teufel?«

»Er ist durch und durch ein Scheißkerl«, bestätigte Zane.
»Nachdem er sie begutachtet hat, bringt er sie auf seine
Privatjacht, die in Morrocoy liegt. Damit fahren sie hundert-
sechzig Kilometer in südöstlicher Richtung nach Caracas.
Von dort aus werden sie in einem Frachtcontainer auf ein
Frachtschiff verladen und über den Atlantik geschippert, um
dann höchstwahrscheinlich in Spanien zu landen.«

»Mein Gott. Wir reden hier über Frauen, nicht über
Vieh«, presste ich zwischen zusammengebissenen Zähnen
hervor.

»Vieh würde besser behandelt werden. Zudem reden wir
nicht nur von Frauen, sondern von jungen Mädchen. Die
meisten sind wahrscheinlich unter fünfzehn«, erklärte Zane
mit ausdrucksloser Miene.

Mir war schleierhaft, wie er das anstellte. Ich hatte schon
viel Scheiße in meinem Leben gesehen, hatte bezeugt, wie
Väter ihren jungen Töchtern Selbstmordwesten anzogen und
Mütter ihre Söhne im Kugelhagel als Schutzschilde benutz-
ten. Es war ein Wunder, dass ich überhaupt schlafen konnte.
Aber ich würde mich nie daran gewöhnen. Nicht so wie

Zane Lewis. Er beherrschte die Kunst, seine persönlichen Gefühle zu verdrängen und sie so tief zu vergraben, dass man nie wusste, was er wirklich dachte.

»Wie viel Zeit bleibt uns?«, wollte Brooks wissen.

»Laut dem örtlichen Informanten achtundvierzig Stunden. Garcia wird heute seine Inspektion durchführen und am Abend einen Hundekampf veranstalten. Morgen Abend wird er die Mädchen verlegen. Declan ist mit Tatiana und Ivy auf dem Weg hierher. Sobald sie eingetroffen sind, werdet ihr euch mit einer Bekannten von Tatiana treffen. Ihr Name ist Faith …«

»Ist das die Frau, die Pitbulls rettet?«, unterbrach Max unseren Chef.

»Ja. Da keiner von uns je bei einem Hundekampf war, wird ihr Wissen hilfreich sein. Euer Flug geht um zwölf Uhr. Gegen dreiundzwanzig Uhr Ortszeit werdet ihr im Staat Falcon in Venezuela landen. Ihr werdet umgehend das Lagerhaus aufsuchen, in dem der Kampf stattfindet. Leider wird euch keine Zeit bleiben, um es zuerst auszukundschaften. Das Hauptereignis beginnt um Mitternacht.«

»Fliegst du heute zurück nach Maryland?«, fragte ich und klappte meinen Laptop zu.

»Nein. Ivy und ich werden heute Nacht hierbleiben. Dies ist der letzte Tag unseres Babymoons.« Bei den Worten verdrehte er die Augen. »Ich verstehe immer noch nicht, was genau sie damit meint. Nennt es einfach Urlaub. Offenbar soll ich Ivy auch noch ein ›Press-Präsent‹ besorgen. Was zum Teufel soll das sein? Sie wird mein Kind herauspressen. Was schenkt man einer Frau zu einem solchen Anlass? Arnika-Gel? Wundsalbe? Eine Packung Paracetamol?«

»Bruder, wenn du deiner Frau Wundsalbe schenkst, schneidet sie dir die Eier ab. Ich würde vorschlagen, du überreichst ihr etwas, das von Herzen kommt«, antwortete Max lachend.

»Ich würde sogar Geld zahlen, um zu sehen, wie Ivy

explodiert, wenn Zane ihr eine Packung Paracetamol und eine Dankeskarte überreicht«, scherzte Kyle.

Ich hatte keine Ahnung von Schwangerschaften, Wehen oder Babys. Aber ich wusste, dass Ivy einen Orden verdient hatte, weil sie Zanes Sarkasmus täglich ertrug. Und ich wusste, dass Zane seine Bemerkung nicht ernst gemeint hatte. Er liebte seine Frau und sein ungeborenes Kind über alles und würde mit ihr überall hinreisen und den Urlaub so nennen, wie sie wollte. Außerdem würde er alles daransetzen, um das perfekte Geschenk für sie zu finden und ihr zu beweisen, wie sehr er sie und das Baby liebte.

»Ja, du hast vielleicht recht. Ich sollte ihr ein Auto kaufen.« Zane nickte, als sei der Kauf bereits beschlossene Sache.

»Wem kaufst du ein Auto?«, wollte Ivy wissen, als sie den Raum betrat.

»Niemandem, Baby. Hast du etwas zu essen gefunden?« Zane stand auf und zog Ivy in seine Arme.

Ein Anflug von Eifersucht durchfuhr mich und ich musste gegen den Drang ankämpfen, meinen Erinnerungen nachzuhängen. Erinnerungen an die guten alten Zeiten, in denen alles noch perfekt war. Daran, wie Emerson mit einer Tüte meiner Lieblingstacos aus dem Foodtruck vor dem Stützpunkt in meiner Wohnung auftauchte, bevor diese unser gemeinsames Heim wurde. Sie hatte mir ein strahlendes Lächeln geschenkt und ich hatte sie betrachtet und mir im Stillen gedacht, dass ich nie eine schönere Frau als Emerson Pierce gesehen hatte.

Aber es war nicht perfekt gewesen.

Emerson war einfach nur eine hervorragende Lügnerin gewesen.

KAPITEL DREI

THAD

Zu sechst stiegen wir aus dem gemieteten Geländewagen. Argwöhnisch nahm ich das Tierheim in Augenschein.

»Seid ihr sicher, dass wir hier richtig sind?«, fragte ich.

Nirgendwo konnte ich ein Schild oder sonst einen Hinweis darauf entdecken, dass in dem Gebäude misshandelte Pitbulls beherbergt wurden. Neben uns stand ein Pickup und ein Stück weiter parkte ein Kleinwagen. Ansonsten waren weit und breit keine Fahrzeuge zu sehen.

»Ja, das ist Faiths Tierheim. Sie will weder, dass es als solches erkannt wird, noch will sie die Öffentlichkeit wissen lassen, was sie tut. Hundekämpfe sind ein profitables Geschäft und die Vorbesitzer der Tiere sind nicht unbedingt glücklich darüber, dass die Hunde beschlagnahmt werden. Außerdem glauben eine Menge Leute, dass Pitbulls eingeschläfert statt gerettet und vermittelt werden sollten«, erklärte Tatiana.

Brooks ergriff die Hand seiner Frau und murmelte: »Das ist scheiße.«

»Es ist leider Realität«, erwiderte sie. »Faith will keinen Ärger, also hält sie sich so bedeckt wie möglich.«

Wir machten uns auf den Weg zum Eingang, und ich stellte überrascht fest, dass die Tür nicht verschlossen war. Nach allem, was Tatiana uns erzählt hatte, hätte ich zumindest ein gewisses Maß an Sicherheit erwartet, selbst wenn es nur eine verschlossene Tür gewesen wäre.

Kaum hatten wir das Gebäude betreten, machte ich auf der Stelle halt. Im Empfangsbereich stand Decker »Gumby« Kincade und neben ihm eine wunderschöne Frau mit langen, glänzenden schwarzen Haaren und strahlend blauen Augen.

Verdammt.

Zu seinen Füßen saß ein nicht ganz so glücklicher Pitbull und knurrte.

»Hannah, ganz ruhig, Mädchen.« Ich nahm an, dass Hannah der Name des Hundes war und nicht der der Schönheit, die gerade noch ein Stück näher an ihn herangerückt war.

»Gumby? Was machst du denn hier, Bruder?«, fragte ich, sah aber davon ab, auf ihn zuzutreten und ihm die Hand zu schütteln.

»Hey, Mann, das wollte ich dich auch gerade fragen. Tu mir einen Gefallen und komm mir nicht zu nahe. Hannah ist in Gegenwart von anderen Menschen immer noch ein wenig nervös. Ich werde sie erst einmal beruhigen.«

Mit diesen Worten ging der Hüne neben dem Tier in die Hocke. Zu meinem Erstaunen redete der knallharte SEAL mit gedämpfter Stimme beruhigend auf die Hündin ein und strich ihr sanft über das aufgestellte Nackenfell.

»Nicht zu glauben«, murmelte Kyle, als Hannah ihren Kopf an Gumbys Hals schmiegte und schließlich über sein Gesicht leckte.

»Hi, ich bin Faith«, meldete sich eine ältere Frau zu Wort. Sie sah zwar aus wie Ende sechzig, aber sie schien noch äußerst gut in Form zu sein.

»Danke, dass Sie sich zu diesem Treffen bereit erklärt haben, Ma'am«, sagte Declan zur Begrüßung und stellte sich dann uns vor. »Ich bin Declan Crenshaw, das sind Kyle Smith, Max Brown, Brooks Miller, und Tatiana Miller kennen Sie ja schon. Und der große Kerl hier ist Thad Bench.«

»Freut mich. Decker kennen Sie offenbar schon. Und das hier ist Sidney Hale.« Faith wies auf die schwarzhaarige Frau. »Sie hilft hier ehrenamtlich aus.«

»Hallo«, grüßte Sidney mit einem zaghaften Lächeln. »Arbeitet ihr alle mit Decker zusammen?«

»Nein. Wir sind für ein privates Unternehmen tätig«, antwortete Declan.

Gumby richtete sich zu seiner vollen Größe auf und legte einen Arm um Sidney, womit er uns deutlich zu verstehen gab, dass sie zu ihm gehörte. »Sie haben früher mit mir zusammen gedient, aber sie haben die Einheit verlassen und …«

Ich blendete das Gespräch zwischen Gumby und Sidney aus und starrte auf den Rücken der Pitbulldame, an dem ein länglicher, rosafarbener, felloser Streifen prangte. Ich wusste mit hundertprozentiger Sicherheit, dass Gumby Hannah diese Verletzungen nicht zugefügt hatte, und fragte mich, was dem armen Tier widerfahren war.

»Das Arschloch, vor dem Sidney sie gerettet hat, hat Hannah als Köder benutzt«, erklärte Gumby, als er sah, wie ich seinen Hund anstarrte. »Als Teil ihres ›Trainings‹ wurde sie hinter ein Fahrzeug gebunden. Hannah hat keine Krallen und ihre Pfoten beginnen gerade erst zu heilen. Die Verbrennung auf ihrem Rücken wurde von einer Art Säure verursacht, mit der Victor sie übergossen hat.«

Was zum Teufel stimmt mit der Menschheit nicht?

»Dieser verdammte …« Ich verstummte sofort, als ich mir der Anwesenheit der Frauen im Raum bewusst wurde. Stattdessen fragte ich: »Sidney hat sie gerettet?«

»Allerdings. Sie hat Hannahs Peiniger die Stirn geboten«, antwortete Gumby mit steinerner Miene. »Warum wollt ihr mit Faith sprechen?«

»Wir brechen heute Nachmittag zu einem Einsatz auf«, begann Declan. »Unsere Zielperson veranstaltet einen Hundekampf und Zane schlug vor, dass wir uns an Faith wenden. Wir werden weniger als eine Stunde haben, um alles auszukundschaften. Wir sind für jede Information dankbar.«

»Also ein Tag wie jeder andere«, murmelte Gumby.

»Sie sind schrecklich.« Sidneys Stimme war kaum mehr als ein Flüstern und sie zuckte sichtlich zusammen.

»Ich bringe Hannah in ein Spielzimmer«, sagte Gumby. »Ich bin gleich zurück.«

Gumby machte sich auf den Weg in den Flur, wobei eine nun glückliche Hannah neben ihm her trottete.

»Kommen Sie doch herein bitte. Es tut mir leid, dass ich Ihnen nicht viele Sitzgelegenheiten bieten kann, aber fühlen Sie sich wie zu Hause«, sagte Faith.

»Nochmals vielen Dank für deine Bereitschaft, dich mit uns zu treffen«, sagte Tatiana mit einem Lächeln und trat einen Schritt auf Faith zu.

Da Hannah nun nicht mehr im Raum war, konnte der Rest von uns sich frei bewegen.

Sidney stand jedoch wie angewurzelt da und schien darauf zu warten, dass Gumby zurückkehrte. Ihr war sichtlich unbehaglich zumute. Ich konnte es ihr nicht verübeln, denn sie befand sich mit Fremden in einem Raum. Doch es steckte noch mehr dahinter. Als sie gerade gesagt hatte, dass die Hundekämpfe schrecklich seien, hatte ein Hauch von Traurigkeit in ihrer Stimme mitgeschwungen, und in ihren blauen Augen lag ein Ausdruck von Angst, der mich innehalten ließ.

Zudem fiel mir auf, dass sie einen glänzenden Ring an ihrer linken Hand trug. Ich dachte an unsere letzte Begegnung mit Gumby und seinem Team zurück. Damals hatten wir Roccos Frau Caite getroffen, aber ich glaubte nicht, dass Gumby eine Freundin oder Verlobte erwähnt hatte.

»Tut mir leid«, sagte Gumby, als er zurück in den Raum kam. »Hannah ist ein toller Hund, aber Victor hat ihr ziemlich übel mitgespielt. Deshalb hat sie immer noch ein bisschen Angst vor Fremden.«

»Ich kann es ihr nicht verübeln, Bruder. Es ist ein Wunder, dass sie überhaupt einen Menschen in ihre Nähe lässt«, bemerkte ich.

»Hannah hat Decker auf Anhieb vertraut. In dem Moment, in dem er sie hochgehoben hatte, hatte sie gewusst, dass sie in Sicherheit war«, erklärte Sidney, ohne den Blick von Gumby abzuwenden.

Wieder verspürte ich diesen vertrauten schmerzhaften Stich in der Brust und ich verfluchte im Stillen die Schlampe, die mein Herz in tausend Stücke gerissen hatte. Doch obwohl sie mich vor zehn Jahren als gebrochenen Mann zurückgelassen hatte, liebte ich sie noch immer.

»Wohin fliegt ihr?«, wollte Gumby wissen.

»Nach Venezuela«, antwortete Declan. »Wie ich schon sagte, wir haben weniger als eine Stunde, um unsere Zielperson zu finden. Jede Information ist hilfreich.«

»Hundekämpfe sind ein milliardenschweres Geschäft. Die Hunde werden dabei so schlecht behandelt, dass die meisten sich nie wieder davon erholen und deshalb nie vermittelt werden können. Sie werden auf Laufbändern gehetzt, bis sie vor Erschöpfung einfach umfallen. Sie werden ausgehungert und dann mit entzündungshemmenden Medikamenten, Steroiden und manchmal auch mit Antibiotika vollgepumpt«, erklärte Faith mit trauriger Miene. »Höchstwahrscheinlich werden die Hunde bis zu ihrem Kampf in Käfigen gehalten. Ich kann euch nicht sagen, was sie als Köder benutzen. Manchmal ist es ein schwächerer Hund, manchmal einfach nur Futter.«

»Warum sollten sie einen schwächeren Hund mit den beiden anderen Hunden in den Ring schicken?«, fragte Kyle.

»Zur Unterhaltung«, antwortete Faith. »Die beiden stärkeren Tiere kämpfen um den schwächeren Hund, bis dieser … ihr wisst schon … dann kämpfen sie gegeneinander. Es ist ein einträgliches Glücksspiel, denn die Leute wetten darauf, wie lange der Köder überlebt und welcher Hund als Sieger hervorgeht.«

»Sie … äh …« Sidney hielt inne und warf einen Blick auf Gumby. Als dieser ihr zunickte, fuhr sie fort: »Die Hunde in den Käfigen werden von Männern bewacht. Und wenn ein Hund verliert, bringen sie ihn nach draußen, um ihn …« Ihr traten Tränen in die Augen. »Ich will damit sagen, dass auch außerhalb des Gebäudes, in dem die Kämpfe stattfinden, Leute postiert sein werden. Im Inneren herrscht reges Treiben und es ist sehr laut.«

»Woher weißt du das alles?«, fragte ich. »Warst du schon einmal bei einem Kampf?«

Sidney schenkte mir einen gequälten Blick und ich wünschte, ich könnte meine Frage zurückziehen. Offensichtlich bereitete sie ihr unerträgliche Schmerzen.

»Sidney wurde von dem Mann entführt, vor dem sie Hannah gerettet hat. Sagen wir einfach, sie weiß aus erster Hand, was es bedeutet, als Köder benutzt zu werden, und belassen wir es dabei. Sid verbrachte Wochen im Krankenhaus, um sich von ihren Verletzungen zu erholen.«

Mir krampfte sich der Magen zusammen und plötzlich herrschte eine bedrohliche Stimmung im Raum.

»Bitte sag mir, dass ich das falsch verstehe«, knurrte Declan.

»Ich fürchte nicht.« Gumby zog seine Frau an sich und hielt sie fest. »Zum Glück waren das Team und ich rechtzeitig vor Ort, aber was wir dort vorgefunden haben, war krank. In unserem Beruf sehen wir eine Menge Scheiße, aber ich muss euch warnen. Wenn ihr in dieses Gebäude vordringt, solltet ihr auf das Schlimmste gefasst sein. Allein der Gestank ist überwältigend. Und diese Männer werden nicht so leicht aufgeben. Sie werden mit allen Mitteln kämpfen, um ihre Hunde zu behalten und das Geld und die Drogen weiter fließen zu lassen. Ich gebe euch einen guten Rat: Geht rein, schaltet die Zielperson aus und verschwindet wieder. Versucht nicht, die Tiere zu retten, solange ihr nur zu fünft seid und keine Verstärkung habt.«

»Er hat recht«, warf Faith ein. »Es bricht mir zwar das Herz, aber ich muss ihm zustimmen. Ihr begebt euch in große Gefahr, falls ihr versucht, mit nur einer Handvoll Leute die Hunde da rauszuholen.«

Die neu gewonnenen Informationen schwirrten mir durch den Kopf. Offenbar musste ich mich auf dem Flug nach Venezuela noch etwas über Hundekampfringe schlaumachen. Ich hatte zwar von deren Existenz gewusst, aber ich war immer der Annahme gewesen, dass die Untergrundkämpfe nur ein zweitklassiges Glücksspiel waren.

»Vielen Dank für deine Hilfe. Ich weiß, dass es dich eine Menge Überwindung kosten muss, darüber zu reden. Es freut mich, dass es dir mittlerweile gut geht, Sidney«, sagte Declan. »Und Faith, danke, dass Sie sich mit uns getroffen haben.«

»Gern geschehen. Tatiana, es war schön, dich wiederzusehen. Es hat mir so leidgetan, als du uns verlassen hast. Wir vermissen dich hier. Aber ich bin froh, dich wieder lächeln zu sehen.«

»Danke, Faith. Ich vermisse euch auch.«

»Hast du auch ehrenamtlich hier gearbeitet?«, wollte Sidney von Tatiana wissen.

»Ja. Aber nicht direkt mit den Hunden. Ich habe nur für Ordnung gesorgt, die Zimmer und Zwinger geputzt und Hundefutter geschleppt.«

»Das ist großartig. Dann wohnst du also wieder in der Gegend?«, fuhr Sidney fort.

»Nein.« Tatiana schüttelte den Kopf.

»Ich wünschte, ich könnte euch sagen, dass ihr einfach anrufen müsst, wenn ihr etwas braucht, aber wir brechen selbst in ein paar Tagen auf«, meldete Gumby sich zu Wort. »Aber falls ihr heute noch Zeit für ein Mittagessen habt, könnte ich das Team anrufen.«

»Leider nein, wir fliegen bald los. Aber wir holen das Essen nach, wenn ihr zurück seid«, antwortete Declan.

Sidney wandte sich Tatiana zu. »Hättest du Lust, mit meiner Freundin Caite und mir zu Abend zu essen, wenn du wieder zu Hause bist?«

»Sehr gern. Allerdings weiß ich nicht, wann wir wieder in der Gegend sein werden«, antwortete Tatiana.

Gumby stöhnte auf und Sidney begegnete seinem Blick. »Was ist los?«

»Gar nichts«, erwiderte er und verzog die Lippen zu einem breiten Grinsen.

»Warum stöhnst du dann so?«, hakte Sidney nach.

»Nur so. Aber als du das letzte Mal mit Caite zu Abend gegessen hast, habt ihr eine ganze Flasche Rum getrunken.«

»Das war ein einziges Mal, Decker.«

»Es ist trotzdem passiert«, neckte er sie sanft.

Wie oft hatten Emerson und ich eine Flasche Rum getrunken? Ich hatte fruchtige Cocktails zubereitet, die mir nicht einmal geschmeckt hatten, aber ich hatte sie geschlürft, weil sie sie mochte.

Ich war nach wie vor verblüfft. In Mexiko hatte ich nur einen Blick auf Emerson werfen müssen, und nun schwelgte ich ständig in den Erinnerungen an unser gemeinsames Leben. Ich musste immerzu an sie denken.

Aber ich musste einen klaren Kopf bewahren. In weniger als zehn Stunden würden wir im Einsatz sein.

KAPITEL VIER

EMERSON

Ich hasste diese Partys.

Überall standen aufgetakelte Männer und Frauen herum.

Und sie alle waren verlogene Schweine.

Weder die elegantesten Kleider noch die kostbarsten Juwelen an den Hälsen der Frauen oder das Geld, das den Männern aus den Taschen quoll, konnte den Gestank verbergen.

Er klebte an ihnen wie eine zweite Haut und sie würden ihn auch in Hunderten von Jahren nicht abwaschen können.

Frauen lächelten. Männer grinsten.

Gier.

Völlerei.

Hunger.

Der Raum war so voll davon, dass ich kaum atmen konnte.

Jefferson hatte schlechte Laune. Ich nahm an, dass sein Treffen heute Morgen nicht gut gelaufen war. Zwar interessierte es mich nicht, in welcher Stimmung er war, aber die Gründe dafür waren mir nicht egal. Ich stand so kurz davor, diese Scharade endlich beenden zu können. Er war dabei, einen Stall von Mädchen zu erwerben, und ich musste zu ihnen gelangen, bevor sie verschifft wurden. Wenn sie erst einmal auf dem Weg nach Caracas waren, würde ich sie verlieren.

Ich betete, dass es den Mädchen gut ging. Bei seiner letzten Inspektion war er unzufrieden gewesen und hatte die Lieferung an die Verkäufer zurückgeschickt. Ich hoffte inständig, dass er den Kauf diesmal abschließen würde, damit ich ihm endlich den Garaus machen konnte.

»Da bist du ja«, sagte Jefferson mit einem höhnischen Grinsen und riss mich unsanft an sich. »Komm nicht noch einmal auf die Idee, einfach zu verschwinden.«

In mir kochte die Wut hoch und ich musste an mich halten, um meinen Arm nicht seinem Griff zu entreißen.

Komm schon, Emerson, du schaffst das.

»Tut mir leid, Schatz. Ich habe den Manager gesucht, weil die Bar keinen Beluga mehr hatte.«

Ich schenkte ihm ein charmantes Lächeln, als würde es mir wirklich etwas ausmachen, dass die Bar seinen Lieblingswodka nicht vorrätig hatte.

»Komm schon, wir müssen los.«

Mein Magen krampfte sich zusammen und ich zögerte.

»Was ist los mit dir?«, knurrte Jefferson und zerrte an meinem Arm.

»Entschuldige bitte, ich bin mit dem Absatz hängengeblieben«, log ich.

»Dann solltest du lernen zu gehen. Wir sind bereits spät dran.«

Verdammtes Arschloch.

»Tut mir leid«, murmelte ich und ging im Gleichschritt neben ihm her.

Während der letzten acht Monate hatte ich häufig darüber nachgedacht, wie ich Jeffersons Leben beenden würde. Im Gegensatz zu manchen anderen Männern würde er nicht ungeschoren davonkommen. Mit den kleinen Fischen, von denen ich nichts weiter als Informationen brauchte, spielte ich nur und verschwand dann wieder, ohne ihnen körperlichen Schaden zuzufügen.

Aber Jefferson Baldwin war kein kleiner Fisch.

Er war nicht einmal ein höher gestellter Gangster, der nur Befehle befolgte.

Jefferson war der Boss und *erteilte* die Befehle.

Ich würde mit Vorsicht vorgehen müssen, denn er wurde rund um die Uhr von Leibwächtern bewacht. Nur in unserer Hotelsuite waren sie nicht anwesend. Das bedeutete jedoch nicht, dass sie nicht im Dienst waren. Sie bewachten jeden Ausgang und waren bereit, ihren Chef mit ihrem Leben zu schützen.

Der elegant gekleidete Mann vom Parkservice öffnete mir die Wagentür. Bevor ich mich bedanken konnte, schob Jefferson mich hinein.

Die Tür wurde mit einem lauten Knall geschlossen und wir fuhren los.

»Ist alles in Ordnung?«, fragte ich mit betont sanfter Stimme und heuchelte Interesse an seinem kriminellen Imperium.

»Nein.«

»Wie kann ich dir helfen?«

»Gar nicht. Aber bleib während der Veranstaltung an meiner Seite. Ich habe eine wichtige Besprechung und will mir nicht den Kopf darüber zerbrechen müssen, dass du irgendwo umherwanderst und vielleicht in Schwierigkeiten gerätst.«

»In Ordnung«, gurrte ich.

Liebend gern würde ich während des Treffens an seiner Seite sitzen, denn die Lagerhalle wollte ich auf keinen Fall betreten. Dort fanden die Hundekämpfe statt, und den Anblick konnte ich nicht ertragen.

»Ich meine es ernst, Emerson. Diese Männer sind üble

Straßenschläger und widerliche Schweine. Sie würden dir, ohne mit der Wimper zu zucken, etwas antun. Weiche. Mir. Nicht. Von. Der. Seite.«

Wie bitte?

Wer im Glashaus sitzt, sollte nicht mit Steinen werfen.

Ich wusste alles über ekelhafte Schweine, die keine Skrupel hatten, Frauen oder Tiere zu verletzen.

Ich saß direkt neben einem solchen Schwein, während ich die verliebte Idiotin mimte, die zu dämlich war, um zu verstehen, was um sie herum vor sich ging.

Aber heute Abend würde diese Scharade ein Ende haben. Ich würde auf die Bestätigung warten, dass die Mädchen auf seiner Jacht waren. Dann würde ich ihn ins Jenseits befördern.

Die Zeit war gekommen.

Genau genommen war sie längst überfällig.

Ich hielt es einfach nicht mehr in seiner Gegenwart aus.

Der Wagen kam vor einem großen Lagerhaus zum Stehen. In einem Moment der Schwäche dachte ich daran, zu lügen und Müdigkeit vorzutäuschen, um nicht Zeuge der Schrecken werden zu müssen, die im Inneren des Gebäudes auf mich warteten. Es war kurz vor Mitternacht, daher wäre es durchaus glaubwürdig gewesen. Aber ich musste sehen, mit wem Jefferson sich treffen wollte.

Die Wagentür wurde geöffnet und Jefferson drängte mich auszusteigen. Sofort versank ich mit meinen Schuhen im Dreck. Es machte mich wütend zu wissen, dass die zehn Zentimeter hohen Absätze meiner Strass-besetzten Gianvito Rossi Sandalen nun zur Hälfte im Schlamm steckten. Sie durften nicht schmutzig werden, denn ich wollte die tausenddreihundert Dollar teure Fußbekleidung sobald wie möglich verkaufen. Wahrscheinlich würde ich nur einen Tausender dafür bekommen, aber ich brauchte das Geld, bis ich meine nächste Zielperson gefunden hatte.

Jefferson wandte sich an seinen Sicherheitchef und

erkundigte sich nach einem Mr. Brown. Carlos bestätigte ihm, dass der Mann bereits eingetroffen sei und die Hostess sich um ihn kümmerte. Bei dem Gedanken musste ich mich fast übergeben. Die Hostess war zweifellos ein junges einheimisches Mädchen, dessen einzige Aufgabe es war, dafür zu sorgen, dass Mr. Brown alles bekam, was er wollte. *Und damit meine ich – alles.*

Ekelhaftes Arschloch.

Ich verlagerte mein Gewicht und balancierte auf den Fußballen, um meine nächste Geldquelle nicht durch abgewetzte Absätze zu ruinieren.

Jefferson löcherte Carlos weiter mit Fragen, wobei er auf die Mädchen zu sprechen kam. Bisher wurden sie nicht auf seine Jacht gebracht, da er sich nicht sicher war, ob er die Lieferung kaufen würde. Für seinen Geschmack waren sie zu alt.

Was bedeutete, dass die meisten von ihnen Teenager waren.

Verbitterung machte sich in mir breit und meine Erinnerungen drohten die Oberhand zu gewinnen. Aber bevor ich mich darin verlieren konnte, zerrte Jefferson an meinem Arm, sodass ich vor ihn taumelte. Er hielt mich so fest, dass ich die Knöpfe seines Jacketts an meinem nackten Rücken spüren konnte.

Ich wusste, wie sehr ihn meine rückenfreien Kleider ärgerten, denn sie stellten meine Tätowierung zur Schau. Aber es gab mir ein gutes Gefühl. Ganz gleich, wo ich war, in wessen Gesellschaft ich mich befand oder was ich tat, Thaddeus' Name war immer sichtbar.

Mein Prüfstein.

Mein moralischer Kompass in dem Sumpf, durch den ich heute navigierte.

Das Tattoo erinnerte mich stets daran, dass das Leben sich in einem Wimpernschlag ändern konnte und man machtlos dagegen war.

Ich konnte seinen Namen nicht sehen. Aber das musste ich auch gar nicht, denn ich spürte jeden Buchstaben, als sei er in meine Seele eingebrannt.

»Was ist ...«

Ich verstummte, als ich die grünen Punkte wahrnahm. Einer war auf Carlos gerichtet und einer zielte direkt auf mein Herz.

Ich hatte recht behalten. Jefferson Baldwin war kein Gentleman und benutzte mich tatsächlich als menschlichen Schutzschild.

Nun konnte ich mir also sicher sein, dass ich mit meiner Einschätzung dieses Scheißkerls die ganze Zeit über richtiggelegen hatte, denn ich würde in seinen Armen sterben, während er sich hinter mir versteckte. Der Laser hüpfte über meine Brust, dann war er verschwunden. Bevor ich sehen konnte, wohin er gewandert war, hörte ich ein Zischen, als etwas an meinem Ohr vorbeiflog. Im nächsten Moment fiel ich zu Boden und landete auf Jefferson.

Ich hatte keine Ahnung, was geschehen war, aber ich wusste, dass ich sofort Reißaus nehmen musste, bevor der Schütze noch eine Kugel abfeuern konnte. Einen Sekundenbruchteil später brach Carlos zusammen und sein Kopf prallte gegen meinen.

Mir drehte sich alles, doch ich nahm all meine Kraft zusammen, um Carlos von mir zu stoßen. Warmes, klebriges Blut sickerte aus seiner Wunde und rann über meine Wange und in meinen Mund.

Oh Gott!

Oh, heilige Scheiße.

Ich war kurz davor, mich zu übergeben.

Carlos wurde von mir heruntergerissen und zur Seite geschleudert, als wöge er nicht mehr als eine Puppe. Dann packte mich ein schwarz maskierter Mann, indem er seine starken Arme um meine Taille schlang und mich ruckartig auf die Füße hob.

In diesem Moment konnte ich mich nicht mehr beherrschen und übergab mich.

Der Geschmack von Carlos' Blut vermischte sich mit Erbrochenem und mein Magen rebellierte erneut. Trotzdem lockerte der Mann seinen Griff nicht, auch nicht, als ich versuchte, meinen Kopf zu drehen. Das Ergebnis war, dass ich einen Teil meines Mageninhalts auf ihn entleerte.

Ich versuchte, mich von seiner Brust abzudrücken, aber meine Hände prallten praktisch an der massiven Muskelwand ab, während er seine Arme noch fester um mich zog.

Warum schrie ich nicht wie am Spieß? Weil ich vermeiden wollte, dass Jeffersons Wachen auf den Mann schossen. Ich hatte eine bessere Chance zu entkommen, wenn mein Körper nicht von Löchern durchsiebt wäre.

Die Tür eines Wagens wurde geöffnet und ich wurde buchstäblich auf den Rücksitz geschleudert. Sofort kroch ich auf die andere Seite, um auf diesem Weg zu entkommen. Doch ein zweiter maskierter Mann stieg ein und ich rutschte zurück in die Mitte.

Scheiße!

Denk nach, Emerson, denk nach.

Ich konnte nicht zulassen, dass sie mich mitnahmen. In diesem Land wurden Frauen aus einem einzigen Grund entführt – um verkauft zu werden.

Als die beiden Männer mich in ihrer Mitte einklemmten, drohte die Angst mich zu übermannen.

Die Kerle waren riesig. Sie waren von Kopf bis Fuß schwarz gekleidet, hielten Gewehre in den Händen und trugen kugelsichere Westen, an deren Vorderseite ein Haufen Utensilien befestigt waren. Ich musterte sie in der Hoffnung, irgendwas zu entdecken, was ich als Waffe benutzen könnte. Doch bevor ich meine Inspektion beenden konnte, wurden sowohl die Heckklappe als auch die Vordertüren des Geländewagens geöffnet und wieder zugeschlagen. Dann raste der Fahrer mit einer solchen

Geschwindigkeit davon, dass mein Kopf nach hinten geschleudert wurde.

Scheiße.

Ich machte mich gerade erneut auf die Suche nach etwas, mit dem ich mich aus meiner misslichen Lage würde befreien können, als der Mann sich seine schwarze Sturmhaube vom Kopf riss.

Meine Welt drehte sich.

Nein, mein *Universum* stand Kopf, als Thaddeus Bench mich mit seinen tiefbraunen Augen anstarrte. Ich wusste, wie ich seinen Blick zu deuten hatte, denn genau diesen Ausdruck hatte ich jedes Mal versucht zu verbergen, wenn ich Jefferson Baldwin angesehen hatte.

Er spiegelte Abscheu und Hass wider.

»Was zum Teufel?«, schrie er wutentbrannt.

Ich war sprachlos. Selbst wenn ich etwas hätte sagen wollen, ich war viel zu schockiert, um auch nur einen Ton herauszubringen.

Die ersten Worte, die ich seit zehn Jahren aus seinem Mund gehört hatte, waren voller Verachtung.

»Verdammte Scheiße.« Er schlug mit der Handfläche gegen die Rückenlehne des Beifahrersitzes, sodass der Kerl vor ihm einen tadelnden Blick über seine Schulter warf.

»Beruhige. Dich. Verdammt. Noch. Mal«, forderte der Mann.

»Scheiße«, knurrte der Fahrer. »Würdest du mir erklären, wer das Mädchen ist und warum sie in diesem Wagen sitzt?«

»Sie ist Garcias Frau«, antwortete Thaddeus.

»Ich bin …«

»Halt die Klappe, Emerson.«

Nun, offenbar hatte ich dank Thads machohaftem Gehabe meine Stimme wiedergefunden.

»Wage es nicht, mir den Mund zu verbieten, Thaddeus. Ich habe keine Ahnung, was hier vor sich geht, aber du und deine Freunde habt gerade meine Pläne durchkreuzt. Und jetzt würde ich gern wissen, wohin ihr mich bringt.«

»*Wir* haben *deine* Pläne durchkreuzt? Willst du mich verarschen?«

»Vergiss es. Ich verzichte auf die Erklärung«, sagte der Fahrer merkwürdigerweise. »Aber ich verlange eine verdammte Gehaltserhöhung. Kein Wunder, dass Z ständig so schlecht gelaunt ist. Ich schwöre bei allem, was mir heilig ist, wenn diese Frau meine Operation vermasselt, reiße ich dir den Kopf ab, Bench. Du hast sie mitgenommen, du bist für sie verantwortlich.«

Ich wusste weder, wovon der Fahrer sprach, noch wer oder was ein Z war oder warum er Thad die Verantwortung für mich übertrug.

Und es war mir auch egal.

Die Angst, die ich empfunden hatte, war in Wut umgeschlagen.

Acht Monate lang hatte ich mein Spiel mit Jefferson Baldwin gespielt. Acht verdammte Monate, und nun war die ganze Arbeit umsonst gewesen.

Völlig umsonst.

»Ihr könnt mich hier rauslassen.«

Niemand antwortete mir. Niemand schien sich darum zu scheren, dass ich etwas gesagt hatte.

KAPITEL FÜNF

THAD

Declan fuhr in die Einfahrt des abgelegenen Bungalows, in dem wir übernachten würden, und parkte den Wagen.

Die fünfzehnminütige Fahrt hierher war schweigend verlaufen, doch die Stille hatte mich nicht beruhigen können. Ich hatte tausend Fragen, auf die ich im Grunde keine Antwort haben wollte. Denn um diese zu bekommen, würde ich mit Emerson reden müssen, und ich war mir nicht sicher, ob ich das überleben würde.

Auf dem Flug nach Venezuela hatten wir fünf verschiedene Szenarien für diese Mission durchgesprochen und uns auf eine Strategie mit zwei Ausweichplänen geeinigt. Wir würden uns in zwei Teams aufteilen, wobei Declan, Kyle und Brooks in das Lagerhaus eindringen würden, um Leon Brown zu finden. Garrett hatte einen Informanten, der bestätigt hatte, dass Brown sich in dem Gebäude befand. Der Mann hatte den Grundriss grob auf einer Cocktailserviette skizziert und an Garrett geschickt.

Es war zwar nicht der beste Hinweis, den wir je bekommen hatten, aber auch nicht der schlechteste. Brown befand sich in einem von drei Büros im ersten Stock. Der Informant wusste zwar nicht, in welchem genau er war, aber das Team hatte eine ungefähre Vorstellung, und das war gut genug.

Sobald wir am Ort des Geschehens eingetroffen waren, hatten Max und ich uns abgesetzt und eine Scharfschützenposition eingenommen, um dem Team Deckung zu geben und Jefferson Garcia bei seiner Ankunft auszuschalten.

Alles war nach Plan verlaufen, bis Emerson aus dem schwarzen Wagen gestiegen war. Danach war alles schiefgelaufen. In der Sekunde, in der ich sie erkannt hatte, hatte mir der Atem gestockt und mein Herzschlag hatte sich beschleunigt.

Es war das reinste Desaster.

Durch mein Zielfernrohr hatte ich beobachtet, wie sie auf ihren hohen Absätzen schwankte, bevor sie ihr Gleichgewicht wiederfand. Beim Anblick ihres glänzenden blonden Haars, das ihr über die Schultern wallte, hatte ich mich unwillkürlich daran erinnert, wie es gewesen war, mit den Fingern durch ihre Strähnen zu fahren.

Dann hatte Declans Stimme mich aus meinen Gedanken gerissen, als er uns über Funk mitteilte, dass Brown Reißaus genommen hatte und wir sofort das Feuer eröffnen sollten. Max bestätigte, dass er das Ziel im Visier hatte, aber ich zögerte. Garcia hatte Emerson vor sich gezogen und sie als menschlichen Schutzschild benutzt.

Hätte ich geschossen, hätte die Kugel Emersons Herz durchbohrt, bevor sie Jefferson Garcia getroffen hätte. Ihr zierlicher Körper wäre meinem .308 Geschoss nicht gewachsen gewesen. Es wäre durch sie hindurch geglitten wie ein heißes Messer durch Butter und hätte sie ebenfalls getötet. Es wäre nicht das erste Mal gewesen, dass ich mit einem Schuss zwei Menschen auf einmal ins Jenseits befördert hätte.

Aber ich hatte es nicht tun können.

Stattdessen zielte ich auf Garcias Kopf und drückte ab. Er sackte zusammen und riss Emerson mit sich. Beide schlugen auf dem Boden auf, kurz bevor Max den Mann neben ihnen ausschaltete. Letzterer fiel auf Emerson und prallte mit dem Schädel gegen ihren.

Ich hätte sie dort liegen lassen sollen, doch dann beobachtete ich sie durch mein Zielfernrohr und sah die Angst und Panik in ihrem Gesicht.

Ganz gleich, wie wütend ich auf sie war, ich hatte sie nicht einfach auf dem Boden in dem Blut der anderen Männer liegen lassen können.

Ich war schwach. Ein stärkerer Mann hätte ihr den Rücken zugekehrt. Genau das hätte ich tun sollen. Stattdessen stürzte ich aus meinem Versteck und hob sie hoch.

Dann hatte ich die Fassung verloren, was ungewöhnlich war, denn normalerweise bewahrte ich stets einen kühlen Kopf. Doch nun saß sie neben mir und ich war nicht darauf vorbereitet gewesen. Niemals hätte ich geglaubt, mich auf diese Weise mit den Dämonen meiner Vergangenheit auseinandersetzen zu müssen. Aber diese Dämonen verfolgten mich auch heute noch.

Ich wusste, dass Declan mich dafür zur Rechenschaft ziehen würde, aber das hatte ich verdient. Und das wiederum brachte mich in Rage.

Ich verlor nie die Beherrschung. Niemals.

Außer, wenn es um Emerson ging.

Aber diese Frau war nicht die Emerson, in die ich mich verliebt hatte und um deren Hand ich hatte anhalten wollen. Ich hatte sogar schon den Ring gekauft. Die Frau, die in einem eleganten Ballkleid neben mir saß, war die Freundin eines Bandenchefs. Sie hatte nichts mit meiner süßen Emmy gemein. Diese schien nicht mehr zu existieren.

Das hätte die Sache eigentlich leichter für mich machen sollen, doch das tat es nicht. Es schmerzte. Zu wissen, was aus ihr geworden war, ließ mir die Galle aufsteigen.

Declan und Kyle stiegen aus dem Geländewagen und ich atmete ein paarmal tief durch, um meine rasenden Gedanken zu beruhigen. Irgendwann erkannte ich, dass ich nie wieder einen klaren Kopf bekommen würde, solange sie neben mir saß und unsere Schenkel sich berührten. Ich musste etwas Abstand von Emerson gewinnen.

Also öffnete ich meine Tür und stieg aus. Dann beugte ich mich vor und packte ihren schlanken Arm, während ich mit dem Bewusstsein haderte, dass ich Emerson erneut berührte. Ihre zarte Haut war genauso geschmeidig, wie ich sie in Erinnerung hatte. Selbst nach zehn Jahren wusste ich noch genau, wie sie sich angefühlt hatte. Es gab rein gar nichts an dieser Frau, was ich hatte vergessen können.

Obwohl ich es versucht hatte. Ich hatte sie vergessen wollen. Jahrelang hatte ich mich nach Kräften bemüht, nicht an sie zu denken, um mich nicht fragen zu müssen, wo sie war und warum sie mich verlassen hatte.

Emerson Pierce war meine ganz persönliche Hölle. Ihr Verrat schmerzte noch genauso sehr wie an jenem Tag, an dem ich nach Hause gekommen und sie einfach nicht mehr da gewesen war.

»Komm schon.« Ich zerrte an ihrem Arm und zwang sie, aus dem Wagen zu steigen.

»Du tust mir weh, Thaddeus. Würdest du mir bitte einen Moment Zeit lassen?«

Als ich meinen vollen Namen aus ihrem Mund hörte, verspürte ich erneut einen schmerzhaften Stich in der Brust. Keine andere Frau hatte mich je Thaddeus genannt. Wenn einer meiner Teamkameraden mich so nannte, zuckte ich unwillkürlich zusammen, doch zum Glück geschah das nicht allzu häufig. Denn ich wurde jedes Mal in eine Zeit zurückversetzt, in der Emerson meinen Namen gehaucht und mir ein hübsches Lächeln geschenkt hatte.

Scheiße.

Ich wollte mich damit nicht auseinandersetzen. Weder jetzt noch sonst irgendwann.

»Thad«, blaffte ich nur.

»Wie bitte?«

Ich zog sie neben mir her und sagte: »Mein Name ist Thad.«

Als wir die Tür erreichten, wand sie sich aus meinem Griff und straffte die Schultern.

»Was hast du gesagt?«

»Verdammt, bist du etwa schwerhörig?«

»Ich weiß, wie du heißt. Aber ich verstehe nicht, warum du es für nötig hältst, es mir zu sagen.«

»Vergiss es. Beweg deinen Arsch ins Haus.«

»Warst du schon immer so ein Arschloch?«

»Ich weiß auch nicht. Hattest du schon immer die Angewohnheit, mit Drecksäcken zu schlafen, die mit Mädchen handeln?«

Ein verletzter Ausdruck huschte über Emersons Gesicht, bevor sie die Augen zu dünnen Schlitzen zusammenkniff.

»Du hast nicht die geringste Ahnung, wovon du redest.«

»Sicher. Beweg deinen Arsch ins Haus«, wiederholte ich und trat einen Schritt vor, um sie über die Schwelle zu ziehen.

Kaum hatte ich die Tür geschlossen, waren alle Augen auf uns gerichtet.

Von mir aus.

Auch das war mir scheißegal. Ich wollte nur Abstand von Emerson gewinnen.

Ja, ich hätte sie und ihr kaltes Herz im Dreck liegen lassen sollen.

Ihre Absätze machten auf dem Fliesenboden ein klackerndes Geräusch, als sie sich von mir entfernte. Mein Blick fiel auf das Tattoo an ihrem Rücken.

Verdammt. Warum nur hatte sie meinen Namen auf ihre Haut tätowiert?

»Ich nehme an, ihr beide kennt euch«, knurrte Declan. »In Anbetracht der Umstände können wir wohl auf die Förmlichkeiten verzichten. Also, würdest du dich bitte vorstellen?«

»Ich bin Emerson Pierce.«

»Und woher kennst du Thad?«, wollte er wissen.

Sie presste die Lippen zusammen und begegnete meinem Blick. Ich hatte nie mit meinem Team über Emerson gesprochen und ich hätte es nie getan. Aber ich hatte mir die Suppe eingebrockt, also musste ich sie auch auslöffeln.

»Wir waren ein Paar, als ich in der SEAL-Ausbildung war«, erklärte ich.

Max warf mir einen durchdringenden Blick zu. Er hatte sie in Mexiko gesehen, aber als er angefangen hatte, mir Fragen über sie zu stellen, hatte ich nur abgewunken. Ich war mir sicher, dass er eins und eins zusammenzählte. Damals hatte er Emerson zwar nicht gekannt, aber er hatte schon während unseres ersten Trainingseinsatzes gewusst, dass ich eine Freundin hatte. Und als wir zurückkehrten und sie verschwunden war, hatte er auch das mitbekommen. Obwohl ich meinem Zug nie erzählt hatte, warum ich plötzlich so schlechte Laune hatte, war ihnen mein Stimmungswandel nicht entgangen.

»Ich nehme an, ihr habt euch nicht gerade im Guten getrennt«, hakte Declan nach.

Arschloch.

»Die Beziehung ging in die Brüche«, sagte ich nur, ohne meine Worte näher zu erläutern.

»Sicher.« Declan wandte sich Emerson zu. »Woher kennst du Jefferson Garcia?«

»Warum habt ihr ihn erschossen?« Mit der Frage überraschte sie mich, wobei ihr ausdrucksloser Tonfall mir allerdings nicht verriet, wie sie über seinen Tod dachte.

Das trieb mich wiederum an den Rand des Wahnsinns, denn ich wusste einfach nicht, wie ich sie einschätzen sollte.

Declan musterte Emerson weiter, während ich den Kopf schüttelte und den Blick abwandte. Ich konnte es nicht ertragen, sie noch länger anzusehen. Also beobachtete ich meine Teamkameraden einen nach dem anderen. Kyle und Brooks beäugten Emerson fasziniert und versuchten wahrscheinlich ebenfalls, aus ihr schlau zu werden. Max war von uns allen der Misstrauischste und starrte sie an, als sei sie der Feind, der uns jeden Moment angreifen könnte. Meines Erachtens war das genau die Behandlung, die sie verdient hatte. Aber Tatiana betrachtete sie mit einem mitfühlenden Ausdruck in den Augen.

Am liebsten hätte ich Brooks' Frau den Kopf zurechtgerückt und ihr gesagt, dass Emerson weder ihre Besorgnis noch ihr Mitgefühl verdient hatte. Sie war eine giftige Schlange.

»Das geht dich nichts an. Warum warst du heute Abend bei Garcia?«, drängte Dec.

»Ich denke nicht, dass dich das etwas angeht. Leider habe ich keine Ahnung, wer ihr seid, warum ihr Jefferson getötet habt oder warum ich jetzt hier bin. Aber ich weiß, dass ihr meine Pläne zunichtegemacht habt. Ich würde jetzt gern gehen.«

»Für wen arbeitest du?«, wollte Dec wissen.

»Für niemanden.«

»Sicher. Die Sache wird erheblich leichter für dich sein, wenn du meine Fragen beantwortest. Warum warst du heute Abend mit Garcia zusammen? Woher kennst du ihn? Und für wen zum Teufel arbeitest du?«

Declans Haltung hatte sich verändert und seine Stimme hatte einen eisigen Unterton angenommen. Sofort meldete sich mein Beschützerinstinkt und ich verspürte den Drang, Emerson vor seinem Zorn zu beschützen. Aber es war nicht meine Aufgabe, sie zu retten. Wir hatten sie gefunden, als sie gerade an Garcias Arm in ein Lagerhaus spazieren wollte, in dem Geld, Drogen und Frauen den Besitzer wechselten, während diese Ganoven sich auf die widerlichste Weise vergnügten, die man sich vorstellen konnte. Emerson war meines Schutzes nicht würdig und hatte Declans unbarmherzige Einstellung mehr als verdient.

Wenn sie nicht bald anfing zu reden, würde die Lage noch unangenehmer für sie werden.

»Ich habe dir doch gesagt, dass ich für niemanden arbeite. Ehrlich gesagt weiß ich nicht einmal, was du damit meinst. Es geht dich nichts an, woher ich Jefferson kenne. Ich werde jetzt gehen. Wenn ihr mich nicht gegen meinen Willen hier festhalten und foltern wollt, habe ich keinem von euch etwas zu sagen.«

Ja, mit dem letzten Teil ihrer Aussage spielte sie offensichtlich darauf an, dass ich sie mir geschnappt hatte. Ich weigerte mich, Emerson auch nur eines weiteren Blickes zu würdigen, und starrte stattdessen Tatiana an.

»Sie arbeitet für niemanden«, sagte sie. »Was hattest du mit Jefferson vor?«

»Ich sagte doch …«

»Hör auf mit dem Scheiß«, fiel Tatiana ihr ins Wort. »Niemand hier wird dich foltern oder hält dich gegen deinen Willen fest. Thad hat dich zu deinem Schutz hierhergebracht. Nachdem wir Jefferson und seinen Leibwächter getötet hatten, warst du Freiwild, und das weißt du. Garcia wurde ausgeschaltet, weil er ein Dreckskerl war. Er hat unter anderem Frauen gekauft und verkauft. Aber das weißt du bereits. Warum hast du heute Abend mit ihm einen Hundekampf besucht?«

Ich hörte ein Klappern auf den Fliesen und warf einen Blick auf Emerson. Sie hatte ihre Schuhe ausgezogen und achtlos vor sich auf den Boden geworfen. Wütend machte sie sich daran, einen Ohrring abzunehmen, bevor sie auch den anderen entfernte.

»Ich war bei ihm, weil er vorhatte, sich dort mit

jemandem zu treffen, und ich dabei sein wollte«, antwortete Emerson schließlich.

»Warum sollte er dir erlauben, bei einer Besprechung anwesend zu sein?«, fragte ich, bevor ich mich eines Besseren besinnen konnte.

»Weil er gern mit seiner hübschen Freundin vor seinen Geschäftspartnern angegeben hat«, knurrte sie.

Ich zuckte unwillkürlich zusammen und es war nicht zu übersehen, dass ich vor Wut kochte. Natürlich hatte ich vermutet, dass Emerson Garcias Frau war. Aber die Worte tatsächlich aus ihrem Mund zu hören war wie ein Schlag in die Magengrube.

Scheiße.

»Mit wem wollte er sich treffen?«, fragte Kyle.

»Keine Ahnung. Er hat nie mit mir über seine Geschäfte gesprochen.«

»Aber er hat dir erlaubt, bei den Treffen dabei zu sein?«, erkundigte ich mich.

Warum zum Teufel konnte ich den Mund nicht halten? Ich hätte gar nicht im Raum sein sollen. Das Team hätte sie auch ohne meine Hilfe verhören können.

»Bei einigen, ja. Ich sollte zuerst meinen Charme spielen lassen und dann den Mund halten. Häufig schickte Jefferson mich hinaus, nachdem wir Höflichkeiten ausgetauscht und Small Talk betrieben hatten. Jefferson wollte lediglich mit mir an seiner Seite den Raum betreten, was danach passierte, war ihm egal. Ganz gleich, wie das Treffen ablief, er sprach nie mit mir über seine Geschäfte. Selbst wenn er, wie heute Abend, sichtlich verärgert war, hat er sich mir nie anvertraut.«

»Du weißt also nicht, warum er heute Abend so aufgebracht war?«, warf Declan ein.

»Ich habe nicht gesagt, dass ich es nicht weiß. Ich sagte nur, dass er nicht mit mir darüber gesprochen hat.«

»Herrgott noch mal, *agápi mou*, rede nicht um den heißen Brei herum und spuck es einfach aus.«

Ihr Kosename von früher kam mir über die Lippen, bevor ich mich zurückhalten konnte. Scheiße. Emerson riss schockiert die Augen auf, bevor ein Anflug von Schmerz darin aufblitzte.

Verdammt.

Diese ganze Sache sollte verflucht sein.

Emerson sollte verflucht sein. Das alles war ihre Schuld. Wenn sie mich nicht verlassen hätte, hätten wir ein glückliches Leben gehabt. Ich hätte sie zu meiner Frau gemacht und unser Heim mit so vielen Kindern gefüllt, wie sie gewollt hätte. Ich wäre bereit gewesen, ihr die Welt zu Füßen zu legen.

Also nein, es war mir scheißegal, dass sie meinen Namen auf ihre Haut tätowiert hatte. Oder dass sie einen Bandenchef fickte, der Drogen und Frauen verkaufte. Vor allem scherte ich mich nicht darum, dass sie einen Meter von mir entfernt stand, Blut und Erbrochenes in ihren Haaren und auf ihrem teuren Kleid klebte, während sie mich anstarrte, als hätte ich ihr gerade in ihr hübsches Gesicht geschlagen.

Scheiß auf sie. *Scheiß auf sie.* Scheiß auf sie.

Ich warf einen Blick auf ihre schicken Sandalen. Mit meinem Gehalt hätte ich es mir niemals leisten können, ihr ein solches Paar zu kaufen. Wahrscheinlich hatte ich Emerson nie wirklich gekannt. Auf keinen Fall hätte mein süßes Mädchen, das Grundschullehrerin hatte werden wollen, das in Flipflops und abgetragenen Shorts herumgelaufen war und mit ihrem großen Herzen nicht an einem Obdachlosen vorbeigehen konnte, ohne ihm etwas Geld zu geben, je solche Schuhe getragen.

Verdammte Scheiße. Sie hatte mich gründlich getäuscht.

KAPITEL SECHS

EMERSON

Ein stechender Schmerz durchfuhr mich, als Thaddeus der Kosename über die Lippen kam, mit dem er mich vor Jahren immer angesprochen hatte. Ich fühlte mich, als hätte er mir einen Tritt in die Magengrube versetzt, mir eine Ohrfeige verpasst und mir das Herz aus der Brust gerissen. Im Laufe der Jahre hatte ich mir oft gewünscht, mein Leben wäre anders verlaufen. Ich sehnte mich danach, nur noch einen weiteren Tag mit Thad verbringen zu können, um jede einzelne Sekunde in mein Gedächtnis einzubrennen. Doch jetzt hätte ich mir lieber die Fingernägel mit einer Zange herausgerissen, als noch einmal hören zu müssen, wie er mich seinen Liebling nannte.

Ich war nichts dergleichen.

Und daran war ich schuld.

Obwohl ich es nicht hatte tun wollen, hatte ich ihn verlassen.

»Wie hast du Jefferson kennengelernt?«, fragte einer der Männer.

Sie hatten sich mir nicht vorgestellt, doch da sie nun alle

ihre Sturmhauben abgezogen hatten, erkannte ich den Mann, der mir die Frage gestellt hatte, wieder. Ich hatte ihn in Mexiko mit Thaddeus gesehen.

»Wie heißt du?«, wollte ich wissen.

»Das geht dich nichts an.«

Herrje! Das hatte ich wirklich nicht nötig. Ich hatte keinem dieser Leute etwas getan, was eine derart ablehnende Haltung mir gegenüber gerechtfertigt hätte. Nun, niemandem außer Thad. Er hatte seine Gründe, aber die hatten nichts mit unserer jetzigen Situation zu tun.

Sie hatten alles zerstört. Ich hatte hart gearbeitet, um dem Mann, den sie einfach erschossen hatten, so nahe zu kommen.

»Nun, Mr. ›Das-geht-dich-nichts-an‹. Wie es scheint, stecken wir in einer Sackgasse. Wir wollen beide keine Informationen preisgeben und ich habe noch etwas zu erledigen. Laut der Frau hier habt ihr nicht vor, mich heute noch zu foltern, also werde ich mich jetzt auf den Weg machen. Hat einer von euch zufällig meine Handtasche mitgenommen, als ihr so freundlich wart, mich zu retten, nachdem ihr Jefferson und Carlos getötet und mir den Abend versaut hattet?« Es herrschte Schweigen. »Niemand? Wirklich nicht?«

»Ist das dein Ernst? Dein Freund ist tot und du willst wissen, wo deine verdammte Handtasche ist?«

»Abgesehen davon, dass ich nicht sehen konnte, mit wem Jefferson sich treffen wollte, konnte ich auch die Mädchen nicht ausfindig machen, die er heute Abend verfrachten wollte. Ihr habt gerade acht Monate harter Arbeit zunichtegemacht. Meine Handtasche ist für mich von größerem Wert als Jefferson. In der Tat habt ihr mir viel Mühe erspart. Aber meine Habseligkeiten befinden sich in einem Hotelzimmer, zu dem ich jetzt keinen Zugang mehr habe, weil seine Leibwächter wahrscheinlich alles durchkämmen. Das heißt, ich habe nur die Kleider, die ich am Leib trage. Und ich fürchte, ein Paar ruinierte Gianvito Rossi Sandalen und der Schmuck im Wert von fast zehntausend Dollar werden mir nicht viel einbringen. Ihr habt mir also gleich zweimal einen Strich durch die Rechnung gemacht, als ihr Jefferson zu früh in die Hölle geschickt habt. Und ich habe meine Handtasche nicht.«

»Wie bitte?«, fragte Thad und verzog angewidert den Mund.

Ich ignorierte ihn und wandte mich der Frau zu. Sie schien die einzige Person im Raum zu sein, die nicht so aussah, als würde sie mich am liebsten erschießen.

»Sind wir jetzt fertig? Kann ich gehen?«

»Glaubst du immer noch, dass sie nicht auf jemandes Gehaltsliste steht?«, wollte der Mann, der offenbar das Sagen hatte, von der Frau wissen.

»Ich bin Tatiana«, stellte sie sich schließlich vor. »Das sind Declan, Kyle, Brooks und Max. Thad kennst du ja bereits.« Tatiana zeigte der Reihe nach auf die Männer.

»Es steht dir frei zu gehen, aber du bist etwa dreißig Kilometer vom Lagerhaus und fast fünfzig Kilometer von dem Hotel entfernt, in dem Jefferson eingecheckt hat. Wie du schon sagtest, hast du nur ein Paar Gianvito Rossis und ich muss dir leider zustimmen. Die Schuhe sind im Eimer.«

»Ich nehme nicht an, dass du mich in die Stadt fahren würdest?«

»Ich fürchte nein«, antwortete sie, »aber ich biete dir meine Hilfe bei der Suche nach den Mädchen an. Weißt du, wo sie sind?«

Schon vor langer Zeit hatte ich gelernt, niemandem zu trauen. Ich wusste nicht, wer diese Leute waren. Zwar würde ich gern glauben, dass sie auf der Seite des Guten standen, weil Thad zu ihrem Team gehörte, aber ich wusste, dass das nichts zu bedeuten hatte.

Auch gute Menschen konnten sich ändern und die Seiten wechseln.

Ich hatte keine Ahnung, wer Thaddeus Bench heute war.

Vor zehn Jahren war er ein frischgebackener Seemann gewesen, der gerade seine Ausbildung absolviert hatte und auf dem besten Weg war, als Navy SEAL die Welt zu retten. Sein moralischer Kompass hatte einwandfrei funktioniert, und obwohl ich gern geglaubt hätte, dass nichts ihn von seinem Kurs hatte abbringen können, konnte ich es nicht wissen.

Ich hatte damals meinen College-Abschluss fast in der Tasche und wollte Lehrerin werden, weil ich unsere Jugend positiv beeinflussen wollte. Es war mein sehnlichster Wunsch gewesen.

Und nun befand ich mich mitten im venezolanischen Dschungel, nachdem der Mann, dem ich meine Liebe vorgeheuchelt hatte, vor einem Gebäude, in dem bestialische Tierkämpfe stattfanden, mit einem Kopfschuss niedergestreckt worden war.

Ich hatte gelogen.

Ich hatte betrogen.

Ich hatte gestohlen.

Ich hatte kaltblütig gemordet.

Ja, Menschen änderten sich. Sogar diejenigen, die ihre Zukunft in Stein gemeißelt glaubten und Güte in ihren Herzen trugen.

»Danke für das Angebot, aber ich verzichte.«

Ich hob meine Schuhe vom Boden auf und begann, einen Plan zu schmieden. Auf der Fahrt hierher hatte ich auf den Weg geachtet. Ich wusste, dass ich nur ein paar Kilometer laufen musste, bis ich ein Hotel erreichen würde. Von dort aus würde ich Jeffersons Sicherheitsteam anrufen und den Männern erzählen, dass ich meinen Entführern entkommen sei und Hilfe bräuchte.

Sie würden kommen und mich abholen.

Danach würde ich improvisieren.

»Du kannst …«

»Nein, kann ich nicht, Tatiana. Aber nochmals danke für dein Angebot.«

»Was auch immer du vorhast, es wird nicht funktionieren«, meldete Thad sich zu Wort.

»Du weißt doch gar nicht, was ich geplant habe, Thad. Also hast du auch keine Ahnung, ob es funktionieren wird oder nicht. Aber ich nehme deine Sorge zur Kenntnis.«

»Ich sorge mich weniger darum, ob du mit deinem Plan Erfolg haben wirst, sondern vielmehr um das Wohlergehen meines Teams.«

»Glaubst du etwa, ich werde euch an Jeffersons Leibwächter verraten?«

»Ich weiß nicht, was zum Teufel du tun wirst. Tatiana liegt falsch. Du kannst nicht einfach hier herausspazieren. Zuerst werden wir alles in die Wege leiten, um dich in ein Flugzeug zurück in die USA zu setzen.«

Mein Gott, warum schmerzte sein Misstrauen so sehr, obwohl ich ihm gegenüber genauso argwöhnisch war?

»Im Ernst, Thaddeus. Ich hätte angenommen, dass du mich besser kennst. Sie würden euch töten.«

»Offenbar kenne ich dich nicht. Und wie sich herausstellt, habe ich das auch nie getan. Und Schätzchen, diese Kerle würden nur *versuchen*, uns zu töten, aber damit würden wir nur wertvolle Zeit verschwenden. Ich bin nur daran interessiert, diese Mädchen zu finden.«

Verdammt. Das tat noch mehr weh. Viel mehr.

Aber es war die Wahrheit, er kannte mich nicht. Zumindest nicht mein neues Ich. Das Mädchen mit den funkelnden Augen, das er in San Diego kennengelernt hatte, existierte schon lange nicht mehr.

Mit seinen Worten hatte er mir erfolgreich einen Dolch ins Herz gerammt, doch als der anfängliche Schmerz langsam verebbte, dachte ich darüber nach, was er über die Mädchen gesagt hatte.

Er hatte recht.

Die Mädchen hatten absolute Priorität. Ich hatte keine andere Wahl, als diesen Leuten zu vertrauen. Und falls ich mich am Ende irrte und sie mich töteten, dann war ich zumindest bei dem Versuch gestorben, ein paar unschuldige Frauen zu retten.

Genau das hatte ich mir jeden Morgen gesagt, als ich im Bett irgendeines abscheulichen Mannes aufgewacht war. Tausende Male hatte ich mir eingeredet, dass mein Kreuzzug es wert war, dafür zu sterben.

Ich ließ meine Schuhe fallen, legte die Ohrringe auf die Kommode neben mir und stieß die Luft aus. »Kann ich mich irgendwo frisch machen? Ich möchte mir wenigstens Carlos' Blut und das Erbrochene aus dem Gesicht waschen.«

»Ja. Komm mit. Ich zeige dir das Bad und besorge dir frische Kleidung zum Anziehen. Ich habe sicher etwas, was dir passt.«

»Danke.«

Ich folgte Tatiana und ließ den Blick noch einmal durch den Raum schweifen. Er hätte als gemütliches Wohnzimmer durchgehen können, wenn fünf Hünen nicht den ganzen Platz beansprucht hätten. Sie hatten sich während des Verhörs nicht gesetzt, sondern waren mit ihren Gewehren in den Händen stehen geblieben, während sie weiterhin ihre Schutzwesten trugen. Jeder einzelne von ihnen strahlte eine bedrohliche und grimmige Präsenz aus. Bis auf Tatiana, die die Stimme der Vernunft zu sein schien. Ich fragte mich unwillkürlich, was die Männer wohl mit mir angestellt hätten, wenn sie nicht hier gewesen wäre.

In dem ganzen Haus herrschte eine Atmosphäre, die das genaue Gegenteil von dem Luxus war, in dem Jefferson gebadet hatte. Der Bungalow war aber keine schäbige Absteige, er war sauber und zweckmäßig. Ihm fehlte nur das grandiose Ambiente, mit dem Jefferson sein aufgeblasenes Ego gestreichelt hatte.

Seltsamerweise passte die Schlichtheit jedoch zu den

Bewohnern des Hauses. Wenn ich die Wahl hätte, würde ich die Hütte jederzeit der Villa vorziehen.

Obwohl Tatiana mir die Namen der Männer genannt hatte, konnte ich mich an keinen von ihnen erinnern. Ich hatte nicht die geistige Kapazität, um derart nutzlose Informationen zu speichern, und musste mir über wichtigere Dinge Sorgen machen. Vor allem musste ich mich aus dem Schlamassel befreien, den Thad mir eingebrockt hatte.

Wieder einmal stand ich mit leeren Händen da. Ich war wieder ganz am Anfang. Aber diesmal war meine Situation noch schlimmer als zuvor, denn Thad hatte gesagt, dass sie mich zurück in die USA schicken würden. Es würde ein Vermögen kosten, auf eigene Faust nach Südamerika zurückzukehren, und ich hatte noch nicht einmal meine nächste Zielperson ausgewählt.

Ich roch nach Erbrochenem und an meiner Haut klebte das Blut eines toten Mannes. Aber ich drückte den Rücken durch, setzte eine ausdruckslose Miene auf und tat das, was ich immer tat – ich bereitete mich darauf vor, eine Weltklassedarbietung zu liefern. Ich spielte eine Rolle – und ich war eine verdammt gute Schauspielerin. *Ich würde das schaffen.* Nie ließ ich meine Maske fallen, obwohl ich innerlich eine Höllenangst ausstand. Ich hatte keine Ahnung, was ich tun sollte.

Ich bin völlig erledigt.

Glücklicherweise war ich zu sehr damit beschäftigt, meiner derzeitigen Lage Herr zu werden, sodass ich gar keine Zeit hatte, mir den Kopf darüber zu zerbrechen, wie der Mann, den ich die letzten zehn Jahre geliebt hatte, mich mit seinen Worten vernichtet hatte.

Nachdem ich ihn verlassen hatte, war ein kleiner Teil meines Herzens intakt geblieben, doch diesen hatte er gerade endgültig in Stücke gerissen.

KAPITEL SIEBEN

THAD

»War das …«

»Ja«, fiel ich Kyle ins Wort.

»Steht da …«

»Ja«, unterbrach ich Declan, bevor er meinen Namen aussprechen konnte.

»Heilige Scheiße«, murmelte Kyle.

Declan wandte sich wieder mir zu und bedachte mich mit einem durchdringenden Blick. Ich wappnete mich, denn ich wusste, dass er mir gleich die Leviten lesen würde. Das hatte ich zwar verdient, doch das bedeutete nicht, dass ich es hören wollte.

»Was zum Teufel hatte das zu bedeuten?«, fauchte er mich an. Als ich nichts erwiderte, fragte er: »Wird sie ein Problem sein?«

»Ja«, antwortete ich aufrichtig.

Es hatte keinen Sinn, es zu leugnen. Emerson würde ein Problem für mich sein.

»Scheiße.« Declan verschränkte die Arme vor der Brust und starrte gen Decke. Wenn ich hätte raten müssen, hätte ich gesagt, dass er all seine Selbstbeherrschung zusammennahm, um mich nicht wegen des Schlamassels zu erwürgen, den ich ihm beschert hatte. »Was kannst du mir über sie erzählen?«

»Gar nichts.«

»Was soll das heißen? Du kennst sie doch, nicht wahr? Dein Name prangt für die ganze Welt sichtbar auf ihrem Rücken.«

»Ich habe nicht die geringste Ahnung, wer diese Frau ist«, blaffte ich, wobei ich vergebens versuchte, den verächtlichen Unterton in meiner Stimme zu unterdrücken. »Die Emerson Pierce, die ich kannte, war eine nette College-Studentin. Sie arbeitete hart, lächelte viel und liebte den Strand. Sie war bodenständig, trug nie Make-up oder putzte sich heraus, als sei sie auf dem Weg zu einer vornehmen Gala. Und sie hätte sich niemals mit einem Mann wie Garcia abgegeben.«

Außerdem hatte sie in meinem Bett gelegen und mir ihre Träume zugeflüstert. Sie hatte mein Herz im Sturm erobert und mich mit ihrer Leidenschaft berauscht. Sie war liebreizend und gütig und brannte so sehr für die Dinge, die ihr am Herzen lagen, dass sie selbst den zynischsten Mann zum Glauben hätte bekehren können. Und sie war offenbar die beste Trickbetrügerin, der ich je begegnet war.

Ich hatte es nicht kommen sehen, denn ich war unsterblich in sie verliebt. An jenem Morgen, an dem ich zu meinem Trainingseinsatz aufgebrochen war, hatte sie in unserer Küche getanzt und versucht, gute Miene zum bösen Spiel zu machen, während sie mir gesagt hatte, wie sehr sie mich vermissen würde. Als ich zurückkam, war sie jedoch nicht mehr in unserer Küche gewesen. Und all ihre Sachen waren verschwunden. Emerson hatte ihre Koffer gepackt und sich aus dem Staub gemacht. *Puff. Sayonara. Wie vom Erdboden verschluckt.*

Dec wischte sich mit den Händen übers Gesicht, bevor er wutentbrannt sein Handy aus der Tasche zog, den Bildschirm entsperrte, ungestüm seinen Sicherheitscode eintippte und sich das malträtierte Gerät ans Ohr hielt.

»Garrett«, sagte er zur Begrüßung. »Ich brauche Informationen über Emerson Pierce.« Dann schwieg er einen Moment und wandte sich mir zu. »Kennst du ihr Geburtsdatum?«

Ich nannte es ihm, woraufhin er wieder ins Telefon sprach. »Hast du das gehört? Richtig. Letzter bekannter Wohnort San Diego. Ja. Danke, bitte schicke es so schnell wie möglich. Und tu mir einen Gefallen, ja? Sag Zane, dass meine Tagespauschale sich gerade verdoppelt hat. Du kannst Bench die Schuld dafür geben. Alles lief bestens, bis er beschlossen hat, es sei an der Zeit, sein kaltes, einsames Herz aus seinem langen Winterschlaf zu erwecken. Jetzt haben wir ein Problem in Form einer sexy Blondine, auf der Thaddeus' Name groß und breit geschrieben steht. Und das meine ich wörtlich. Du musst einen Evakuierungsflug für sie organisieren. Je schneller, desto besser, andernfalls stecken wir alle tief im Schlamassel. Genau. Nochmals danke.«

Declans spitzfindige Bemerkungen machten mich wütend. Ich wusste, dass ich Mist gebaut hatte, als ich Emerson mitgenommen hatte, aber was hätte ich sonst tun sollen? Vielleicht hasste ich sie. *Nun, das ist eine Lüge.* Aber kein Mann würde eine Frau schutzlos einer Horde Wölfe überlassen, die sich sofort über sie hergemacht hätten.

»Willst du uns jetzt erzählen, was zwischen euch beiden schiefgelaufen ist?«, fragte Kyle.

»Sie ist die Frau«, warf Max wissend ein. »Die, von der du mir bei unserem ersten Trainingseinsatz erzählt hast. Nach unserer Rückkehr hast du dich geweigert, über sie zu sprechen.«

Ich wusste, dass er eins und eins zusammenzählen würde.

»Später«, antwortete ich. »Jetzt sollten wir uns zu einer Nachbesprechung zusammensetzen und herausfinden, wohin Leon Brown verschwunden ist. Ganz zu schweigen von den Frauen, die vielleicht gerade für den Transport vorbereitet werden. Der ganze andere Scheiß muss warten.«

»Dem stimme ich zu«, meldete Brooks sich glücklicherweise zu Wort, bevor Declan mir weiter die Hölle heißmachen konnte.

»Wir haben uns Zugang durch den Hintereingang verschafft«, begann Dec. »Wie Gumby uns bereits erzählt hatte, war der Anblick völlig krank. Zwei Hunde befanden sich in einem mit Maschendrahtzaun abgegrenzten Ring und rissen sich gegenseitig in Stücke. Gut, dass wir zuvor mit Faith gesprochen hatten, denn sie hatte recht. So aufgebracht und angewidert ich auch war, wir hätten diese Tiere nicht retten können. Selbst wenn wir uns durch die Horden von Männern und Frauen gekämpft hätten, hätten die Hunde uns angegriffen. Ich habe noch nie ein derart blindwütiges und bösartiges Tier erlebt. Ich habe keine Ahnung, was sie den Vierbeinern antun, um sie derart in Rage zu versetzen, aber sowohl die Besitzer als auch die Trainer hätten es verdient, kastriert zu werden«, sagte Declan.

Kyle ergriff das Wort und fuhr mit dem Bericht fort. »In der Lagerhalle herrschte so viel Trubel, dass niemand bemerkt hat, wie wir an der hinteren Wand entlangschlichen. Die Männer, die nicht auf den Kampf fixiert waren, nahmen entweder Wetten an, zahlten Geld aus oder verteilten Drogen. Der Lärm war ohrenbetäubend. Hunde bellten und knurrten, Männer und sogar Frauen schrien und jubelten. Am liebsten hätte ich den ganzen Laden in die Luft gejagt.«

Tatiana kam, gefolgt von Emerson, zurück ins Wohnzimmer. Ich musste nur einen Blick auf sie werfen, und sämtliche Gedanken daran, wie dankbar ich war, nicht mit meinem Team über sie sprechen zu müssen, waren wie weggeblasen.

Sie hatte ihr elegantes Kleid gegen eine von Tatianas Cargohosen und ein T-Shirt getauscht. Letzteres hätte an Tatiana locker gesessen, doch an Emerson lag es hauteng an.

Ihr blondes Haar hatte sie gewaschen und zu einem Pferde-schwanz zusammengebunden. Sowohl das Blut als auch das Make-up hatte sie sich aus dem Gesicht gewischt.

Scheiße.

Ich musste blinzeln und mich abwenden, um sie nicht anzustarren. Diese Emerson mit dem ungeschminkten Gesicht und den zusammengebundenen Haaren war die Frau, in die ich mich verliebt hatte.

Verdammt.

»Und Sidney hatte ebenfalls richtiggelegen. Die Hunde, die vor dem Kampf in den Käfigen gehalten wurden, wurden alle bewacht. Der Gestank war grauenhaft«, fügte Brooks hinzu.

»Sie lassen die Tiere nicht aus den Augen, damit niemand versucht, die Konkurrenz vor dem Kampf zu vergiften oder ihr anderweitig zu schaden«, erklärte Emerson.

»Wie viele Kämpfe hast du schon besucht?«, wollte Declan wissen.

»Drei große. Einen in den Staaten, einen in Spanien und einen während meiner letzten Reise nach Venezuela.«

»Alle mit Garcia?«, hakte Dec nach.

»Ja. Darüber hinaus hat er mich zu Dutzenden von klei-neren Veranstaltungen mitgenommen.«

»Was meinst du mit kleiner?«, fragte ich.

»Kleiner in Bezug auf die Anzahl der kämpfenden Hunde und Teilnehmer. Jefferson reiste um die ganze Welt, um geeignete Hunde zu finden. Er besuchte die kleineren Kämpfe, die von Einheimischen veranstaltet wurden, und wenn er glaubte, der Siegerhund hatte Potenzial, dann kaufte er ihn.«

»Warum sollten diese Leute ihren Hund verkaufen, wenn er ein Gewinner ist? Das ergibt doch keinen Sinn. Oder züchten sie die Hunde, um sie zu verscherbeln?«

Emerson begegnete meinem Blick und antwortete: »Weil die Leute, von denen er die Hunde gekauft hat, keine andere

Wahl hatten. Wenn Jefferson ihre Einnahmequelle wollte, hat er sie sich einfach genommen. Niemand hat Jefferson Baldwin einen Wunsch abgeschlagen.«

Niemand hat Jefferson Baldwin einen Wunsch abgeschlagen.

Bei dem Gedanken drehte sich mir der Magen um. Emerson war seine Freundin gewesen. Sie hatte in seinem Bett geschlafen und an seinem Arm gehangen wie eine Trophäe.

Einfach widerlich.

»Als wir oben in Jeffersons Büro ankamen, war die Zielperson verschwunden. Der Raum war leer«, beendete Declan.

»Jeffersons Büro befindet sich nicht im Obergeschoss. Nicht in diesem Lagerhaus. Stattdessen hat er sich mit seinen Geschäftspartnern in einem Raum in der Nähe der Zwinger getroffen, um mit seinen knurrenden Hunden seine Macht zu demonstrieren«, erklärte Emerson.

»Scheiße«, fluchte Declan. »Wusste unser Informant nichts darüber oder wollte er uns in die Irre führen?«

»Wie viele Leute wissen, wo Jeffersons Büro ist?«, fragte Tatiana. »War allgemein bekannt, dass er seine Treffen in der Nähe seiner Hunde abhielt, oder wollte er seinen Standort geheim halten?«

»Seine Leibwächter wissen es. Jeder, der sich mit ihm getroffen hat, weiß es. Er hielt es zwar nicht direkt geheim, aber er machte es auch nicht öffentlich. Damit will ich sagen, dass jeder, der seine Augen offen hielt, gesehen hätte, wie er den Raum betrat. Und wir reden von zwielichtigen Kriminellen, die zweifellos alle ihre Umgebung im Auge hatten. Aber jemand, der zum ersten Mal einen seiner Kämpfe besucht hat, hätte es vielleicht nicht gewusst. Oben befinden sich tatsächlich Büros, aber er benutzte sie nicht.«

»Wir müssen Garrett Bescheid geben, damit er seinen Informanten überprüfen kann. Er soll herausfinden, inwieweit dieser in Garcias Geschäfte verwickelt ist.«

»Ihr nennt Jefferson ständig ›Garcia‹. Aber ihr wisst doch sicher, dass er seinen Namen in Baldwin geändert hat, nicht wahr? Bereits damals, nachdem er und seine Mutter Brasilien verlassen hatten.«

Interessant. Emerson wusste etwas über Garcias Vergangenheit.

»Wann hat er Brasilien verlassen?«, fragte ich, um herauszufinden, wie weit ihre Kenntnis reichte.

»Als er noch ein Kind war. Soweit ich informiert bin, hat sein Vater Geschäfte mit den falschen Leuten gemacht und wurde getötet. Seine Mutter nahm Jefferson daraufhin mit nach Guyana und änderte ihren Namen.«

»Und woher hast du diese Informationen – aus seinem LinkedIn-Profil für Bandenchefs?«

Emerson begegnete wieder meinem Blick. Insgeheim freute ich mich darüber, dass ich sie mit meiner Bemerkung getroffen hatte. Ich verhielt mich absichtlich wie ein Arschloch und hoffte, dass sie meine Botschaft laut und deutlich verstand.

»Nun …« Sie verzog die Lippen zu einem verruchten Lächeln und ich wusste, dass ich die Antwort nicht hören wollte. Mein gesunder Menschenverstand hing an einem seidenen Faden, und wenn sie uns jetzt erzählte, dass Garcia ihr von seiner Kindheit im Bett erzählt hatte, würde ich die Beherrschung verlieren.

Anstatt mir also eine Geschichte anzuhören, die mich nur in Rage bringen würde, unterbrach ich sie. »Sein Vater wurde umgebracht, weil er ein Verräter war. Pablo Garcia wollte das Leben seiner Familie verbessern und verriet einen der örtlichen Bandenführer an die Regierung. Mit dem Geld, das er dafür bekommen sollte, hätte er mit seiner Frau und seinem Sohn aus den Slums wegziehen können. Lizza Garcia brachte Jefferson nach Surinam. Dort arbeitete sie so lange, bis sie es sich leisten konnte, ihnen eine neue Identität zu beschaffen und nach Guyana weiterzuziehen. Dort nahm sie eine Stelle als Dienstmädchen an.«

»Wenn du bereits alles weißt, warum fragst du dann?« Ihr Lächeln wich einem Stirnrunzeln, doch ich zuckte nur mit den Schultern.

»Schön. Da das nun geklärt wäre, sollten wir uns über den heutigen Abend unterhalten. Die Uhr tickt«, erinnerte Declan mich.

Alle Augen richteten sich auf Emerson, die plötzlich nervös wirkte. Sie blickte Tatiana um Hilfe heischend an, was mich erneut in Rage brachte. Ich wollte, dass sie mich ansah und bei mir Trost suchte, so wie sie es früher immer getan hatte. Natürlich würde ich ihr meine Unterstützung verweigern, weil ich ein Arschloch war und wollte, dass ihr genauso unbehaglich zumute war wie mir.

Es war wahr. Ich wollte Emerson genauso leiden lassen, wie ich gelitten hatte.

»Heute Morgen hat Jefferson mich im Hotel abgesetzt und ist dann losgefahren, um die Mädchen zu inspizieren.«

»Hat er dir das gesagt?«, erkundigte sich Tatiana.

»Nicht mit diesen Worten. Er sagte mir, ich solle mich ausruhen, da er noch etwas zu erledigen habe. Als er zurückkam, war er in einer üblen Stimmung. Er war verärgert und angespannt und rief Carlos zu sich. Das ist der andere Mann, den ihr getötet habt. Ich habe nur einen Teil ihrer Unterhaltung mitbekommen. Offenbar war Jefferson wütend, weil einige der Mädchen zu alt waren, andere waren unattraktiv und eines war, wie er sagte, übergewichtig. Dann sprachen sie Portugiesisch, sodass ich einen Teil des Gesprächs nicht verstehen konnte. Als sie wieder ins Spanische verfielen, erklärte Jefferson, dass er nur zehn der Mädchen übernehmen würde. Er gab Carlos zu verstehen, dass er einen neuen Lieferanten finden sollte, da die Ladung bereits zum zweiten Mal nicht zu seiner Zufriedenheit ausgefallen war.«

»Du hast gesagt, dass er mit dir nicht über seine

Geschäfte gesprochen hat. Woher wusstest du dann, dass er die Mädchen inspizieren würde? Und warum hat er sich mit Carlos in deiner Gegenwart darüber unterhalten?«, fragte Max ungläubig.

Max hatte ein erstklassiges Gespür für Menschen, die ihm einen Bären aufbinden wollten. Außerdem war er von Geburt an mit Misstrauen gesegnet, das sich im Laufe seines Lebens immer mehr verfestigte, bis nur noch Zynismus und Argwohn übrig blieben. Wem es einmal gelang, Max' Panzer zu durchbrechen, der konnte sich seiner Loyalität für den Rest seines Lebens sicher sein.

Emerson hielt seinem Blick hoch erhobenen Hauptes und mit gestrafften Schultern stand. Verdammt, ich kannte diesen Ausdruck in ihren Augen. Trotz. Die Frau hatte Mumm. Auch daran erinnerte ich mich. Wenn Emerson glaubte, im Recht zu sein, gab sie nicht nach. Weder mir noch ihrem Chef noch ihren Dozenten gegenüber.

Sie war im Begriff, Max Paroli zu bieten. Das war nicht besonders klug von ihr, aber ich würde sie nicht warnen. Wenn sie sich mit meinem Teamkameraden anlegen wollte, war das ihre Sache. Und wenn Max genug von ihrer Unverfrorenheit hatte, würde er sich ihrer annehmen.

Es war nicht mein Problem.

Emerson Pierce konnte auf sich selbst aufpassen.

KAPITEL ACHT

EMERSON

Ich erinnerte mich an Thads Teamkameraden, denn ich hatte die beiden zusammen in Mexiko gesehen. Jetzt musterte er mich von oben bis unten, als sei ich das verlogenste Miststück, dem er je begegnet war. Er glaubte, mich bei einer Lüge ertappt zu haben, und wollte mich deshalb zur Rede stellen. Ich konnte es ihm nicht einmal verübeln.

Wir alle spielten ein Spiel. Dieses Team gegen mich. Sie vertrauten mir nicht und ich traute ihnen genauso wenig. Im Grunde war es zum Lachen. Ich brauchte Informationen von ihnen und sie von mir, aber keiner von uns wollte dem anderen etwas zugestehen.

Wieder einmal waren wir an einem Scheideweg angelangt.

Wir befanden uns in einer Sackgasse.

Und genau dort würden wir bleiben, wenn nicht einer von uns den Anfang machte.

Also traf ich eine Entscheidung. Ich würde ihnen entgegenkommen, falls sie sich ebenfalls erkenntlich zeigten.

»Wenn ich euch erzähle, woher ich von Jeffersons

Geschäften wusste, verratet ihr mir dann, warum ihr ihn getötet habt?«

»Diese Frage hat Tatiana dir bereits beantwortet. Der Mann war ein Scheißkerl«, sagte Max, wenn ich mich richtig an seinen Namen erinnerte.

»Ja, das ist nichts Neues. Aber ich will wissen, warum ihr ihn ausgerechnet heute Abend ausgeschaltet habt. Wer hat seinen Tod angeordnet?«

»Warum interessiert es dich, wer ihn tot sehen wollte? Und warum *nicht* heute Abend? Der Kerl hat viel zu lange unter den Lebenden geweilt. Jemand hätte ihn schon vor zehn oder fünfzehn Jahren ins Jenseits befördern sollen.«

Langsam verlor ich die Beherrschung, denn Max brachte mich mit seiner Doppelzüngigkeit und seinem sarkastischen Tonfall in Rage.

»Ich will wissen, wer euch angeheuert hat, damit ich einschätzen kann, in welcher Gefahr ich schwebe. Und ich will wissen, warum ihr ihn heute Abend getötet habt, damit ich verstehe, warum ich acht Monate umsonst neben diesem Stück Scheiße gelegen habe. Acht vergeudete Monate. Acht verdammte Monate, in denen ich mit ihm die gleiche Luft geatmet habe. Wenn ich euch also verraten soll, woher ich wusste, dass er heute Abend die Mädchen inspizieren wollte, dann müsst ihr mir im Gegenzug auch etwas geben. Ihr habt alles zerstört, wofür ich so hart gearbeitet habe. Und zwar innerhalb des einen Augenblicks, den deine Kugel brauchte, um den Lauf zu verlassen und seinen Kopf zu treffen.«

Max starrte mich immer noch an, während Thad mir einen bösen Blick zuwarf und Tatiana mich mitfühlend musterte. Die anderen Männer beäugten mich irritiert, als sei ich eine lästige Schnake, die sie am liebsten verscheucht hätten.

»Du bist sicher nicht in größerer Gefahr, als du ohnehin schon warst«, lenkte Max schließlich ein und antwortete mir. »Ich kann dir die Frage nicht beantworten, warum wir ihn heute Abend ausgeschaltet haben. Wir hatten es in erster Linie gar nicht auf Garcia abgesehen, sondern auf den Mann, mit dem er sich heute Abend treffen wollte. Aber ich kann dir versichern, dass keiner von uns um das Arschloch trauert. Im Gegenteil. Jeder Tag, an dem wir einen Mann wie Garcia ausschalten können, ist ein guter Tag. Vielleicht war er dein Mann und du hast ihn geliebt, und möglicherweise bist du sogar der Typ Frau, der über seine Geschäfte hinwegsehen kann, solange er dir nur genügend Luxus bietet, aber das ist uns scheißegal. Wenn du also unser Beileid willst, wirst du lange darauf warten müssen. Bis in alle Ewigkeit.«

»Beileid?«, blaffte ich wütend. »Hör zu, du Arschloch, ich will und brauche euer Mitgefühl nicht. Aber da du meine Frage beantwortet hast, werde ich deine beantworten.« Auf den Teil mit der Liebe ging ich gar nicht ein, denn ich schuldete diesen Leuten keine Erklärung. »Am Anfang meiner Beziehung mit Jefferson bin ich ihm gefolgt, wenn er *geschäftlich* unterwegs war. Er nahm Carlos jedes Mal mit und überließ es einem seiner Lakaien, auf mich aufzupassen. Wenn wir in der Stadt waren, konnte ich mich leicht aus dem Hotel schleichen und ihn beschatten. Aber hier ist das zu schwierig. Als ich ihm bei unserem ersten Aufenthalt in Venezuela gefolgt bin, wurde ich fast erwischt. Also habe ich es diesmal gar nicht erst versucht.«

»Aber du wusstest, dass er sich die Mädchen ansehen würde?«, fragte Tatiana.

»Ja. Schließlich waren wir in erster Linie aus diesem Grund hier. Außerdem ließ er zwei Hunde kämpfen, die er kürzlich erworben hatte.«

»Du sagtest, du hast acht Monate mit ihm verbracht. Warum?« Die Frage kam von dem Mann, der offenbar der Anführer der Gruppe war.

»Wie war dein Name?«

»Declan.«

»Richtig, Declan, das geht dich nichts an. Das Frage-

und Antwortspiel ist hiermit beendet. Ich muss die Mädchen ausfindig machen und ihr müsst wahrscheinlich den Mann aufspüren, mit dem Jefferson sich treffen wollte.«

Ich war mir nicht sicher, wie viel Uhr es war, aber es musste kurz vor eins sein. Mir lief die Zeit davon. In weniger als fünf Stunden würde die Sonne aufgehen und ich würde mich nicht mehr im Schutz der Dunkelheit verbergen können. Es war Zeit zu gehen.

»Tatiana, danke für die Kleider. Ich wünschte, ich könnte sie bezahlen, aber ich habe mein Portemonnaie nicht bei mir.«

»Ich habe dir bereits gesagt, dass du nirgendwohin gehen wirst, Emerson.«

Ich wandte mich Thaddeus zu. Meine Güte, warum war er immer noch so attraktiv? *Oder sollte ich sagen, noch attraktiver?* Während der letzten zehn Jahre war er muskulöser, breiter und gemeiner geworden. Aber vielleicht war er nur mir gegenüber so unnachgiebig. Möglicherweise war er immer noch der gleiche gute Kerl, der er früher einmal gewesen war. Vielleicht hatte er sich überhaupt nicht verändert und ich war die Einzige, die sich in eine Kriminelle verwandelt hatte.

Ich wusste es nicht. Und ich hatte weder die Zeit noch das Recht, es herauszufinden. Er glaubte, ich hätte ihn hintergangen, und es war das Beste, ihn in dem Glauben zu lassen.

Wir bedeuteten einander nichts mehr.

Und meine Geschichte ging nur mich etwas an.

Er würde nie verstehen, warum ich getan hatte, was ich getan hatte. Und damit hatte ich mich abgefunden. Das musste ich, denn ich hatte seine Vergebung nicht verdient. Und er würde mir ohnehin nie verzeihen.

»Doch, ich werde gehen, Thaddeus. Du wirst mich nicht aufhalten.«

»Wenn es sein muss, werde ich dich mit Handschellen ans Bett fesseln.«

»Und ich schneide dir die Kehle durch, bevor du es überhaupt versuchen kannst.«

Ich schob eine Hand in die Tasche von Tatianas Cargohose und griff nach dem Messer, das ich immer bei mir trug. Natürlich würde ich Thad nie etwas antun, aber es fühlte sich gut an, die Worte auszusprechen.

Statt Thad wie gehofft zu verärgern, verzog er die Lippen zu einem breiten, strahlenden Lächeln. »Das wird nicht passieren.«

»Was genau? Dass du mir Handschellen anlegst oder dass ich dich vorher umbringe? Im Ernst, wir verschwenden hier nur unsere Zeit. Keiner von euch ist glücklich über meine Anwesenheit hier. Außerdem hätte ich geglaubt, ihr würdet euch freuen, wenn ich die Mädchen ausfindig mache.«

»Du wirst nicht einmal in die Nähe der Mädchen kommen.« Thads Lächeln verblasste und er bedachte mich mit einem finsteren Blick. »Wenn du glaubst, wir lassen dich beenden, was dein Freund begonnen hat, bist du noch verrückter, als ich geglaubt habe.«

»Beenden, was mein Freund begonnen hat?«, flüsterte ich.

Das tat weh.

»Ja, du weißt schon, einen Stall voller junger Mädchen kaufen, um sie an die kranken Wichser dieser Welt zu verscherbeln.«

Es tat nicht nur weh, es zerriss mich innerlich.

»Sieh mich an, Thaddeus. Sieh mich an und erinnere dich daran, wer ich bin. Glaubst du wirklich, ich würde diese Mädchen verkaufen?«

Thad fixierte mich mit einem durchdringenden Blick. In seinen Augen sah ich nichts als Abscheu und Verachtung. Und dann gab er mir den Rest.

»Ich *sehe* dich an, Emerson, und ich kann nichts als

Abschaum erkennen. Ich sehe eine Frau, die einen Mann wie Jefferson Garcia ficken würde. Eine Frau, die so tief gesunken ist, dass sie es in Kauf nimmt, wenn junge Frauen ihren Familien entrissen und an Männer verkauft werden, die sie missbrauchen und foltern. Männer, die sie vergewaltigen, bis sie sich wünschen, sie seien …«

»Halt die Klappe!«, schrie ich.

Erinnerungen. So viele Erinnerungen stürmten auf mich ein. Tränen. Flehen. Prellungen und Striemen. Ein geschundener Körper und eine noch geschundenere Seele.

»Fick dich. Wie kannst du nur so etwas sagen? Es ist mir egal, für wen du mich hältst. Ich *weiß*, wer ich bin. Und ich würde diesen Frauen nie etwas antun. Lieber sterbe ich, als ihnen Schaden zuzufügen.«

»Und das soll ich dir glauben?«

»Ja, weil ich das alles nur gespielt habe.«

»Was soll das heißen, Emerson?«

»Es ist nur eine Scharade. Tagaus, tagein spiele ich eine Rolle. Über die Jahre habe ich sie perfektioniert. Das musste ich. Wenn ich nicht so eine gute Schauspielerin wäre, wäre ich längst tot.«

»Ja, du bist wirklich eine gute Schauspielerin. Du hast sogar mich getäuscht. Deine Darbietung damals war oscarreif. Und nun gibst du vor, deine Fähigkeiten sogar noch perfektioniert zu haben. Du wirst also verstehen, warum ich dir deine ›Ich will die Mädchen retten‹-Nummer nicht abkaufe.«

Ich schloss die Augen. Dann tat ich etwas unsagbar Dummes.

»Ich habe dich nicht getäuscht, Thaddeus. Du wirst mir das sicher nicht glauben, aber ich habe dich geliebt. Meine Gefühle für dich waren echt und nichts war gelogen. Ich bin nicht gegangen, weil ich es wollte«, flüsterte ich.

»Ja, sicher. Ich bin einmal auf diesen Mist hereingefallen. Und ich gebe zu, ich habe es dir abgekauft. Aber du wirst mich nie wieder so hinters Licht führen, denn ich bin immun gegen deine Lügen. Du hast also recht, ich werde dir niemals glauben. Weder in Bezug auf unsere gemeinsame Vergangenheit noch hinsichtlich deiner Absichten, was diese Mädchen angeht. Du kannst dir deine geflüsterten Worte und deinen Schwachsinn über deine Liebe zu mir in den Arsch schieben.«

Das hatte ich verdient.

Diesmal würde ich seine Worte einfach über mich ergehen lassen und ihn nicht um Vergebung bitten. Ich würde weder mich noch ihn in Verlegenheit bringen, indem ich versuchte, ihn davon zu überzeugen, dass unsere Liebe echt gewesen war. Es reichte, wenn ich es wusste. Thad Bench war das Beste, was mir je widerfahren war. Damals war die Welt noch in Ordnung gewesen.

Dann war alles den Bach runtergegangen. Und jetzt war ich für ihn nichts weiter als eine unschöne Erinnerung und ein Fehler, den er gern ungeschehen machen würde. Wenn ich könnte, würde ich ihm den Wunsch erfüllen. Ich würde die Zeit zurückdrehen und zu dem Tag zurückkehren, an dem ich ihn kennengelernt hatte. Er hatte sich nach meinem Wohlergehen erkundigt und mir aufgeholfen, nachdem ich bei dem Versuch, das Rollerbladen zu lernen, auf den Hintern gefallen war. Ausgehend von dem, was ich heute wusste, würde ich seine Hand nicht ergreifen und mich von ihm zu einer Bank tragen lassen, damit er sich sowohl um mein angeschlagenes Ego als auch um meine aufgeschürften Hände kümmern konnte. Wenn ich damals gewusst hätte, wie schnell das Leben zu einem Albtraum werden konnte, hätte ich ihn zum Teufel gejagt und ihn vor mir bewahrt.

Aber das hatte ich nicht wissen können. Also hatte ich mir von ihm helfen lassen. Dann hatten wir uns unterhalten und danach hatte ich mich bereit erklärt, mit ihm essen zu gehen. An jenem Abend hatte ich mich in ihn verliebt. Und es hatte sich herausgestellt, dass diese Liebe ein ganzes Leben lang halten würde. Zumindest von meiner Seite aus. Selbst wenn er sich heute wie ein Arschloch verhielt und mich als Abschaum und Lügnerin beschimpfte. Meine Liebe zu ihm war so tief in meiner Seele verwurzelt, dass sie ewig währen würde. Das wusste ich einfach.

Und tief im Inneren wusste ich, dass Thaddeus verstehen würde, warum ich ihn verlassen hatte, wenn ich ihm alles erzählte. Es würde einige Zeit brauchen, aber irgendwann würde er meine Beweggründe nachvollziehen können. Auch wenn er mir nie verzeihen könnte, würde er erkennen, dass ich gegangen war, um ihn zu schützen.

Es war die richtige Entscheidung gewesen.

Ich hatte keine andere Wahl gehabt.

Schuldgefühle durchströmten mich, als ich mich daran erinnerte, warum ich ihn verlassen hatte.

Ich habe das Richtige getan.

KAPITEL NEUN

THAD

Emerson zuckte bei jedem Wort aus meinem Mund zusammen.

Sie sah aus, als hätte ich ihr körperliche Schmerzen zugefügt. Genau das hatte ich doch gewollt, nicht wahr? Ich wollte sie für alles leiden lassen, was sie mir angetan hatte. Sie sollte wissen, dass ich über sie hinweg war. Vor langer Zeit hatte ich sie geliebt, doch heute bedeutete sie mir nichts.

Warum tut es dann weh, sie leiden zu sehen?

»Weißt du, wo die Mädchen sind?«, wollte Brooks von Emerson wissen.

»Ich weiß, wo er sie das letzte Mal festgehalten hat, und vermute, dass sie auch diesmal dort sind.«

»Und wo ist das?«, fragte Max.

Ein trotziger Ausdruck huschte über Emersons Gesicht und sie schüttelte den Kopf.

»Ich denke, sie sollte uns begleiten, um …«, begann Brooks.

»Auf keinen Fall«, unterbrach ich ihn.

»Nun, mein Freund, sie wird ganz sicher nicht allein mit

meiner Frau hier zurückbleiben. Nicht einmal geknebelt und an ein Bett gefesselt. Wir wissen nicht, wer sie ist, warum sie bei Garcia war und wer jetzt hinter ihr her sein könnte. Wenn du dich also nicht freiwillig meldest, um den Babysitter für sie zu spielen, wird sie mitkommen. Vor allem da sie wahrscheinlich weiß, wo die Mädchen sind, und uns dadurch wertvolle Zeit sparen kann.«

»Ich habe euch doch erzählt …«

»Nichts für ungut, aber es ist mir egal, was du uns erzählt hast. Ich vertraue dir nicht, also werde ich dich nicht mit meiner Frau hier zurücklassen. Wenn du die Mädchen retten willst, wie du behauptest, dann wirst du uns begleiten. Wenn du weiterhin die Nervensäge spielen willst, dann bleibst du eben hier. Aber du *wirst* mit Handschellen an ein Bett gefesselt und geknebelt. Es interessiert mich nicht, was du Thad einmal bedeutet hast, und es ist mir scheißegal, dass du glaubst, es mit dem Messer in deiner Tasche mit ihm aufnehmen zu können. Nachdem wir die Mädchen gefunden haben, werden wir so nett sein, dich in die USA zurückzuschicken, damit du deiner Wege gehen kannst. Du hast die Wahl.«

Das Messer in ihrer Tasche?

Tatsächlich, Emerson hatte eine Hand in ihre Tasche gesteckt und befühlte etwas. Verdammt, wie hatte ich das nur übersehen können? Ach richtig, ich war zu sehr mit meinen Gefühlen beschäftigt gewesen, um auf die eigentliche Bedrohung zu achten. Und diese war Emerson selbst.

Ich hatte genug von dem Mist. Brooks hatte recht. Wir brauchten Emerson, damit sie uns den Weg weisen konnte. Aber bevor wir aufbrechen konnten, musste ich zuerst wieder einen klaren Kopf bekommen. Das Leben der jungen Mädchen stand auf dem Spiel, ganz zu schweigen von der Sicherheit meines Teams.

Es war Zeit, sich an die Arbeit zu machen.

»Was kannst du uns über den Ort sagen, an dem sie festgehalten werden?«, fragte ich.

Sie blieb stur und sagte kein Wort. Diese verdammte Frau sollte verflucht sein.

»Wie viele Wachen?«, fügte Kyle hinzu.

»Wo befindet sich der Eingang? Und wie viele Mädchen sind es?«, meldete Declan sich zu Wort.

Emerson schien vor Angst wie gelähmt, als wir sie mit unseren Fragen bombardierten.

»Meine Güte. Gebt ihr doch einen Moment Zeit, um zu antworten«, schimpfte Tatiana. »Das Wichtigste zuerst: Wie viele Männer bewachen die Frauen?«

Emerson atmete tief durch und sah aus, als hätte sie gerade eine Entscheidung getroffen. Sie wirkte niedergeschlagen.

»Es gibt einen Jachthafen an der Ensenada El Placer…«

»Dort liegt seine Jacht, nicht wahr?«, warf Declan ein.

»Ja. Zu dem Hafen gehören vier große Industriegebäude. Ich habe keine Ahnung, was sich darin befindet oder wem sie gehören. Wenn ihr an ihnen vorbei in Richtung Wasser geht, gelangt ihr an eine kleine unbefestigte Straße. Sie ist allerdings leicht zu übersehen, denn auf den ersten Blick wirkt die Abzweigung nur wie eine kleine Lichtung. Aber es ist ein Weg.«

»Könntest du uns die Abzweigung auf einer Karte zeigen?«, fragte Max.

»Das könnte ich, aber ich werde es nicht tun.«

Max runzelte die Stirn. »Warum nicht?«

»Weil ich nicht dumm bin. Nach allem, was ich euch bereits verraten habe, wärt ihr in der Lage, die Straße zu finden, aber nicht das Haus. Ihr habt euren Standpunkt klargemacht, also werde ich euch auch meinen darlegen. Ich will mit den Mädchen sprechen, bevor ihr sie mitnehmt. Mehr nicht. Ich vertraue darauf, dass ihr sie gut behandelt und in

Sicherheit bringt. Aber im Gegenzug gewährt ihr mir fünf Minuten allein mit ihnen.«

»Um was zu tun?«, hakte Max nach.

»In diesem Punkt müsst ihr *mir* vertrauen. Danach trennen sich unsere Wege. Ich werde euch die Mühe und die Kosten ersparen, mich zurück in die Staaten zu schicken, und mir selbst ein Transportmittel suchen.«

»Abgemacht«, meldete sich Declan zu Wort, bevor ich protestieren konnte.

Was zum Teufel sollte das?

Dec würde sie auf keinen Fall gehen lassen. Es wäre viel zu gefährlich, denn sie wäre leichte Beute.

»Als ich dort war, war der industrielle Teil des Hafens leer und es lagen keine weiteren Boote am Steg. Das Haus, wenn man es so nennen kann, ist kleiner als dieser Bungalow. Es besteht nur aus zwei Zimmern ohne Bad oder Küche. Zumindest habe ich keine gesehen. Außerdem führt nur eine Straße dorthin, was bedeutet, dass es auch keinen anderen Weg hinaus gibt. Allerdings könnte man die Gegend auch mit einem kleinen Boot ansteuern. Vom Haus aus ist ein Strand zu sehen«, erklärte Emerson.

»Wie viele Wachen?«, fragte Kyle.

»Es waren zwei im Haus. Wenn man bedenkt, dass ich noch lebe, glaube ich nicht, dass sie auch die Umgebung im Auge hatten.«

»Wie kommst du darauf?«, meldete Tatiana sich zu Wort.

»Weil ich keine gerissene Spionin bin. Das bedeutet, dass ich nicht gut darin bin, mich unsichtbar zu machen. Natürlich habe ich Vorsicht walten lassen und war so leise wie möglich, aber ich habe diese Mission nicht gerade mit militärischer Präzision durchgeführt.«

»Wie bist du ihm gefolgt?«, hakte Max nach. Offensichtlich war er nach wie vor misstrauisch. Mir stellte sich die gleiche Frage. Wenn das Haus so abgelegen war, wie war sie dann dorthin gelangt?

»Mit dem Wagen«, antwortete sie sarkastisch.

»Woher hattest du den Wagen, Emerson?«, fragte er mit einem ähnlich beißenden Tonfall.

»Ich habe ihn gestohlen.«

»Wie bitte?« Vor Schreck riss ich die Augen auf.

»Ich habe einen Satz Schlüssel vom Parkservice entwendet und einen Wagen geklaut. Und bevor du fragst: Ich hatte Jefferson mit einem Peilsender versehen. Es war also leicht, ihm bis zum Hafen zu folgen. Aber es wäre schwieriger gewesen, nicht gesehen zu werden, nachdem er auf den Feldweg eingebogen war. Also parkte ich den Wagen und bin den Rest des Weges gelaufen. Nach meiner Schätzung liegt die Hütte höchstens eineinhalb Kilometer im Dschungel.«

»Und Garcia hat die Mädchen immer noch inspiziert, als du dort ankamst?« Max ließ nicht locker.

Ein normaler Mensch brauchte etwa zwanzig Minuten, um eineinhalb Kilometer zurückzulegen. Durch den dichten Dschungel würde es länger dauern. Es würde außerdem bedeuten, dass Jefferson vor ihr zurück im Hotel gewesen wäre und gesehen hätte, dass sie nicht dort war.

»Er prüfte seine Ware gern selbst, bevor er sie kaufte.« Emerson rümpfte angewidert die Nase und presste die Lippen zusammen. »Ich warf einen Blick durch so viele Fenster wie möglich und machte mich schleunigst auf den Rückweg. Mir war klar, dass Jefferson vor mir zurück im Hotel sein würde. Er war wütend, also log ich und erzählte ihm, dass ich einen Spaziergang gemacht hatte. Da er in dem Glauben war, dass ich seine Befehle für gewöhnlich befolgte, hatte er mir schnell verziehen.«

Max schien mit ihrer Antwort zufrieden zu sein, aber ich kaufte ihr das alles immer noch nicht ab. Sie hatte wiederholt zugegeben, dass sie eine gute Lügnerin war, daher fiel es mir schwer, den Schwachsinn zu glauben, den sie von sich gab.

»Wenn wir dort ankommen, werden wir uns in zwei Gruppen aufteilen«, erklärte Declan. »Thad, Brooks und Max, ihr werdet die Umgebung durchkämmen. Kyle und Emerson, ihr beide kommt mit mir. Sobald wir uns vergewissert haben, dass draußen keine Wachen postiert sind, werden wir ins Haus eindringen. Möglicherweise befanden sich nur zwei Männer im Haus, als Emerson dort war, aber nach heute Abend könnten es mehr sein. Ich will kein Risiko eingehen.«

»Verstanden«, bestätigte Brooks, ergriff die Hand seiner Frau und führte sie in den Nebenraum.

Tatiana würde bei dieser Mission hierbleiben. Brooks war froh, dass seine Frau hinter den Kulissen arbeitete und bei der Planung einer Operation half. Wenn es nach ihm ginge, wären Tatianas Tage im Außendienst gezählt. Es wäre eine Schande, denn sie hatte bewiesen, dass sie eine absolute Bereicherung für das Team war und auf sich selbst aufpassen konnte.

Sie hatte Brooks das Leben gerettet, obwohl sie dabei fast gestorben wäre. Die Tage nach diesem schrecklichen Vorfall waren unerträglich gewesen. Brooks war untröstlich und der Rest von uns war krank vor Sorge um sie.

Ich konnte es Brooks also nicht verübeln, dass er Tatiana daran hindern wollte, sich wieder ins Gefecht zu stürzen. Allerdings fragte ich mich, wie lange sie sich ihm zuliebe noch zurückhalten würde.

»Los geht's«, befahl Declan.

Ich kramte meine schwarze Sturmhaube aus der Tasche und platzierte sie wie eine Mütze auf meinem Kopf, ohne sie mir übers Gesicht zu ziehen. Ich wünschte mir, jemand hätte eine zusätzliche Sturmhaube für Emerson.

Ich war mir nicht sicher, wie lange ich es noch ertragen konnte, ihr strahlend blondes Haar und ihr wunderschönes Gesicht zu sehen.

Ich drehte mich um und wollte zur Tür gehen, als mein

Blick auf Max fiel. Er hob sein Kinn und sah mich mitfühlend an. Mir war klar, dass er meinen Schmerz spürte. Ich wollte nicht, dass Emerson ging, und Max wusste das.

Er kannte mich auch gut genug, um zu wissen, dass ich trotz meines Getöses Emerson nicht dabeihaben wollte, weil es zu gefährlich war. Und wenn wir versagen würden, wäre sie so gut wie tot.

Ich mochte die Frau zwar hassen, aber ich würde ihr niemals einen so langsamen, qualvollen Tod wünschen.

Alles in allem war ich geliefert.

KAPITEL ZEHN

EMERSON

Auf der Fahrt zum Jachthafen nahmen wir fast alle dieselben Plätze ein wie zuvor, mit dem Unterschied, dass Thaddeus es sich auf der Ladefläche des Geländewagens bequem gemacht hatte und Max und Kyle mich nun flankierten.

Die Jungs stellten mir eine Reihe von Fragen, die ich alle bereitwillig und wahrheitsgemäß beantwortete. Das war das erste und einzige Mal, dass ich mich ihnen öffnete. Ich würde darauf vertrauen, dass sie die Mädchen in Sicherheit brachten, und im Gegenzug würde ich ihnen alle Informationen geben, die sie brauchten.

Tatsächlich war ich mit diesem Plan besser beraten, denn seit alles den Bach runtergegangen war, hatte ich mir noch keine Gedanken darüber machen können, wie ich die Mädchen befreien würde.

Ich brauchte nur fünf Minuten, um sie zu befragen, dann würde ich mich davonschleichen und einen Weg finden, in die Villa zu gelangen und meine Sachen zu holen. Dabei würde ich vorgeben, von einem von Jeffersons Rivalen entführt worden zu sein, und hoffentlich die beste Darbietung meines Lebens geben. In der Gegend gab es genügend Bandenchefs, die ich beschuldigen konnte, und Jeffersons Wachen würden auf Rache aus sein. Vielleicht war es sogar einfacher, als ich dachte, die Rolle der trauernden Freundin zu spielen und einen Bandenkrieg anzuzetteln.

Genau das würde ich brauchen. Ich musste alle in Aufruhr versetzen, damit ich meine Sachen packen und die Bühne verlassen konnte, bevor jemand mich gefangen nehmen konnte. Ich würde nie wieder in diesen Teil Venezuelas zurückkehren können, aber damit hatte ich kein Problem.

»Emerson?« Max stieß mich mit der Schulter an.

»Hm?«

»Schätzchen, du solltest bei der Sache bleiben. Wir sind da.«

Wie bitte?

Nein.

Ich hatte genug davon.

Thaddeus hatte ich hintergangen und er hatte allen Grund, wütend auf mich zu sein. Also würde ich ihm seine ungehobelte Art durchgehen lassen. Und zwar lebenslänglich. Aber die restlichen Teammitglieder standen auf einem anderen Blatt. Ich war es leid, ihre Frechheiten über mich ergehen zu lassen. Vor allem die von Max.

»Nein. Das reicht jetzt. Ich habe einen Namen und es wäre schön, wenn du ihn benutzen könntest. Ich heiße Emerson, nicht Schätzchen.«

»Wie bitte?« Er verengte die Augen. Selbst im Dunkeln konnte ich sein blondes Haar und seine blauen Augen deutlich erkennen. Er sah eher aus wie ein Surfer als ein … was auch immer er war. Ich wusste nicht einmal, was diese Männer beruflich machten. Da Thad zu ihrem Team gehörte, nahm ich an, dass sie beim Militär waren, aber ich hätte mich auch irren können. Ich hatte sie nicht gefragt und hatte auch nicht vor, es zu tun.

»Ich denke, du hast mich verstanden, Max. Ich bin nicht dein Sandsack. Mir ist klar, dass du mich nicht magst. Keiner von euch kann mich leiden, aber weißt du was? Es ist mir scheißegal. Ich habe dir nichts getan. Und in weniger als einer Stunde wirst du mich nie wiedersehen müssen. Aber es wäre nett, wenn du deinen Missmut bis dahin für dich behalten könntest.«

»Verdammt richtig, ich bin missmutig. Du hast einen von uns aufs Kreuz gelegt, was bedeutet, dass du uns alle gefickt hast.«

Nun, das war kein angenehmer Gedanke – ganz und gar nicht.

»Bleib einfach bei der Sache und pass auf dich auf. Ich habe keine Lust, auch noch einen dritten Bericht ausfüllen zu müssen, weil du ebenfalls das Zeitliche gesegnet hast.«

Ach du meine Güte. Ich hätte es nicht für möglich gehalten, dass ein erwachsener Mann derart dramatisch sein kann, aber Max belehrte mich eines Besseren.

»Danke für den Ratschlag.«

Declan parkte den Geländewagen in einer Bucht, die von dichtem Gestrüpp umgeben war. Den Rest des Weges würden wir zu Fuß zurücklegen. Da wir uns aufteilten, musste ich Thad, Brooks und Max den Weg erklären.

»Der Feldweg wird sich gabeln. Ihr wendet euch nach links. Wenn ihr geradeaus weitergeht, werdet ihr an den Strand gelangen. Das Haus könnt ihr nicht verfehlen, denn es ist das einzige Gebäude in der Gegend.«

Der Gedanke war fast krank, aber im dichten Dschungel war die Hütte perfekt versteckt. Die Baumkronen machten es unmöglich, den Boden zu sehen, was bedeutete, dass das Haus vom Flugzeug aus nicht zu erkennen war. Und man musste genau wissen, wo der Strand war, um ihn über den Wasserweg zu erreichen. Jefferson war vieles gewesen, aber nicht dumm.

Max, Thad und Brooks waren verschwunden, und zum ersten Mal seit Jeffersons Tod konnte ich aufatmen.

»Bist du bereit?«, fragte Declan.

»Ja.«

Schweigend schlichen wir durch den Regenwald. Ich geriet etwas außer Atem, als ich versuchte, mit den Männern Schritt zu halten und gleichzeitig riesige Insekten zu verscheuchen, die so groß waren, dass ihre Flugfähigkeit allen Naturgesetzen zu widersprechen schien. Und ich achtete peinlichst genau darauf, nicht versehentlich auf eine Schlange zu treten. Nur nach den Bösewichten hielt ich nicht Ausschau, da ich davon ausging, dass Declan und Kyle sich darum kümmerten. Die beiden hielten ihre Gewehre im Anschlag, seit wir begonnen hatten, uns durchs Dickicht zu pirschen.

Es erstaunte mich, wie lautlos sie sich auf dem sumpfigen Boden fortbewegen konnten. Keiner von ihnen beschwerte sich und brachte sein Unbehagen anderweitig zum Ausdruck. Und ich war mir sicher, dass auch sie unter der Hitze litten, die auch in der Nacht noch herrschte. Der Schweiß rann mir über die Stirn und zwischen meinen Brüsten hinunter.

Die Männer waren von Kopf bis Fuß vermummt, und doch hielten sie kein einziges Mal an, um sich das Gesicht abzuwischen oder einen Schluck Wasser zu trinken. Ich hätte fast alles für eine kühle Flasche Wasser und eine fünfminütige Pause gegeben, aber unter keinen Umständen würde ich mir die Blöße geben und Schwäche zeigen.

Außerdem war die Hütte schon fast in Sichtweite und die Sache wäre in ein paar Minuten erledigt.

Declan blieb stehen, hob den rechten Arm in einem Neunzig-Grad-Winkel in die Höhe und ballte die Hand zur Faust. Kyle hielt ebenfalls inne, also nahm ich an, dass das Handzeichen das Signal für »Halt« war. Ich tat es den Männern gleich und rührte mich nicht von der Stelle. Plötzlich tauchten drei schwarz gekleidete Männer aus dem Gebüsch auf.

Bevor ich einen Schrei ausstoßen und das Weite suchen konnte, zog Declan mich an sich und flüsterte: »Sei still.«

Nachdem der erste Schreck verflogen war, wurde mir klar, dass Thad, Max und Brooks wieder zu uns gestoßen waren.

Declan nickte und vier der Teammitglieder setzten sich wieder in Bewegung. Ich wollte ihnen folgen, als mich jemand am Bizeps packte. Als ich den Mann ansah, schüttelte er den Kopf. Er ließ meinen Arm nicht los, aber er lockerte seinen Griff ein wenig.

Ich wusste, dass es nicht Thad war, aber wegen der schwarzen Sturmhaube konnte ich ihn nicht erkennen.

Im Mondlicht sah ich, wie die Eingangstür des Hauses eingetreten wurde. Der Laut durchdrang die Stille der Nacht und Sekunden später ertönten gedämpfte Schüsse. Beeindruckt beobachtete ich die Lichtblitze, die durch die Fenster zu erkennen waren. Es sah aus, als würde jemand ein Feuerwerk in der Hütte zünden.

Genauso plötzlich, wie es begonnen hatte, endete es wieder.

Einen Augenblick später schob der Mann mich vorwärts und wir betraten das Haus.

Mir stockte der Atem. Der Gestank von Urin und Fäkalien war überwältigend und wurde von der feuchten, abgestandenen Luft noch verstärkt.

»Mein Gott«, murmelte ich.

Ich wurde in den zweiten Raum geführt, der kleiner war als der erste und nur von einer batteriebetriebenen Laterne beleuchtet wurde. Fünf Mädchen kauerten in einer Ecke.

»Wo sind die anderen?«, fragte ich den Mann neben mir.

Er antwortete nicht, sondern zuckte nur mit den Schultern. Ich fragte mich, warum er keinen Ton von sich gab, aber vielleicht wollte keiner von ihnen, dass die Frauen ihre

Stimmen später wiedererkennen konnten. Er ließ meinen Arm los und bedeutete mir mit einer Geste, zu den Mädchen zu gehen.

Ich bewegte mich langsam auf sie zu und kniete mich vor sie. Eigentlich hätte ich es bevorzugt, allein mit den Mädchen zu sein, aber mir lief die Zeit davon.

»Diese Männer sind hier, um euch zu retten«, begann ich und hoffte, dass eine von ihnen Englisch sprach. »Könnt ihr verstehen, was ich sage?«

Zwei der Mädchen nickten. »Gut. Das ist gut. Niemand wird euch etwas tun. Sie werden euch an einen sicheren Ort und zurück zu euren Familien bringen.«

Sie starrten mich mit ausdrucksloser Miene an. Der Anblick brach mir das Herz. Keines der Mädchen glaubte mir. Verdammt! Es war furchtbar. Ich hasste den Blick des Zweifels und der Enttäuschung.

Ich zog ein gefaltetes Foto aus meinem BH und zeigte es den Mädchen.

»Hat eine von euch diese Frau gesehen?«

Keine von ihnen warf einen Blick darauf. Sie schienen meine Worte gar nicht zu hören.

»Bitte helft mir«, flehte ich. »Das ist meine Schwester. Seht sie euch an. Bitte! Habt ihr sie gesehen?«

Die Jüngste von ihnen betrachtete das Bild meiner hübschen kleinen Schwester, schüttelte den Kopf und stupste das Mädchen neben ihr an, damit sie ebenfalls einen Blick darauf warf.

Auch sie schüttelte den Kopf.

Ich ließ die Schultern hängen und starrte auf den schmutzigen Boden.

Wieder eine Sackgasse.

Es war jedes Mal dasselbe.

Aber das war nicht die Schuld dieser Mädchen, also sah ich auf. Zumindest würden heute fünf weitere junge Frauen gerettet werden.

»Danke, dass ihr es euch angesehen habt. Ihr seid jetzt alle in Sicherheit.«

Ich wollte gerade aufstehen, als die Jüngste von ihnen meine Hand ergriff und drückte.

Vielleicht würde sie zu den Glücklichen gehören, die diese Tortur auch mental überstehen würde.

»Kommt, wir bringen euch hier raus.« Ich stand auf und gab den Frauen ein Zeichen, es mir gleichzutun.

Als ich mich umdrehte, sah ich, dass der Mann den Blick auf seine Stiefel gesenkt hatte.

Er hatte es gehört.

Verdammter Mist.

»Könnt ihr sie jetzt hier rausholen?«, fragte ich.

Er begegnete meinem Blick und starrte mich mit seinen stahlblauen Augen an.

Max.

Er hatte alles gehört.

Scheiße.

Max nickte und verließ den Raum.

Ich half den Mädchen auf und brachte sie in den Nebenraum. Vier Männer standen zum Aufbruch bereit in der Nähe der Tür. Ich machte mir nicht die Mühe, mich noch einmal umzusehen, ich wollte einfach nur aus diesem Dreckloch verschwinden.

Drei Männer verließen den Raum und Max bedeutete mir, ihnen zu folgen.

»Kommt schon, geht mit ihnen mit«, sagte ich zu den Mädchen.

Dicht aneinandergedrängt traten sie nach draußen. Es überraschte mich, dass keine von ihnen versuchte, Reißaus zu nehmen. Stattdessen folgten sie drei Männern, die sie nicht kannten, wie Schafe. Der Gedanke machte mich krank.

Niemand sagte ein Wort, als wir auf der Straße zurückgingen. Die Weggabelung lag direkt vor uns. Hier würde ich verschwinden.

Ich tippte Max auf die Schulter und in einem Moment der Schwäche verlieh ich meinem Schmerz im Flüsterton Ausdruck: »Bitte richte Thaddeus aus, dass es mir leidtut.«

Max drehte sich um und sah seinen Freund an, der nur ein paar Meter von uns entfernt durch den Dschungel stapfte.

Bevor Max sich wieder mir zuwenden konnte, setzte ich mich in Bewegung und verschwand im Dickicht.

Wieder einmal war ich allein.

Ich würde noch einmal von vorn anfangen und weitermachen.

Ich würde die Suche nach meiner Schwester niemals aufgeben. Sie war irgendwo da draußen und lebte noch. Ich konnte es fühlen.

KAPITEL ELF

THAD

Als wir mit den Mädchen den Geländewagen erreichten, war Emerson nicht mehr da.

Genau wie beim letzten Mal war sie sang- und klanglos verschwunden.

Und Max hatte sie gehen lassen.

Vor Wut brachte ich keinen Ton heraus, doch die anderen Jungs berieten sich miteinander und beschlossen, nicht auf Garretts Kontaktmann zu warten, der die Mädchen abholen sollte. Es war zwar nicht die bequemste Lösung, aber die Mädchen fanden alle auf der Ladefläche des Geländewagens Platz. Also fuhren wir quer durch die Stadt zu einer Frau namens Maria.

Beim Anblick der älteren Frau wurden die Mädchen sofort munter und eilten zu ihr. Wir blieben nicht dort, sondern machten uns sofort wieder auf den Weg zu unserem Bungalow.

Niemand wechselte ein Wort mit mir.

Es gab nichts zu sagen. Die Jungs hatten alle meinen Schmerz bezeugt und wussten, dass ich nicht über Emerson sprechen wollte. Außerdem gab es keine Worte, mit denen ich meine Gefühle treffend zum Ausdruck hätte bringen können.

Zum ersten Mal in meinem Erwachsenenleben traten mir Tränen in die Augen. *Was zum Teufel?* Ich war kein Weichei, das wie ein Baby heulte, weil meine Ex-Freundin plötzlich aufgetaucht war, eine zehn Jahre alte Wunde aufgerissen und mir erneut das Herz gebrochen hatte.

Sie sollte verflucht sein.

Noch bevor Declan den Wagen zum Stehen brachte, sprang ich hinaus. Ich wollte allein sein.

Tatiana kam mir an der Tür entgegen, doch statt mich zu begrüßen, trat sie zur Seite und ließ mich passieren.

Ich ging den Flur entlang zum Badezimmer und schlug die Tür so fest hinter mir zu, dass sie wieder aufschwang und ich sie mit einem Tritt erneut schließen musste.

Wieder einmal verlor ich die Beherrschung. Und wieder war es Emersons Schuld.

Ich riss mir die Kleider vom Leib, drehte die Dusche auf und trat unter den kalten Wasserstrahl.

Das war das letzte Mal, dass ich mich von meinen Gefühlen beherrschen lassen würde. Ich würde mir eine Dusche gönnen, mich in Ruhe in meinem Elend suhlen und mein gebrochenes Herz betrauern. Aber nachdem ich die Erinnerung an die Frau, die ich liebte, den Abfluss hinuntergespült hatte, würde ich nur noch nach vorn blicken. Emerson gehörte der Vergangenheit an.

Allerdings hatte ich keine Ahnung, wie ich diese Frau loslassen sollte. Sie war so tief in meiner Seele verankert, dass ich mich vielleicht nie von ihr würde befreien können.

* * *

»Bist du wach?«, fragte Max und stieß die Tür auf.

Ich war zwar wach, aber ich machte keine Anstalten

aufzustehen. Als ich das letzte Mal auf die Uhr gesehen hatte, waren wir gerade einmal ein paar Stunden zurück im Bungalow gewesen. Und ich war immer noch hundemüde.

»Ja. Weißt du schon, wann wir aufbrechen?«

»Garrett hat uns gerade die Akte über Emerson geschickt, die Declan angefordert hat. Tex hat ebenfalls Informationen für uns.«

Ich wollte nicht über Emerson sprechen.

»Hör zu, wir müssen reden«, begann er.

»Wenn es um Emerson geht, will ich es nicht hören.«

»Das solltest du aber, Bruder. Und ich denke, du solltest es von mir erfahren, bevor du es in einem Bericht liest.«

Max bedachte mich mit einem mitfühlenden Blick, der mich sofort wieder in Rage brachte. Ich wollte kein verdammtes Mitleid. Weder wegen Emerson noch aus irgendeinem anderen Grund.

»Hey!« Brooks streckte den Kopf ins Zimmer. »Wir müssen los. Es gab eine Schießerei in der Villa, in der Garcia und Emerson untergebracht waren.«

Mir gefror das Blut in den Adern und ich konnte meine Besorgnis nicht verbergen. Ich sprang auf und schlüpfte in meine Stiefel, bevor Brooks seinen Lagebericht beenden konnte.

»Zwei Männer und eine Frau sind tot. Zane hat uns beordert, alles aus der Villa zu holen, was Garcia dort hinterlassen hat. Außerdem will er, dass wir Emerson finden und festnehmen. Er glaubt, sie könnte etwas wissen, was uns helfen könnte, Leon Brown aufzuspüren.«

Zwei Männer und eine Frau.

Eine Frau.

Es wunderte mich nicht, dass Emerson ins Hotel zurückgegangen war. Sie hatte sich Sorgen gemacht, weil sie ihre verdammte Handtasche nicht bei sich gehabt hatte. Sie hatte auch erwähnt, dass alle ihre Sachen in dem Zimmer waren.

Ja, Emerson Pierce war ein Sturkopf und sie würde zurückgehen, um ihre Habseligkeiten zu holen.

Diesmal blieb Kyle mit Tatiana im Bungalow zurück, um die Informationen durchzugehen, die Tex geschickt hatte. Der Rest von uns stieg in den Geländewagen.

Noch nie zuvor hatte ich gehofft, Declan würde schneller fahren, doch im Moment wünschte ich, er würde das Gaspedal durchtreten. Seine unberechenbare Fahrweise jagte mir normalerweise eine Heidenangst ein. Er raste auf einer belebten Straße durch den Verkehr, hielt sich nie an die Geschwindigkeitsbegrenzung und achtete nicht auf die Schilder. Declan fuhr, wo er wollte und so schnell er wollte. Heute fühlte es sich jedoch so an, als würden wir uns im Schneckentempo vorwärtsbewegen.

Ich war noch dabei, meine Stiefel zu schnüren, als Max hinter sich griff, eine Tasche über die Rückenlehne hievte und den Reißverschluss öffnete.

»Hier.« Er zog meine Schutzweste heraus und reichte sie mir.

Ich murmelte etwas zum Dank, dann legte ich die Weste an und fragte: »Was gibt es Neues von Tex?«

»Gestern haben ein paar Männer versucht, eine Frau auf Aruba zu entführen. Ihr Name ist Antonia Ruiz. Ihr Leibwächter wurde getötet, aber zuvor gelang es ihm, Antonia in den Schutzraum zu bringen und zwei der Männer zu erschießen. Beide gehörten Garcias Sicherheitstrupp an. Das könnte der Grund sein, warum Garcia so wütend war, weil sein Stall so klein war«, informierte Declan mich.

»Was ist so wichtig an diesem Mädchen?«

»Ihr Vater ist Emilio Ruiz. Auf der Forbes-Liste der reichsten Männer Mexikos nimmt er den dritten Platz ein. Ruiz ist außerdem ein vermeintliches Mitglied von Omni«, erklärte er.

»Tex hat bestätigt, dass Garcia Verbindungen zu Omni

hatte. Warum sollte Garcia hinter Ruiz' Tochter her sein, wenn sie beide Mitglieder derselben Organisation sind?«

»Genau das will Zane herausfinden. Er hofft, dass etwas in Garcias Hotelzimmer uns einen Hinweis darauf geben könnte. Aber wir haben ein Problem. Es geht das Gerücht um, dass Garcia von einer rivalisierenden Bande getötet wurde.«

Meine Güte, Declan hatte an diesem Morgen nichts als gute Neuigkeiten. Ein Bandenkrieg auf den Straßen von Morrocoy würde unsere Arbeit erheblich erschweren.

»Scheiße«, murmelte ich.

»Da Garcias Bande nun Blut sehen will, sind sowohl die örtlichen Polizeikräfte als auch die Bürgerwehr in Aufruhr. Garcia war ihre Haupteinnahmequelle. Durch seine Schmiergelder waren sie immer gut bei Kasse. Da er nun tot ist, versuchen die anderen Banden in der Gegend, Geschäfte mit den Behörden zu machen.«

»So schnell?«, fragte Max.

»Verdammt, ja. Garcia hatte jahrelang das Sagen. Nun haben die anderen Banden die Gelegenheit, die Macht an sich zu reißen, und stürzen sich förmlich darauf. Es herrscht das reinste Chaos.«

Ich überdachte meine ursprüngliche Einschätzung der Lage. Vielleicht würden der Tumult und die Wirren uns von Nutzen sein. Ich hoffte, dass Garcias Leute zu sehr damit beschäftigt waren, Blut in den Straßen von Morrocoy zu vergießen, und sich deshalb nicht mit den Habseligkeiten ihres verstorbenen Chefs befassen würden.

Das protzige Hotel kam in Sichtweite. Ich dachte an Emerson, die dort mit ihren schicken Kleidern, Schuhen und ihrem Schmuck gewohnt hatte. Und natürlich mit Garcia. Sie hatte uns erzählt, sie hätte acht Monate mit ihm zusammengelebt. Acht Monate, in denen sie neben ihm geschlafen hatte. Allein bei dem Gedanken sah ich rot. Es ärgerte mich, dass ich es überhaupt wissen wollte, aber wie zum Teufel war Emerson an einen Mann wie Garcia geraten?

Als wir die Mädchen gefunden hatten, war sie so fürsorglich gewesen. Sie hatte sie getröstet und ihnen beim Verlassen des Hauses geholfen, während sie ihnen versichert hatte, dass wir ihnen nur helfen wollten. Wie konnte eine Frau wie sie mit einem Mann zusammen sein, der genau diese Mädchen gekauft, vergewaltigt und dann verkauft hatte?

Ich konnte es einfach nicht verstehen.

Nichts von alledem ergab Sinn.

Als Declan am Eingang des Hotels vorbeifuhr, bemerkte ich, dass nur ein Polizeiwagen vor dem Gebäude geparkt war. Auch das war in meinen Augen unlogisch. Drei Menschen waren angeblich tot und es war nur eine Einheit vor Ort?

»Wie glaubwürdig sind die Informationen, die wir über die Schießerei erhalten haben?«, wollte ich wissen.

»Sie kommen direkt von der Polizei«, antwortete Declan und parkte hinter einem baufälligen Gebäude. Ich fragte mich, ob der Geländewagen noch da sein würde, wenn wir zurückkamen. »Falls du dich über die mangelnde Polizeipräsenz wunderst, muss ich dich daran erinnern, dass wir nicht in den guten alten USA sind. Ganz zu schweigen davon, dass die Polizei gerade damit beschäftigt ist, Garcias Leute davon abzuhalten, ihre Rivalen auszuschalten.«

Declan stellte den Schalthebel auf Parken. Statt auszusteigen drehte er sich in seinem Sitz zu mir um und fixierte mich mit einem durchdringenden Blick.

»Alles in Ordnung?« Ich wollte gerade den Mund öffnen, um ihm zu sagen, dass er sich um seinen eigenen Kram kümmern solle, als er den Kopf schüttelte. »Im Ernst, Bruder, hast du alles im Griff?«

Der Sarkasmus war aus seiner Stimme gewichen und ein besorgter Unterton schwang plötzlich darin mit.

»Alles bestens«, antwortete ich.

»Ich weiß nicht, was zwischen euch beiden vorgefallen ist, aber ich muss die Einzelheiten nicht kennen, um zu sehen, wie sehr es dir zu schaffen macht. Du sollst wissen, dass wir alle hinter dir stehen. Ich wünschte, wir müssten sie nicht mitnehmen, aber wir haben keine andere Wahl. Wenn du also …«

»Danke, aber das ist nicht nötig. Ich bin bereit und voll bei der Sache. Emerson Pierce bedeutet mir nichts. Zumindest nicht mehr. Das hat sie selbst zu verantworten. Ich war schockiert, als ich sie wiedersah, aber ich habe mich wieder gefangen und habe alles unter Kontrolle. Sie ist nichts weiter als ein Auftrag, in Ordnung?«

Jetzt belog ich nicht nur mich selbst, sondern auch mein Team.

»Ja«, antwortete er.

»Großartig, dann kann es ja losgehen.«

Die kalte Angst, die ich im Bungalow verspürt hatte, durchströmte mich nach wie vor. Sie würde erst verebben, wenn ich mich vergewissert hatte, dass Emerson noch lebte.

KAPITEL ZWÖLF

EMERSON

Mein Plan hatte funktioniert, vielleicht sogar zu gut.

Durch Gottes Gnade hatte ich es aus dem Dschungel herausgeschafft. Ich hatte meine Flucht durch den dichten Regenwald nicht durchdacht und eine halbe Ewigkeit gebraucht, um mich zu orientieren. Bei Tagesanbruch erkannte ich, dass ich im Kreis gelaufen war und wieder vor der Hütte stand, in der die Mädchen gefangen gehalten worden waren.

Wahrscheinlich war das ein Glücksfall gewesen, denn so konnte ich der unbefestigten Straße zurück zu den Industriegebäuden folgen. Dort traf ich auf einen Fischer, der gerade sein Boot zu Wasser ließ. Der Mann brachte mich zurück zum Hotel, doch die Fahrt war nicht billig. Zum Glück hatte ich mir meine Ohrringe geschnappt, bevor wir den Bungalow verlassen hatten, andernfalls hätte ich schlechte Karten gehabt. Der Fischer war nicht bereit, unentgeltlich die Arbeit für einen Tag niederzulegen. Für das Geld, das die Ohrringe gekostet hatten, hätte der Mann sechs Jahre lang fischen müssen. Allerdings bezweifelte ich, dass er eine Ahnung hatte, wie viel der Schmuck wert war.

Wie gewonnen, so zerronnen.

Aber ich hatte keine andere Wahl. Ich musste zurück ins Hotel und meine Sachen holen, bevor Jeffersons Männer das Zimmer räumten.

Als ich die Villa endlich erreichte, fand ich dort Paul, Jeffersons Stellvertreter, vor. Ich gab die Vorstellung meines Lebens und war überglücklich, als er mir die Geschichte von der Entführung und der Flucht abnahm. Dabei hatte ich ziemlich dick aufgetragen und ihm erzählt, dass die Männer, die Jefferson und Carlos getötet hatten, zu einer Bande aus Caracas gehörten. Die Stadt war Jeffersons einträglichster Bezirk und deshalb heiß begehrt. Ich hatte Paul weisgemacht, dass die Männer es auf Jeffersons Territorium abgesehen hatten und vorhatten, sämtliche seiner Leutnants ins Jenseits zu befördern, während sie für mich Lösegeld hatten erpressen wollen.

Er hatte mir geglaubt – und zwar jedes einzelne Wort. Paul hatte förmlich an meinen Lippen gehangen, bis er vor Wut explodiert war und seine Männer losschickt hatte, um Rache zu üben. Dann hatte er mir befohlen, bis zu seiner Rückkehr in der Villa zu bleiben, und war gegangen.

Ich wusste nicht, wie viele Wachen er vor dem Zimmer postiert hatte, und machte mir auch nicht die Mühe nachzusehen. Es war mir wichtiger, meine Sachen zu packen und Jeffersons Habseligkeiten nach Wertgegenständen zu durchsuchen, die ich mitnehmen konnte. Ich hatte keine Skrupel, einen Toten zu bestehlen, denn er hatte all seinen Besitz mit schmutzigem Geld erworben.

Dieses Geld war gezeichnet von den Gräueltaten, die er anderen zugefügt hatte. Also nein, ich hatte keine Gewissensbisse. Ich würde alles an mich reißen und es benutzen, um andere Männer wie ihn aufzuspüren und zu töten.

Ich kniete gerade vor Jeffersons sorgfältig gepacktem

Louis Vuitton Koffer und suchte nach meinem Pass, als jemand mich unter den Achseln packte und hochhob. Derjenige setzte mich jedoch nicht auf dem Boden ab, sondern ließ mich in der Luft baumeln.

Als ich schließlich begriff, was vor sich ging, versuchte ich verzweifelt, mich zu befreien. Ich trat aus und krallte nach dem Mann, aber schon nach drei Sekunden wurde mir die traurige Wahrheit bewusst. Ich war nicht so stark, wie ich geglaubt hatte. Der Kerl hatte seine Arme um meine Brust geschlungen und lockerte seinen Griff keinen Millimeter.

»Halt still.« Ich hielt augenblicklich inne. Mir stockte der Atem, während ich betete, dass ich mich verhört hatte. »Wage es *nicht*, einen Fluchtversuch zu unternehmen.«

Nein. Ich hatte richtig gehört.

Thaddeus.

Kaum hatte er mich abgesetzt, wirbelte ich herum und blickte in das maskierte Gesicht des Mannes, den ich nie hatte wiedersehen wollen.

Verdammte Scheiße.

Warum nur? Warum bestrafte das Universum mich?

»Was hast du hier zu suchen?«, erkundigte ich mich und reckte hochmütig das Kinn in die Höhe.

»Ich würde dich das Gleiche fragen, aber ich glaube, ich kenne die Antwort bereits«, konterte er.

»Und?«, hakte ich nach.

»Wir sind aus demselben Grund hier wie du.«

»Wirklich? Dann seid ihr also auch hier, um eure Sachen zu holen und zu fliehen?«

»Spiel nicht die Klugscheißerin, Emerson.«

Meinte er das ernst? Er nannte mich eine Klugscheißerin? Ich hatte nicht vor, ihn zu belehren, aber ich hätte gern gewusst, warum Thaddeus wieder einmal meine Pläne durchkreuzte.

»Also schön, warum bist du wirklich hier, Thaddeus?«

Er kniff die Augen zu dünnen Schlitzen zusammen.

Obwohl ich den Rest seines schönen Gesichts nicht sehen konnte, war ich mir sicher, dass er eine Grimasse zog.

»Wir haben Befehl, Garcias Eigentum zu beschlagnahmen und zu sichern. Und das schließt dich mit ein.«

»Wie bitte? Mich?«

»Das ist richtig.«

»Warum?«

Das kam gar nicht infrage. Auf keinen Fall würde ich mit ihnen gehen. Nicht noch einmal. Da ich meine Habseligkeiten nun an mich genommen hatte, wollte ich nur noch aus Venezuela verschwinden. Ich hatte noch viel vor und weder die Lust noch die Zeit, mich mit Thaddeus und seinem Team von Arschlöchern abzugeben, die mich alle hassten.

»Unser Chef glaubt, dass du Informationen hast, die uns helfen könnten, den Mann zu finden, den wir suchen.«

»Wen? Ich sage euch, was ich weiß, dann können wir uns den ganzen Ärger ersparen.«

»Nein. So funktioniert das nicht, *agápi* – Emerson«, korrigierte er sich hastig.

Da war er wieder, der Kosename. Einst hatte ich ihn geliebt, doch jetzt bohrte er sich wie ein Messer in mein Herz.

»Thaddeus. Ich bitte dich. Du verstehst das nicht. Ich muss hier weg. Paul wird bald zurück sein. Bis dahin will ich über alle Berge sein.«

»Obwohl du offensichtlich eine wahre Meisterin im Verschwinden bist, fürchte ich, es wird diesmal nicht funktionieren. Du wirst uns begleiten.«

Wieder trafen seine Worte mich mitten ins Herz. *Verdammter Mistkerl.*

»Eingangsbereich und Schlafzimmer sind sauber«, sagte Max, als er den Raum betrat.

Er begegnete meinem Blick und wenn ich mich nicht irrte, spiegelte sich Mitleid in seinen blauen Augen wider.

Verdammt noch mal. *Verdammt noch mal.* Verdammt

noch mal. Ich fragte mich, ob er Thaddeus und den anderen von den Fragen erzählt hatte, die ich den Mädchen gestellt hatte.

»Ist das alles?«, wollte Max wissen und deutete auf das Gepäck, das ich auf dem Boden aufgereiht hatte.

»Bis auf Jeffersons Anzüge, die noch im Schrank hängen, ja.«

Zwei weitere Männer traten ein und begannen wortlos, Schubladen zu öffnen. Entweder hatten sie mich nicht gehört oder sie glaubten mir nicht.

Max kam aus dem riesigen begehbaren Kleiderschrank und verkündete: »Sauber.«

Ja, Kumpel, das habe ich dir doch gesagt.

Ich behielt die Bemerkung jedoch für mich und stand schweigend da, während die Männer das Schlafzimmer sorgfältig absuchten. Dabei zerbrach ich mir den Kopf darüber, was ich als Nächstes tun sollte. Wenn ich in aller Ruhe mit dem Team mitging, würden sie mich aus dem Hotel führen, und ich wollte es nur ungern allein verlassen. Ich wusste nicht, wie viele Männer sich draußen befanden, und ich bezweifelte, dass Thaddeus es mir sagen würde.

Vorausgesetzt Jeffersons Männer – oder vielmehr Pauls – waren noch am Leben.

»Pack alles zusammen, was du mitnehmen willst, Emerson«, befahl Declan.

Ich ging zum Bett und schloss Jeffersons Koffer. Ich überlegte, ob ich einen der Jungs bitten sollte, ihn für mich zu tragen. Das verdammte Ding war so viel wert wie eine Eigentumswohnung.

Aber bevor ich die Frage stellen konnte, schnappte Declan sich das Gepäckstück und verließ das Zimmer.

»Lass uns gehen«, befahl Thaddeus. »Du bleibst an meiner Seite. Falls es Probleme gibt, befolgst du meine Anweisungen.«

War er schon immer so ein rechthaberisches Arschloch

und ich hatte es nur nicht bemerkt, weil ich so sehr von meiner Liebe zu ihm geblendet gewesen war?

»Zu Befehl, Chef.«

Blitzschnell trat er dicht vor mich und packte meine Schultern mit beiden Händen.

»Ist das alles nur ein Witz für dich?«, fauchte er. Er führte sein Gesicht so nahe an meines, dass ich die dunklen Flecke in seinen braunen Iriden erkennen konnte. Vor langer Zeit hatte ich mich in diesen Augen verloren, während er in mir gewesen war. Sie hatten aufgeleuchtet, wenn er mit mir Liebe machte. Ich hatte die Augen von dem Moment an geliebt, in dem ich zum ersten Mal in sie geblickt hatte. »Em-er-son.«

Indem er jede einzelne Silbe meines Namens betonte, riss er mich aus meinen Gedanken.

»Mir ist durchaus bewusst, dass es kein Witz ist, Thad-de-us«, sagte ich und betonte ebenfalls jede Silbe. »Ich weiß, was auf dem Spiel steht. Viel mehr, als du je verstehen kannst.«

»Was soll das heißen?« Seine Sturmhaube legte sich in Falten, was mir verriet, dass er mich mit einem Stirnrunzeln bedachte.

»Wir brechen auf«, verkündete Max.

Thaddeus trat einen Schritt zurück und befahl mit mahnendem Tonfall: »Bleib direkt neben mir. Wie ein Schatten, Emerson.«

Ich erwiderte nichts mehr. Vor allem weil ich sprachlos war, nachdem ich mit meinen Gedanken abgeschweift und immer noch wie betäubt von seiner Nähe war.

* * *

ICH STAND IM WOHNZIMMER EINES HAUSES, DAS ICH NIE wieder hatte betreten wollen, und war nicht unbedingt glücklich darüber. Andererseits hatte es sich als Geschenk des Himmels erwiesen, dass Thaddeus und sein Team mich aus dem Hotel gebracht hatten. Gerade als wir uns vom Grundstück geschlichen hatten, war Pauls Wagen vorgefahren, dicht gefolgt von zwei weiteren Fahrzeugen mit Jeffersons Männern. Paul hatte bereits das Kommando übernommen, doch das überraschte mich nicht. Immerhin handelte es sich um eine kriminelle Organisation. Es blieb keine Zeit, den Verlust eines Bandenchefs zu betrauern, wenn das Geld weiter fließen sollte. Und genau das wollte Paul, denn er war ein gieriges Arschloch.

Das brachte mich zu einem weiteren Grund, warum ich nicht versucht hatte zu fliehen und das Team stattdessen bereitwillig begleitet hatte. Ich hatte Angst vor Paul. Jefferson war ein ekelhaftes Schwein gewesen, aber ich hatte nie befürchtet, dass er mir zum Vergnügen etwas antun würde. Wenn ich ihm in die Quere gekommen wäre, hätte er mich, ohne mit der Wimper zu zucken, getötet, aber solange ich meine Rolle gespielt hatte, hatte ich nie das Gefühl, in Gefahr zu schweben. In Pauls Fall lagen die Dinge anders. Nun, da Jefferson tot war, hätte er zweifellos Anspruch auf mich erhoben und mich gegen meinen Willen festgehalten. Und nachdem er mit mir fertig gewesen wäre, hätte er mich verkauft.

»Was jetzt?«, fragte ich, als Declan und Kyle die Koffer abstellten, die sie aus dem Wagen geholt hatten.

»Hast du es etwa eilig?«, entgegnete Declan.

»Ehrlich gesagt, ja. Ich will aus diesem Land verschwinden, denn ich habe noch etwas zu erledigen.«

»Das hast du nun schon mehrere Male verkündet, aber bisher hast du uns nicht erklärt, *was* du zu erledigen hast«, drängte Declan.

»Da hast du recht. Das habe ich nicht getan.«

Declan hielt meinem Blick stand und stieß schließlich einen Seufzer aus. »Vielleicht sollten wir ganz von vorn anfangen. Es wird viel einfacher sein, wenn du …«

»Ich? Was soll ich deiner Meinung nach tun? Mein Herz ausschütten? Denn dann hättet ihr die Informationen, die ihr braucht, während ich keinen Schritt weiter wäre.«

»Es wird für uns alle einfacher sein«, erwiderte er. »Du willst verschwinden und wir wollen einen Bösewicht schnappen. Wir hätte beide etwas dabei gewonnen. Je eher wir die Informationen bekommen, desto schneller kannst du weiterziehen.«

Ich dachte über seine Worte nach. Er hatte recht. Wenn ich kooperieren würde, wäre es für alle Seiten einfacher. Aber da war immer noch das lästige Vertrauensproblem. Selbst wenn ich Thaddeus aus der Gleichung entfernen würde, was leichter gesagt als getan war, selbst wenn Max dem Rest des Teams alles erzählt hätte, wollte ich weder darüber reden, warum ich mit Jefferson zusammen war, noch ihnen verraten, was ich für die Zukunft geplant hatte.

Declans Handy klingelte, und nachdem er es aus der Tasche gezogen und einen Blick auf das Display geworfen hatte, stellte er den Anruf auf Lautsprecher.

»Habt ihr sie?«, ertönte eine Männerstimme am anderen Ende der Leitung und ich erstarrte.

»Ja. Sie ist hier«, antwortete Declan.

»Irgendwelche Probleme?«

»Nein. Und du bist auf Lautsprecher.«

»Emerson?«, rief der Mann.

»Ja?«

»Ich bin Zane Lewis. Ich habe Sie von meinem Team in Gewahrsam nehmen lassen, weil wir glauben, dass Sie Informationen haben, die uns helfen könnten, einen Mann namens Leon Brown zu finden. Er hatte sich an dem Abend, an dem Ihr Freund getötet wurde, mit ihm treffen wollen.«

Mir kam die Galle hoch, als dieser Zane Lewis Jefferson als meinen Freund bezeichnete.

»Sie meinen den Abend, an dem *Sie* Jefferson getötet haben.«

»Wenn man bedenkt, dass ich in meinem Büro in Annapolis sitze, habe ich wohl niemanden umgebracht. Nichtsdestotrotz ist er tot und wollte sich mit Leon Brown treffen. Was wissen Sie über dieses Treffen?«

»Nichts. Wie ich schon sagte, Jefferson hat mit mir nicht über seine Geschäfte gesprochen. Ich fürchte, ich kann Ihnen nicht weiterhelfen.«

»Ich bin sicher, Sie wissen mehr, als Sie glauben«, fuhr er fort.

»Und ich bin mir sicher, dass das nicht der Fall ist, Mr. Lewis. Außerdem habe ich langsam genug davon, von Ihrem Team entführt zu werden.«

»Entführt? Sie meinen wohl eher gerettet. Wenn wir Sie gestern Abend nicht in Sicherheit gebracht hätten, befänden Sie sich jetzt auf einem Schiff nach Europa, um versteigert zu werden«, erinnerte er mich. »Und es war bestenfalls dumm von Ihnen, ins Hotel zurückzukehren. Offensichtlich sind Sie lebensmüde. Paul Scott wäre mehr als begeistert, Ihren süßen Arsch an seiner Seite zu haben. Aber er wird seiner Frauen schnell überdrüssig, und wenn er mit ihnen fertig ist, verschwinden sie auf Nimmerwiedersehen.«

Ja, das musste er mir nicht erst sagen. Ich wusste, wie Paul arbeitete, aber ich war immer noch nicht bereit, diesem Mann am anderen Ende der Leitung meine Dankbarkeit entgegenzubringen.

»Wie dem auch sei, ich kann Ihnen nicht helfen. Jefferson hat mit mir wirklich nicht über seine Geschäfte gesprochen. Ich kannte nicht einmal den Namen des Mannes, mit dem er sich treffen wollte, bis Sie ihn erwähnt haben. Ich wusste lediglich, dass ich ihn zu der Besprechung begleiten und den Mund halten sollte, bis er mich aus dem Raum schicken würde.«

»Sehen Sie sich einfach die Informationen an, die wir haben. Vielleicht frischt die Lektüre Ihr Gedächtnis auf. Danach setzen wir Sie in ein Flugzeug nach …«

»Nein. Ich werde keinen Flug nehmen, den ihr mir gebucht habt. Vielleicht klinge ich wie ein Papagei, aber da mir niemand zuzuhören scheint, muss ich mich wohl oder übel wiederholen. Ich bin fertig. Ich werde mir keine Informationen ansehen und beantworte auch keine Fragen mehr. Vielmehr werde ich jetzt meinen *süßen Arsch* aus der Tür bewegen und gehen.«

»Und wenn ich Ihnen im Gegenzug für Ihre Hilfe etwas biete?«

»Ich wüsste nicht, was …«

»Autumn?«

In meinem Kopf drehte sich alles, als Zane Lewis den Namen meiner Schwester nannte.

»Was ist mit ihr? Wissen Sie, wo sie ist?«

»Sehen Sie sich die Informationen an und beantworten Sie die Fragen meines Teams. Danach werden wir uns unterhalten.«

Seine Worte brachten mich in Rage. Er baumelte mit einem Köder vor meiner Nase und wusste genau, dass ich anbeißen würde. Verdammtes Arschloch.

»Keine Chance. Ich komme mir langsam vor wie in einem schlechten Film. Sie verstecken sich hinter ihrem Telefon wie Charles Townsend, der mit seinen Engeln spricht. Aber ich habe Neuigkeiten für Sie, Mr. Lewis, ich verhandle nicht mit Leuten, denen ich nicht vertraue. Und jetzt traue ich Ihnen ganz sicher nicht mehr. Sie hätten den Namen meiner Schwester nicht erwähnen sollen, wenn Sie nicht bereit sind, Ihre Karten auszuspielen. Nun weiß ich, dass Sie mich durchleuchtet und dabei etwas gefunden haben, was Sie gegen mich verwenden können. Scheren Sie sich zum Teufel. Meine Schwester ist kein Bauer in Ihrem verkorksten Schachspiel.«

»Hm, ich habe mich nie als Townsend gesehen. Und meine Männer sind sicherlich keine Engel. Aber der Vergleich wäre erheiternd, wenn Sie es sich leisten könnten zu scherzen. Ja, ich habe eine sehr dicke Akte über Ihre Aktivitäten der letzten zehn Jahre. Ich wäre sogar beeindruckt, wenn Sie nicht so verdammt dumm wären. Bisher hatten Sie großes Glück, aber bei Jefferson hat es Sie verlassen. Eigentlich hätte es bereits ein Ende haben sollen, nachdem Sie David Duncan ein Messer in den Rücken gerammt hatten. Allerdings stand Duncan auch nicht sonderlich weit oben in der Hierarchie der Mädchenhändler, nicht wahr?«

Ich schluckte den Kloß in meinem Hals hinunter und sah mich im Raum um. Scheiße, verdammte Scheiße. Woher wusste Zane Lewis von David?

»Was wollen Sie wissen?«, fragte ich schließlich.

Gute Jungs. Böse Jungs. Vertrauensprobleme. Nichts davon spielte eine Rolle. Wenn Zane mich mit Davids Mord in Verbindung gebracht hatte, war ich ihm ausgeliefert. Zumindest wenn ich nicht den Rest meines Lebens hinter Gittern verbringen wollte.

»Beantworten Sie einfach ihre Fragen und ich werde Ihnen verraten, was ich über Autumn weiß.«

Mit diesen Worten setzte er mich schachmatt.

Verdammt.

KAPITEL DREIZEHN

THAD

Was zum Teufel war hier los?

Wer war David Duncan, und von welchem Messer hatte Z gesprochen? Hatte er das bildlich oder wörtlich gemeint?

Und was hatte Emersons kleine Schwester Autumn mit all dem zu tun?

»Declan, ich melde mich wieder. Tex verfolgt noch eine Spur. Haltet euch bereit.«

»Verstanden.« Declan trennte die Verbindung und warf sein Handy auf den Tisch. Dann wandte er sich an Emerson. »Bereit?«

»Sicher.«

Sie klang alles andere als sicher und sah aus, als kochte sie vor Wut.

»Ich bin ganz und gar nicht bereit«, verkündete ich. »Wer ist David Duncan?«

»Es steht alles in ihrer Akte.« Declan zeigte auf einen Stapel Papiere, der unweit seines Handys auf dem Tisch lag.

Ich wollte gerade danach greifen, als Max seine Hand auf den Stapel legte und den Kopf schüttelte.

Was zur Hölle?

»Vielleicht sollten wir kurz auf die Bremse treten und Emerson und Thad einen Moment Zeit geben, damit sie sich unter vier Augen unterhalten können«, schlug Max vor.

»Diese Sache kann nicht warten«, entgegnete Declan.

»Mann, nicht einmal du kannst so herzlos sein. Gib ihnen einfach eine Minute. Du weißt genauso gut wie ich, dass Thad es nicht verdient hat, diese Informationen aus einer Akte zu erhalten.«

»Welche Informationen?«, knurrte ich und verlor langsam die Geduld.

Kyle senkte den Blick zu Boden. Brooks nickte seiner Frau zu, die daraufhin wortlos den Raum verließ.

Warum habe ich das Gefühl, dass alle etwas wissen, was ich nicht weiß? Weil sie tatsächlich etwas wissen. Und zwar etwas Bedeutendes.

Max antwortete nicht. Stattdessen wandte er sich Emerson zu. »Ich habe es ihm nicht erzählt, Schätzchen. Ich hatte es vor, aber dann erhielten wir den Befehl, dich wieder in Gewahrsam zu nehmen. Deshalb dachte ich, dass es von dir kommen sollte. Ich gebe dir die Gelegenheit, es ihm selbst zu erzählen. Falls du sie nicht ergreifst, werde ich es tun. Er muss es erfahren. Und zwar alles.«

Schätzchen? Was sollte das alles?

Emerson wurde blass und starrte Max eindringlich an. Ich war mir nicht sicher, was mich mehr ärgerte. Die Tatsache, dass Max Emerson gegenüber plötzlich weich wurde, oder der flehende Ausdruck in Emersons Augen.

»Emerson?«, blaffte ich.

Sie begegnete meinem Blick und für den Bruchteil einer Sekunde konnte ich einen unbändigen Schmerz in ihren Augen sehen. Im nächsten Moment wich er jedoch wieder der Wut.

»Ich sehe nicht, was die Vergangenheit damit zu tun hat.«

»Dann bist du blind«, warf Declan ein. »Ich war davon ausgegangen, dass er es weiß. Aber wenn das nicht der Fall ist, dann hat Max recht. Er muss es erfahren, und zwar von dir.«

»Ich befinde mich mit euch in diesem Zimmer, also hört auf, über mich zu reden, als sei ich nicht hier. Was ist mit Autumn?« Emerson zuckte zusammen, bevor sie die Augen schloss. »Wo ist Autumn, Emerson?«

Ich war Emersons jüngerer Schwester nie begegnet, aber ich hatte mit ihr telefoniert und Fotos von ihr gesehen. Autumn hatte damals an der Universität von Las Vegas studiert und war nur vierzehn Monate jünger als Emerson. Die beiden Schwestern sahen sich zum Verwechseln ähnlich und hatten sogar dieselbe Frisur. Sie trugen ihr Haar lang und glatt, und sie mussten nie etwas dafür tun, damit es perfekt saß.

Die beiden Frauen hatten sich sehr nahegestanden. Mr. und Mrs. Pierce hatten außer ihnen keine Kinder und die Mädchen hatten in ihrer Kindheit alles gemeinsam unternommen.

»Wo zum Teufel ist Autumn?«, wiederholte ich.

Als Emerson beharrlich schwieg, lief mir ein unbehaglicher Schauer über den Rücken. War ihrer Schwester etwas zugestoßen oder hatte Autumn sich von Emerson abgewandt?

»Ich weiß es nicht«, flüsterte sie.

»Was meinst du damit, du weißt es nicht? Wann hast du das letzte Mal mit ihr gesprochen?«

»Das ist schon lange her.«

Ich sah Max fragend an, denn ich musste wissen, was hier vor sich ging. Doch seine Miene war völlig ausdruckslos. Das allein war bezeichnend, denn für gewöhnlich beäugte er Emerson mit Argwohn. Mein Unbehagen wuchs.

Ich hatte keine Lust mehr auf dieses Fragespiel und

wollte endlich die Wahrheit hören. Und zwar aus Emersons Mund.

Ich ging auf sie zu, packte ihre Hand und zog sie mit mir. Sie hatte keine andere Wahl, als mit mir zu kommen und sich meinem Tempo anzupassen. Hätte sie sich geweigert, hätte ich sie hinter mir her geschleift. Wir gingen den Flur entlang in das hintere Schlafzimmer. Sobald wir über die Schwelle getreten waren, schlug ich die Tür hinter uns zu.

Dann drehte ich mich zu ihr um.

Entgegen besseren Wissens wartete ich nicht, bis ich mich beruhigt hatte, sondern kam gleich zur Sache.

»Ich will wissen, was zum Teufel los ist, und zwar sofort. Warum hat mein Chef Informationen über deine Schwester? Hat sie sich von dir abgewandt, als sie herausfand, mit welchen Männern du verkehrst? Und wer ist David Duncan? Ein weiterer trauriger Trottel, den du getäuscht hast? Sag es mir, Emerson, damit wir diesen Mist hinter uns lassen und uns wieder aufs Wesentliche konzentrieren können. Ich habe einen Job zu erledigen. Und dieser schließt nicht meine Ex-Freundin und die schlechten Entscheidungen mit ein, die sie im Leben getroffen hat.«

Wenn ich ein Kantholz genommen und damit auf sie eingeprügelt hätte, hätte ich ihr weniger Schmerzen zugefügt als mit meinen Worten. Eine Vene seitlich an ihrem Hals begann zu pochen und sie keuchte, als bekäme sie kaum Luft.

Was zum Teufel war hier los?

»Autumn ist fort.«

Emerson schien die Worte nur mit allergrößter Mühe auszusprechen.

»Was soll das heißen?«

»Es bedeutet … Sie. Ist. Fort. Einfach verschwunden.«

»Das musst du mir schon näher erklären.«

Sie erklärte es nicht, sondern starrte mich nur an.

Also änderte ich meine Taktik. »Warum hast du mich verlassen?«

Wieder nichts. Emerson schwieg immer noch.

»Ich habe ein Recht darauf zu wissen, warum du nur mit mir gespielt hast. Immerhin war ich kein reicher Kerl wie Garcia und konnte dir nicht den Lebensstil kaufen, den du dir offensichtlich wünschst. Ich hatte dir nichts zu bieten. Warum warst du mit mir zusammen?«

»Du hast mir alles gegeben«, flüsterte sie.

»Warum hast du mich dann verlassen?«

»Ich musste es tun.«

»Das ergibt keinen Sinn. Du *musstest* den Mann verlassen, der dich geliebt hat, um deine Hand anhalten wollte und alles getan hätte, um dich für den Rest deines Lebens glücklich zu machen? Diesen Mann *musstest* du verlassen?«

»Ja.«

»Verdammt noch mal, Emerson. Warum?«, rief ich.

»Weil Autumn entführt wurde!«, schrie sie gequält. Dabei vibrierte sie so heftig am ganzen Körper, dass der Anblick mich fast in die Knie zwang. »Meine Schwester wurde entführt, Thaddeus. Du warst nicht da und meine Schwester war verschwunden. Ich hatte keine andere Wahl, als zu meinen Eltern zu gehen und ihnen zu helfen.«

»Du hast mich verlassen. Verlassen. Du hast mich weder angerufen noch mir eine Nachricht hinterlassen. Du bist einfach gegangen. Ist dir jemals in den Sinn gekommen, dass ich es hätte wissen wollen? Ich hätte dir bei der Suche nach ihr geholfen. Ich hätte dir und deinen Eltern beigestanden.«

»Ja«, gab sie zu.

»Warum hast du mich dann nicht helfen lassen?«

»Ich musste dich beschützen.«

»Wie bitte? Mich beschützen? Vor wem? Ich hätte dir helfen können. Ich war ein gottverdammter Navy SEAL, Emerson. Es war nicht nötig, dass du mich beschützt.«

»Genau deshalb habe ich es dir nicht gesagt, Thaddeus«, schrie sie. »Davor habe ich dich beschützt. Ich wusste, du würdest alles aufgeben, um mir zu helfen. Das konnte ich

nicht zulassen.« Sie hielt einen Moment inne. Als sie fortfuhr, war ihre Stimme kaum mehr als ein Flüstern. »Ich
konnte nicht zulassen, dass du deine Träume für mich
aufgibst.«

Und mit diesen Worten gab sie mir den Rest.

Ich war wie vor den Kopf gestoßen.

KAPITEL VIERZEHN

EMERSON

Als wir noch Kinder waren, pflegte mein Vater meiner Schwester und mir zu sagen, dass man Angst auf zweierlei Weise begegnen kann: Entweder man läuft vor ihr davon oder man sieht ihr ins Auge und wächst dabei. Ich hatte mich in meinem Leben immer für letztere Variante entschieden und mich nie von der Angst vor dem Unbekannten aufhalten lassen.

Aber in diesem Moment, in dem Thaddeus mich mit einem mörderischen Blick bedachte, hätte ich am liebsten den Schwanz eingezogen und Reißaus genommen. Ich wollte meine Vergangenheit und meinen Kreuzzug vergessen, alles hinter mir lassen und nie wieder zurückblicken.

Ich wollte mich weder mit den Folgen meines Handelns auseinandersetzen, noch wollte ich über Autumn reden. Ich wollte mir nicht eingestehen, dass ich sie höchstwahrscheinlich nie wiedersehen würde. Und ich wollte mich nicht Thaddeus' gerechtfertigter Wut stellen.

Ich konnte das alles nicht mehr ertragen. Mein Haus war

auf Sand gebaut, und die Flut hatte es schließlich zum Einsturz gebracht.

»*Agápi mou ...*«

»Nicht, Thaddeus. Sag das nicht. Ich bin nicht dein Liebes. Schon lange nicht mehr.«

»Was ist mit Autumn passiert?«, fragte er in nun sanftem Tonfall. Auch das war mir zuwider.

»Wenn ich dir sage, dass ich nicht darüber reden will, würdest du mich dann in Ruhe lassen?«

»Nein.«

»Die Vergangenheit ist Schnee von gestern. Es gibt nichts mehr zu sagen. Dein Team wartet auf mich, damit ich mich den Fragen über Jefferson stelle.«

Mir war klar, wie gefühllos ich war. Aber ein verärgerter Thad Bench war mir im Moment lieber als ein warmherziger. Wenn er wütend auf mich war, würde es mir leichter fallen, ihm schließlich den Rücken zu kehren, wenn die Zeit gekommen war.

»Wer ist David Duncan?«

Über David wollte ich noch weniger reden als über meine Schwester.

»Er war ein kanadischer Mädchenhändler. Ich lernte ihn kennen, als er geschäftlich in New York war. Ein Wochenende lang hatten wir eine stürmische Romanze. Er bat mich, ihn nach Kanada zu begleiten, und ich stimmte zu. Ich verbrachte sechs Monate mit ihm in Vancouver. Als ich hatte, was ich von ihm brauchte, beendete ich die Sache und zog weiter.«

»Du hast die Sache beendet? Du meinst, du hast ihn umgebracht?«

Ich reckte das Kinn in die Höhe. Da er die Fakten wahrscheinlich ohnehin in dem Bericht würde lesen können, den Zane Lewis zusammengestellt hatte, antwortete ich wahrheitsgemäß: »Ja, das ist richtig.«

Ich schämte mich nicht dafür, Davids Leben beendet zu

haben. Dadurch hatte ich verhindert, dass ein Frachtcontainer voller junger Frauen aus dem Hafen von Vancouver auslaufen und nach Russland schippern konnte. Zudem hatte sein Tod dafür gesorgt, dass sein Stall von Prostituierten die Freiheit wiedererlangt hatte. Also nein, ich würde nie ein schlechtes Gewissen haben, weil ich ein Menschenleben genommen hatte, damit andere frei sein konnten.

»Wie viele?«

»Wie viele was?«

»Wie viele Männer hast du getötet?«

Das würde ich ihm nicht verraten. Ich hatte ihm von David Duncan erzählt, weil ich wusste, dass Thads Boss über ihn Bescheid wusste. Aber wenn Zane bei seinen Nachforschungen auf keine weitere meiner Vergehen gestoßen war, dann würde ich ihnen gegenüber nicht noch mehr preisgeben. So wie die Dinge standen, würde ich wahrscheinlich im Gefängnis landen, wenn Zane die Informationen den Behörden übergab. Und wenn ich hinter Gittern säße, hätte meine Schwester niemanden mehr.

Es war an der Zeit, der Sache ein Ende zu bereiten. Ich atmete tief durch und schlüpfte wieder in die Rolle des kaltherzigen Miststücks. Über die Jahre hatte ich meine Fähigkeiten geschult und meine Messer geschärft. Ich war gut darin, mich zu verstellen.

»Tut mir leid, Chef, ich vertraue dir nicht genug, um dir zu verraten, wo die Leichen vergraben sind. Natürlich nur unter der Voraussetzung, dass es Leichen gibt, aber auch das werde ich dir nicht erzählen. Ich denke, wir sind hier fertig. Wir haben beide noch zu tun.«

Oh ja, ich hatte den schlafenden Bären geweckt. Der große, gewaltige Grizzly kochte vor Wut.

»Weißt du, ich habe in meinem Leben schon viel Scheiße erlebt. Ich weiß aus erster Hand, wie bösartig Menschen sein können, und ich habe mit eigenen Augen gesehen, wozu ein verzweifelter Mensch fähig ist. Aber du setzt dem Ganzen die Krone auf. Ich hätte es nie für möglich gehalten, dass ein Mensch sich so verändern kann. Die Frau, die ich geliebt habe, die Frau, für die ich getötet hätte und gestorben wäre ...« Thad hielt inne und schüttelte den Kopf. »Sie hat rein gar nichts mit der Frau gemein, die vor mir steht. Und weißt du, was das Schlimmste ist? Hättest du dich an mich gewandt und darauf vertraut, dass ich mich um dich, deine Schwester und deine Familie kümmern kann, wärst du nicht zu dieser gefühllosen Frau geworden. Du würdest in einem schönen Haus sitzen, mit einem Mann, der dich liebt, Erstklässler unterrichten, und deine einzige Sorge wäre das Chaos, das unsere Kinder anrichten. Stattdessen hast du uns den Rücken gekehrt, und das hat dir ein Leben voller Scheiße eingebracht.«

Nachdem er mich mit seinen Worten regelrecht vernichtet hatte, wandte er mir den Rücken zu.

In aller Seelenruhe trat er durch die Tür und ließ den Dreck, den er von seinem Stiefel gekratzt hatte, zurück.

Thad war nun in der Lage, die Vergangenheit hinter sich zu lassen. Ich hatte den Moment gesehen, in dem er erkannt hatte, dass die Frau, die er zu lieben geglaubt hatte, nicht echt war. Nach all den Jahren konnte er sich endlich von mir lossagen. Er war frei.

Ich hätte dankbar sein sollen, dass er nun all die Antworten hatte, die er gebraucht hatte. Doch das war ich nicht.

Ich gebe zu, dass ich in den letzten zehn Jahren insgeheim darauf vertraut hatte, dass Thad mich immer noch liebte. In meiner Vorstellung verband uns eine unzerbrechliche, kosmische Liebe, die die Entfernung und die Zeit überdauerte. Ich hatte sogar einen Schrein für sie errichtet, indem ich seinen Namen auf meine Haut tätowiert hatte. Unauslöschlich. Genauso wie meine Gefühle für ihn.

Jetzt wusste ich jedoch, dass diese Liebe nicht auf Gegenseitigkeit beruhte. Diese Erkenntnis lastete so schwer auf mir, dass ich mich setzen musste.

Mein Vater hatte Autumn und mir auch gesagt, dass die Wahrheit manchmal schmerzte und es unsere Aufgabe sei, diesen Schmerz zu verarbeiten und daraus zu lernen. Und daran zu wachsen. Dabei hatte mein Vater allerdings nicht erwähnt, dass es Momente gab, in denen die Wahrheit so erdrückend war, dass man sich nie wieder davon erholte.

Dies war einer dieser Momente. Thad hatte die Wahrheit gesagt. Wir waren füreinander bestimmt gewesen und hätten ein schönes Leben führen sollen, bis es uns jemand entriss. Dieser Jemand hatte Autumns strahlende Zukunft zunichtegemacht und ihr alles Gute förmlich aus dem Leib gerissen.

Dieser Mann, diese Leute, sie alle, mussten dafür bezahlen. Auf diese Weise würde ich Autumn sagen können, dass sie frei war, wenn ich sie eines Tages wiederfand. Bis dahin würde ich Thads Hass in mir tragen. Und falls mich das nächste Mal, wenn ich einem Mistkerl das Messer in die Brust rammen wollte, Schuldgefühle überkamen oder ich zögerte, würde ich mich an den Abscheu in seinen Augen erinnern.

Aber für den Moment würde ich auf der Kante eines Bettes sitzen, das nicht meins war, in einem Haus im venezolanischen Dschungel, in dem ich nicht sein wollte, und meinen Kopf in Schande hängen lassen. Während der Mann, den ich für immer lieben würde, im Zimmer nebenan war und mich hasste.

Meine Eltern würden tausend Tode sterben, wenn sie wüssten, was aus mir geworden war. Ich hatte sie seit über fünf Jahren nicht mehr gesehen und seit mehr als drei Jahren hatte ich nicht mehr mit ihnen gesprochen. Ich würde ihnen erst wieder gegenübertreten können, wenn ich Autumn gefunden hatte. Eines Tages würde ich alles wieder in Ordnung bringen. Ich würde meine Schwester aufspüren, meinen Abschluss an der Uni machen und Erstklässler unterrichten.

Eines Tages.

Allein.

* * *

ES DAUERTE EINE WEILE, BIS ICH MEINE KRÄFTE WIEDER gesammelt hatte und imstande war, Thad und seinem Team gegenüberzutreten. In dem Moment, in dem ich das Wohnzimmer betrat, in dem sich alle versammelt hatten, verstummten sie.

Es war ein unangenehmes Gefühl, von allen angestarrt zu werden. Von allen außer Thad. Er hatte den Blick nicht von dem Papier abgewandt, das er las.

»Tut mir leid«, entschuldigte ich mich unnötigerweise, hauptsächlich aus Höflichkeit und weniger, weil ich bedauerte, sie warten zu lassen. »Ich bin bereit, wenn ihr es seid.«

»Warum fängst du nicht ganz am Anfang an?«, schlug Declan vor.

»Welchen Anfang meinst du? Als meine Schwester von Mädchenhändlern entführt wurde oder als ich Jefferson kennenlernte?«

Ich hörte vage, wie Tatiana nach Luft schnappte. Wahrscheinlich verstörte mein ausdrucksloser Unterton sie, aber ich hatte bereits beschlossen, das Ganze so emotionslos wie möglich zu gestalten. Ich würde ihnen die Fakten liefern und dann weiterziehen.

»Fangen wir mit Jefferson an.«

»Ich habe ihn auf einer Kunstauktion in Houston, Texas kennengelernt ...«

»Woher wusstest du, dass er dort sein würde?«, warf Declan ein.

»Sein Name war gefallen, als ich mit David Duncan zusammen war. David hatte vergebens versucht, mit

Jefferson ins Geschäft zu kommen, also beauftragte er einen seiner Männer, Nachforschungen über ihn anzustellen und herauszufinden, wo er ein vermeintlich zufälliges Treffen inszenieren könnte. David hatte die nötigen Informationen erhalten, aber leider verstarb er, bevor er zur Tat schreiten konnte.«

»Und du hast ihn getötet?«

»Ja.«

»Warum?«

Ich fühlte mich wie bei einem Polizeiverhör, mit dem Unterschied, dass ich nicht mit Handschellen gefesselt in einem winzigen Raum mit schlechter Beleuchtung saß.

»Hört zu, es würde eine ganze Woche dauern, bis ich euch die letzten acht Jahre meines Lebens erzählt und euch meine Beweggründe erklärt hätte. Ich denke, es wäre einfacher, wenn ihr mir nur die Fragen stellt, auf die Zane Antworten braucht.«

»Acht Jahre?«, fragte Thad, ohne aufzublicken. »Autumn wurde vor zehn Jahren entführt. Also ist da eine Lücke von zwei Jahren. Was ist in dieser Zeit passiert?«

»Das ist für die Geschichte unerheblich«, entgegnete ich. »Ich habe Jefferson bei der Auktion getroffen und wir haben uns auf Anhieb gut verstanden. Dabei hatte ich mir die Recherchen, die Davids Männer über ihn angestellt hatten, zunutze gemacht und mir alles genau eingeprägt. Ich spielte die Unnahbare und er kaufte mir die Scharade ab. Schon nach ein paar Tagen lud er mich ein, ihn auf eine Reise nach Spanien zu begleiten. Ich lehnte ab und er fuhr allein los. Eine Woche später war er wieder da und verdoppelte seine Anstrengungen. Er ging mit mir aus und versuchte mit allen Mitteln, mich zu überreden, mit ihm nach Frankreich zu fahren. Diesmal stimmte ich zu. Während der ersten drei Monate unserer Beziehung war er vorsichtig und sprach in meiner Gegenwart nie übers Geschäft.«

»Was änderte sich?«, erkundigte Kyle sich.

»Ich sagte ihm, dass ich mich in ihn verliebt hatte. Er fragte mich, ob ich ihn heiraten wolle. Nachdem ich seinen Antrag angenommen hatte, erklärte er, dass er keine Geheimnisse zwischen uns haben wolle, und stellte mich nach und nach seinen Geschäftspartnern vor. Das war natürlich Blödsinn. Er hielt alles Mögliche vor mir geheim und hatte einen ganzen Harem von Frauen. Außerdem ließ er mich nie in die Nähe der Frauen, die er verkaufte, oder seiner Prostituierten, die er auf den Strich schickte. Und er verlor nie ein Wort über den Drogenhandel, aber er vertraute mir an, dass er mit dem Kauf, der Zucht und dem Verkauf von Tieren Geld verdiente.

Ich versicherte ihm, dass ich ihn liebte und es mir egal sei, womit er Geschäfte machte. Er nahm mich mit zu einem Hundekampf. Als ich dabei keine Miene verzog, durfte ich ihn zu weiteren Kämpfen begleiten. Je mehr ich ihm meine Loyalität bewies, desto weniger verschlossen war er mir gegenüber.«

»Du hast ihn gevögelt, obwohl du wusstest, dass er es nebenbei mit anderen Frauen trieb?« Thad sah von dem Bericht auf und war sichtlich angewidert von meiner Geschichte.

»Ich habe nicht gesagt, dass ich ihn *gevögelt* habe«, erwiderte ich.

»Sicher.« Er schüttelte den Kopf. »Erzähl weiter. Was ist passiert, nachdem du sein Vertrauen gewonnen hattest?«, fragte er.

»Vor allem wollte er, dass ich ihn ständig begleite. Ich war zwar nicht bei allen Besprechungen anwesend, aber meistens war ich dabei. Und bei diesen Treffen ging es immer um seine Hunde. Er begann außerdem, in meiner Gegenwart zu telefonieren. Meistens sprach er Spanisch, manchmal auch Französisch oder Portugiesisch.«

»Und du sprichst diese Sprachen?«, wollte Max wissen.

Er schien nicht glücklich über meine Ausführungen zu

sein, denn in seiner Stimme schwang wieder ein distanzierter und hasserfüllter Tonfall mit. *Es gibt nichts Schöneres, als die meistgehasste Person im Raum zu sein.*

»Spanisch und Französisch, ja. Wenn es um die Beschaffung der Frauen ging, sprach er meist Spanisch, aber mit dem Käufer unterhielt er sich auf Französisch. Dasselbe galt für seine Drogenlieferungen. Ich würde annehmen, dass die Mädchen nach Spanien geschickt wurden. Wir haben mehrere Reisen dorthin unternommen. Leider konnte ich mich dort nie an seine Fersen heften, denn ein Leibwächter war stets an meiner Seite.«

»Und in Mexiko? Mit wem warst du dort unterwegs?«, fuhr Max fort.

»Mit Jefferson. An dem Tag, an dem ich dich und Thad gesehen habe, war Jefferson in eines der Trainingslager gegangen, um sich einige Pitbulls anzusehen. Er bat Seth, den Leibwächter, mit mir zu Mittag zu essen.«

Declan meldete sich wieder zu Wort. »Gestern sagtest du, er war verärgert, als er nach seiner Inspektion der Mädchen zurückgekommen war.«

Ich erinnerte mich daran, wie wütend Jefferson gewesen war, als er in die Villa zurückkehrte.

»Wir haben nicht alle Mädchen gefunden«, erklärte ich. »Er war nicht erfreut, weil eine von ihnen übergewichtig war und einige zu alt waren. Die fünf, die wir gefunden haben, waren dünn und unter achtzehn. Eine von ihnen sah aus, als sei sie gerade einmal zwölf oder dreizehn. Jemand hat den Rest verlegt. Seine Jacht war verschwunden.«

»Vielleicht kam der Verkäufer zurück und hat die Mädchen mitgenommen, die Jefferson nicht wollte«, bemerkte Kyle.

»Möglicherweise. Aber wo ist sein Boot? Es hätte dort sein müssen. Habt ihr den Typen erwischt, mit dem Jefferson sich treffen wollte?«, fragte ich.

»Nein. Uns wurde gesagt, dass das Treffen im oberen Stock stattfinden sollte«, erinnerte Declan mich.

»Richtig. Also schön, dann hat dieser Leon Brown vielleicht die Mädchen und Jeffersons Jacht verlegt?«

»Das bezweifle ich. Der Mann, hinter dem wir her sind, hat mit dem Mädchenhandel nichts zu tun«, antwortete Brooks.

»Warum hätte er sich dann mit Jefferson getroffen? Der Kerl handelte entweder mit Mädchen, Drogen oder Waffen. Jefferson würde seine Zeit nicht mit einem freundlichen Plausch verschwenden. Schon gar nicht während eines Kampfes. Er beobachtete seine Hunde gern in Aktion. Wenn er also seine Zeit für ein Treffen opferte, statt seinem geliebten Pitbull Brutus zuzusehen, dann nur, weil Brown ihm etwas bot, mit dem er Geld verdienen konnte – und zwar viel Geld.«

Ich warf einen Blick auf die Fotos, die verstreut auf dem Couchtisch vor mir herumlagen, und griff nach einem.

»Warum habt ihr ein Bild von Jeffersons Tattoo?«, fragte ich.

Bei genauerer Betrachtung erkannte ich, dass es nicht Jeffersons Tätowierung sein konnte. Es handelte sich zwar um dasselbe Motiv, aber seines befand sich an einer anderen Stelle seines Körpers.

KAPITEL FÜNFZEHN

THAD

»Garcia hat so eine Tätowierung?«, fragte ich.

»Ja, aber das hier ist kein Bild von Jefferson.« Sie winkte mit dem kleinen Foto in der Luft. »Sein Tattoo befindet sich auf dem Bauch.«

Ich wollte gar nicht darüber nachdenken, dass Emerson Garcias nackten Oberkörper gesehen hatte. Nicht einmal auf die abstrakteste Art und Weise. Im Grunde hätte ich gern vergessen, dass sie mit ihm zusammen gewesen war.

»Hat er dir gesagt, was es zu bedeuten hat?«, wollte Declan wissen.

»Nein. Ich habe ihn zwar gefragt, aber er erwiderte, er würde es mir erst verraten, wenn ich ihm erzähle, was die Tätowierung auf meinem Rücken zu bedeuten hat.«

Im nächsten Moment zog Emerson eine Grimasse, als hätte sie die Worte am liebsten zurückgenommen. Ich wünschte, sie wäre in der Lage dazu gewesen. Genau wie Garcia wollte auch ich wissen, warum sie meinen Namen auf ihrer Haut trug, während ich jedoch versuchte, die Existenz des Tattoos zu ignorieren.

»Was ist mit Omni? Hat er sie jemals erwähnt?«

»Wen?«

Verdammt, das war also ein Nein.

Declans Handy klingelte und er zog es aus seiner Gesäßtasche. Er warf einen Blick auf den Bildschirm und verließ den Raum.

»Hattest du je mit einem Fall von Mädchenhandel zu tun, als du noch für Brown gearbeitet hast?«, wollte Brooks von Tatiana wissen.

»Nein.« Sie schüttelte den Kopf.

»Du hast für den Mann gearbeitet? Das ist doch der Kerl, der sich mit Jefferson treffen sollte und nach dem ihr jetzt sucht, nicht wahr?«, fragte Emerson mit großen Augen.

»Ja. Er war mein Kontaktmann.«

»Was meinst du damit?«

Bevor jemand Tatiana aufhalten konnte, erklärte sie Emerson, wie sie von der *Firma* angeheuert wurde, in der Leon Brown als ihr Kontaktmann fungiert hatte. Allerdings hatte Letzterer ein falsches Spiel mit Tatiana getrieben und ihr eine Falle gestellt, was dazu führte, dass sie und Brooks während einer Aufklärungsmission fast ums Leben gekommen wären. Sie erzählte Emerson zudem, dass sie früher für die CIA gearbeitet hatte.

»Dann arbeitet er also nicht für die CIA?«, fragte Emerson verwirrt.

Ja, wir alle waren verwirrt, *agápi mou*, und keiner von uns tappte gern im Dunkeln. Brown war nicht nur ein Problem, er stellte eine Gefahr für uns alle dar.

Declan kam zurück ins Wohnzimmer, wobei er sich immer noch das Handy ans Ohr hielt. »Emerson, hat Garcia jemals einen Ort namens Mabaruma erwähnt?«, fragte er.

»Ja. Das ist in Guyana. Er betreibt dort ein Trainingslager für seine Hunde«, bestätigte sie.

»Hast du das gehört?«, sprach er wieder ins Handy, dann

begegnete er erneut Emersons Blick. »Warst du schon mal dort?«

»Ja, einmal.«

»Gut. Wir werden dort sein. Danke.« Declan trennte die Verbindung und sagte dann: »Packt eure Sachen, wir brechen auf.«

»Wie bitte? Ihr wollt gehen?«, fragte Emerson mit einem hoffnungsvollen Unterton in der Stimme.

»Ja, wir alle zusammen. Du kommst mit.«

»Auf keinen Fall. Ich habe Zane bereits mitgeteilt, dass ich kein Interesse an einem Flugticket zurück in die USA habe.«

»Wir fliegen nicht in die USA, sondern nach Mabaruma«, erwiderte Declan.

»Du bist doch verrückt. Hast du nicht gehört, was ich gesagt habe? Er trainiert dort seine Kampfhunde. Du weißt, was das bedeutet, nicht wahr? Etwa zwanzig Hunde werden dort brutal gezüchtigt. Diese Tiere sind keine süßen, knuddeligen Welpen, sondern bösartige Bestien, die dich in der Luft zerreißen werden. Und das ist keine Übertreibung. Ich habe es mit eigenen Augen gesehen. Auf keinen Fall kehre ich dorthin zurück.«

»Ich zweifle nicht an dem Wahrheitsgehalt deiner Worte und verspreche dir, dass du nicht einmal in die Nähe des Trainingslagers kommen wirst.«

»Warum sollte ich euch dann begleiten?«

»Du wirst schon sehen. In zehn Minuten geht es los. Tex hat ein Flugzeug bereitgestellt.«

Declan verließ den Raum, während Emerson sich zitternd vor Angst im Raum umsah.

»Dir wird nichts zustoßen«, versuchte Tatiana, sie zu beruhigen.

»Das sagst du so. Keiner von uns ist dort sicher. Und richtet eurem Chef aus, dass ich nicht gerade glücklich darüber bin. Diese Reise war nicht Teil der Abmachung.«

»Wie lautet die Abmachung denn deiner Meinung nach?«, fragte ich.

»Zumindest nicht so. Ich bin nicht dumm und weiß, dass er mich in der Hand hat. Offensichtlich ist er bestens über Davids Ableben informiert, was bedeutet, dass er mich gehörig in die Pfanne hauen könnte. Ich bin ohnehin schon erledigt, aber er könnte meine Situation noch schlimmer machen. Ich hatte keine andere Wahl, als eure Fragen zu beantworten.«

»Da ist es wieder, dieses Wort – *Wahl*. Du hast immer eine Wahl. Du scheinst nur nicht in der Lage zu sein, die richtigen Entscheidungen zu treffen.«

Ich schnappte mir das Dossier, das Garrett und Tex über Emersons Leben seit dem Ende unserer Beziehung zusammengestellt hatten, und stürmte aus dem Raum. In den zwanzig Minuten, die Emerson im Schlafzimmer verbracht hatte, nachdem ich gegangen war, hatte ich nur die ersten paar Seiten gelesen.

Während der Lektüre war mir mehrfach übel geworden. Ich hatte immer wieder innehalten müssen, um die Informationen zu verarbeiten.

Autumn Pierce war brutal missbraucht worden, und ich fragte mich, wie viel Emerson über die zwei Monate wusste, die ihre Schwester in der Gewalt des Sexhändlerrings war. Ein paar Details standen in den Polizeiberichten, aber es gab keine Aussage von Autumn selbst. Der Ermittler der Abteilung für Sexualverbrechen hatte notiert, dass Autumn Pierce an einer schweren posttraumatischen Belastungsstörung litt und während des Verhörs kein Wort gesprochen hatte.

Die meisten Informationen über den Mädchenhändlerring stammten von Tex. Diese Gruppe von Kriminellen war berüchtigt für ihre Gräueltaten. Man musste schon ein krankes Schwein sein, um Frauen zu entführen und gegen ihren Willen festzuhalten.

Der Bericht hatte auch bestätigt, dass zwei Jahre von

Emersons Leben fehlten, was ihre Aussage untermauerte, dass sie eine Woche brauchen würde, um die letzten acht Jahre ihres Lebens zu erklären.

Autumn war gefunden worden. Und nun war sie erneut verschwunden.

Ich schnappte mir meinen Rucksack vom Bett und stopfte die Papiere hinein. Da ich mich nur ein paar Stunden unruhig hin und her gewälzt hatte und emotional völlig ausgelaugt war, war ich hundemüde. Ich war mir nicht einmal sicher, ob ich die Augen lange genug würde offen halten können, um zum Flugzeug zu gelangen.

»Los geht's«, brüllte Declan.

* * *

»Du solltest etwas schlafen«, sagte Max und setzte sich neben mich.

Tex hatte nicht nur ein Flugzeug für uns bereitgestellt, sondern hatte uns einen Luxusjet geschickt. Ich wäre zu gern dabei gewesen, wenn er Zane die Rechnung überreichte.

Wir waren gerade einmal zwanzig Minuten in der Luft, und schon waren Brooks, Tatiana und Kyle eingeschlafen. Declan starrte aus dem Fenster und sah aus, als trüge er die ganze Last unserer Mission auf seinen Schultern. Obwohl unser Teamleiter uns zuweilen die Hölle heißmachte, war er einer der besten Agenten, die ich kannte – obwohl er von den Marines und nicht bei der Navy ausgebildet wurde.

Ich warf einen Blick auf Emerson, die ein Stück weiter den Gang hinunter saß und die Augen geschlossen hatte.

In diesem Moment erinnerte sie mich an die Emerson, die einmal meine Lebensgefährtin gewesen war. Mit ihrer Schönheit raubte sie mir nach wie vor den Atem. Damals hatte ich immer gewusst, wie glücklich ich mich schätzen konnte, sie an meiner Seite zu haben.

»Du hast es gewusst?«, fragte ich und wandte mich Max zu.

»Ich habe gehört, wie sie die Mädchen gefragt hat, ob sie ihre Schwester gesehen haben. Sie hat ihnen ein Foto von Autumn gezeigt, das sie bei sich trägt. Mehr wusste ich allerdings nicht, bis wir den Bericht erhalten haben.«

»Und du hast ihn gelesen, bevor du mich heute Morgen geholt hast?«

»Ja. Ich wollte wissen, wie schlimm die Lage ist, bevor ich mit dir rede.«

Ich nickte verständig und wusste, dass Max die Wahrheit sagte. Er hätte mir die Information nicht vorenthalten, doch bevor er die Gelegenheit hatte, mir alles zu erzählen, hatten wir den Befehl bekommen, Emerson in Gewahrsam zu nehmen.

Ich war mir nicht sicher, inwieweit die neuen Informationen etwas an der Situation ändern würden, falls sie überhaupt etwas ändern würden. Die Vergangenheit war nun einmal die Vergangenheit und es war eine Tatsache, dass die Frau, die ich einst geliebt hatte, tot war. An ihre Stelle war eine andere Emerson getreten.

Ich konnte ihr nicht verübeln, was sie getan hatte. Hätte ich eine Schwester gehabt, die ein solches Grauen hätte durchleben müssen, ich hätte den Verstand verloren. Ich hätte meine Straße mit den Leichen unzähliger Scheißkerle gepflastert. Diese Tiere hatten Autumn in Stücke gerissen. Jemand musste dafür bezahlen.

Aber was ich Emerson vorwerfen konnte und wollte, war die Art und Weise, wie sie sich aus dem Staub gemacht und mich verlassen hatte.

»Sie sagte, sie sei gegangen, um mich zu beschützen«, wandte ich mich wieder an Max.

»Vielleicht stimmt das.«

»Wie bitte? Was soll das denn heißen? Vor wem hätte sie mich beschützen sollen? Vor den Männern, die Autumn entführt haben?«

»Vor dir selbst.«

»Jetzt redest du genauso verrücktes Zeug wie sie.«

»Nein, das tue ich nicht, und das weißt du. Wenn du an jenem Tag von dem Trainingseinsatz nach Hause gekommen wärst und deine Frau am Boden zerstört vorgefunden hättest, hättest du alles getan, um die Welt für sie wieder in Ordnung zu bringen. Was bedeutet, dass du dich auf die Jagd begeben hättest. Das hätte zur Folge gehabt, dass du bestraft und möglicherweise aus dem Team und sogar aus der Navy geworfen worden wärst.«

Verdammt, er hatte recht. Ich wäre auf die Jagd gegangen und hätte Autumn zweifelsohne gefunden.

»Hast du nun, was du brauchst?«, fragte er.

Was ich brauchte? Nein, verdammt. Um ehrlich zu sein, wusste ich nicht einmal, was ich brauchte, um über Emerson hinwegzukommen. Aber vielleicht war genau dieser Schlag ins Gesicht nötig gewesen, um mir die Augen zu öffnen. Wir waren nicht mehr dieselben Menschen wie früher. Es gab nicht einmal mehr ein *wir*. Emerson und Thad waren zwei Menschen, die nichts mehr miteinander gemein hatten.

»Ja, es geht mir gut«, antwortete ich und hoffte, dass ich die Wahrheit sagte.

»Wirst du mit ihr reden?«

»Über unsere Vergangenheit? Nein, ich glaube nicht. Aber ich werde diesen ganzen Scheiß hinter mir lassen und sie wie eine gewöhnliche Schutzperson behandeln.«

»Ich denke ...«

»Ich weiß deine Besorgnis zu schätzen. Zugegeben, als sie mich verließ, hat es mich innerlich zerrissen. Und als ich sie in Mexiko wiedersah, war ich völlig durcheinander. Und als ich dann herausfand, dass sie mit Jefferson zusammen war, habe ich gekocht vor Wut. Aber ich kann nicht mit ihr über unsere Vergangenheit reden. Dafür liebe ich sie zu sehr. Ich habe das erste Mal kaum überlebt, deshalb bleibe ich besser auf Abstand. Aber das kann ich nicht tun, wenn ich mich mit ihr unterhalte.«

»Das verstehe ich, Bruder. Ich stehe hinter dir und bin für dich da.«

»Hast du dir die Satellitenbilder angesehen, die Garrett von Garcias Lager geschickt hat?«, fragte ich, um das Thema von Emerson und dem Drama meines Lebens abzulenken.

»Ja, die Luftaufnahmen sind allerdings nicht zu gebrauchen. Aufgrund der dichten bewachsenen Baumkronen kann man kaum etwas erkennen. Ich dachte mir, wir nähern uns am besten über den Kaituma River. Dort gibt es eine Anlegestelle, über die wir auf das Grundstück gelangen können. Allerdings ist diese von verdammten Bäumen eingekesselt.«

»Ja, das war auch mein Gedanke«, stimmte ich ihm zu. »Aber es wäre vielleicht besser, wir seilen uns auf der Lichtung hinter dem Trainingslager ab. Dadurch hätten wir fast fünfhundert Meter freie Bahn. Allerdings können wir dort nirgends in Deckung gehen. Falls jemand uns überrascht, sind wir geliefert.«

»Tex sagte, er versucht, eine Drohne zu schicken. Obwohl ich mir nicht sicher bin, wie uns das helfen soll. Es sei denn, er übernimmt die Steuerung und ist imstande, sie in den Dschungel abzusenken. Er ist zwar ein Genie, wenn es darum geht, uns Informationen zu beschaffen, aber ich glaube, das bleibt Wunschdenken.«

Wie recht Max doch hatte. Tex hatte in der Vergangenheit schon einige verrückte Dinge getan, die eigentlich unmöglich hätten sein sollen. Irgendwie hatte er es jedoch immer geschafft. Aber eine Drohne tief genug fliegen zu lassen, um uns das nötige Bildmaterial zu liefern, würde schwierig werden.

»Es sieht so aus, als sei das Lager in zwei Bereiche unterteilt. Den Gebäuden in der Nähe des Wohnhauses ist ein Auslauf für Hunde vorgelagert. Im hinteren Teil befinden sich zwei kleinere Häuser, die von einem Zaun umgeben sind. Denkst du, dort hält er die Frauen fest?«, fragte ich.

»Mann, ich hasse es, raten zu müssen, aber da wir die Gegend nicht zuerst ein paar Tage auskundschaften können, bleiben uns nur Vermutungen. Ja, ich würde sagen, dort sind die Frauen untergebracht. Ich finde es interessant, dass Emerson nur von Garcias Hunden im Lager sprach, aber die Frauen nicht erwähnt hat. Immerhin geht es ihr doch darum, die Mädchen zu retten.«

»Wahrscheinlich hat sie nichts von den Frauen gewusst. Wenn es ihr nicht erlaubt war, sich auf dem Grundstück frei zu bewegen, dann hätte sie die beiden Häuser nicht gesehen. Sie liegen versteckt hinter einer Reihe von Bäumen.«

»Sie wird vor Wut an die Decke gehen, wenn sie erfährt, dass sie den Mädchen so nahe war. Tex schätzt, dass er dort dreißig bis vierzig Frauen festhält«, sagte Max und wiederholte damit etwas, was ich schon längst wusste.

In Bezug auf Emerson hatte er durchaus recht. Wenn sie herausfand, dass Garcias *Trainingslager* nicht nur zur Ausbildung von Hunden diente, würde sie das ziemlich aufwühlen. Tex und Garrett hatten einen umfangreichen Bericht über Garcias Opfer zusammengestellt.

Die Mädchen, die im Lager untergebracht waren, waren für eine bestimmte Elite vorgesehen. Sie befanden sich alle in verschiedenen Stadien ihrer Ausbildung. Diese Frauen waren etwas Besonderes. Ihnen wurde nicht nur eine gewisse Bildung zuteil, sie erhielten auch Benimmunterricht und lernten, sich richtig zu kleiden und herauszuputzen. Sie wurden darin geschult, die perfekte Gefährtin für den kranken Wichser zu sein, der sie kaufte.

»Ich bin froh, dass das Arschloch tot ist.«

»Ja, ich auch, Bruder«, stimmte Max zu und lehnte den Kopf zurück.

An diesem Abend brauchte ich lange, bis ich endlich einschlief. Ich konnte nur daran denken, wie unmittelbar

Emerson davorgestanden hatte, in eine Situation gezwungen zu werden, aus der sie sich nicht mehr hätte befreien können. Ganz sicher würde sie die Augen davor verschließen und behaupten, sie hatte gewusst, was sie tat. Sie war überzeugt davon, dass Garcia einen Narren an ihr gefressen hatte und sie deshalb nicht in Gefahr gewesen war. Aber sie irrte sich. Garcia hätte sie an den Meistbietenden verkauft. Ein kranker und perverser Mann wie er erwartete Loyalität, doch er selbst war alles andere als loyal.

Schließlich schlief ich mit dem Gedanken ein, dass Emerson nie wieder Jagd auf Mädchenhändler machen würde. Unter keinen Umständen würde ich zulassen, dass sie sich noch einmal in Gefahr begab. Die Tage ihres Kreuzzuges waren gezählt.

KAPITEL SECHZEHN

Vielleicht hätte ich Zane Lewis' Angebot noch einmal überdenken sollen. Falls das Reisen in einem Privatflugzeug zu seinen üblichen Verfahrensweisen gehörte, dann war ich dabei. Im Laufe der Jahre war ich mit vielen solcher Jets geflogen, aber ich hatte mich nie genug entspannen können, um diese Art der Fortbewegung zu genießen.

Ich legte ohnehin keinen Wert auf Luxus. Sobald ich Autumn gefunden und sie zurück nach Hause gebracht hatte, würde ich nie wieder einen Fuß in einen derart luxuriösen Flieger setzen. Der Gedanke hielt mich jedoch nicht davon ab, die protzige Innenausstattung zu bewundern. Kaum hatte ich auf dem überdimensionalen Sitz Platz genommen, war ich in den weichen Schaumstoff gesunken und war eingeschlafen, bevor wir die volle Flughöhe erreicht hatten.

Die Tatsache, dass ich mich einfach so hatte in den Schlaf lullen lassen, war ein wenig beunruhigend.

Mittlerweile befanden wir uns in dem Lagerhaus, das Declan unseren Stützpunkt genannt hatte, während ich es eher als Gefängnis bezeichnen würde. Der Zaun, der das

Grundstück umgab, wurde von bewaffneten Männern bewacht, die uns ein hohes Tor geöffnet hatten, um uns Zutritt zu gewähren. Seltsamerweise befanden sich im Inneren der Umgrenzung keine Wachen.

Das Erdgeschoss bestand aus einem großen, offenen Raum, dessen spartanische Einrichtung auf Zweckmäßigkeit und nicht auf Komfort ausgerichtet war. Einige Sofas, die schon bessere Tage gesehen hatten, waren zu einer Sitzecke angeordnet. Vor einer Pantryküche, die schon vor fünfzig Jahren hätte erneuert werden sollen, stand ein langer, abgenutzter Tisch ohne Stühle, der so groß war, dass man ihn als Fließband hätte nutzen können. Eine Metalltreppe führte in den ersten Stock.

Ich hatte sieben Türen gezählt, bevor Tatiana eine geöffnet und mir das Zimmer dahinter zugewiesen hatte. Statt Fragen zu stellen, war ich eingetreten. Außer zwei Einzelbetten gab es keine Einrichtung in dem Raum. Weder eine Kommode noch einen Nachttisch, nicht einmal einen Spiegel. Die weißen Wände waren kahl und rissig. Der einzige Farbtupfer in dem Raum war eine vergilbte Decke über den Matratzen.

Perfekt.

Großartig.

Das Gebäude sah nicht nur aus wie ein Gefängnis, auch das Schlafzimmer fühlte sich wie eines an.

Da mir nichts weiter zu tun blieb, setzte ich mich aufs Bett und dachte über den Bericht nach, der über mein Leben verfasst worden war. Ich fragte mich, was darin stand und ob ich ihn würde lesen dürfen. Je länger ich mir darüber den Kopf zerbrach, desto wütender wurde ich.

Dann fiel mir Zanes Angebot, mich zurück in die Staaten zu bringen, wieder ein. Vielleicht wäre das genau das Richtige für mich. Ich könnte mich ein wenig entspannen und mir eine neue Strategie zurechtlegen. Zudem musste ich all die Geschenke an den Mann bringen, die ich von Jefferson erhalten hatte, und in den USA würde ich einen besseren Preis für sie erzielen können.

Außerdem würde ich acht Monate Schlaf nachholen können. Nach all den Jahren, in denen ich Zeugin grausamer Gewalt geworden war, war ich bis auf die Knochen erschöpft. Wahrscheinlich würde ich nie wieder die Augen schließen können, ohne all diese armen Hunde vor mir zu sehen, die sich gegenseitig zerfleischten. Oder die Mädchen. So viele junge Frauen, die aus ihrem Leben gerissen und gegen ihren Willen festgehalten wurden.

Ich wünschte, ich könnte in eine Zeit zurückkehren, in der ich noch nichts von der Existenz dieser Welt gewusst hatte, die die Schattenseite der Gesellschaft darstellte. Sie beherbergte die bösartigsten Individuen. Was sagte es über mich aus, dass ich am liebsten in ein Leben zurückgekehrt wäre, in dem ich die Augen vor all dem verschließen konnte?

»Wir sind so weit. Du kannst jetzt kommen«, sagte Thad und öffnete die Tür.

»Schon mal was von Anklopfen gehört?«, blaffte ich.

Höhnisch klopfte er an die geöffnete Tür und wiederholte: »Wir sind so weit.«

»Ich würde gern die Akte lesen, die Zane über mich zusammengestellt hat«, platzte ich heraus.

»Warum?«

»Äh, weil es dabei um mich geht. Ich denke, ich habe ein Recht darauf zu erfahren, was darin steht, und den Inhalt gegebenenfalls zu korrigieren.«

»Korrigieren? Das ist keine Hausarbeit, Emerson. Du musst sie nicht verbessern.«

»Das weiß ich, *Thad*. Ich spreche nicht von einer Rechtschreibprüfung, sondern davon, Ungenauigkeiten zu berichtigen.«

»Es gibt keine.«

Was zur Hölle sollte das? Warum war er so stur? In diesem verdammten Dokument ging es um mein Leben, also war es mein gutes Recht, es zu lesen. Je mehr Thad protestierte, desto stärker wurde der Drang, einen Blick darauf zu werfen.

»Und woher willst du das wissen?«

»Weil weder Garrett noch Tex sich je irren. Die Informationen in dem Dossier sind hundertprozentig korrekt.«

Ich kannte weder Garrett noch Tex, doch im Moment mochte ich beide Männer nicht sonderlich, da sie in meinem Leben herumgeschnüffelt hatten.

»Gut, dann werde ich es als eine Art Memoiren betrachten. Du weißt schon, ich kann sie mir vor dem Schlafengehen zu Gemüte führen.«

Thads Miene verhärtete sich. Es war ein Jammer, dass er mit seinen geschürzten Lippen und zusammengekniffenen Augen immer noch so gut aussah wie früher.

»Ich gebe dir die Akte, wenn ich damit fertig bin«, lenkte er schließlich ein.

Wie es schien, hatte er sie noch nicht ganz gelesen. Es war dumm von mir, aber ich konnte nicht umhin, mich zu fragen, wie weit er gekommen war. Also wollte ich wissen: »An welcher Stelle bist du gerade?«

»Bei dem texanischen Milliardär«, antwortete er.

Peter Stokes, der texanische Ölmilliardär. Er war der erste Mann gewesen, den ich verführt hatte, um an Informationen zu kommen. Der Kerl atmete immer noch und besuchte wahrscheinlich nach wie vor seine Lieblingsmassagesalons, um nicht nur sich selbst, sondern auch sein bestes Stück massieren zu lassen. Ich hatte ihn als Sprungbrett benutzt und dabei Gelegenheit gehabt, mit einigen der Frauen zu sprechen, die er häufig aufgesucht hatte. Sie alle hatten freiwillig dort gearbeitet und eine der Damen hatte mir einen wichtigen Hinweis liefern können.

Dieser hatte mich zu Allen Masters geführt. Er war der Nächste auf der Liste und war heute nicht mehr am Leben. Das lag vor allem daran, dass er eine Frau gekauft und diese in seinem Keller an ein Bett gekettet hatte. Zu meiner Verteidigung sollte ich anführen, dass ich nicht vorgehabt hatte, ihn ins Jenseits zu befördern. Er hatte mich überrascht, als ich gerade dabei war, die Frau zu befreien. Also hatte ich ihn in Notwehr getötet.

»Emerson?«, meldete Thad sich zu Wort. »Wo warst du mit deinen Gedanken?«

»Was meinst du?«

»Du warst gerade ganz woanders.«

War ich das? Ich musste mich zusammenreißen und durfte nicht nachlässig werden. Stattdessen musste ich wachsam bleiben und mir eine Strategie zurechtlegen.

»Du hast doch gesagt, ihr seid so weit.«

»Worüber hast du nachgedacht?«

»Darüber, wie sehr ich den Flug nach Guyana genossen habe«, log ich.

»Sagst du je die Wahrheit? Weißt du überhaupt noch, wie das geht?«

Die Worte trafen mich direkt ins Herz.

Und wenn ich zu lange über seine Frage nachdachte, würden meine Schuldgefühle mich innerlich auffressen. Denn die Antwort lautete nein. Ich sagte nur selten die Wahrheit. Irgendwann würde ich sicher wieder ein ehrlicher und guter Mensch sein können, aber das würde noch warten müssen, bis ich Autumn gefunden hatte.

»Ich weiß es nicht. Das hängt vermutlich von deiner Auffassung von der Bedeutung des Wortes ab. Habe ich an die Flugreise gedacht? Ja. Allerdings nicht in dem Moment, in dem du mich gefragt hast. Also habe ich nicht direkt gelogen, ich habe nur eine Wahrheit durch eine andere ersetzt.«

»Und die Männer, mit denen du zusammen warst? Hast du sie belogen oder hast du in ihrem Fall auch eine Wahrheit durch eine andere ersetzt?«

»Ich habe sie belogen. Keiner von ihnen hatte irgendeine Variante der Wahrheit verdient.«

»Richtig«, murmelte er.

Ich hatte keine Ahnung, ob er mir glaubte oder nicht. Immerhin hatte ich zugegeben, eine Lügnerin zu sein. Und im Großen und Ganzen war es egal, was Thad glaubte oder nicht. Es war fast besser, wenn er das Schlimmste von mir annahm. Am Ende würde das alles einfacher machen.

* * *

MITTLERWEILE VERSTAND ICH, WOZU DER LANGE TISCH OHNE Stühle diente. Überall lagen Karten, Bilder und Aktenordner. Ich konnte kaum die Oberfläche der Tischplatte sehen.

»Du sagtest, es waren vier oder fünf Wachen im Haus«, wiederholte Declan.

»Ja.«

»Wie sieht es draußen aus? Patrouillierten die Männer auch auf dem Gelände?«

»Ja. Es befanden sich zwei Wachen draußen. Ich durfte den hinteren Garten nur in Jeffersons Begleitung betreten. Und zwei Männer waren immer in der Nähe. Ich weiß nicht, ob noch mehr von ihnen dort waren. Er hatte zudem einen Hausmeister, der sich um das Anwesen kümmerte. Und natürlich wohnten dort auch die Kerle, die die Hunde trainierten. Ich weiß nicht, ob du sie als Sicherheitskräfte bezeichnen würdest, aber sie sind ebenfalls vor Ort.«

»Irgendwelche Frauen oder Kinder?«, fragte Kyle.

»Nicht dass ich wüsste.«

Ich hatte meine Meinung darüber, dass das Team in Jeffersons Trainingslager eindringen wollte, nicht geändert. Sie waren verrückt. Falls einer von Jeffersons Männern die Hundezwinger öffnete, wäre das Spiel vorbei.

Ich sah auf, als ein Handy auf den Tisch geworfen wurde. Declan schob es ein Stück von sich und drückte einige Tasten, bevor er das Gespräch annahm. »Tex. Du bist auf Lautsprecher.«

»Ich habe dir die Luftaufnahmen von dem Lager geschickt. Die Nachricht müsste in deinem Posteingang sein«, ertönte eine tiefe Stimme am anderen Ende der Leitung. »Und, Tatiana, ich will dir eine Audioaufnahme vorspielen. Bist du bereit?«

»Ja, spiel sie ab«, antwortete Tatiana.

»In Ordnung«, sagte Tex und einen Moment später erfüllte eine andere Männerstimme den Raum. *»Es ist mir scheißegal, ob du bereit bist oder nicht. Ich will, dass sie verlegt werden. Und zwar alle. Die Amerikanerin gehört mir. Ich will, dass sie unversehrt ausgeliefert wird.«*

»Das ist Leon Brown«, sagte Tatiana sofort.

»Nein, das stimmt nicht«, korrigierte ich sie.

Ich kannte diese Stimme, und zwar sehr gut.

»Was meinst du damit?«, wollte Tatiana wissen.

»Der Mann heißt Harry Landry«, erklärte ich. »Er kommt aus Connecticut und ist Investmentbanker. Harry ist der einzige Mann, der in den letzten acht Jahren mit mir Schluss gemacht hat.«

Alle Anwesenden sahen mich schockiert an.

»Bist du sicher? Tex, kannst du die Aufnahme noch einmal für Emerson abspielen?«, fragte Declan.

Wieder ertönte die Stimme, doch ich musste sie kein zweites Mal hören, um sie zu erkennen.

»Ich bin mir sicher. Das ist Harry Landry. Wenn ich mein altes Handy noch hätte, könnte ich euch eine alte Sprachaufnahme vorspielen. Das ist er zweifellos.«

»Tex? Hast du irgendwelche Informationen über Harry Landry?«, fragte Declan.

»Fünfundsechzig, Harvard-Studium, Eltern verstorben, keine Geschwister, stammt aus einer sehr wohlhabenden Familie. Als Alleinerbe erbte Harry Millionen, die er in fast eine Milliarde verwandelte. Er war verheiratet, seine Frau ist verunglückt und ertrunken. Keine Kinder. Harry ist einer der drei Männer, die Emerson am Leben ließ, als sie mit ihnen fertig war. Was kannst du uns noch über ihn erzählen, Emerson?«

Heiliger Strohsack. Dieser Tex wusste, dass ich drei meiner Opfer nicht getötet hatte. Im Umkehrschluss bedeutete das, er war darüber informiert, dass ich vier der acht Männer getötet hatte. Jefferson wäre Nummer fünf gewesen, aber Thads Team war mir zuvorgekommen.

Ich blickte mich um und sah, dass alle mich erwartungsvoll anstarrten. Sie wussten es. Sie alle hatten den Bericht gelesen, alle außer Thad. Die Katze war aus dem Sack und lügen würde mich nicht weiterbringen.

»Nicht viel. Harry war extrem verschwiegen. Im Grunde konnte ich nur etwas in Erfahrung bringen, wenn er in meiner Anwesenheit telefonierte. Dann sprach er von verspäteten Lieferungen und erwähnte einige Male, dass die Kosten für Waren in Amerika zu hoch seien und er neue Produkte aus Kolumbien kaufen wolle. Er versuchte, mir zu erklären, er sei ein Risikokapitalgeber und habe in ein aufstrebendes Kaffeeunternehmen investiert. Er besitzt ein Anwesen in Colorado und ein Haus in Italien.«

»Vielleicht hat er tatsächlich Kaffee importiert?«, gab Max zu bedenken.

»Ich habe Harry Landry ausgewählt, weil ich einen Streit zwischen Harry und Charlie, dem Mann, mit dem ich damals zusammen war, mitbekommen habe. Charlie war wütend, weil seine letzte Drogenlieferung verspätet eintraf, und beschimpfte Harry am Telefon. Harry erklärte, dass die Verspätung Schuld des Lieferanten in Kolumbien sei, er aber alles unter Kontrolle hätte. Um Charlie zu besänftigen, bot er ihm einen Platz bei der nächsten Auktion an. Allerdings hat Harry nicht diese Worte gewählt, sondern Charlie genau erklärt, was er bei der Auktion bekommen würde. Wenn man dem Telefongespräch Glauben schenken darf, hat Harry sich auf sehr junge Mädchen spezialisiert.«

Ich wollte nicht mehr an all die ekelhaften, abscheulichen

Dinge denken, über die Charlie und Harry gesprochen hatten. Der Tag hatte nicht genügend Stunden, in denen ich dafür hätte beten können, dass diese Details aus meinem Gedächtnis gelöscht werden würden.

»Und dieser Charlie ist Charles Simmons aus Atlanta, Georgia? Der zweite Mann, den du ausgeschaltet hast?«, fragte Tex.

»Mein Gott«, murmelte Thad.

»In der Tat, ja. Nur aus Neugier: Hast du meine Verbrechen auswendig gelernt oder liest du sie von einem Bericht ab?«, fragte ich höhnisch.

»Also schön. Hör gut zu, Emerson«, begann Tex. »Unter normalen Umständen wäre ich gegen diese Art von Selbstjustiz. Sie ist nicht nur kriminell, sondern auch gefährlich. Bisher hattest du unglaubliches Glück. Der einzige Grund, warum ich von deinen Taten und den von dir gesammelten Informationen auch nur ein bisschen beeindruckt bin, ist die Tatsache, dass jedes deiner Opfer tatsächlich eine Rolle im Sexhandel gespielt hat. Sie alle haben Frauen schwer verletzt. Außerdem konnte ich die Transporte, die dank deines Eingreifens nicht ihr Ziel erreichen, zurückverfolgen. Du hast diese Frauen vor einem Leben im Elend bewahrt. Ich verstehe auch, warum du alles getan hast. Was Autumn widerfahren ist … nun, dafür gibt es keine Worte. Um deine Frage zu beantworten: Ich habe mehrere Berichte über dich. Womit wir wieder bei der Gefahr wären. Du bist nicht unbedingt eine Meisterin darin, deine Spuren zu verwischen. Wenn du glaubst, du hättest deine Identität verbergen können, indem du deinen Nachnamen geändert hast, dann irrst du dich. Deine Zeit als Kreuzritterin ist abgelaufen. Ich hoffe, du weißt das.«

»Ich bin noch nicht fertig«, sagte ich zu Tex.

»Doch, Emerson, das bist du. Wenn du lange genug am Leben bleiben willst, um Autumn wiederzusehen, dann bist du fertig.«

»Da liegt doch das Problem. Wenn ich aufhöre, nach ihr zu suchen, wird niemand es tun.«

Ich ballte die Hände so fest zu Fäusten, dass meine Fingernägel sich in meine Handflächen gruben. Ich durfte nicht aufgeben.

»Du musst uns vertrauen, Emerson.«

»Tut mir leid, aber ich vertraue niemandem mehr, seit ich meine Schwester blutüberströmt und gebrochen im Krankenhaus vorgefunden habe.«

»Das verstehe ich. Was mit ihr passiert ist, war schrecklich …«

»Schrecklich? Was sie und all die anderen Mädchen durchmachen, ist nicht einfach nur schrecklich«, schrie ich. »Es ist abscheulich, bösartig und grausam. Ich finde nicht die richtigen Worte, um es zu beschreiben. Nie werde ich den leeren Ausdruck in den Augen meiner Schwester vergessen. Sie war so verängstigt, dass sie nicht sprechen konnte. Sie atmete noch, aber innerlich war sie tot. Es ist mir also egal, ob du der Meinung bist, ich solle meinen Kreuzzug beenden. Es ist mir egal, wenn ich dabei sterbe. Und es ist mir egal, wenn ich hundert weitere Männer töten muss, um denjenigen zu finden, der meine Schwester gebrochen hat. Ich werde nicht aufhören.«

Nachdem das letzte Wort über meine Lippen gekommen war, vibrierte ich vor Zorn.

»Em…«

»Nein, Thaddeus. Lass uns das alles einfach hinter uns bringen.«

Er sah aus, als wollte er noch etwas sagen, aber zum Glück hielt er sich zurück. Ich war den Tränen nahe und ein weiteres Wort aus seinem Mund hätte meinen Zusammenbruch zur Folge gehabt.

KAPITEL SIEBZEHN

THAD

In mir tobte ein Krieg.

Eine Schlacht zwischen meinem Herzen und meinem Verstand. Ich wusste, dass ich auf Abstand bleiben sollte, aber als ich Emerson derart aufgewühlt sah und hörte, wie sie über ihre Schwester sprach, wollte ich sie in meine Arme schließen und sie vor weiteren Schmerzen bewahren. Doch das konnte ich nicht tun. Sie wollte weder meinen Trost, noch konnte ich es mir leisten, ihn ihr anzubieten. Diese Frau würde noch meinen Tod bedeuten. Im Grunde hatte sie mich bereits zur Strecke gebracht.

An dem Tag, an dem sie mich verlassen hatte, hatte ich mich unwiderruflich verändert. Und jeden Tag danach war ich tiefer gesunken, bis ich zu dem herzlosen Mann von heute geworden war.

Declan öffnete die Drohnenaufnahmen, die Tex geschickt hatte, und der Anblick schockierte mich zutiefst.

»Heilige Scheiße, wie bist du an diese Bilder gekommen?«, fragte ich.

»Du klingst überrascht«, entgegnete Tex wie aus der Pistole geschossen.

»Ich muss zugeben, das bin ich.«

»Ich kann nicht glauben, dass du an mir gezweifelt hast. Schmalbandige Multispektrale Fernüberwachung der Vegetation.«

»Wie bitte?«

»Das bedeutet, wir hatten Glück. In Guyana gibt es ein landwirtschaftliches Programm zur Überwachung des Flusses. Im Kaituma ist immer wieder Benzin ausgelaufen. Wenn der Wasserpegel ansteigt, wirkt sich das auf das Zuckerrohr und andere Pflanzen aus. Aus diesem Grund beobachtet das Programm das Gebiet nach jedem Regenfall. Ich habe mich in ihre Datenbank gehackt. Das Filmmaterial ist eine Woche alt, aber etwas Besseres werden wir nicht bekommen. Wie ihr sehen könnt, stehen in den bewaldeten Gebieten rund um das Lager keine Gebäude. Es tut mir leid, dass ich euch keine Echtzeit-Informationen liefern kann, aber wir haben in der Gegend keine Ressourcen.«

Ich sah mir das körnige Schwarz-Weiß-Video an. Es war nicht das beste Material, das ich je gesehen hatte, aber es half uns durchaus weiter.

»Danke, Tex. Wie immer hast du mich überaus beeindruckt«, sagte Declan.

»Gern geschehen. Ich bleibe in Bereitschaft. Ende.«

Tex trennte die Verbindung und Kyle schob die Karte von Garcias Lager in die Mitte des Tisches.

»Ich denke, ein Zulauf bietet die beste Deckung. Von dort können wir problemlos eindringen«, bemerkte Kyle.

»Ich stimme zu. Wir schleichen uns rein, schalten zuerst die Hunde aus und greifen dann das Haus an«, fügte Brooks hinzu.

»Ihr werdet die Tiere töten?«, keuchte Emerson schockiert.

Sie sprach von den »Tieren«, als handelte es sich um

niedliche, flauschige Häschen und nicht um bösartige, zum Töten abgerichtete Hunde.

»Nein. Wenn möglich betäuben wir sie nur«, antwortete ich.

»Kannst du uns etwas über Garcias Lager oder das Haus sagen?«, fragte Brooks.

Emerson zögerte einen Moment, bevor sie einen Blick auf die Karte warf.

»Ich glaube, wir haben diesen Weg genommen.« Sie zeigte auf eine Straße, die wie eine private Zufahrtsstraße aussah. »Ich erinnere mich, dass wir durch dieses Dorf hier gefahren sind.« Sie zeigte auf eine kleine Ansammlung von Gebäuden. »Das Haus ist nicht sonderlich groß. Es besteht aus einem Stock mit vier Schlafzimmern und einem Bade-zimmer. Beim Betreten gelangt man in einen offenen Wohn-, Ess- und Küchenbereich. Die Schlafzimmer befinden sich auf der rechten Seite des Gebäudes. Da man von dort aus den Sonnenaufgang sehen kann, ist das wohl die Ostseite. Oh, und es ist laut.«

»Was meinst du mit ›laut‹?«, fragte ich.

»Die Hunde. Sie bellen die ganze Zeit und sind nie ruhig. Aber das ist doch ein Vorteil, nicht wahr? Auf diese Weise werden die Wachen euch wegen des Gebells nicht kommen hören.«

»Bis wir die Hunde schlafen legen«, bemerkte ich.

Während der nächsten Stunde spielten wir verschiedene Szenarien durch. Obwohl ich mich nach Kräften bemühte, mich auf die Operation zu konzentrieren, musste ich dennoch immer wieder an Emersons Worte denken. Sie würde ihren Kreuzzug nicht aufgeben, bis sie Autumn gefunden hatte, und es war ihr egal, ob sie dabei sterben würde.

Ich konnte nicht fassen, wie sehr sie sich verändert hatte. Diese abgebrühte Emerson hatte nichts mehr mit dem süßen Mädchen gemein, das ich einmal gekannt hatte.

»Drei Teams«, verkündete Declan und ging den Plan noch einmal durch. »Das Alpha-Team wird das Haus stürmen, während das Bravo-Team auf direktem Weg die Hundezwinger ansteuern wird. Das Charlie-Team wartet im Boot, bis wir Entwarnung geben können. Irgendwelche Fragen?«

»Ich habe eine Frage. Warum werde ich dabei sein? Du hast doch gesagt, ich würde nicht einmal in die Nähe des Lagers kommen«, sagte Emerson.

»Weil wir neue Informationen erhalten haben, die besagen, dass dort möglicherweise Frauen festgehalten werden. Wir hoffen, dass du sie gemeinsam mit Tatiana beruhigen kannst«, erklärte Declan.

»Wie bitte? Jefferson hat in diesem Lager keine Frauen untergebracht. Er trainiert dort seine Hunde«, entgegnete sie.

»Das Lager ist größer, als du glaubst. Du hast nicht alles gesehen.«

Emerson riss die Augen auf und runzelte die Stirn. »Wie bitte? Er hält dort Mädchen gefangen?«

Die Erkenntnis, dass sie dort gewesen war und nicht geahnt hatte, dass Garcia nur wenige Hundert Meter von ihrer Unterkunft entfernt einen Stall junger Frauen gehalten hatte, war ein Schock für sie. Ich war jedoch erleichtert, dass sie nichts davon gewusst hatte. Hätte sie es getan, hätte sie sicher eine Dummheit begangen und versucht, sie auf eigene Faust zu befreien.

»Macht euch alle bereit, wir brechen in zehn Minuten auf«, erklärte Declan.

»Du hast mir nicht geantwortet«, protestierte Emerson.

»Du hast recht, das habe ich nicht. Und wir werden nicht weiter darüber diskutieren«, entgegnete Declan. »Du wirst dich zusammenreißen und dich ruhig verhalten, während wir ins Lager eindringen. Höre auf Brooks, und damit meine ich, dass du jeden seiner Befehle genau befolgst. Komm nicht auf die Idee, auf eigene Faust zu handeln. Du wirst weder fliehen, noch wirst du die Heldin spielen. Tatiana und du werdet erst nachkommen, wenn wir das Grundstück gesichert haben. Falls du Brooks Probleme machst, fesselt er dich ans Boot und lässt dich dort sitzen.«

»Weißt du, ich habe deine Drohungen langsam satt«, fauchte sie.

»Darauf wette ich. Also sei ein braves Mädchen und tu, was man dir sagt.«

»Du bist ein Arschloch«, blaffte Emerson.

»Ich wurde schon schlimmer beschimpft«, sagte Declan. »Und wenn du mich jetzt schon für ein Arschloch hältst, dann warte ab, was passiert, wenn du die Sache vermasselst und einer meiner Männer verletzt wird. Ich habe keine Zeit für diesen Mist, Emerson. Ein falscher Schritt kann tödlich enden.«

Declan wartete nicht auf Emersons Widerworte, sondern drehte ihr den Rücken zu und ging in Richtung Treppe.

Ich hätte Emerson gern beruhigt, aber ich konnte es nicht. Declan hatte recht. Falls sie eine Dummheit beging, könnte jemand zu Tode kommen. Und Declan hatte über die Jahre schon zu viele Freunde im Kampf sterben sehen.

* * *

»Zwei Minuten«, sagte Brooks und bremste das Boot ab.

Wir hatten ein paar Kilometer flussabwärts ein unbewachtes Fischerboot gefunden und es uns geschnappt. Ich hoffte, dass es noch in einem Stück war, wenn wir fertig waren. Wenn nicht, wären wir aufgeschmissen und der Diebstahl eines Bootes wäre unsere geringste Sorge.

Ich hatte mich so weit wie möglich von Emerson ferngehalten, aber als wir uns dem Steg näherten und ich sie ansah, erwachten plötzlich all die Beschützerinstinkte in mir zum

Leben, die ich bisher erfolgreich unterdrückt hatte. Es war mir zuwider, dass sie mit uns im Boot saß. Ich wollte nicht, dass sie in die Höhle des Bösen zurückkehrte und noch mehr vergewaltigte Frauen sah. Es wäre mir lieber, sie würde keine Schutzweste tragen müssen, weil sie der Gefahr zu nahe kam.

Ich wollte sie sicher zu Hause haben. In meinem Zuhause, wo sie immer hingehört hatte.

Es hatte keinen Sinn zu leugnen, dass ich sie trotz all ihrer Vergehen immer noch so sehr liebte wie an dem Tag, an dem ich sie zum letzten Mal in meinen Armen gehalten hatte.

Scheiße!

Brooks legte an dem Steg an und Declan sprang aus dem Boot, um es festzuhalten. Max und Kyle stiegen aus, aber ich blieb wie angewurzelt stehen. Ich bemerkte Declans ungeduldigen Blick, doch statt den anderen zu folgen, wandte ich mich an Emerson.

»Ich will, dass du mir gut zuhörst, Emerson. Hör auf Brooks, er wird dich beschützen. Weiche nicht von seiner Seite.«

»Thad…«

»Bitte, *agápi mou*. Versprich es mir. Ich muss wissen, dass du in Sicherheit bist.«

In ihren grünen Augen spiegelte sich ein harter Ausdruck wider, bevor sie ihre Miene erweichte. »Ich verspreche es, Thaddeus. Du musst dir keine Sorgen machen.«

Bevor ich etwas Dummes sagen konnte wie »Bitte versprich mir, dass du mich nie wieder verlässt«, nickte ich nur dankend.

Sobald meine Füße die Holzplanken des Stegs berührten, fuhr Brooks los und brachte die Frauen flussabwärts aus der Gefahrenzone heraus.

Max und Kyle machten sich auf den Weg zum Trainingsgelände, wo sie die Hunde betäuben und die Wachen vor den Zwingern ausschalten würden.

Declan und ich stapften durch Matsch und Schlamm und steuerten im Schatten des Dschungels das Haupthaus an.

»Ich frage ja nur ungern, aber ich muss es wissen«, durchbrach Declans Stimme das Vogelgezwitscher und das Summen der größten fliegenden Insekten, die auf diesem Planeten existierten. »Ich muss wissen, wie du zu Emerson stehst. Und erzähl mir keinen Mist darüber, dass sie sich zum Teufel scheren soll, weil sie dich übers Ohr gehauen hat.«

»Was. Zur. Hölle?«

»Ich würde dich nicht fragen, wenn die Sache zwischen euch keine Auswirkungen auf die Mission hätte.«

Ich ließ mir seine Worte durch den Kopf gehen und dachte dann an Brooks und Tatiana zurück. Und wie sich ihre Beziehung während eines Einsatzes entwickelt hatte, der fast in einer Tragödie geendet hatte.

Declan hatte recht. Meine Verbindung zu Emerson könnte das Team gefährden.

»Ich weiß nicht, wo ich stehe«, antwortete ich aufrichtig. »Ich will sie am liebsten für das hassen, was sie getan hat.«

»Aber …«, warf er ein.

»Aber jetzt, da ich ihre Beweggründe kenne, *kann* ich sie verstehen, auch wenn ich nicht mit ihr übereinstimme. Obwohl ich wünschte, sie wäre immer noch meine Emmy, ist sie das nicht mehr. In vielerlei Hinsicht.«

»Du hast dich ebenfalls verändert«, erinnerte Dec mich.

»Das ist richtig«, stimmte ich zu. »Aber ich bin mir nicht sicher, ob sie und ich noch eine Chance hätten. Allerdings muss ich zugeben, dass ich sie immer noch liebe. Sie ist die Eine. Nachdem sie mich verlassen hatte, wusste ich, dass es nie eine andere für mich geben würde.«

Das Haupthaus kam in Sicht, also machten wir halt, um

darauf zu warten, dass Max und Kyle sich über Funk meldeten.

»Dann bring die Sache zwischen euch in Ordnung.«

Es wäre möglich, dass ich bei Declans Worten zusammenzuckte. Er war stets der Erste, der Zane und Brooks die Hölle heißmachte, weil sie sich an eine Frau gebunden hatten. Ich hatte zudem gehört, wie er Lincoln, Colin, Leo und Jaxon gestichelt hatte, weil sie verheiratet waren. Und Letzterer war mit Declans Zwillingsschwester Violet in den Hafen der Ehe eingelaufen.

»Wie bitte?«

»Ich würde meinen rechten Arm dafür geben, die Frau, die ich liebe, nach zehn Jahren wieder in meine Arme schließen zu können. Der ganze Mist, den ich von mir gebe, ist nichts anderes als Schwachsinn. Ich ziehe die Jungs auf, aber in Wahrheit wünsche ich mir nichts sehnlicher, als nach der Arbeit zu meiner Frau gehen zu können, die zu Hause mit den Kindern auf mich wartet. Für mich ist dieser Zug abgefahren. Aber wenn du die Chance auf ein solches Leben hast, dann ergreife sie.«

Heilige Scheiße. Declan hatte noch nie darüber gesprochen, dass er sich eine Familie wünschte.

»Du kannst ...«

»Nein, das kann ich nicht«, unterbrach er mich. »Ich hatte das alles einmal. Ich hatte alles, was ich mir nur wünschen konnte, aber es wurde mir unwiderruflich genommen. Ganz im Gegensatz zu Emerson. Sie ist hier. Sie atmet noch. Wenn du dir dieses Leben also wünschst, dann nimm es dir, solange du noch kannst.«

Sie atmet noch?

Ich versuchte noch immer, Declans Worte zu verarbeiten, als Kyles Stimme über Funk ertönte. »Bravo-Team in Position.«

Declan warf mir einen Blick zu und sofort war unsere Unterhaltung vergessen. Er war wieder der kalte, berechnende Krieger.

»Los«, befahl er ins Mikrofon und trat aus dem Schutz der Bäume.

Wir hatten nur eine Chance, das Überraschungsmoment zu nutzen und uns Zutritt zu verschaffen. Sobald die Wachen ihren anfänglichen Schock überwunden hätten, würden sie sofort in Aktion treten. Wir waren höchstwahrscheinlich in der Unterzahl und wären damit im Nachteil.

Glücklicherweise waren wir Meister unseres Fachs.

Declan trat die Eingangstür ein und mein Blick fiel auf zwei Männer, die auf einer Couch saßen. Ich schwenkte den Lauf meines Gewehrs in ihre Richtung und in weniger als einer Sekunde sackten beide zur Seite. Ein Kopfschuss mit einer .223 war nie schön, aber aus nächster Nähe war er geradezu ekelerregend.

Wir drangen in das Haus ein und Declan schaltete einen Mann aus, der hinter einer geschlossenen Tür hervorkam. Wie Emerson gesagt hatte, bestand der Hauptraum aus einem offenen Wohn- und Essbereich, sodass wir das ganze Haus im Blick hatten. Einschließlich des Hintereingangs und der fünf Türen, die zur Seite abgingen. Dahinter befanden sich laut Emerson vier Schlafzimmer und ein Badezimmer.

Dec deutete auf die Türen und gab mir zu verstehen, dass er die Zimmer überprüfen würde. Wir brauchten nicht mehr als zwei Minuten, um das Gebäude zu räumen. Es war viel zu einfach. Nur drei Männer hatten das Haus bewacht. Irgendetwas stimmte nicht.

»Hier ist alles sauber«, verkündete Max.

»Wir kommen jetzt zu euch«, antwortete Dec.

»Irgendwelche Probleme?«, fragte Kyle.

»Keine«, sagte Dec, woraufhin wir uns auf den Weg zur Hintertür machten.

»Es sollte alles glattlaufen. Wir haben den Garten im Visier«, sagte Max.

»Das war zu einfach«, sagte ich zu Declan.

»Ich stimme zu.«

Alles lief glatt? Von wegen. Niemals lief alles glatt.

KAPITEL ACHTZEHN

EMERSON

Obwohl ich mich auf einem Fluss befand, hatte ich das Gefühl, seekrank zu werden. Vielleicht lag es auch an den Nerven. Auf jeden Fall war mir flau im Magen, und wenn ich nicht bald von Bord ging, würde ich mich übergeben müssen. Ich hatte mich vor den Augen dieser Leute wahrlich schon genug erbrochen.

Ich hatte den Eindruck, als würden wir schon seit Stunden auf dem Wasser treiben. So sehr ich mich auch bemühte, mir gingen Thads Worte nicht mehr aus dem Kopf. Ich konnte den eindringlichen Blick nicht vergessen, mit dem er mich durchbohrt hatte, als würde ich ihm wirklich etwas bedeuten. Er war von Kopf bis Fuß in Schwarz gekleidet, doch zu dem Zeitpunkt hatte er sich die Sturmhaube noch nicht übers Gesicht gezogen, sodass ich jede seiner Sorgenfalten hatte sehen können.

Ich wusste nicht, was ich *damit* anfangen sollte.

Ich konnte mir nicht erklären, dass ich mir Sorgen um Thad machte, während ich mir eigentlich Gedanken um die Kreaturen machen sollte, die im Kaituma lauerten und mich als ihre nächste Mahlzeit betrachteten. Oder um die unzähligen Mückenstiche, die nun jede Stelle meines Körpers zierten, die nicht bedeckt war.

Zudem hatte ich keine Ahnung, was ich mit dem stetig wachsenden Knoten in meinem Magen tun sollte, der mich drängte, mit Thad zu reden und ihm meine Beweggründe für meine Taten zu erklären.

»Sie sind bereit, wir können jetzt zu ihnen stoßen«, sagte Brooks und steuerte das Boot zurück in Richtung Steg.

»Haben sie etwas gesagt?«, fragte ich.

»Nein.«

»Oh.« Ich versuchte, meine Enttäuschung zu verbergen, aber es gelang mir offensichtlich nicht, denn Tatiana warf mir einen vielsagenden Blick zu.

»Das bedeutet, dass alles nach Plan gelaufen ist«, erklärte sie. »Wäre etwas schiefgegangen, hätten sie uns nicht aufgefordert, ihnen zu folgen.«

»Sicher«, antwortete ich.

Mein Gott, das klang erbärmlich.

»Baby, spring raus und mache uns fest, in Ordnung?«, wandte sich Brooks an Tatiana.

Sie tat wie geheißen und sicherte das Boot, und als wir alle von Bord waren, wurde ich langsam nervös. Es war lächerlich, denn ich hatte schon schlimmere Situationen erlebt. Vielleicht waren es die vielen Warnungen, die mir die Lage gefährlicher erscheinen ließen, als sie war.

»Weiche unter keinen Umständen von meiner Seite, Emerson. Egal was du siehst.«

»Ich habe gesehen, wie die Mädchen gehalten werden, Brooks«, blaffte ich.

Er blieb stehen und Tatiana tat es ihm gleich. Dann drehte er sich um und baute sich direkt vor mir auf. »Unter keinen Umständen.«

»Also schön, ich habe verstanden. Unter keinen Umständen. Können wir uns bitte beeilen? Die riesigen fliegenden Käfer haben es auf meinen Nacken abgesehen.«

Tatiana und Brooks tauschten einen Blick aus, dann setzten sie sich wieder in Bewegung. Meine Stiefel versanken im Schlamm und ich hoffte inständig, dass keine Schlangen am Boden lauerten. Schweigend stapften wir durch den dichten Dschungel und ich war beeindruckt, wie leicht Brooks sich zu orientieren schien. Als ich mich das letzte Mal allein durch den Regenwald gekämpft hatte, war ich nach Stunden wieder an dem Punkt angelangt, an dem ich gestartet war.

Plötzlich tauchten wie aus dem Nichts vier Männer auf. Vor Schreck taumelte ich zurück, rutschte im Schlamm aus und landete auf dem Hintern. Vergeblich versuchte ich aufzustehen und drehte mich im Schlamm. Als mich endlich jemand packte, sah ich bereits aus wie ein Schwein, das sich den ganzen Tag in Scheiße gesuhlt hatte.

»Meine Güte, Emmy. Du musst nur die Beine anziehen«, flüsterte Thad.

Ich erstarrte.

Und rührte mich keinen Zentimeter.

Früher hatte Thad mich meistens *agápi mou* genannt. Manchmal auch *moro mou,* was so viel wie »mein Baby« bedeutete. Aber wenn ich seiner Meinung nach etwas Niedliches oder Lustiges getan hatte, hatte er immer Emmy gesagt. Ich hatte Ersteres bevorzugt, denn jedes Mal, wenn er mich »mein Liebes« genannt hatte, hatte mein Herz einen Satz gemacht. Heute schmerzte es einfach nur, die alten Namen zu hören. Es tat so weh, dass es mich innerlich zerriss.

»Es geht mir gut«, erwiderte ich, obwohl ich immer noch nervös war.

Irgendetwas stimmte nicht. Das Gefühl war sogar noch stärker als zuvor.

»Was ist los?«, fragte Brooks.

»Habt ihr nicht auch den Eindruck, dass etwas faul ist?«, erwiderte ich statt einer Antwort.

»Was meinst du mit faul?«, wollte Declan wissen und sah mich an.

»Ich weiß es nicht. Ich fühle es einfach. Wahrscheinlich bilde ich es mir nur ein, denn ihr habt mich alle mit euren Warnungen und Mahnungen ganz verrückt gemacht.«

Die Männer tauschten Blicke aus, die ich allerdings nicht deuten konnte. »Die Zwinger wurden nur von vier Männern bewacht?«, erkundigte Declan sich.

»Ja«, antwortete Max.

»Wir haben drei im Haus angetroffen. Das macht insgesamt sieben. Sonst waren keine auf dem Gelände«, bemerkte er. »Brooks, ihr bleibt zurück, bis wir die Gebäude gesichert haben, in denen die Frauen festgehalten werden.«

»Ihr wart noch nicht bei den Frauen?«, fragte ich.

»Nein, ich wollte, dass ihr drei so schnell wie möglich von Bord geht«, antwortete Declan.

Max fixierte mich mit seinen stahlblauen Augen. »Hast du häufiger ein ungutes Gefühl?«

»Nein. Das ist noch nie passiert.«

»Scheiße«, sagte er nur.

Declan nickte Max und Kyle zu und die beiden verschwanden sofort wieder im Dickicht. Dann wandte er sich an Thad. »Bereit?«

Thad schenkte mir einen flüchtigen Blick, bevor er Declan ansah und antwortete: »Ja.«

Die beiden Männer setzten sich in Bewegung, doch Brooks blieb stehen. Also tat ich es ihm gleich.

Mit verkrampftem Magen beobachtete ich, wie Thad sich auf ins Ungewisse machte. Ich wollte ihm zurufen, dass er nicht weitergehen sollte.

»Irgendetwas stimmt nicht«, flüsterte ich. »Ganz und gar nicht.«

»Wie kommst du darauf?«, fragte Tatiana.

»Ich weiß auch nicht. Es sollten mehr Wachen hier sein. Ich kann es nicht erklären, doch ich habe den unbändigen Drang, die Flucht zu ergreifen. Ich denke, wir sollten alle von hier verschwinden.«

»Verdammt«, brummte Brooks. Er versteifte sich noch mehr und ließ den Blick über die Umgebung schweifen.

»Baby, du solltest ziehen und entsichern.«

Zum Glück wusste Tatiana, was Brooks meinte, denn ich hatte keine Ahnung. Mir wurde die Bedeutung seiner Worte erst klar, als sie ihr Hemd beiseiteschob und eine Handfeuerwaffe aus dem Holster an ihrer Hüfte zog.

»Bekomme ich auch eine?«, fragte ich.

Brooks sah mich an. »Weißt du, wie man eine Waffe benutzt?«

»Nein.«

»Dann nicht.«

Wahrscheinlich hätte ich lügen sollen. Und zudem hätte ich das Zittern in meiner Stimme unterdrücken sollen, aber auch dazu war ich nicht in der Lage.

»Du musst dein Unbehagen nutzen und wachsam bleiben. Wenn du glaubst, etwas stimmt nicht, dann ist sicher etwas faul. Vertraue auf dein Gefühl, Emerson. Aber lasse nicht zu, dass die Angst dich lähmt.«

»Ich weiß nicht, wie ich das anstellen soll, Brooks. In einer derartigen Situation war ich noch nie.«

»Doch, das warst du. Für gewöhnlich arbeitest du allein. Ich habe deine Akte gelesen und weiß, was du getan hast. Das hier ist nichts anderes. Das Team wird die Gebäude räumen, danach werden wir ihnen folgen. Falls dort Frauen festgehalten werden, wirst du sie zusammen mit Tatiana beruhigen und ihnen versichern, dass wir zu den Guten gehören. Und falls dort niemand ist, dann verschwinden wir.«

Brooks lag so falsch. Es bestand ein großer Unterschied

zwischen diesem Einsatz und meiner Verfahrensweise. Ich schnüffelte herum oder verfolgte die Männer, um Informationen zu sammeln und schließlich zum nächsten Scheißkerl überzugehen. Aber ich war noch nie in die Offensive gegangen und hatte versucht, die Wachen auszuschalten.

»Jefferson ist tot«, verkündete ich.

»Dessen bin ich mir bewusst, Emerson.«

»Vielleicht ist meine Reaktion übertrieben. Schließlich ist er nicht mehr am Leben, daher ist es nicht verwunderlich, wenn weniger Wachen hier postiert sind. Vielleicht hat Paul die Frauen längst verlegt. Er hat sich noch nie um die Hunde geschert und würde sie einfach hier zurücklassen. Es würde also Sinn machen, wenn er weniger Personal abgestellt hat.«

»Nicht doch. Vertraue auf dein Gefühl. Wir nehmen es auf jeden Fall ernst.« Brooks hielt einen Moment inne, bevor er erklärte: »Das erste Gebäude war leer. Im zweiten befinden sich zehn Frauen. Das Team hat die Umgebung gesichert und wartet auf uns.«

Gott sei Dank hatte ich mich geirrt. Alles war in Ordnung. Ich hatte überreagiert. Später würde ich mich bei allen entschuldigen, aber ich würde ihnen gegenüber nicht zugeben, dass ich glaubte, ich sei so durcheinander, weil ich Thad so nahe war.

Nein, das würde ich für mich behalten.

Langsam gingen wir auf die beiden Gebäude zu, die mit einem Zaun aus Maschendraht umgeben waren. Die Häuser waren etwa mittelgroß. Statt normaler Fenster auf Augenhöhe verfügten sie nur über Belüftungsschlitze, die mit Backsteinen verschlossen waren. Jeder fünfte Stein fehlte, sodass heiße, feuchte Luft und Ungeziefer in das Gebäude eindringen konnten.

Mir wurde jedes Mal übel, wenn ich sah, wie diese Männer die Frauen behandelten. In diesen Hütten herrschte eine unbändige Hitze und an den Fenstern gab es keine Fliegengitter.

Arschlöcher.

Diese abscheulichen, ekelerregenden Mistkerle.

Jedes Mal wenn mein Gewissen mich einholte, musste ich nur daran denken, wie diese armen, unschuldigen Mädchen behandelt wurden, und schon war meine Reue verflogen. Jeder Mann, den ich ins Jenseits befördert hatte, hatte den Tod verdient. Sie hatten ihr Ticket in die Hölle selbst gekauft, und insgeheim gab es mir ein gutes Gefühl, sie persönlich dorthin zu schicken.

Brooks betrat das Gebäude vor mir und Tatiana schirmte mich von hinten ab. Am liebsten hätte ich sie gefragt, woher sie die Waffe hatte und warum sie so gut damit umgehen konnte, dass Brooks ihr sein Leben anvertraute, aber ich unterließ es.

Vor allem schwieg ich, weil vor mir auf dem Boden zehn junge Frauen kauerten und sich dicht aneinanderdrängten. Sie waren dreckverschmiert und offensichtlich geschlagen worden. Genau wie die Mädchen in der Hütte in Venezuela wirkten sie gebrochen.

Ich drängte mich an Brooks vorbei, als Thad plötzlich neben mir auftauchte. Er sagte kein Wort, als ich auf die Frauen zuging, sondern stellte sich einfach neben mich.

»Wir sind hier, um euch nach Hause zu bringen.« Ich ging vor den Frauen in die Hocke. »Ihr seid jetzt in Sicherheit.«

Nichts. In ihren Augen war nicht einmal ein Flackern zu sehen.

»Ist sonst noch jemand hier?«

Immer noch nichts.

»Wir werden euch hier rausholen.«

Eines der Mädchen riss die Augen auf und ein Ausdruck nackter Angst breitete sich in ihrem Gesicht aus. Ich warf einen Blick über die Schulter und erkannte, was sie so aus der Fassung gebracht hatte. Declan zuckte zusammen, als jemand von hinten einen Arm um seinen Hals schlang und eine lange Klinge gegen seine Kehle drückte. Bevor die anderen reagieren konnten, geriet der Mann ins Taumeln und riss Declan mit sich. Mit seinem Messer verletzte er Declan noch am Hals, bevor sein Arm erschlaffte.

Ich sprang auf, doch Thad schob mich sofort hinter sich. Brooks packte Declan und riss ihn mit schier unbändiger Wucht zur Seite.

Doch auf all das konnte ich mich kaum konzentrieren. Weder darauf, wie Thad versuchte, mich zu beschützen, noch wie nahe Declan dem Tod gekommen war. Nicht einmal darauf, dass Brooks scheinbar über Superkräfte verfügte und Declan blitzschnell quer durch den Raum geschleudert hatte.

Denn im Hals des Angreifers steckte ein Messer und er tat röchelnd seinen letzten Atemzug, während meine Schwester sich über ihn beugte.

»Du solltest nicht hier sein«, sagte sie.

»Was hast du gesagt?« Ich wollte hinter Thad hervortreten, aber er hielt mich am Arm fest, um mich davon abzuhalten, auf Autumn zuzulaufen.

»Verdammt noch mal, Emerson. Du solltest nicht hier sein.«

»Was hast du gesagt?«, wiederholte ich im Flüsterton, wobei mir Tränen in die Augen traten.

So hatte ich mir unser Wiedersehen nicht vorgestellt. Ich hatte mir ausgemalt, wie wir einander in die Arme fallen und vor Erleichterung zu Boden sacken. Danach würden wir die Flucht ergreifen und zurück nach Hause eilen, wo ich endlich meinen Eltern würde gegenübertreten können.

Ich würde Autumn zurückbringen, und die Welt wäre endlich wieder in Ordnung.

»Geh nach Hause, Emerson. Du hast zu viel Dreck aufgewirbelt. Jetzt bist du auf ihrem Radar und sie machen Jagd auf dich. Du hättest dich nie auf diesen Mist einlassen dürfen. Ich dachte, du würdest zu deinem normalen Leben zurückkehren. Und nicht … nicht … so etwas tun.«

Ich entzog mich Thads Griff und ging auf Autumn zu. Sie wich einen Schritt zurück. In diesem Moment wurde ihr Gesicht von einem Lichtstrahl beschienen, der durch die offene Tür neben ihr fiel, und da sah ich es.

Nichts.

Leere.

Sie war gebrochen.

»Autumn«, jammerte ich.

»Ihr habt zwei Minuten, um euch aus dem Staub zu machen. Drei Lastwagen sind auf dem Weg hierher«, sagte sie, ohne mich anzusehen. »Und nehmt meine Schwester mit. Paul hat einen Preis von einer Million Dollar auf sie ausgesetzt. Sperrt sie weg.« Dann wandte sie sich mir zu und starrte mich mit leeren Augen an. »Für dich bin ich tot, Emerson.«

»Das bist du nicht. Bitte komm mit uns.«

»Ich habe nichts mehr, Schwester. Jedenfalls nichts, was du willst. Mittlerweile bleibt euch nur noch eine Minute. Geh nach Hause und vergiss meinen Namen.«

Mit diesen Worten drehte Autumn sich um und lief mit wehenden blonden Haaren davon.

»Haltet sie auf!«, schrie ich.

Niemand rührte sich.

Ich eilte hinter meiner Schwester her, aber bevor ich mehr als ein paar Schritte gehen konnte, wurde ich von hinten gepackt. Thad wirbelte mich herum und warf mich über seine Schulter. Dann sprintete er los.

In die entgegengesetzte Richtung.

»Bitte, Thaddeus. Wir müssen sie holen.«

»Sei still, *agápi mou*.«

Mein Bauch drückte so fest gegen seine harte Weste, dass es wehtat.

Ich begrüßte die Schmerzen.

Für dich bin ich tot.

Vergiss meinen Namen.

Meine schlimmste Befürchtung war immer gewesen, dass meine Schwester ermordet worden und irgendwo in einem namenlosen Grab verscharrt worden war.

Ich hatte mich geirrt.

KAPITEL NEUNZEHN

THAD

»Arme hoch.«

Emerson ließ die Arme an ihren Seiten baumeln und machte keine Anstalten, meiner Aufforderung nachzukommen. Genauso unbeweglich hatte sie dagestanden, als ich ihr die schlammigen Stiefel, Socken und Hose ausgezogen hatte.

»*Agápi mou ...*«

»Nenn mich nicht so. Hör auf damit.« In ihren grünen Augen blitzte Wut auf.

Jede Emotion war mir lieber als der leere Blick, der sich in ihren Augen widergespiegelt hatte, nachdem wir Garcias Lager verlassen hatten. Sie hatte keinen Ton von sich gegeben, aber sie hatte sich von mir in Sicherheit bringen lassen. Als ich sie ins Bad getragen hatte, hatte sie immer noch nicht gesprochen. Und obwohl sie mir nicht geholfen hatte, als ich sie entkleidet hatte, hatte sie nicht protestiert.

Bis zu diesem Moment.

Und das lag einzig und allein an der Tatsache, dass ich sie mit einem Namen angesprochen hatte, der ihr etwas bedeutete. Er bedeutete uns beiden etwas. Als mir der griechische Kosename zum ersten Mal über die Lippen gekommen war, war sie dahingeschmolzen. Und danach hatten ihre Augen jedes Mal aufgeleuchtet, wenn ich ihn erwähnt hatte.

»Arme hoch.«

Sie tat wie geheißen und fragte: »Warum hast du sie nicht aufgehalten?«

Statt zu antworten, überlegte ich, ob ich ihr den BH und das Höschen ausziehen sollte. Ich hatte sie schon hundertmal nackt gesehen und sie auf jede erdenkliche Weise genommen. Ich hatte jeden Zentimeter ihres wunderschönen Körpers gekostet und konnte mich an jede einzelne Sommersprosse auf ihrer Haut erinnern.

Ja, BH und Höschen würden anbleiben.

Meine Stiefel, Socken und das T-Shirt lagen bereits auf einem Stapel neben ihren Kleidern. Ich zog meine Cargohose aus und entschied mich, meine Boxershorts ebenfalls anzubehalten.

Hier ging es nicht darum, Emerson zu vernaschen und irgendeine sexuelle Fantasie wiederaufleben zu lassen. Sie war mit Schlamm bedeckt und brauchte eine Dusche. Außerdem würde ich sie nicht allein lassen können, solange der Schock, den das Wiedersehen mit ihrer Schwester in ihr ausgelöst hatte, nicht abgeklungen war.

Ich glaubte nicht, dass sie je darüber hinwegkommen würde, Autumn so zu sehen. Dieser Anblick würde seine Spuren hinterlassen. Auch mich hatte es mitten ins Herz getroffen, denn die Frau, die ich als junges, lebhaftes Mädchen von Fotos kannte, schien nur noch eine leere Hülle zu sein.

»Warum antwortest du mir nicht?«, blaffte Emerson, als ich sie unter die Dusche führte.

Nachdem ich mich vergewissert hatte, dass das Wasser warm genug war, stellte ich sie unter den Strahl und beobachtete, wie der angetrocknete Schlamm sich löste und ihr über Stirn, Wangen und Nacken rann und schließlich zwischen ihren großen Brüsten und über ihren Bauch lief.

»Baby, pass auf, dass dir nicht der ganze Dreck in die Augen läuft.«

Sie reagierte nicht und machte keine Anstalten, das schmutzige Rinnsal aufzuhalten. Winzige Schlammtropfen hafteten an ihren langen Wimpern, doch sie blinzelte sie nur weg.

Sie war ein Wrack.

Doch nicht nur wegen ihrer augenscheinlichen Verfassung. Sie wirkte niedergeschlagen.

Sie ballte die Hände zu Fäusten und hämmerte gegen meine Brust. »Du hättest sie aufhalten können. Du hättest sie zwingen können, mit uns zu kommen.«

Sie schlug weiter auf mich ein, aber ich hielt sie nicht auf. Ich wusste, dass sie jemanden brauchte, an dem sie ihre Frustration auslassen konnte.

»Ich hasse dich.« Sie schlug noch einmal zu und ließ dann den Kopf hängen. »Ich hasse dich so sehr. Warum hast du sie gehen lassen?«

»Weil uns keine Zeit blieb. Ich musste dich da rausholen«, antwortete ich.

Sie blickte zu mir auf. Ihr Haar war ein einziges Durcheinander, also strich ich ihr die schmutzigen Strähnen aus dem Gesicht. In dem Moment, in dem ich meine Fingerspitzen über ihre Haut gleiten ließ, wusste ich, dass ich einen großen Fehler begangen hatte.

»Du hättest sie retten sollen.«

Mein Gott, ich hatte diese grünen Augen so sehr vermisst.

So oft hatte ich mir nachts ausgemalt, wie schön unsere Babys sein würden, wenn sie ihre hübschen Augen erben würden.

Mist.

Ich schnappte mir das Shampoo und gab ein wenig davon in meine Handfläche.

Ohne darüber nachzudenken, begann ich, es in ihr Haar einzumassieren. Ich hätte mir einen Moment Zeit nehmen sollen, bevor ich sie wieder berührte, doch das hatte ich nicht getan. Und nun war mir das Gefühl ihrer Haare in meinen Händen nur allzu bewusst.

»Du hättest sie retten sollen«, flüsterte Emerson.

Ich ignorierte sie. Zum einen kämpfte ich darum, trotz all der Gefühle, die mich zu überwältigen drohten, einen klaren Kopf zu bewahren. Und zum anderen war ich nicht bereit zuzugeben, warum ich das niemals getan hätte.

Auf keinen Fall wäre ich von Emersons Seite gewichen, nicht einmal, um ihre Schwester zu retten. Vor allem nicht, nachdem Autumn uns gesagt hatte, dass Paul ein Kopfgeld auf Emerson ausgesetzt hatte.

Aber ich würde Emerson nichts von meinen Beweggründen erzählen. Bevor das geschah, würde ich zuerst meine Gedanken ordnen und herausfinden müssen, wo ich stand.

»Lehne deinen Kopf zurück und spüle das Shampoo aus deinem Haar.«

Wie ein Zombie tat sie wie geheißen, woraufhin noch mehr Schmutz den Abfluss hinunterrann.

Als sie den Kopf wieder aufrichtete und meinem Blick begegnete, zerriss mich der Schmerz, der sich in ihren Augen widerspiegelte. Ich wurde von dem Drang übermannt, sie in meine Arme zu ziehen und ihr zu versprechen, dass ich alles in Ordnung bringen würde. Stattdessen wies ich sie an, sich umzudrehen. Ich war ein Feigling. Ich konnte ihr weder dieses Versprechen geben, noch konnte ich den Anblick ihres hübschen Gesichts ertragen.

Ich griff nach der Seife und rieb sie zwischen meinen Händen. Als ich sie zur Genüge aufgeschäumt hatte, blickte ich auf und versteifte mich.

Mein Name. Er prangte direkt vor mir. Der schwarze Schriftzug verlief von einem Schulterblatt zum anderen.

Scheiße.

Bevor ich mich eines Besseren besinnen konnte, zeichnete ich die Buchstaben mit meinen Fingern nach. »Warum hast du es dir stechen lassen?«

»Ich musste dich bei mir haben. Es gab dunkle Zeiten in meinem Leben, in denen ich nichts weiter hatte als deinen Namen. Er erinnerte mich daran, dass auf der Welt auch gute Männer existieren und ich einmal von einem solchen geliebt wurde. Egal wo ich war oder mit wem ich zusammen war, ich war dein. Dir gehörte mein Herz, und das konnte mir keiner nehmen.«

Die Luft wich mir aus der Lunge und ich war nicht in der Lage, ihre Worte zu verarbeiten.

»Warum bist du nicht zu mir zurückgekommen, nachdem du Autumn gefunden hattest?«

Diese Frage beschäftigte mich schon seit Tagen. Seit ich den Bericht gelesen hatte, wusste ich, dass Autumn gerettet worden war. Doch zwischen dem Auffinden ihrer Schwester und den Informationen, die Tex über Emerson ausgegraben hatte, lagen zwei Jahre, über die es keinerlei Aufzeichnungen gab.

»Ich hatte es vor. Nachdem wir Autumn gefunden hatten, hörte ich mir die Sprachnachrichten an und las die SMS, die du geschickt hattest. Ich wusste, dass es zu spät sein würde und du mir nie würdest verzeihen können, weil ich dir zu wehgetan hatte. Aber ich rief trotzdem an. Ich wollte dir meine Beweggründe erklären.«

»Du hast nicht angerufen.«

»Doch, das habe ich. Aber ich habe nur die Mailbox erreicht und war zu feige, eine Nachricht zu hinterlassen. Ein paar Wochen später habe ich es noch einmal versucht und wieder schaltete sich die Mailbox ein. Danach entschied ich, dass es das Beste sei, dich in Ruhe zu lassen. Es waren inzwischen Monate vergangen und ich nahm an, dass du die

Vergangenheit hinter dir gelassen hattest und nie wieder etwas von mir hören wolltest.«

»Da hast du falsch gedacht«, blaffte ich und drehte sie zu mir um. Dann drückte ich sie mit dem Rücken an die Wand und trat einen Schritt vor, bis ich unter dem Wasserstrahl stand.

»Ich habe die Vergangenheit nie hinter mir gelassen. Weder in den ersten Monaten noch in den Jahren danach. Es hat mich innerlich zerrissen, nicht zu wissen, wo du warst oder was mit dir geschehen war.«

Ich hielt sie an beiden Handgelenken fest und als sie ein Wimmern von sich gab, ließ ich sie los.

Ihre Haare klebten ihr im Gesicht, aber sie war immer noch die schönste Frau, die ich je gesehen hatte.

»Es tut mir leid«, flüsterte sie. Ich konnte ihre Worte kaum hören, da das Wasser laut auf meinen Rücken prasselte. Aber ich spürte deutlich, wie sie ihre Hände an meine Brust legte. »Es tut mir so verdammt leid. Ich wusste nicht, was ich tun sollte, und hatte Angst. Und nach Autumns Rückkehr ging alles den Bach runter. Ich sehnte mich so sehr nach dir. Du hättest gewusst, was zu tun wäre, und hättest mir geholfen. Mein Leben lag in Scherben und du warst fort.«

Ich war nicht fort. Ich war nicht derjenige gewesen, der sie verlassen hatte. Sie war vor mir weggelaufen und hatte sich nie wieder gemeldet. Sie hätte alles in Ordnung bringen und die zerbrochenen Teile wieder zusammensetzen können. Aber sie hatte es nicht getan.

Ich wich zurück und sie ließ ihre Hände sinken.

Ich wollte sie nicht mehr berühren.

»Kannst du das hier ohne mich erledigen?«, fragte ich und trat noch einen Schritt zurück.

»Wie bitte?«

»Kannst du allein fertig duschen?«

Sie runzelte die Stirn und ein verletzter Ausdruck trat in

ihre Augen. Aber ich machte mir keine Illusionen, diese neue Emerson wusste genau, wie sie ihre wahren Gefühle verbergen konnte.

»Ich hätte von vornherein allein duschen können.« Sie drückte den Rücken durch und straffte die Schultern, wodurch mein Blick auf ihre Brüste fiel.

Das einzig sichtbare Anzeichen für ihr Unbehagen war das Hämmern ihres Herzens, das gegen ihre Brust schlug.

»Sicher«, murmelte ich und drehte mich um, um das Badezimmer zu verlassen.

»Warum hast du dir überhaupt die Mühe gemacht?«

»Lass es, Emerson.«

»Was willst du von mir? Wenn ich deine Fragen beantworte, bringen meine Worte dich in Rage. Und wenn ich dir sage, dass die Antwort dich nichts angeht, wirst du ebenfalls wütend. Was willst du also von mir?«

War das ihr Ernst?

»Baby, ich bin nicht wütend, sondern leide an einem gebrochenen Herzen. Ich denke also durchaus, dass ich ein Recht darauf habe, sowohl wütend als auch verletzt zu sein.«

»Und nun? Willst du Blut vergießen? *Willst du mich bluten lassen?*« Sie zeigte mit dem Finger auf mich und beugte sich vor. »Willst du mich leiden sehen? Ich habe Neuigkeiten für dich, Thaddeus, du wirst kein Glück haben. Es ist völlig egal, was ich sage, nichts wird das entschuldigen können, was ich dir angetan habe. *Ich* muss damit leben. Aber hör gut zu, du kannst mir nicht wehtun, denn ich leide schon jeden Tag. Meine Seele blutet. Mein Herz schmerzt. Mein Inneres ist leer. Daran bin ich ganz allein schuld. Ich habe es für meine Schwester getan. Wenn du mich fertigmachen, anschreien, verfluchen und hassen willst, nur zu. Ich habe es verdient. Aber du wirst es in dem Wissen tun, dass ich jeden Tag an dich gedacht und dich vermisst habe. Jeden verdammten Tag, an dem ich mir einen schnellen Tod gewünscht habe, weil der Tod ein Segen gewesen wäre, habe ich dich geliebt. Das hat sich nie geändert. Und wenn du und dein Team mich irgendwann irgendwo absetzt, wird sich daran auch nichts ändern.«

Im nächsten Moment schlang ich meine Hände um ihren Nacken und ließ sie dann an ihre Wangen gleiten. Ich beugte mich vor, bis mein Mund nur noch Zentimeter von ihrem entfernt war, und hielt inne. Ich konnte ihren Atem an meinen Lippen spüren.

Ich wollte sie schmecken und ihren Mund in Besitz nehmen, wie ich es schon Millionen Male zuvor getan hatte.

Aber ich konnte es nicht tun.

Ich zog mich zurück, woraufhin sie protestierend wimmerte.

»Ich bin egoistisch«, sagte ich. »Am liebsten würde ich mir nehmen, was ich begehre, und in den Erinnerungen an uns ertrinken. Was wir hatten, was wir verloren haben. Ich will alles und dir im Gegenzug nichts geben. Aber das kann ich nicht. So ein Mensch bin ich nicht. Ich würde dir ja gern erzählen, dass ich nicht an dich gedacht habe, aber das wäre gelogen. Ich wünschte, ich könnte dir sagen, dass ich aufgehört habe, dich zu lieben, und mein Leben weitergelebt habe, aber auch das kann ich nicht tun. Ich liebe dich immer noch so sehr, dass es wehtut, und jetzt weiß ich, dass es bis zum Ende meiner Tage schmerzen wird. Damit habe ich meinen Frieden gemacht.«

Ich ließ die Hände sinken, begegnete noch einmal ihrem Blick und verließ den Raum.

Sie zu berühren war dumm.

Sie zu küssen wäre wahnsinnig gewesen.

Und wenn ich meinen Schwanz in ihr versenkt hätte, wäre das mein Tod gewesen.

KAPITEL ZWANZIG

EMERSON

Gerade als ich geglaubt hatte, es konnte nicht schlimmer werden, wurde ich in den siebenten Kreis der Hölle gestoßen.

Ich war am Ende und würde mich zweifellos nie wieder davon erholen. Doch das hatte nur zum Teil etwas mit Thad zu tun. Der andere Teil war vielleicht noch vernichtender.

Ich hatte nicht einmal Zeit, die Worte meiner Schwester zu verarbeiten, denn gerade als ich aus der Dusche stieg, unter die Thad mich geschoben hatte, um mir von Neuem das Herz herauszureißen und dann zu gehen, klopfte Tatiana an die Tür. Sie brachte mir frische Kleidung und informierte mich darüber, dass ich sofort unten gebraucht würde.

Ich zog die Kleider an, die übrigens mir gehörten, was bedeutete, dass Tatiana meinen Koffer durchwühlt hatte. Doch das störte mich nicht, genau genommen war es sogar sehr aufmerksam von ihr. Hätte sie mir nichts zum Anziehen gebracht, hätte ich nur mit einem Handtuch bekleidet durch den Flur zu meinem Zimmer laufen müssen.

Obwohl meine Haare immer noch feucht und hoffnungslos zerzaust waren, ging ich nach unten. Je eher ich die Sache hinter mich brachte, desto eher konnte ich mich zurückziehen und mich in meinem Elend suhlen. Ganz offensichtlich würde ich einige Zeit für mich brauchen, um wieder einen klaren Kopf zu bekommen, denn in einem Moment der Schwäche hatte ich meine Schutzmauern bröckeln lassen. Nein, das war nicht ganz richtig, ich hatte sie förmlich eingerissen.

Zu meiner Verteidigung musste ich anführen, dass ich mehr als nur ein wenig schockiert war, meine Schwester wiederzusehen. Und als Thad mich entkleidete und berührte, ließ ich es geschehen. Ich brauchte es sogar, denn ich konnte an nichts anderes denken als an den leeren Blick in Autumns Augen. Es war ein riesiger Fehler, mich von Thaddeus unter die Dusche führen zu lassen. Obendrein hatte ich einige Dinge gesagt, die ich besser für mich behalten hätte.

Als ich diesmal den Raum betrat, saß Tatiana nicht bei den Männern. Diese hielten auch nicht inne, sondern sprachen miteinander, als sei ich gar nicht da und als drehte sich ihre Unterhaltung nicht um mich.

»Hast du ein Foto von Harry Landry beschaffen können?«, fragte Declan. Ich sah ihn an und erblickte die leuchtende Wunde an seiner Kehle.

Ein verschmiertes rotes Rinnsal verlief über seinen Hals und verschwand unter seinem Hemd. Heilige Scheiße. Vorhin war so viel Blut geflossen, doch ich hatte nicht sehen können, wie lang der Schnitt war. Doch jetzt erkannte ich, dass er von seinem Ohr bis fast zu seinem Adamsapfel reichte. »Ja. Ich habe es dir per E-Mail geschickt. Wie sicher ist Emerson, dass Landry Leon Brown ist?«, dröhnte Tex' Stimme aus dem Handy, das auf Lautsprecher gestellt war.

»Du hast sie gehört, sie sagte, sie sei sich hundertprozentig sicher«, erwiderte Declan.

»Dann ist das ein verdammt großes Problem, Jungs«, sagte Tex.

»Warum sollte das ein größeres Problem sein als zuvor?«, wollte Brooks wissen.

»Weil Harry Landry einer der bedeutendsten Exporteure von Frauen aus den USA ist und zugleich militärisch geführte Einsätze durchführt, bei denen er ahnungslose Agenten einsetzt, um die Bösewichte dieser Welt auszuschalten, während er in Wirklichkeit nur seine Konkurrenz zur Strecke bringt. In meinen Augen ist das ein gewaltiges Problem. Außerdem verfügte er über die Informationen, die er an seine Agenten weitergeleitet hat, daher ist das alles ein riesiges Durcheinander, Freunde. Und ich werde lange brauchen, um es zu entwirren.«

»Tatiana wird vor Wut an die Decke gehen, wenn sie erfährt, dass *Die Firma* ein Teil von Omni ist«, murmelte Brooks.

»Gottverdammt.« Kyle schüttelte den Kopf. »Glaubt ihr, der Einfluss der Organisation reicht sogar noch tiefer? Immerhin wurde Tatiana angeheuert, als sie wieder für die CIA arbeiten wollte.«

»Zane hat Garrett damit beauftragt, dem nachzugehen. Und bevor ich mich verabschiede, muss ich euch noch wissen lassen, dass Autumn Pierce recht hatte. Garcias Stellvertreter hat bereits alles in die Wege geleitet, um den Betrieb zu übernehmen. Er entledigt sich der Hunde, behält aber die Frauen und Drogen. Er hat eine Million Dollar auf Emersons Kopf ausgesetzt. Ich weiß allerdings nicht, wie er das Geld zusammenbekommen will, es sei denn, Garcias Hunde erzielen einen guten Preis.«

Oh Gott.

»Von wegen. Der Kerl wird nicht einmal …«

»Tu das nicht, Thad. Paul ist kein gewöhnliches Stück Scheiße. Er hat sowohl Beziehungen als auch Macht. Das Einzige, was ihm im Moment fehlt, ist das Geld. Emerson wird am sichersten sein, wenn wir sie in einem sicheren Unterschlupf verstecken, während ihr auf die Jagd geht. Und ich würde mich noch einmal mit dieser Faith in Verbindung setzen und herausfinden, ob sie irgendwelche internationalen Tierrettungsorganisationen kennt. Ihr solltet den Geldhahn so schnell wie möglich zudrehen. Er wird weniger geneigt sein, Frauen zu einem Spottpreis loszuwerden, aber die Hunde … stehen auf einem anderen Blatt.«

»Und Autumn?« Meine Stimme brach und ich räusperte mich, bevor ich fortfuhr: »Was passiert mit ihr? Warum war sie dort?«

»Gar nichts wird mit ihr geschehen. Sie treibt ihr eigenes Spiel, Emerson. Ich wollte es zuvor nicht erwähnen, weil ich mir nicht sicher sein konnte, aber da sie im Lager aufgetaucht ist, kann ich die Gerüchte wohl bestätigen. Sie hat die letzten acht Jahre ähnlich wie du verbracht, allerdings war ihre Vorgehensweise weniger sanft. Sie hat sich ihren Weg durch drei Länder gebahnt und so viele Menschenhändler wie möglich ausgeschaltet. Die Frauen, die sie gerettet hat, nennen sie den Engel des Todes. Du kannst dir selbst einen Reim darauf machen, aber ich würde wetten, dass du mit deiner Interpretation des Namens richtigliegst. Das bedeutet außerdem, dass Autumn untergetaucht ist und sich wahrscheinlich weiter versteckt halten wird, es sei denn, sie will gefunden werden.«

All die Jahre dachte ich, sie sei wieder entführt worden.

Ich hatte angenommen, sie wurde gegen ihren Willen festgehalten und …

»Emerson?«, riss Declan mich aus meinen morbiden Gedanken.

»Ja?«

»Wir fliegen dich zurück in die Staaten und bringen dich in einen sicheren Unterschlupf. Möchtest du, dass wir deine Eltern …«

»Nein.«

Oh Gott, meine Eltern hatten sich schon seit Langem nicht mehr in ein und demselben Raum aufgehalten.

»Du wirst in einen Unterschlupf gebracht«, erinnerte Thad mich.

»Was du nicht sagst«, entgegnete ich. »Ich will sicher nicht, dass Paul mich in die Finger bekommt. Warum glaubst du, bin ich freiwillig mit euch mitgegangen, als ihr mich im Hotel in Gewahrsam genommen habt?«

»Was sollte dann der ganze Protest?«, wollte Thad wissen.

Oh nein. Keine Fragen mehr. Ich hatte meine Lektion gelernt. Wenn es um Thad ging, gab es keine richtige Antwort. Außerdem wollte ich nicht über meine Eltern sprechen.

»Das geht dich nichts an«, antwortete ich und wandte mich dann Declan zu. »Es gibt keinen Grund, meine Eltern zu kontaktieren.«

Declan beäugte mich misstrauisch, sagte aber nichts weiter und fragte stattdessen Tex: »Hast du sonst noch etwas für uns?«

»Im Moment nicht. Passt auf euch auf. Ich melde mich wieder.«

Eine unangenehme Stille breitete sich im Raum aus. In dem Versuch, sie zu brechen, konzentrierte ich mich auf Declans Verletzung.

»Muss das genäht werden?« Ich deutete auf seinen Hals.

»Sekundenkleber.«

»Wie bitte?«

»Nein, das muss nicht genäht werden. Ich habe die Wunde mit Sekundenkleber geschlossen.«

»Du hast sie zusammengeklebt?«

»Ja«, bestätigte er.

»Ich denke, du solltest das von einem Arzt behandeln lassen, Declan. Die Wunde kann sich entzünden.«

»Es ist alles in Ordnung, Emerson.«

Also schön, es war ja nicht mein Leben. Wenn Declan den harten Kerl spielen und seinen Hals wieder zusammenkleben wollte, nachdem jemand ihn mit dem Messer aufgeschlitzt hatte, würde ich ihm nicht widersprechen.

»Wenn wir hier fertig sind, würde ich gern wieder nach oben gehen.«

»Fürs Erste sind wir fertig.«

Ohne zu zögern, verließ ich das Zimmer, lief die Treppe hinauf und bemühte mich, nicht zwei Stufen auf einmal zu nehmen. Die letzte Hälfte konnte ich nicht mehr an mich halten und sprintete nach oben.

Ich sah Tatiana aus dem Bad kommen und hatte das Bedürfnis, ihr für ihre Hilfe zu danken.

»Hey, hast du eine Minute Zeit?«, fragte ich.

Tatiana, die gerade ihr langes gewelltes Haar gebürstet hatte, hielt inne und lächelte. »Ja, natürlich. Ist Brooks noch unten?«

»Ja.«

»Komm mit in mein Zimmer, wenn es dir nichts ausmacht. Ich muss mir noch etwas anziehen.«

»Wenn du lieber …«

»Nicht doch, komm schon.«

Sie öffnete die Tür zu ihrem und Brooks' Zimmer und trat ein. Der Raum war dem, in dem ich wohnte, sehr ähnlich, bis auf die Tatsache, dass dieser mit einem großen Doppelbett statt mit zwei Einzelbetten ausgestattet war.

»Ich wollte mich ohnehin mit dir unterhalten, aber ich war mir nicht sicher, ob du mit mir reden willst«, begann sie.

»Es tut mir leid, für gewöhnlich bin ich nicht so unhöflich. In den letzten Tagen haben meine Manieren jedoch etwas gelitten. Aber ich möchte mich dafür bedanken, dass du mir etwas zum Anziehen gebracht hast. Es tut mir leid, dass die Kleider, die du mir geliehen hast, nun derart schmutzig sind.«

Tatiana schenkte mir ein Lächeln und machte eine

abwinkende Handbewegung. »Kein Problem. Wie kommst du zurecht?«

Ich dachte über ihre Frage nach und mein erster Instinkt war, ihr eine Lüge aufzutischen. Aber als ich den freundlichen Ausdruck in ihren braunen Augen sah, entschied ich mich dafür, ehrlich zu sein.

»Ich weiß es nicht. Alles geschieht so schnell«, antwortete ich.

»Ja, es fühlt sich an, als versuchtest du, Wasser aus einem Feuerwehrschlauch zu trinken, nicht wahr?«

»Absolut. Es kommt mir vor, als seien seit Jeffersons Tod mehrere Monate und nicht nur einige Tage vergangen. Ich weiß nicht einmal, welches Datum heute ist. Die Ereignisse überschlagen sich.«

»Glaub mir, das verstehe ich gut. Wenn du im Einsatz bist, prasseln die Informationen auf dich ein und alles ändert sich von Minute zu Minute. Was ist mit Thad? Wie kommst du mit ihm zurecht?«

Das hatte ja nicht lange gedauert.

»Wie du sicher weißt, ist unsere Vergangenheit kompliziert. Ich habe ihm wehgetan. Glaub mir, ich wollte ihn wirklich nicht verletzen.«

Tatiana schwieg einen Moment, bevor sie mit betont sanfter Stimme sagte: »Die Liebe ist häufig kompliziert.«

»Deine Beziehung zu Brooks steht auf einem festen Fundament.«

»Mittlerweile, aber wir hatten einen holprigen Start. Ich hielt ihn für einen arroganten Egomanen und er sah in mir eine Nervensäge, die anderen Menschen nicht vertrauen konnte. In gewisser Hinsicht hatten wir wohl beide recht, aber die meiste Zeit über lagen wir falsch.«

»Im Ernst? Du bist doch keine Nervensäge. Außerdem bist du die Einzige, die mir geglaubt hat, dass ich die Wahrheit darüber sage, wer ich bin. Das spricht nicht gerade dafür, dass du Vertrauensprobleme hast.«

»Nun, der Argwohn der Jungs ist wohl zum Teil auf die Tatsache zurückzuführen, dass sie Männer sind. Sie vertrauen anderen nicht so leicht und sind sehr darauf bedacht, einander und mich zu beschützen. Sie lassen Außenstehende nicht an sich ran. Niemals. Vor allem nicht in einer solchen Situation, in der wir uns momentan befinden. Zudem haben sie sich an Thad orientiert, der offensichtlich, nun ja ... Vorbehalte dir gegenüber hat.«

»Ich wollte ihn nicht verletzen«, wiederholte ich. Plötzlich war es mir wichtig, was Tatiana über mich dachte.

»Ich weiß, ich habe deine Akte gelesen. Mir leuchtet ein, warum du das alles getan hast. Ich kann mir vorstellen, dass es dir ebenfalls das Herz zerrissen hat, ihn zu verlassen. Aber nur weil ich es verstehe, heißt das nicht, dass ich mit dir übereinstimme. Wohlgemerkt hätte ich vor ein paar Jahren wahrscheinlich das Gleiche getan. Ich war es gewohnt, allein zu arbeiten, und wollte mir selbst und anderen etwas beweisen und dachte, dass ich es auf eigene Faust schaffen müsste. Aber in den letzten Monaten habe ich gelernt, meinem Team zu vertrauen und mich auf sie zu verlassen. Sie halten mir den Rücken frei, egal was passiert, und nur weil ich sie brauche, bin ich nicht weniger wert als sie.«

»Ich hatte kein Team«, protestierte ich.

»Doch, Emerson, das hattest du. Du hattest Thad. Er hätte dir und deiner Familie geholfen.«

Und das war der springende Punkt. Genau deshalb hatte ich ihn verlassen.

»Weißt du etwas über Thaddeus' Vergangenheit?«

»Nein«, gab sie zu. »Er gibt nicht viel von sich preis.«

»Richtig, seine Kindheit war nicht sonderlich schön. Sie gestört zu nennen wäre noch milde ausgedrückt. Sein Vater ist sehr herrisch und war mit Thaddeus' Entscheidung, dem Militär beizutreten, nicht einverstanden. Er wollte, dass er wie sein älterer Bruder im Familienunternehmen arbeitet. Aber das war nicht Thaddeus' Wunsch, vor allem weil er sehen konnte, wie unglücklich sein Bruder war. Er verpflichtete sich gegen den Willen seiner Familie bei der Navy, was dazu führte, dass seine Familie ihn verstieß. Damit hatte er nichts, worauf er hätte zurückgreifen können, und musste sich selbst beweisen, dass er sein Leben auch ohne sie würde meistern können. Er wollte seinen Traum leben und sich von niemandem davon abbringen lassen.«

Ich hielt einen Moment inne, um meine Gedanken zu sammeln. Es lag mir fern, über Thads Familie zu lästern, aber Tatiana musste verstehen, warum ich gegangen war.

»Er hätte mir geholfen«, fuhr ich fort. »Wenn ich ihn während des Trainingseinsatzes angerufen und ihm gesagt hätte, dass Autumn vermisst wird, wäre er ohne Rücksicht auf Verluste nach Hause gekommen. So sehr hat er mich geliebt. Er hätte alles aufgegeben, wofür er gearbeitet hat, und seinen Traum geopfert, um mich zu beschützen. Das konnte ich nicht zulassen. Ich hatte vor, nach Hause zu gehen, um zu sehen, was ich tun konnte, und ihn anzurufen, sobald alles vorbei war. Währenddessen dachte ich jedoch nicht daran, was ich ihm antat. Ich hatte ihn verletzt und es gab kein Zurück mehr.«

»Das hatte ich nicht von seiner Familie gewusst«, räumte Tatiana ein. »Und ich gebe es nur ungern zu, aber wenn er den Einsatz verlassen hätte, wäre er in Schwierigkeiten geraten. Wahrscheinlich wäre er aus dem SEAL-Team geworfen worden.«

Und ich hatte nicht für Thaddeus' Scheitern und das Ende seiner Träume verantwortlich sein wollen. Ich liebte ihn zu sehr.

»Deshalb bin ich gegangen.«

Tatiana betrachtete mich mit einem mitfühlenden Blick, den ich wahrscheinlich nicht verdient hatte. Damals hatte ich geglaubt, das Richtige zu tun, doch vielleicht hätte es einen anderen Weg gegeben. Vielleicht hätte ich früher anrufen sollen. Vielleicht hätte er auf mich gehört, wenn ich es ihm sofort erzählt, ihn aber zugleich angefleht hätte, mir nicht zu helfen.

Es gab tausend Möglichkeiten, wie die Dinge anders hätten laufen können. Nichtsdestotrotz war eines unumstößlich: Ich hatte ihn verloren.

»Genau das solltest du ihm sagen«, riet Tatiana.

»Das habe ich. Aber es gibt kein Zurück mehr. Es wird nichts an der Situation ändern. Ich muss meiner Schwester nach wie vor helfen und er hasst mich.«

»Dieser Mann schleudert dir eine Menge Emotionen entgegen, und Hass mag eine davon sein, aber nur deshalb, weil du ihm so viel bedeutest. Nach all den Jahren würde er dir nicht all diese Gefühle entgegenbringen, wenn er dich nicht lieben würde.«

»Dieser Zug ist abgefahren«, erwiderte ich.

»Das Team wird deine Schwester ausfindig machen.«

»Warum? Sie bedeutet euch nichts. Ich dachte, ihr seid hinter Harry her.«

»Wir sind auf der Suche nach Leon, alias Harry, aber Zane hat uns den Auftrag erteilt, nach Autumn zu suchen.«

Ich verstand ihre Beweggründe immer noch nicht, aber ich wollte sie nicht drängen. Ich war einfach zu müde, um darüber nachzudenken, warum Zane Lewis mir helfen würde, Autumn zu finden, es sei denn, er glaubte, sie könnte ihm irgendwie nützlich sein.

Ich hatte das Gefühl, je mehr Informationen ich bekam, desto weniger begriff ich.

Meine Aufgabe war einfach: Autumn finden und dabei so viele Menschenhändler wie möglich ausschalten. Das Positive an meinem Plan war, dass ich währenddessen ein paar Frauen retten konnte.

Im Gegensatz dazu war mein Leben jedoch alles andere als einfach.

KAPITEL EINUNDZWANZIG

THAD

Ich verzichtete auf den dringend benötigten Schlaf und saß stattdessen mit Max unten auf einem der Sofas in der Sitzecke des Lagerhauses.

Die anderen waren schon zu Bett gegangen, während wir beide schweigend den Rest unseres Whiskys genossen. Der Mangel an Konversation war mir nur recht.

Mein Verstand arbeitete auf Hochtouren, um all die Informationen zu verarbeiten, und ich würde so ziemlich alles tun, um eine Woche lang abzuschalten. Im Grunde war der Gedanke lächerlich, denn vor nicht allzu langer Zeit hatte ich mich noch darüber beschwert, dass wir uns so lange in den Staaten aufgehalten hatten und ich nichts zu tun hatte.

Das Leben war nie einfach, aber diese Situation war besonders komplex. Die Information, dass Leon Brown in Wirklichkeit Harry Landry hieß und sich als Menschenhändler betätigte, hatte wie eine Bombe eingeschlagen. Tatiana war schon nicht erfreut gewesen, als sie noch geglaubt hatte, Aufträge von einem abtrünnigen CIA-Agenten entgegengenommen zu haben. Aber seit sie erfahren hatte, dass sie die ganze Zeit über für einen Mann gearbeitet hatte, der mit Waffen und Frauen handelte, war sie noch weniger glücklich.

Die Firma, wie Landry seine verdeckte Organisation nannte, war nur eine Fassade, die es ihm ermöglichte, seine Konkurrenten auszuschalten und die beschlagnahmte Schmuggelware zu verkaufen, um sein beträchtliches Vermögen zu vermehren.

»Glaubst du, Emerson wird im Unterschlupf bleiben, nachdem wir sie dort untergebracht haben?«, brach Max das Schweigen.

»Ich würde gern glauben, dass sie verängstigt genug ist, um sich verstecken zu wollen, aber wie ich sie kenne, wird sie Reißaus nehmen.«

Und dieser Gedanke brachte mich völlig aus der Fassung. Bevor ich erfahren hatte, dass Paul ein Kopfgeld auf Emerson ausgesetzt hatte, hatte mich allein die Vorstellung von Emerson, die ihre Schwester auf eigene Faust verfolgte, rotsehen lassen. Doch da ich nun wusste, was Paul mit Emerson vorhatte, konnte ich kaum noch klar denken.

»Sie könnte bei uns bleiben, bis wir Paul ausgeschaltet haben. Es sollte nicht allzu schwer sein, ihn aufzuspüren. Ich vermute, dass er sämtliche von Garcias Hundezwingern abgrasen wird, wenn er die Tiere loswerden will. Wir bringen ihn zur Strecke, schicken Emerson zurück in die USA und finden Landry.«

Sein Plan hatte etwas für sich. Tatsächlich erschien er sogar eine Menge Sinn zu ergeben. Emerson würde wissen, wo einige der Zwinger sich befanden. Doch das würde sie trotzdem nicht davon abhalten, sich wieder auf die Suche nach ihrer Schwester zu begeben, nachdem wir Paul ins Jenseits befördert hatten.

»Du könntest eure Beziehung auch wieder ins Reine bringen, sie als deine Frau beanspruchen und sie dann zur Einsicht bringen.«

Was soll der Mist?

»Wie bitte?«

»Du hast mich schon verstanden.«

Herrje. Nicht auch noch Max.

»Ich dachte, gerade du würdest verstehen, warum das nicht infrage kommt.«

»Warum? Weil ich von Natur aus misstrauisch bin und dem Mist aus dem Mund anderer Leute keinen Glauben schenke? Vor allem nicht, wenn er von Frauen kommt?«

»Äh, ja, genau deshalb. Warst du nicht derjenige, der vor ein paar Monaten eine Waffe auf Tatiana gerichtet hat und mehr als bereit war abzudrücken?«

»Ja, verdammt noch mal, das war ich. Und ich habe es getan, weil ich glaubte, sie hätte uns hintergangen. Falls du dich erinnerst, es war *mein* Kopf, der fast weggeblasen wurde. Mir ist klar, dass ich ein Arschloch bin. Und ich weiß, was mich dazu gemacht hat. Aber ich halte mich auch für ziemlich klug und für einen guten Menschenkenner. Du willst es vielleicht nicht wahrhaben, aber so wie ich das sehe, hat Emerson dir einen Gefallen getan.«

»Das kannst du nicht ernst meinen. Einen Gefallen? Sie hat ihre Sachen gepackt und mir den Rücken zugekehrt. Ich war kurz davor, um ihre Hand anzuhalten«, erinnerte ich ihn und leerte den Rest meines Whiskys.

Verdammt, wenn ich mir je gewünscht hatte, ich könnte mich betrinken und meine Sorgen im Alkohol ertränken, dann jetzt.

»Ich meine es todernst, mein Freund. Und wenn du dich mal zusammenreißen würdest, würdest du sehen, dass du ihr zu Dank verpflichtet bist. Wir haben doch schon darüber gesprochen. Du wärst aus dem Team geflogen und wahrscheinlich aus der Navy entlassen worden. Vielleicht wärst du sogar wegen Mordes angeklagt worden, wenn du die Männer gefunden hättest, die Autumn entführt haben. Im schlimmsten Fall würdest du im Gefängnis sitzen, im besten

Fall würdest du neben deinem Bruder im Lebensmittelladen der Familie arbeiten und jede Minute davon hassen, während du dir wünschst, du wärst in Leavenworth gelandet. Aber hey, immerhin hättest du noch das Mädchen, nicht wahr?«

»Verpiss dich«, murmelte ich.

»Ja, ich weiß, es ist nicht leicht zu ertragen, wenn ich recht habe. Noch schlimmer ist es, dass du an deinem Stolz festhältst. Denn eines kann ich mit Sicherheit über dich sagen, Thad. Dein Ego kommt dir immer wieder in die Quere.«

»Was soll der Mist?«, knurrte ich.

»Wohlgemerkt nicht im Einsatz. Bei einer Mission hast du dich immer voll unter Kontrolle. Und du stellst dich auch nie über das Team oder hältst dich für etwas Besseres. Aber in deinem Privatleben lässt du dich von deinem Ego und deinem Stolz leiten. Und wenn du das nicht in den Griff bekommst, wird es noch deinen Ruin bedeuten.«

Ich hatte nicht die leiseste Ahnung, wovon Max sprach. Doch bevor ich ihm das ins Gesicht sagen konnte, ertönte ein Schrei aus dem oberen Stock. Ich sprang auf und sprintete die Treppe hinauf.

Als ich oben ankam, hörte ich einen weiteren Schrei, der diesmal von einem schrillen »Haltet sie auf« begleitet wurde. Declan, Brooks und Kyle kamen aus ihren Zimmern und blieben im Flur stehen. Ich konnte Max direkt hinter mir spüren, als ich die Tür zu Emersons Zimmer öffnete.

Sie warf sich auf dem Bett hin und her und strampelte wild mit den Füßen.

Scheiße.

Bevor ich lange darüber nachdenken konnte, ging ich zu ihr. Ich packte sie an den Schultern und versuchte, sie wach zu rütteln.

»Emerson.«

»Bitte«, wimmerte sie und trat weiter um sich.

»Emmy, Baby, wach auf«, blaffte ich und schüttelte sie noch fester.

Sie öffnete ihre grünen Augen, doch ihr glasiger Blick verriet mir, dass sie immer noch träumte.

»Emerson! Wach. Auf.« Ich schüttelte sie noch einmal, woraufhin sie blinzelte.

»Warum hat sie niemand gerettet?«, fragte sie, sobald sie aus ihrem Traum erwacht war.

Nun, ich würde dieses Gespräch mit ihr weder vor Publikum noch in einem winzigen Einzelbett führen. Ich hob sie hoch und wandte mich zum Gehen. Brooks und Declan traten sofort beiseite, während Max mir bereits die Tür aufhielt, als ich mein Zimmer erreichte.

Er schaltete das Licht ein und schloss die Tür leise hinter uns. Ohne mich darum zu scheren, ob der körperliche Kontakt mit Emerson mich von Neuem verletzen könnte, stützte ich mich mit einem Knie auf der Matratze ab und bettete sie darauf, bevor ich mich neben sie legte.

Sobald ich sie an meine Seite gezogen hatte, fragte ich: »Bist du jetzt wach?«

»Ja.«

»Willst du über deinen Albtraum sprechen?«

Eine ihrer Hände ruhte an meiner Brust und sie krallte sich in mein Hemd, als sie antwortete: »Da gibt es nicht viel zu erzählen. Wir waren wieder in dem Haus und jemand hatte Declan gerade die Kehle durchgeschnitten.«

»Und du hast Autumn gesehen«, fügte ich hinzu.

»Ja«, flüsterte sie.

»Willst du darüber reden?«

»Sie sah … sie sah …«

»Ich weiß, *agápi mou*.«

»Sie sah noch schlimmer aus als zu dem Zeitpunkt ihrer Rettung. Damals hat sie fast ein Jahr lang nicht gesprochen. Sie war in ihrem eigenen Kopf eingesperrt.«

Mein Gott.

»Und als sie dann endlich ihre Sprache wiederfand, kamen ihr die übelsten Dinge über die Lippen und ich hatte mir gewünscht, sie würde wieder schweigen. Das ist doch völlig verkorkst.«

»Das alles war furchtbar, aber deine Gefühle waren nicht verkorkst.«

»Sie gab allen die Schuld an ihrem Leid. Ich konnte verstehen, dass sie wütend war und sich alles von der Seele reden musste. Aber sie war so hasserfüllt gegenüber unseren Eltern.«

»Warum willst du sie nicht kontaktieren?«

Sie versteifte sich augenblicklich und ich konnte spüren, dass sie mir entglitt.

»Nein, tu das nicht, *agápi mou*. Verstecke dich nicht vor mir.«

»Es spielt keine Rolle. Nichts davon ist noch von Bedeutung.«

»Für mich schon«, gestand ich.

»Das sollte es aber nicht. Im Ernst, wir sollten nicht über die Vergangenheit sprechen, Thaddeus.«

Der Klang meines Namens aus ihrem Mund versetzte mir einen Stich im Herzen. Ich wartete, bis das Brennen nachgelassen hatte, und fasste einen Entschluss. Ich genoss es, Emerson wieder in meinen Armen zu spüren. Declan hatte recht.

Ich hatte eine Chance, sie wieder zu einem Teil meines Lebens zu machen, und wenn ich sie nicht ergriff, würde ich es ewig bereuen.

»Wir müssen sogar über die Vergangenheit sprechen. Über uns. Darüber, was mit Autumn passiert ist. Und über deine Eltern.«

»Das wird nichts ändern.«

»Vertrau mir einfach. Es wird helfen, alles in Worte zu fassen. Wir können zwar die Vergangenheit nicht ändern, aber wir können …«

»Dir vertrauen? Du willst, dass ich dir vertraue, obwohl du mir nicht einmal einen Anflug von Vertrauen entgegengebracht hast, seit du mich vom Boden aufgehoben hast? Außerdem hast du dafür gesorgt, dass ich weiß, was du von mir hältst«, erinnerte sie mich.

Scheiße. Vielleicht wäre es im Moment nicht das Beste, darüber zu reden.

Eilig setzte sie sich auf und starrte auf mich herab. »Du willst nur darauf herumreiten, um mich zu quälen. Es spielt keine Rolle, wie oft ich mich bei dir entschuldige, du willst nur weiter in der Wunde herumstochern. Ich weiß, dass ich es vermasselt habe. Ich weiß, was ich getan habe. Verdammt noch mal, Thaddeus, kannst du die Sache zur Abwechslung nicht aus meinem Blickwinkel betrachten?«

»Ich stochere nicht in der Wunde herum, um dich bluten zu lassen, Emmy, sondern damit sie heilen kann. Mittlerweile verstehe ich, warum du gegangen bist. Scheiße!« Ich fuhr mir mit einer Hand durch die Haare und zog daran, doch den Schmerz spürte ich kaum. »Es ist mir zuwider, dass du mich beschützt hast!«

Ich erstarrte, als mir die Worte über die Lippen kamen. *Dein Ego und dein Stolz werden noch deinen Ruin bedeuten.*

Verdammte Scheiße.

Da war es.

Mein Ego.

Mein Stolz.

Emerson hatte mich beschützt und mein Ego konnte das nicht verkraften. Max hatte recht, wenn er sagte, dass mein Stolz mir im Weg stand, weil ich mir nicht eingestehen konnte, dass sie richtiggelegen hatte. Hätte sie mir von ihrer Schwester erzählt, hätte ich alles verloren, was ich mir so hart erarbeitet hatte.

Emerson Pierce hatte mir zwar das Herz gebrochen, aber in den Jahren danach hatte ich meinen Traum gelebt.

Mein Stolz und mein verdammtes Ego.

Zur Hölle damit.

KAPITEL ZWEIUNDZWANZIG

EMERSON

Selbst wenn ich nicht auf Thaddeus hinabgestarrt hätte, hätte ich gewusst, dass sich etwas zwischen uns verändert hatte.

Etwas Bedeutendes.

Die Luft knisterte vor Energie und der wütende Blick in seinen braunen Augen wich einem gequälten Ausdruck. Ich sah den Moment, an dem er sich veränderte. Es war so offensichtlich, dass er mich zu Tode erschreckte.

»*Agápi mou*«, brachte er mit erstickter Stimme hervor. »Scheiße, Baby, scheiße.«

Sein Schmerz zerriss mir das Herz, obwohl ich nicht verstand, was ihn ausgelöst hatte.

Thaddeus setzte sich auf, packte mich am Nacken und sank zurück aufs Bett, wobei er mich mit sich zog. Ich landete auf seiner Brust, woraufhin er mich auf den Rücken drückte und sein Gesicht an meinem Hals vergrub.

»Scheiße, Emmy«, stöhnte er.

Ich hatte immer noch keine Ahnung, was ihn derart aufgewühlt hatte.

»Ich glaube, du musst mir erklären, was hier los ist, Thaddeus.«

Er antwortete nicht, sondern hielt mich nur fest. Ich hob die Arme, schlang sie um seinen breiten Oberkörper und presste meine Handflächen an seinen Rücken. Es fühlte sich so gut an. Ich spürte das Gewicht, mit dem er mich auf die Matratze drückte, und seinen Atem an meinem Hals, während er mit einer Hand meinen Hinterkopf umfasste.

Mein Gott, ich hatte ihn vermisst. Und ihn nach all den Jahren zu spüren tat verdammt weh. Denn mir war klar, dass Thaddeus sich wieder zurückziehen würde, sobald er sich wieder beruhigt hatte. Und dann würde ich nur mit einer weiteren Erinnerung daran leben müssen, wie gut es sich anfühlte, in seinen Armen zu liegen.

Das Leben war ungerecht.

Das Universum war grausam, aber dies musste die brutalste Verhöhnung von allen sein. Es machte mir ein wunderbares Geschenk, das ich nicht würde behalten können.

Ich wusste nicht, was ich sagen sollte, also blieb ich einfach neben Thad liegen, während wir einander festhielten. Nach ein paar Minuten des Schweigens spürte ich etwas Feuchtes an meinem Hals und glaubte schon, dass ich es mir nur einbildete. Aber je mehr Zeit verstrich, desto deutlicher wurde das Gefühl.

»Thaddeus, Baby, geht es dir gut?«

Er schüttelte den Kopf, rührte sich aber nicht.

Scheiße.

Ich konnte mir nicht erklären, was ihn so aufgewühlt hatte. Vielleicht war es Declan. Sein Kamerad war dem Tod gerade noch von der Schippe gesprungen, als ihm jemand die Kehle aufgeschlitzt hatte. Ja, das musste es sein. Thaddeus stand Declan sehr nahe, und ihn fast sterben zu sehen würde ihn aus der Fassung bringen.

Verdammt.

Er hob den Kopf. Als ich seine tränenfeuchten Augen sah, setzte mein Herz einen Schlag aus, bevor es zu rasen begann. Thaddeus weinte nie. Nicht einmal, als er erfahren hatte, dass sein Großvater gestorben war. Oder als sein Bruder ihm mitgeteilt hatte, dass sein geliebter Hund das Zeitliche gesegnet hatte. Beide Ereignisse hatten ihn schwer getroffen, aber er hatte nie eine Träne vergossen.

Doch jetzt weinte er.

»Was ist los?«, flüsterte ich.

»Scheiße, Emmy, es hätte alles anders laufen sollen. Zu verdammt stolz.«

Ich war immer noch ratlos, also starrte ich in seine tiefbraunen Augen und dachte über all die Dinge nach, die er in den letzten zehn Jahren gesehen hatte. All die Orte, an denen er gewesen war, all die Dinge, die er getan hatte. Das alles hatte ich verpasst.

»Ich hätte dich in die Arme schließen und Gott danken sollen, dass ich dich wiedergefunden habe. Dann hätte ich das Blut dieses Arschlochs von dir waschen und dir versprechen sollen, dich nie wieder gehen zu lassen. Stattdessen habe ich dich verbal in Stücke gerissen.«

Wie bitte? War er noch ganz bei Sinnen?

»Es tut mir so leid. Ich hätte dir sagen sollen, wie sehr ich dich vermisst und nur darauf gewartet habe, dass du zu mir zurückkehrst. Ich hätte dir gestehen sollen, wie sehr ich dich liebe. Stattdessen habe ich mich wie ein Arschloch verhalten, weil ich einfach zu stolz war. Zu verdammt hochmütig.«

Thaddeus stützte sich auf einen Ellbogen und strich mit einem Finger über meine Stirn und meine Wange bis zu meinem Kinn. Ich kannte die Geste. Damals, nachdem er mit mir geschlafen hatte, hatte er oft auf mich herabgeblickt, die Umrisse meines Gesichts nachgezeichnet und mir gesagt, wie schön ich sei.

»Vor zehn Jahren war ich ein dummer, zweiundzwanzigjähriger Junge mit einem zu großen Ego, der vor sich hin schmollte. Für mich war es unbegreiflich, wie *du mich* verlassen konntest. Mein Herz war gebrochen, meine Seele zerrissen und mein Ego geprellt. Ich hätte dir nie diese schrecklichen Nachrichten hinterlassen dürfen. Aber mein Stolz hat mich daran gehindert, dir mitzuteilen, was ich dir eigentlich hätte sagen sollen. Nämlich, dass ich für den Rest meines Lebens auf dich warten würde. Ich hätte mich an meine Emmy erinnern sollen. Sie hätte mich nie ohne Grund verlassen. Es tut mir so leid, dass ich es nicht getan habe.«

In meinem Kopf drehte sich alles und ich hatte solche Angst, dass ich ihn falsch verstanden hatte. Plötzlich keimte Hoffnung in mir auf, die ich mir die ganze Zeit nicht erlaubt hatte.

»Ich werde dich nicht gehen lassen. Nicht noch einmal. Und wenn du wieder versuchst, mich zu verlassen, werde ich dich verfolgen. Diesmal habe ich nichts zu verlieren. Nichts könnte mich davon abhalten, dich zu finden. Du musst mich nicht mehr schützen. Ich bin frei. Jetzt bin ich an der Reihe, dich zu beschützen.«

»Wie bitte?«

Ich musste wieder eingeschlafen sein und fand mich in einem schrecklichen Albtraum wieder. Thaddeus gestand mir seine Liebe und sagte, er würde mich nicht gehen lassen, bis ich aufwachte und feststellte, dass nichts davon real war. Ich konnte es förmlich schmecken und sehnte mich so sehr danach, aber ich konnte es nicht haben, weil er mich hasste. Dieser Albtraum war fast noch schlimmer als der von meiner gebrochenen und niedergeschlagenen Schwester mit ihrem leeren Blick, die meine Hilfe nicht wollte.

»Ich werde diese zweite Chance auf eine gemeinsame Zukunft mit dir nicht verstreichen lassen, *agápi mou*. Glaub mir, ich meine es ernst. Wenn ich das Gefühl habe, dass du wieder Reißaus nehmen willst, werde ich dich an mich ketten. Nach all den Jahren habe ich dich wiedergefunden und werde nicht zulassen, dass jemand dich mir wegnimmt.

Und das schließt dich mit ein. Wir werden diese Situation gemeinsam durchstehen und wenn alles vorbei ist, gehen wir zurück nach Hause und klären *unsere* Beziehung. Dann werden wir endlich das Leben führen, das wir uns beide gewünscht haben. Und wir werden gleich nach unserer Rückkehr damit anfangen.«

Wir werden das Leben führen, das wir uns beide gewünscht haben.

Wir hatten immer davon gesprochen, zu heiraten und einen Stall voll Kinder zu bekommen. Ich hatte Kinder unterrichten wollen. Dieses Leben hatte ich aufgegeben. Ich sehnte mich so sehr danach, dass ich es fast schmecken konnte, aber ich wusste, dass ich es nicht würde haben können. Nichts davon. Die Chance darauf hatte ich verwirkt. Thaddeus glaubte vielleicht, dass er es immer noch wollte, aber er würde seine Meinung ändern, wenn er hörte, zu was für einer Frau ich geworden war.

Ich war nicht mehr seine Emmy. Die unschuldige Einundzwanzigjährige mit den funkelnden Augen und den Träumen von einer Zukunft.

»Ich wünsche es mir so sehr. Zu gern würde ich glauben, dass dieses Leben noch möglich ist, aber ich kann nicht. Wenn du erst weißt, wer ich wirklich bin, wirst du mich nicht mehr wollen, und das würde ich nicht überleben. Ich bin nicht mehr das Mädchen von früher und habe dieses Glück nicht verdient«, flüsterte ich.

Meine Sicht verschwamm und ich konnte Thaddeus' schönes Gesicht nur noch ungenau hinter einem Schleier von Tränen erkennen. Er wischte mir mit dem Daumen über die Wange, doch die sanfte Berührung brachte mich nur noch mehr zum Weinen.

»Du musst nur daran glauben, *agápi mou*. Den Rest werde ich erledigen. Emmy, ich verspreche dir, dass ich dich immer auffangen werde.«

Meine Widerworte erstarben in meiner Kehle, als er sich

über mich beugte. In seinem Gesicht war kein Schmerz mehr zu sehen, sondern nichts als Entschlossenheit.

»Ich sehe dich.«

»Wie bitte?«

»Ich. Sehe. Dich«, wiederholte er und betonte dabei jedes Wort. »Ich weiß, was du getan hast, und ich kenne deine Beweggründe. Ich weiß, wer du wirklich bist. Du bist nicht mehr dasselbe Mädchen, das ich kennengelernt habe, und ich bin auch nicht mehr derselbe Mann von damals. Aber das alles ist mir scheißegal. Ich habe deine Akte gelesen und als ich fertig war, habe ich sie noch einmal gelesen. Die Männer, die du ins Jenseits befördert hast, hatten den Tod verdient. Für mich ist nicht wichtig, wie du es geschafft hast, sie um den kleinen Finger zu wickeln und ihr Vertrauen zu gewinnen. Es interessiert mich auch nicht, dass du sie umgebracht hast. Während du vier Leben auf dem Gewissen hast, habe ich Hunderte Menschen getötet. In den vergangenen Jahren hatte ich keinen Schreibtischjob, sondern war aktiv im Dienst und habe alles andere als Däumchen gedreht. Die Regierung hat mich gut ausgebildet und meine Fähigkeiten voll ausgenutzt. Du wirst nie erfahren, wo ich gewesen bin, was ich getan habe und wie viele Männer durch meine Hand gestorben sind, und damit musst du leben. Denn selbst wenn ich die Befugnis hätte, es dir zu erzählen, würde ich es nicht tun.«

»Thaddeus, du weißt nicht, was ...«

»Du musst nur glauben.«

»Aber da ist noch mehr ...«

»*Glaube* einfach an uns, Emerson.«

»Ich kann nicht!«, blaffte ich. »Ich kann nicht glauben, dass wir das Leben führen können, das ich uns genommen habe, bevor du den Rest gehört hast. Es geht nicht. Das Leben ohne dich ist so schwer. Es gab Tage, an denen ich einfach aufgeben wollte. Aber ich würde sterben, wenn du jetzt von einer gemeinsamen Zukunft mit mir träumst und dann alles zurücknimmst. Ich habe dir erzählt, dass ich deinen Namen auf meine Haut habe tätowieren lassen, weil ich dich bei mir haben musste. Aber er diente auch als eine Art Bestrafung. Ich musste mich nur umdrehen und in den Spiegel blicken und sofort spürte ich den Schmerz deines Verlustes. Diese Strafe hatte ich verdient.«

»Glaube es, *agápi mou.*«

»Du hast mir nicht zugehört.«

Mein Gott, warum tat er mir das an? Er musste doch verstehen, dass sein Versprechen, mich zu beschützen und uns das Leben zu geben, von dem wir geträumt hatten, schlimmer war als sein Hass.

»Ich höre dir zu, aber ich ignoriere dich.«

»Lass mich los«, sagte ich und versuchte, ihn von mir zu stoßen.

Wenn wir diese Unterhaltung schon führen mussten, dann wollte ich nicht unter ihm liegen. Es wäre zu leicht, ihm nachzugeben, wenn er mich berührte.

»Nein. Ich will dich unter mir spüren, denn ich werde alles Nötige tun, damit du es endlich verstehst. Und wenn ich das nur erreichen kann, indem ich mit unlauteren Mitteln spiele und dich festhalte, dann sei es so. Da du nun einmal glaubst, du würdest meine Meinung ändern können, indem du mir gewisse Dinge erzählst, dann solltest du jetzt mit der Sprache herausrücken. Ich bin ganz Ohr. Sag mir alles, damit wir endlich in eine gemeinsame Zukunft blicken können.«

Er wollte mit unlauteren Mitteln spielen? Was meinte er damit?

»Und?«, fragte er, woraufhin ich die Augen zu schmalen Schlitzen zusammenkniff. »Komm schon, erzähl mir alles, was ich deiner Meinung nach noch nicht über dich weiß.«

Er klang wie ein herablassendes Arschloch, und plötzlich hatte ich keine Lust mehr, es ihm zu erzählen. Vielleicht war es kindisch von mir, aber es gefiel mir nicht, dass er mich verhöhnte und so tat, als sei das, was ich zu sagen hatte, nicht von Bedeutung.

»Aha«, murmelte er und brachte mich damit in Rage.

»Du willst wissen, was in den zwei Jahren, die in meiner Akte fehlen, passiert ist?«, begann ich. »Autumn hat nach ihrer Rückkehr nicht gesprochen, doch als sie ihre Stimme wiederfand, war es die reinste Quälerei. Sie machte Mom und Dad für alles verantwortlich. Anfangs konnte ich sie verstehen. Sie war traumatisiert und wusste nicht, wie sie damit umgehen sollte. Aber sie hörte einfach nicht damit auf und ich musste mit ansehen, wie meine Mutter immer mehr darunter litt. Das machte mich wütend. Eines Tages fand ich dann meinen großen, starken, liebevollen Vater schluchzend und auf den Knien im Schlafzimmer meiner Eltern vor, und ich verlor die Fassung. Ich hasste Autumn für das, was sie meiner Familie angetan hatte. Meine Eltern stritten sich nur noch. Mom wollte Autumn einweisen lassen, und ich war dafür. Ich wollte sie loswerden. Sie machte unser Leben zunichte. Aber Dad weigerte sich. Er war der Meinung, sie müsse bei ihrer Familie sein und würde sich verlassen fühlen, wenn wir sie in eine Nervenheilanstalt schickten.

Ich war zurück nach Hause gezogen und arbeitete in einem Supermarkt. Ja, die Ironie des Ganzen war mir nicht entgangen. Ich hatte wenige Monate vor meinem College-Abschluss gestanden und nun arbeitete ich als Kassiererin. Ich hasste mein Leben und ich hasste Autumn. Meine Eltern waren so sehr mit ihr beschäftigt, dass sie ihre andere Tochter scheinbar völlig vergessen hatten. Ich war nur noch ihr Kindermädchen. Autumn braucht dies, Autumn benötigt das. Emerson, kannst du noch einmal versuchen, mit ihr zu reden? Emerson, deine Schwester braucht dich.«

Ich verstummte, als die Schuldgefühle und der Ekel mich zu übermannen drohten.

»Emerson …«

»Nein. Da ist noch mehr. Weißt du, warum ich sie so sehr

hasste? Weil ich alles aufgegeben hatte. Alles, was ich mir je erträumt hatte, hatte ich hinter mir gelassen, um ihr zu helfen. Ich hatte den einzigen Mann auf der Welt verloren, den ich über alles liebte, und sie tat nichts weiter, als mich zu quälen. Eines Tages, als Dad bei der Arbeit und Mom beim Einkaufen war, kam Autumn mit einem Rucksack über der Schulter ins Wohnzimmer. Ich sah gerade fern und würdigte sie kaum eines Blickes. Kurz darauf hörte ich, wie die Haustür zugeschlagen wurde. Im ersten Moment war ich erleichtert, dann wurde mir klar, was passiert war. Ich wollte sie aufhalten, aber es war zu spät. Sie war fort. Einfach verschwunden. Mom und Dad verbrachten die nächsten drei Monate damit, sie zu suchen, und gaben mir die Schuld, weil ich sie hatte gehen lassen. Damit hatten sie recht. Mom reichte die Scheidung ein und ich wusste, dass der einzige Weg, meine Familie zu retten, darin bestand, Autumn zu finden.«

»Agápi mou.«

Ich ignorierte ihn und fuhr fort: »Verstehst du jetzt? Es ist alles meine Schuld. Wäre ich ein besserer Mensch gewesen, eine bessere Schwester, eine bessere Tochter, dann hätte ich sie am Weggehen gehindert und das alles wäre nicht passiert. Acht Jahre lang habe ich versucht, für meine Sünden zu büßen. Und als ich zum ersten Mal mit eigenen Augen sah, was Frauen wie Autumn durchmachen mussten, verstand ich es. Das hat mich für immer verändert. Eines Tages fand ich eine Frau in einem Käfig. Sie war völlig gebrochen. Da wusste ich, dass ich dieses Glücks nicht würdig bin. Ich bin ein herzloses, egoistisches Miststück, das weder dich noch das Leben verdient, das wir uns erträumt haben. Nach allem, was ich getan habe, kann ich es mir nicht leisten, an die Zukunft zu glauben.«

»Danke, dass du mir das alles erzählt hast.« Als ich seine erstickte Stimme hörte, begegnete ich seinem Blick. »Aber du liegst falsch. All die Gefühle, die dich durchströmt haben, sind völlig normal. Das, was mit Autumn passiert ist, ist unvorstellbar grausam. Du wurdest mit Emotionen konfrontiert, die die meisten zum Glück nie empfinden müssen. Aber du bist weder ein schlechter Mensch, noch bist du herzlos oder egoistisch.«

»Hast du nicht gehört, was ich gerade gesagt habe? *Ich habe sie gehen lassen.*«

»Ich habe jedes Wort gehört und tief in meinem Inneren gespürt. Irgendwann wirst du es glauben. Du musstest nie für irgendetwas büßen. Ich wünschte inständig, du wärst nie mit den Schrecken des Menschenhandels in Berührung gekommen. Das alles ist so furchtbar krank. Und du hast recht, es verändert dich auf eine grundlegende Art und Weise. Aber dank dir sind einige dieser Frauen diesem Elend entkommen. Du hast ihnen etwas zurückgegeben, das sie schon verloren geglaubt hatten – ihre Freiheit.«

»Thad ...«

»Was dir und deiner Familie widerfahren ist, nennen wir katastrophales Chaos. Ein Sturm der Verwüstung ist über euch hinweggefegt und hat eure Welt aus den Angeln gehoben. Die Folgen sind fatal, denn von so etwas erholt man sich nie wieder. Keine Strategie wird dir helfen können, dieser vernichtenden Kraft zu entkommen. Du hättest also nichts tun können, um den Verlauf der Ereignisse zu verhindern. Keine noch so große Fürsorge und Liebe hätte Autumn aufhalten können.

Der Durst nach Rache ist eine hässliche Emotion, die einen Menschen ganz und gar verzehrt. Autumn hat ihre Rache geplant und euch als Ventil für all ihren aufgestauten Hass benutzt. Und als sie stark genug war, begab sie sich auf einen Kreuzzug. Und Baby, deine Schwester hat sich über Jahre an unzähligen Menschen gerächt. Was ich in den Berichten über sie gelesen habe, ist nicht vergleichbar mit dem, was du getan hast. Sie hat nicht einfach einen Mann nach dem anderen getötet, um mehr Informationen zu sammeln, damit sie ihre Schwester finden konnte. Sie hat sie abgeschlachtet. Damit will ich sie nicht verurteilen, aber deine Schwester hat ihren eigenen Weg eingeschlagen, für den sie ganz allein verantwortlich ist. Ich will, dass du das verstehst. Was Autumn getan hat und weiterhin tut, ist das, was sie für notwendig hält. Und du hattest nie die Macht, sie umzustimmen.«

Ich verdrängte die Möglichkeit, dass er recht haben könnte und es nichts gab, was ich hätte tun können, um Autumn zum Bleiben zu bewegen. Stattdessen konzentrierte ich mich darauf, was er mir über ihre Taten erzählt hatte.

»Sie hat sie abgeschlachtet?«, fragte ich und war kaum in der Lage, die Worte auszusprechen.

Ich hatte mir nicht vorstellen können, dass meine süße kleine Schwester so etwas Bösartiges tun könnte. Aber nachdem ich sie gesehen hatte, war es vielleicht doch nicht so abwegig. Vielleicht waren sie und ich uns nicht unähnlich. Wir waren beide auf Blut und Vergeltung aus.

Und Thaddeus hatte recht – es war hässlich.

KAPITEL DREIUNDZWANZIG

THAD

Eine Last, die ich ein Jahrzehnt lang mit mir herumgetragen hatte, war plötzlich von mir abgefallen. Mein Mädchen lag wieder in meinen Armen und ich würde sie nicht mehr loslassen. Nachdem ich beschlossen hatte, all meine Unsicherheiten über Bord zu werfen, und erkannt hatte, dass ich mir die Chance auf ein Leben mit Emerson nicht entgehen lassen konnte, war die Dunkelheit einem Licht gewichen, das auf sie herabgestrahlt hatte wie ein Leuchtfeuer, das mich nach Hause rief.

Ich hielt alle Karten in meiner Hand, doch ich musste sie richtig ausspielen, andernfalls würde ich scheitern. Im Bruchteil einer Sekunde würde ich mir überlegen müssen, wie ich die schrecklichen Taten, die Autumn verübt hatte, in Worte fassen sollte, ohne Emerson für immer in die Flucht zu schlagen.

Ich entschied mich für die Wahrheit. Solange wir hier in diesem Bett lagen, konnte ich sie festhalten und auffangen, falls sie fiel. Würde sie es von den anderen Jungs erfahren, würde es sie zerschmettern.

»Ich werde dir erzählen, was ich weiß, aber ich muss dich warnen. Es ist nicht schön. Zuerst hat Autumn sich an dem Mann gerächt, der sie entführt hat. Hat sie dir jemals gesagt, wer er war?«

»Nein. Sie wollte nichts preisgeben. Als sie gefunden wurde, war sie bereits verkauft worden. Die Polizei und das FBI hatten sie und die anderen Mädchen bei der Razzia eines Prostitutionsrings gerettet.«

Verdammt. Sie wusste nicht, wie weit das Netz aus Lügen und Intrigen reichte.

»*Agápi mou.* Scheiße, Baby, es tut mir leid. Stanley James hat sie entführt.«

»Stanley James? Das ist unmöglich. Stanley war der Geschäftspartner meines Vaters.«

»Ja, Emmy, das war er.«

»Nein.« Tränen kullerten über ihre Wangen. »Nein. Das kann nicht wahr sein. Stanley und mein Vater haben jahrelang zusammengearbeitet. Mein Vater hätte auf keinen Fall … Oh Gott, hatte mein Vater etwas damit zu tun? Hat Autumn deshalb behauptet, es sei seine Schuld?«

»Nichts deutet darauf hin, dass dein Vater von Stanleys Machenschaften wusste. Ihr Unternehmen war sauber. Dein Vater hat Versicherungen verkauft und mehr nicht. Wenn ich raten müsste, würde ich sagen, Autumn gab deinem Vater die Schuld, weil er den Mann kannte.«

»Heilige Scheiße. Stanley und seine Frau starben bei einem Brand. Das war kurz bevor ich mich auf die Suche nach meiner Schwester machte.«

»Ja«, bestätigte ich und wartete darauf, dass sie selbst den Zusammenhang herstellte.

»Autumn«, flüsterte sie.

»Ja. Und bevor sie sie getötet und das Feuer gelegt hat, hat sie ihre Bankkonten geleert. Wahrscheinlich war das das Startkapital, das sie brauchte, um ihre Rache zu finanzieren.«

»Wie viele hat sie auf dem Gewissen?«

»Wenn du mich fragst, wie viele Leben sie genommen hat, lautet die Antwort eine Menge. Aber ich werde dir keine vollständige Chronologie liefern. Ich weiß nicht alles, aber es scheint, dass sie einen Weg eingeschlagen hat, der in ihren Augen sicher ein gerechter ist. Wahrscheinlich hat sie genauso viele Leben gerettet, wie sie genommen hat. Ich wollte, dass du von Stanley James weißt, damit du Autumns Beweggründe verstehen kannst. Aber mehr will ich dir nicht zumuten.«

»Ich will es wissen, Thad.«

»Glaub mir, Baby, das willst du nicht. Du hast deine Schwester gesehen, und es tut mir weh, dir das zu sagen, aber sie ist nicht du. Sie wird das Licht erst sehen, wenn sie glaubt, dass ihre Arbeit getan ist. Und bis dahin hat sie sich an einen dunklen Ort in ihrem Inneren zurückgezogen, der es ihr erlaubt, die Gewalttaten zu begehen, die sie begeht.«

»Sie sagte mir, ich solle sie vergessen. Ihr Blick war völlig leer. Sie braucht mich, wie kann ich ihr da den Rücken zuwenden?«

»Autumn hat dir gesagt, du sollst sie vergessen, weil sie nicht will, dass du siehst, was aus ihr geworden ist. Aber das Wiedersehen mit dir hat sie zweifellos aus der Bahn geworfen. Denn indem du ihr zeigst, wie sehr du sie liebst, und sie auch nur einen Bruchteil deiner Güte spürt, wird sie daran erinnert, dass sie ein Mensch ist.«

Emersons Augen blitzten auf und sie sagte mit Nachdruck: »Sie *ist* ein Mensch, Thaddeus. Was sollte sie sonst sein?«

Gerade war ich in einen Haufen Scheiße getreten und musste mich irgendwie wieder hinausmanövrieren. Aber ich konnte Emerson nicht erklären, warum manche Menschen sich so drastisch veränderten, während ich in ihr hübsches Gesicht starrte. Ich wollte den Moment nicht sehen, in dem sie erkennen würde, dass all diese Erkenntnisse auf meiner Erfahrung beruhten.

Also benahm ich mich wie ein Feigling und setzte mich auf, um die Lampe auszuschalten. In der Dunkelheit zog ich Emerson an mich und drückte sie an meine Seite. Ich wartete, bis sie sich an mich schmiegte und meine Hand drückte, bevor ich begann.

»Im Moment befindet deine Schwester sich auf einer Mission, bei der sie sämtliche Gefühle abgeschaltet hat. Sie verschwendet weder einen Gedanken an ihre Menschlichkeit noch an die Konsequenzen. Nur so kann sie funktionieren. Sie empfindet keine Reue für ihre Opfer, da sie in ihren Augen keine Menschen, sondern Zielpersonen sind. Und ihre Aufgabe ist es, so viele von ihnen auszuschalten wie möglich. Wenn ich also sage, dass sie unmenschlich ist, dann meine ich damit, dass sie aus einem Instinkt heraus handelt, nämlich aus dem ureigensten Bedürfnis, am Leben zu bleiben.«

»Das klingt, als würdest du aus Erfahrung sprechen.«

»Das tue ich.«

Emerson schwieg so lange, dass ich schon befürchtete, ich hätte ihr zu viel erzählt.

»Ist es dir schwergefallen?«

»Nein«, antwortete ich aufrichtig. »Die Männer, die ich getötet habe, hatten es alle verdient zu sterben. Noch nie habe ich das Leben eines Unschuldigen genommen.«

»Ich verstehe es«, flüsterte sie.

Ich wusste, dass sie es verstand. Aber im Gegensatz zu ihr hegte ich keine Schuldgefühle. Während meiner Karriere bei der Navy hatte ich mein Ziel immer getroffen und daran hatte sich nichts geändert, seit ich für Zane Lewis arbeitete. Sobald ich einen Mann im Fadenkreuz hatte, war er so gut wie tot. Ich hatte keine Gewissensbisse.

Aber ich kannte Emerson. Sowohl als einundzwanzigjährige College-Studentin als auch als einunddreißigjährige

Frau auf der Suche nach ihrer kleinen Schwester war sie durch und durch gut. Zweifellos lastete das Gewicht ihrer Taten auf ihrer Seele.

»Du hast getan, was du tun musstest, Emmy. Jeder einzelne dieser Männer hatte sein Schicksal verdient.«

»Das dachte ich auch, aber …«

»Kein Aber, Baby. Sie haben es verdient.«

»Glaubst du, mein Vater weiß über Stanley Bescheid? Ich meine, wer er wirklich war? Und was er getan hat?«

»Ich denke nicht.«

Ich konnte mir zwar nicht sicher sein, aber ich betete, dass er keine Ahnung hatte. Um aller Beteiligten willen hoffte ich inständig, dass Emersons Vater ein aufrichtiger Mann war. Ich würde Tex bitten, die Finanzen des Mannes zu überprüfen, obwohl ich mir sicher war, dass er das bereits getan hatte. Tex war gründlich. Wenn er Nachforschungen anstellte, dann grub er so tief, dass ihm wirklich nichts entging. Aber es konnte nicht schaden, alles noch einmal zu überprüfen, vor allem wenn die Informationen das Potenzial hatten, Emerson und auch Autumn zu vernichten.

Emerson stieß einen tiefen Seufzer aus und kuschelte sich an mich. Ich hätte nie geglaubt, noch einmal das Gewicht ihres Armes auf meiner Brust oder das Gefühl ihres seidigen Haares an meiner Schulter zu spüren. Und nun würde ich es nicht mehr kampflos aufgeben.

»Ich werde versuchen, an eine gemeinsame Zukunft zu glauben«, flüsterte sie. »Aber falls du feststellst, dass ich nicht die Frau bin, die du willst, dann sollst du zumindest wissen, dass die Zeit mit dir die beste meines Lebens sein wird, egal wie lange sie dauert.«

Mein Gott.

»Alles wird gut werden.«

»Das kannst du nicht wissen.«

»*Agápi mou*, ich wusste schon vor zehn Jahren, dass du die Frau bist, die ich heiraten werde. Und in den letzten zehn

Jahren hat sich daran nichts geändert. Ich bin mir sicher, dass es funktionieren wird. Für mich gibt es auf diesem Planeten keine andere Frau. Wir werden beide Fehler begehen. Wir waren vorher nicht perfekt und werden es auch in Zukunft nicht sein. Ab und an werden wir uns streiten, was vor allem daran liegt, dass ich manchmal ein richtiges Arschloch bin. Ich lasse immer noch meine Klamotten auf dem Boden und meine Zahnpasta im Waschbecken liegen. Ich bin beruflich viel unterwegs und muss erst einmal meine Gedanken ordnen, wenn ich nach Hause komme. Dann brauche ich einen Tag, um mich zu entspannen. Aber ich kann dir versprechen, dass du es nicht bereuen wirst. Ich werde dir immer mehr geben, als ich nehme. Und ich werde dafür sorgen, dass du weißt, wie sehr ich dich liebe, damit du über meine Klamotten auf dem Boden und die Zahnpasta im Waschbecken hinwegsehen kannst. Du kannst auf meine Fürsorge und Unterstützung zählen, während ich dir meine Zeit widmen werde. Überlasse die Stolpersteine mir und glaube einfach an uns.

Ich habe breite Schultern, an die du dich anlehnen kannst. Nun ist es an mir, dich zu beschützen. Wir sind ein Team. Du hast zehn Jahre lang die Last getragen und mir das Leben ermöglicht, das ich mir erträumt habe. Aber eines musst du verstehen. Ich habe es begriffen und ich weiß es zu schätzen. Doch du hast etwas vergessen. In der Navy zu sein, meinem Land zu dienen, ein SEAL zu sein, war nur ein Teil meines Traums. Mit dir eine Familie zu gründen und unsere Kinder gemeinsam aufwachsen zu sehen war auch mein Traum. Während du mir also einen Teil des Lebens gegeben hast, das ich wollte, hast du mir einen großen Teil davon genommen. Und zwar das, was ich wirklich wollte. So habe ich in den letzten zehn Jahren nur ein halbes Leben gelebt. Es ist Zeit, das zu ändern.«

»Es tut mir leid.«

»Mir auch. Aber nun ist Schluss mit den Entschuldigungen. Das alles liegt hinter uns. Wir können die Vergangenheit nicht ändern, und vielleicht sollten wir das auch gar nicht wollen. Es fällt mir schwer, das zu sagen, aber vielleicht brauchten wir diesen Umweg. Die letzten zehn Jahre haben mich gelehrt, unsere gemeinsame Zeit nie als selbstverständlich anzusehen. Sie haben mir bewiesen, dass unsere Liebe unvergänglich ist. Denk doch mal darüber nach. Erinnere dich daran, wie gut wir es hatten und wie schnell unser Glück uns genommen wurde. Jetzt haben wir gelernt, dass wir zusammenhalten, egal was geschieht. Ich und du. Wir sind ein Team. Wir halten nichts voreinander geheim. Nie wieder.«

»Der Gedanke gefällt mir. Wir sind ein Team«, flüsterte sie.

Im Dunkeln, mit einer schläfrigen Emerson im Arm, war es leichter, als ich gedacht hätte, sie dazu zu bewegen, uns noch eine Chance zu geben. Ich war nicht dumm, ich wusste, dass sich bei Tageslicht Zweifel einschleichen würden und ich mich anstrengen musste, um sie an mich zu binden. Aber eines wusste ich mit Sicherheit – Emerson war die Mühe wert.

* * *

ICH WACHTE MIT EINEM STÄNDER AUF. EMERSON LAG HALB AUF mir und hatte den Arm immer noch über meine Brust drapiert. Irgendwann in der Nacht hatte sie ein Bein über meine Oberschenkel geworfen und mich somit unter sich eingeklemmt.

Unwillkürlich musste ich lächeln.

Ich wollte jeden Morgen auf diese Weise aufwachen. Genau genommen wollte ich neben Emerson aufwachen, die mich auf die Matratze drückt, während mein Schwanz hart ist und ich das Recht habe, sie auf den Rücken zu drehen und sie zu ficken. Auch dazu würde es kommen, aber nicht heute.

Zuerst mussten wir noch einiges klären. Der Tag, an dem ich wieder mit ihr schlafen würde, wäre der Tag, an dem sie erkannte, dass sie wieder mir gehörte und bald meine Frau sein würde. Bis dahin würde ich mich beherrschen.

Gestern Abend hatte ich sie davon überzeugen können, uns eine Chance zu geben, aber solange ich nicht absolut sicher sein konnte, dass sie sich wirklich auf eine Zukunft mit mir einlassen würde, würde ich mich zwar nicht emotional, aber dennoch körperlich zurückhalten. Ich wusste, wie gut wir zusammen waren. Die Chemie zwischen uns war explosiv. Emmy war eine Wucht im Bett, beherrschte die Kunst der oralen Befriedigung meisterlich und genoss so viele Orgasmen, wie ich ihr bescheren konnte, nur um dann um mehr zu betteln. Diese Frau war in der Lage, mich völlig auszulaugen, und hatte es häufig getan. Ohne Zweifel war der Sex mit Emmy der beste, den ich je hatte.

Doch zuerst musste ich dafür sorgen, dass ihre mentale Verfassung nicht gelitten hatte. Der gestrige Tag war ein Schlag für sie gewesen. Es würde Emerson zu schaffen machen, ihre Schwester nach so langer Zeit wiederzusehen, während diese sich in einem derart emotionslosen Zustand befunden hatte. Vor allem da sie nun ein wenig Zeit gehabt hatte, um über das Geschehene nachzudenken.

Der Sex mit meiner Frau würde also warten müssen. Und das war ein Jammer, denn in diesem Moment hätte ich nichts lieber getan, als sie für mich zu beanspruchen und sie daran zu erinnern, wie großartig wir gemeinsam waren. Ich würde sie nur auf mich ziehen müssen und sie würde auf meinem Schwanz sitzen. Und ich wäre im Paradies.

Emerson ließ ihre Hand über meine Brust gleiten und ich kämpfte gegen den Drang an, meine guten Vorsätze über Bord zu werfen.

»Ich hätte nie gedacht, dass ich das noch einmal erleben würde«, murmelte sie. »Ich dachte, ich hätte dich für immer verloren.«

»Baby.«

»Falls das alles nur ein Traum ist, will ich nie wieder aufwachen. Lieber würde ich für immer der Realität entfliehen, als allein aufzuwachen. Das wäre die schlimmste Folter.«

Scheiße. Sie würde mich noch umbringen.

Langsam zog sie ihr Bein an und kam meinem Schritt dabei gefährlich nahe. Ich packte ihren nackten Oberschenkel, wobei ich mich daran erinnerte, dass sie Shorts trug. Das Gefühl ihrer nackten Haut ließ meinen Schwanz pochen. *Das läuft nicht so wie geplant.*

»Emerson«, stöhnte ich.

»Danke, dass du mir verziehen hast.«

Verdammt, ich konnte es nicht länger ertragen.

Ich hielt Emersons Bein fest und rollte sie auf den Rücken, um mich auf sie zu legen. Eine Hand verwob ich in ihrem Haar und die andere ließ ich von ihrem Oberschenkel an ihre Wange wandern.

Sei begegnete meinem Blick und ich war verloren.

»Verdammt, ich habe deine schönen Augen vermisst«, sagte ich. »Ich habe von deinem verschlafenen Blick geträumt oder von dem begierigen Ausdruck, mit dem du mich angestarrt hast, wenn ich dich gefickt habe. Vor allem habe ich mich daran erinnert, wie du mich angesehen hast, wenn ich etwas getan habe, was dich zum Schmelzen gebracht hat. Allein dieser sanfte Blick von dir hat gereicht und ich wusste, wie sehr du mich geliebt hast.«

»Thaddeus«, flüsterte sie und blinzelte.

»Küss mich, damit wir aufstehen können«, sagte ich.

»Aufstehen?«

Der überraschte Ausdruck in ihrem Gesicht war zum Anbeißen.

»Ja, Baby, aufstehen. Wir müssen Pläne schmieden, und je eher wir damit anfangen, desto besser.«

»Aufstehen?«, wiederholte sie. »Aber …«

Statt mir zu sagen, was sie wollte, begann Emerson, sich unter mir zu räkeln. Ich presste meine Lenden gegen ihr Becken, um ihr unmissverständlich zu verstehen zu geben, wie sehr ich sie begehrte.

»Bald, *agápi mou.*«

»Aber …«

»Glaub mir, ich kann es kaum erwarten, das zu beanspruchen, was mir ein Jahrzehnt lang verwehrt wurde. Ich will es so sehr, dass mein Schwanz bereits trieft. Aber nicht jetzt. Ich verspreche dir, das Warten wird sich lohnen. Also küss mich, Emmy, damit ich aufstehen, duschen und meinen Schwanz massieren kann, während ich darüber nachdenke, wie gut es sich anfühlen wird, in dir zu sein. Dann gehen wir nach unten, frühstücken und überlegen uns, wie wir dich in Sicherheit bringen können.«

»Du willst deinen Schwanz massieren«, wiederholte sie.

Das war Emerson, wie sie leibte und lebte. Dieser sinnliche, heisere Tonfall. Das Wissen, dass ich mir bei dem Gedanken an sie einen runterholte, erregte sie ungemein.

»Ja, Emmy. Denkst du, das hat sich geändert? Jahrelang habe ich mich befriedigt, während ich dich vor mir gesehen habe. Du bist meine beste Fantasie und meine wunderbarste Realität. Unzählige Male habe ich im Bett gelegen und mir vorgestellt, wie du mich reitest und mit deiner engen, heißen Muschi meinen Schwanz umschließt, den ich tief in dir vergraben habe. Das Beste daran war immer, dass die Bilder, die sich in meinem Kopf abspielten, echte Erinnerungen waren.«

Irgendwann hatte Emerson begonnen, die Hüfte zu bewegen und sich an meinem harten Schaft zu reiben.

Ich beugte mich vor, um ihren Hals zu liebkosen. Kaum trafen meine Lippen auf ihre geschmeidige Haut, streckte ich die Zunge heraus, um zum ersten Mal nach langer Zeit meine Frau zu schmecken. Emerson neigte den Kopf nach hinten, um sich mir noch weiter zu öffnen. Ich leckte über die Biegung ihres Halses bis zu ihrem Ohr hinauf und flüsterte: »Kannst du dich auf diese Weise selbst befriedigen, Emmy?«

Sie nickte und antwortete: »Ja.«

»Dann nimm es dir, Baby.«

Ich liebkoste sie erneut und ließ die Hüfte kreisen, während sie sich weiter an meinem Schwanz rieb. Es dauerte nicht lange, bis sie anfing zu wimmern. Ich hatte mir all die Laute gemerkt, die sie im Rausch der Leidenschaft von sich gab, und wusste daher, dass sie kurz davor war zu kommen.

Ich schob meine Hand unter ihr Hemd und umfasste eine ihrer Brüste. »Scheiße, Emmy. Komm für mich.«

Emerson wand sich und rieb sich immer schneller an mir, während ich in ihre Brustwarze kniff.

»Thaddeus«, wimmerte sie und ich konnte nicht mehr an mich halten.

Ich zog meine Hand zurück, packte ihr Bein und spreizte ihre Schenkel noch weiter, während ich mein Becken vor- und zurückschob. Dann hob ich erneut ihr Hemd an, beugte mich vor und saugte ihre Brustwarze in meinen Mund.

Emerson bäumte sich auf, drückte ihre pralle Brust in mein Gesicht und gab ein ekstatisches Wimmern von sich. Nach einigen weiteren Stößen kam auch ich zum Höhepunkt und ergoss mich in meiner Hose. Dabei war es mir völlig egal, dass meine Frau mich gerade dazu gebracht hatte, wie ein Schuljunge in meiner Hose abzuspritzen.

»Jetzt küss mich, *agápi mou*.«

Emerson begegnete meinem Blick und sagte mit einem zufriedenen Lächeln, das mir den Atem raubte: »Ja, wir haben es noch drauf.«

Ein Gefühl, das ich zu vergessen geglaubt hatte, durchströmte mich, woraufhin ich den Kopf in den Nacken warf und ein Lachen ausstieß. Es war so unverfälscht und herzhaft und fühlte sich so gut an, dass mein erschlaffter Schwanz sofort wieder zum Leben erwachte.

»Ja, Baby, wir haben es immer noch drauf.«

Als ich mich wieder beruhigt hatte, beschloss ich, sie nicht länger darum zu bitten, sondern nahm mir einfach, was ich wollte. Ich beugte mich vor und küsste sie.

Und auch das war unglaublich.

KAPITEL VIERUNDZWANZIG

EMERSON

Da Thad mit mir zum Höhepunkt gekommen war, stellte ich mich mit ihm unter die Dusche. Zu meiner Enttäuschung blieb es bei einer Dusche. Bis auf einen Kuss hier und da liebkosten wir einander nicht.

Ich hatte geglaubt, mich an vieles zu erinnern, was Thad anging. Einige Dinge hatte ich für immer im Gedächtnis behalten wollen, doch ich musste feststellen, dass ich vergessen hatte, wie gut er küsste und wie wunderbar seine Lippen sich auf meinen anfühlten. Vor allem war mir entfallen, wie unglaublich das Erlebnis war.

Jedes Mal wenn Thaddeus Bench mich küsste, nahm er mich mit auf eine Reise über eine atemberaubende Landschaft voller Berge und Täler, die sich sanft hoben und abfielen, bis ich irgendwann ganz unerwartet den Gipfel erreichte. Es war unglaublich. Und noch besser, als ich es in Erinnerung hatte. Und das wollte etwas heißen, denn ich erinnerte mich daran, wie überirdisch jeder Zentimeter seines Körpers war.

Jetzt gingen wir Hand in Hand die Treppe hinunter, während ich von Angst und Zweifeln gepackt wurde.

Das Ganze war verrückt.

Der Kummer war praktisch vorprogrammiert.

Ich war mir nicht einmal sicher, ob ich noch wusste, wie man eine Beziehung führte. Verdammt, ich wusste nicht einmal mehr, wer ich war. Aber ich war überzeugt davon, dass Thaddeus etwas Besseres verdient hatte und eines Tages aufwachen und erkennen würde, wie dumm es war, dieses Band zwischen uns erneut zu knüpfen. Wir hielten an der Vergangenheit fest, als könnte uns das Schicksal ein weiteres Mal vereinen und wir könnten das, was wir verloren hatten, zurückgewinnen.

Nichtsdestotrotz wusste ich, dass ich die Chance auf ein Leben mit ihm ergreifen würde. Ich hatte zwar Todesangst, aber ich brauchte die Zeit mit ihm. In einem Punkt hatte er recht. Es würde den Schmerz wert sein, den ich empfinden würde, wenn er mich eines Tages verließ.

Vorausgesetzt ich überlebe.

»Sieh an, sieh an, sieh an, was haben wir denn da«, bemerkte Max, woraufhin ich ruckartig zu ihm aufblickte. »Ganz offensichtlich schuldet mir jemand eine Flasche Grey Goose.«

Thad hielt am Fuß der Treppe inne.

»Dir?«, fragte Declan mit einem Kopfschütteln. »Ich glaube, er schuldet mir ein paar Zigarren und eine Flasche Scotch. Nicht zu vergessen, dass Zane mir eine Gehaltserhöhung geben wird. Außerdem sollte es im Protokoll aufgenommen werden, dass wir so einen Mist nie wieder machen.«

»Es ist das Beste, wenn wir einfach warten«, flüsterte Thad mir zu.

»Was meinst du?«

»Wir warten, bis sie fertig sind mit ihren Frotzeleien. Sie sind nur zu viert, also sollte es nicht allzu lange dauern.«

»Du meinst fünf«, meldete Tatiana sich zu Wort. »Ich glaube mich zu erinnern, dass es dir Spaß gemacht hat, Brooks und mich dabei zu beobachten, wie wir einander an die Gurgel gehen.«

»An die Gurgel gehen?«, warf Declan ein. »Das ist wohl noch zu milde ausgedrückt.«

Ich war völlig verwirrt und hatte keine Ahnung, wovon sie alle sprachen.

»Nein. Ich sagte, es war amüsant, Brooks dabei zuzusehen, wie er sich die Zähne ausbeißt, während ihr beide umeinander herumgetanzt seid«, erklärte Thad.

»Ja, und ich erinnere mich, dass du mich aus der Reserve locken wolltest, indem du mit ihr auf der Couch gekuschelt hast«, fügte Brooks hinzu.

Wie bitte? Thad hatte mit Tatiana gekuschelt?

»Ich habe nicht mit ihr gekuschelt, sondern gearbeitet. Es ist nicht meine Schuld, dass du eifersüchtig warst. Außerdem habe ich es wiedergutgemacht, indem ich deiner Frau einen halben Liter Blut gespendet habe. *Und* ich habe ihren Ehering ausgesucht.«

Thad hatte Tatiana Blut gespendet? Was ging hier vor? Ich war ganz durcheinander.

»Das stimmt nicht, Kumpel«, warf Max ein. »Ich habe den Ring ausgesucht.«

»Einen Scheiß hast du. Ich bin derjenige, der ihn entdeckt hat«, sagte Kyle.

»Mein Gott«, murmelte Declan. »Ich denke, Zane sollte heiliggesprochen werden. Ganz im Ernst: Der nächste von euch Wichsern, der daran denkt, sich zu liieren, wird von mir kastriert. Ich hacke ihm die Eier ab.«

»Sieh mich nicht so an. Ich bin Einzelgänger«, protestierte Max und hielt abwehrend die Hände in die Höhe.

»Ja, das ist wahr. Die Schwielen an deinen Händen sind der Beweis dafür«, lachte Kyle.

»Verpiss dich. Immerhin war ich schon mit einer Frau

zusammen. In deinem Fall muss ich mich allerdings fragen, ob du noch Jungfrau bist«, schimpfte Max.

»Bruder, du machst wohl Witze. Kyle wechselt die Frauen wie ein Hund die Bäume«, warf Brooks mit einem Lachen ein.

»Da ihr nun alle meine Frau erfolgreich zu Tode erschreckt habt, können wir den Mist jetzt wohl lassen, nicht wahr?«, fragte Thad.

»Sicher. Am besten legst du gleich los. Sie muss wissen, womit sie es zu tun hat«, gab Max zu bedenken.

»Nun, das war gar nicht so schlimm.« Ich blickte zu Thad auf. »Ich dachte, sie würden dir noch mehr Ärger machen.«

»Ermutige sie nicht auch noch, *agápi mou*. Sie haben noch mehr Sprüche auf Lager, glaub mir.«

»Während ihr faulen Säcke euren Schönheitsschlaf nachgeholt habt, hat Garrett angerufen«, bemerkte Declan. Mein Blick fiel auf den Schnitt an seiner Kehle und ich zuckte zusammen. Er hatte verdammt viel Glück gehabt. »Wisst ihr noch, wie wir gegen Al Issa ermittelten und Tex herausfand, dass Falcon Holding in Wirklichkeit Geld mit den alten Artefakten wäscht?«

»Ja. Falcon hat Aktien von mehreren Scheinfirmen inne«, antwortete Tatiana.

»Nun, Garrett hat diese Spur aufgegriffen und angefangen, einige dieser Unternehmen zu durchleuchten. Harry Landry besitzt etwa ein halbes Dutzend dieser Firmen«, erklärte Declan. »Wie ihr sicher noch wisst, haben wir außerdem herausgefunden, dass Falcon einen Haufen Militrix-Aktien besitzt. Offenbar sind Garcias Grundstücke im Besitz von Militrix.«

»Das ergibt Sinn, denn Garcia gehörte zu Omni«, sagte Thad.

»Das bedeutet also, dass Garrett eine Liste mit Garcias Grundstücken gefunden hat.« Max verschränkte die Arme vor der Brust. »Nach welchen Kriterien sollen wir sie eingrenzen, um Paul zu finden?«

»Garrett hat sich bereits an die Arbeit gemacht. Momentan prüft er das Grundstück in Manaus, Brasilien«, sagte Declan.

Ich dachte an besagtes Anwesen. Dabei handelte es sich um eine Villa im Wert von einer Million Dollar mit einem privaten Jachthafen am Rio Negra.

»Falls Paul versucht, Jeffersons Hunde zu verkaufen, wird er nicht nach Manaus gehen«, sagte ich. »Wie viele Pitbulls waren im Trainingslager?«

»Fünf«, antwortete Kyle.

»Keine Welpen?«, hakte ich nach.

»Nein.«

»Hm.« Ich hielt kurz inne, um darüber nachzudenken, warum die Welpen nicht dort gewesen waren. Alle warteten schweigend, bis ich fortfuhr: »Ich kenne den Zuchtplan nicht und es ist Monate her, dass ich dort war. Aber wenn ihr dort keine Welpen gefunden habt, bedeutet das, dass sie bereits verkauft wurden. Seine Hündinnen könnten in diesem Moment wieder trächtig mit dem nächsten Wurf sein.«

»Okay, was hat das mit Manaus zu tun?«, fragte Max.

»Nichts, ich war nur neugierig. Ich habe nie verstanden, warum Jefferson alles aufgeteilt hat. Das Trainingslager ist groß genug, um sowohl seine Hündinnen als auch die Rüden dort unterzubringen, doch das hat er nicht getan. Nur die Hündinnen und Welpen wurden dort gehalten, und die Welpen wurden ausgebildet und dann verkauft. Seine Deckrüden hatte er stets an einem anderen Ort untergebracht. Es ergab in meinen Augen einfach keinen Sinn, alles aufzuteilen.«

»Baby, Manaus?«, drängte Thad.

»Das Haus in Manaus ist ein Feriendomizil, eine riesige Villa mit sechs Schlafzimmern. Das ganze Anwesen ist überaus luxuriös. Im Garten wachsen Bananen-, Papaya-,

Passionsfrucht- und Ananaspflanzen und der Rasen ist makellos. Zu dem Haus gehören ein Weinkeller, eine Bibliothek und ein kleines Kino. Besonderen Gefallen fand Jefferson an dem Schwimmbecken, das von einer Teakholzterrasse mit Außendusche umgeben war, zu der sich das große Schlafzimmer hin öffnete. Die Bäder waren mit importierten Armaturen ausgestattet, und im ganzen Haus befanden sich italienische Fliesen. Noch nie hat ein Tier einen Fuß auf dieses Anwesen gesetzt. Wenn Paul also gezielt die Orte aufsucht, an denen Jefferson seine Hunde hielt, dann geht er sicher nicht nach Manaus.«

Einige Annehmlichkeiten wie die Tennisplätze – ja, es waren tatsächlich mehrere –, das Fitnesscenter und den Ballsaal hatte ich gar nicht erwähnt. Wenn die Villa nicht Jefferson gehört und ich nicht gewusst hätte, woher er die zwei Millionen Dollar für den Kauf des Hauses genommen hatte, hätte es mir gefallen. Alles in allem war das Anwesen spektakulär. Aber ich wusste nun einmal, woher das Geld gekommen war, und deshalb hatte ich alles daran gehasst.

Declan griff nach seinem Handy auf dem Tisch und wählte eine Nummer, als er fragte: »Was glaubst du, wohin Paul gehen würde?«

»Hallo?«, ertönte eine müde Stimme am anderen Ende der Leitung.

»Hey, Garrett, Emerson hat uns von Garcias Anwesen in Manaus erzählt. Das kannst du von deiner Liste streichen«, sagte Declan.

»Schon geschehen. Es ist eine protzige Villa im Herzen eines gehobenen Viertels. Auf keinen Fall hätte Garcia sein Haus mit seinen illegalen Geschäften beschmutzt. Hat Emerson eine Idee, wie wir die Liste weiter eingrenzen können?«

»Sie ist hier und denkt gerade darüber nach«, sagte Declan zu ihm.

»Hallo, Emerson. Ich bin Garrett, was hast du für mich?«, fragte der Mann in einem freundlichen Tonfall.

»Äh, hallo. Jefferson hat eine Farm südlich von Manaus in Manicoré. Steht sie auch auf deiner Liste?«, fragte ich.

»Natürlich. Hundertzwanzig Hektar. Was weißt du über den Ort?«

»Nicht viel. Ich war noch nie dort, aber ich habe ihn einmal davon sprechen hören. Er war wütend, weil einige der Pitbulls wegen einer Infektion eingeschläfert werden mussten. Da er die Tiere getrennt hielt, dachte ich mir, dass er in Manicoré sicher die Männchen beherbergte, wenn im Trainingslager die Weibchen untergebracht waren. Ich weiß, dass die Männchen für die Zucht mehr wert sind als die Weibchen, aber er meinte, seine Hündinnen seien bessere Kämpfer als die Rüden.«

»Ich sehe mir gerade die Satellitenbilder an«, sagte Garrett. »Zwei kleine Häuser stehen etwa eineinhalb Kilometer von der Straße entfernt in einem Waldgebiet. Es gibt drei Nebengebäude und einen Bereich, der ein Hundeauslauf sein könnte. Aber das kann ich erst bestätigen, wenn ich besseres Bildmaterial habe. Verdammt, wenn ich es nicht besser wüsste, würde ich sagen, dass es dort auch einen großen Hühnerstall gibt, aber vielleicht ist es auch nur eine Hundehütte …«

»Es ist ein Hühnerstall. Ich habe ganz vergessen, dass er auch seine Hähne dort hält. Insgesamt sind es etwa fünfzig, glaube ich. Einen von ihnen hat er Daddy Mack genannt, weil er sein bester Kämpfer war. Er hat immer lachend erzählt, wie er den Hahn mit einem Welpen in den Ring gesteckt hat, woraufhin der Hahn den Welpen zerfetzt hat.«

»Verdammter Wichser«, murmelte Kyle.

»Das erklärt die Getreidetonnen«, sagte Garrett. »Es sieht so aus, als verfügte der Ort über mehrere Rückzugsrouten, eine über den Wasserweg und eine Straße durch das bewaldete Gebiet, die in Richtung Norden verläuft. Am Ende befindet sich eine Art Hütte, wahrscheinlich eine Garage. Dahinter gibt es einen Pfad, der nach Süden in Richtung der Kleinstadt führt und hinter einer Reihe von Geschäften mündet.«

»Rückzugsrouten?«, fragte ich.

»Fluchtwege. Sämtliche Grundstücke, die ich überprüft habe, verfügen über mehrere Ein- und Ausgänge«, erklärte Garrett. »Ich werde weiter nachforschen und sehen, ob ich eine Drohne darüber fliegen lassen kann. Wenn nicht, wird Tex ganz sicher einen Weg finden. Eines Tages werde ich den Mann in einen Raum sperren und ihn nicht mehr gehen lassen, bis er mir seine Jedi-Meister-Künste beigebracht hat.«

»Viel Glück dabei, mein Freund. Ob mit einem Bein oder ohne, Tex kann dir immer noch in den Arsch treten«, lachte Declan vor sich hin.

»Du hast wahrscheinlich recht«, brummte Garrett.

»Nicht nur wahrscheinlich. Hör zu, wir wissen deine harte Arbeit zu schätzen«, sagte Declan.

»Gern geschehen. Ende.«

»Als ihr das Hotelzimmer in Venezuela durchsucht habt, habt ihr da Jeffersons Laptop oder Tablet gefunden?«, fragte ich.

»Negativ«, antwortete Max.

»Was habt ihr sonst gefunden?«

»Seinen Koffer. Er war vollgepackt mit seinen Klamotten, einer Streichholzschachtel in einer der Taschen, Manschettenknöpfen …«, zählte Thaddeus auf.

»Manschettenknöpfe?«, unterbrach ich ihn.

»Ja.«

»Ist darauf ein Falke abgebildet?«

»Verdammt«, murmelte Thaddeus. »Ja, darauf ist ein Vogel zu sehen.«

»Sie waren ein Geschenk von einem Mann namens Emilio Ruiz. Er ist …«

»Scheiße«, unterbrach Declan mich. »Wir wissen, wer er

ist. Seine Tochter wurde während ihres Urlaubs fast entführt.«

»Jefferson hasste ihn. Es war ihm zuwider, dass Ruiz mehr Geld hatte als er und deshalb auch mehr Ansehen genoss. Er redete immer wieder davon, dass er Emilio einen Dämpfer verpassen müsste. Wir besuchten eine Geburtstagsparty in Emilios Haus in Guadalajara. Es war die größte Feier, die ich je gesehen hatte, und glich eher der Amtseinführung eines Präsidenten. Jefferson war den ganzen Abend lang schlecht gelaunt und starrte die meiste Zeit über Emilios Tochter Antonia an. Ich hatte schon Angst, dass Jefferson mich aus dem Weg räumen würde, um die Tochter seines Rivalen zu verführen. Es hätte mich nicht überrascht.«

»Garcia plante nicht, das Mädchen zu verführen, sondern sie umzubringen«, sagte Tatiana. »Offenbar gibt es unter den Mitgliedern von Omni keine Ehre.«

»Was ist Omni? Ihr redet ständig davon, aber ich weiß nicht, was es damit auf sich hat.«

»Es ist eine Gruppe von Leuten, die der internationalen Machtelite angehören«, begann Declan. »Die Regierung weiß schon lange von ihnen, aber bisher war ihre Mitgliedschaft ein streng gehütetes Geheimnis. Vor einiger Zeit gelang es Tex Keegan, uns Informationen über sie zu beschaffen, nachdem sie Marine One abgeschossen und den Präsidenten entführt hatten.«

»Der Präsident wurde gekidnappt? Davon habe ich gar nichts mitbekommen.«

Ich war zwar schon lange nicht mehr in den USA gewesen, da ich viel herumreiste, aber so eine Neuigkeit hätte in der ganzen Welt Schlagzeilen gemacht.

»Niemand hat davon gehört. Präsident Anderson ist einer der klügsten Männer, die ich kenne, und er hatte Vorkehrungen für den Fall einer Entführung getroffen und strikte Anweisungen hinterlassen, wer an der Rettungsaktion beteiligt sein sollte. Soweit die Medien wussten, handelte es sich um einen Trainingsunfall. Allerdings hat er im Zuge dessen mehrere hochrangige Mitglieder seines Kabinetts öffentlich als Verräter entlarvt.«

»Heilige Scheiße. Und Jefferson war ein Mitglied dieser Gruppe? Seid ihr euch sicher?«

Jefferson hatte Geld und hatte sich selbst als Teil der »Machtelite« betrachtet, aber das lag daran, dass er ein aufgeblasenes Arschloch gewesen war. Mir war nicht klar gewesen, dass er so viel Einfluss gehabt hatte, um einer Organisation anzugehören, die über die Mittel verfügte, den Präsidenten der Vereinigten Staaten zu entführen.

»Das war er. Und die Tätowierung mit der Pfauenfeder liefert uns die Bestätigung.«

»Dann sucht ihr also nach dieser Omni-Gruppe?«, schlussfolgerte ich.

»Einen Mistkerl nach dem anderen«, bestätigte Declan. »Wir müssen die Organisation auflösen.«

»Wow.«

Aus irgendeinem Grund dachte ich an Thads Rolle bei dieser Operation. Ich wusste, dass er ein SEAL gewesen war, und ich kannte die damit verbundenen Gefahren. Bisher hatte ich ihn viermal in Tarnkleidung und bis an die Zähne bewaffnet gesehen, also wusste ich, dass er nach wie vor einen gefährlichen Job ausübte. Er hatte vor meinen Augen einen Schwerverbrecher getötet und eine Gruppe junger Mädchen aus einer Hütte gerettet. Dann hatte er weitere Männer ins Jenseits befördert, die einen Schwerverbrecher und seine beschissene Einnahmequelle bewachten, und hatte versucht, weitere Frauen zu befreien. Declan war die Kehle durchgeschnitten worden und keines der Teammitglieder schien das zu beunruhigen. Für sie war das der Alltag. Ich wusste, dass Thaddeus und die anderen Jungs für einen Mann namens Zane Lewis arbeiteten, aber ich hatte keine Ahnung, wer er war. Und zu allem Überfluss waren sie hinter einer Gruppe von Leuten her, die nicht wollten, dass ihr Imperium zerschlagen wurde.

Thads Job war nicht nur gefährlich, sondern äußerst waghalsig.

Außerdem war er einer der Guten.

Mir war zuvor schon bewusst gewesen, dass ich einen Mann wie Thaddeus nicht verdient hatte, aber jetzt wusste ich mit absoluter Sicherheit, dass er viel zu gut für die Frau war, zu der ich geworden war. Irgendwann würde er das erkennen.

Mist.

KAPITEL FÜNFUNDZWANZIG

THAD

Ich spürte, wie Emerson sich versteifte und ihre Hand in meiner unwillkürlich zuckte.

»Was ist los?«, fragte ich leise.

»Nichts.«

Blödsinn. Irgendetwas stimmte nicht. Ich nahm nicht an, dass es an den Sticheleien lag, die die Jungs und Tatiana uns vorhin an den Kopf geworfen hatten. Diese waren nichts im Vergleich zu dem, was Brooks hatte ertragen müssen, als er hinter Tatiana her war. Tatsächlich waren sie noch milde gewesen und ich wusste, dass mein Team sich zurückhielt und wartete, bis es mit mir unter vier Augen sein würde.

»Gebt uns eine Minute, ja?«

»Nein.« Emerson stemmte die Beine in den Boden, damit ich sie nicht wieder nach oben zerren konnte, um mit ihr allein zu sein. »Wir haben noch einiges zu erledigen.«

»Em...«

»Thaddeus. Es ist alles in Ordnung. Aber wir müssen herausfinden, wo Paul ist.«

Das war eine Lüge. Paul war zweifellos ein Problem,

aber er war nicht der Grund, warum sie zusammengezuckt war. Aber ich ließ von ihr ab, denn ich wollte sie vor den anderen nicht in Verlegenheit bringen. Vielleicht lag es doch an den Sticheleien der Jungs. Ich würde ihr erklären müssen, dass sie es nicht getan hatten, um sich über sie lustig zu machen, sondern um sie in der Familie willkommen zu heißen.

»War Tex in der Lage, Leon, ich meine Harry Landry, aufzuspüren?«, fragte Tatiana.

»Er glaubt, dass er wieder in den USA ist. Laut Gesichtserkennungssoftware wurde er am Flughafen in L. A. gesehen. Aber danach verliert sich seine Spur«, erklärte Declan.

»Dann will er uns also wissen lassen, wo er ist«, vermutete Tatiana.

»Oder er weiß nicht, dass wir herausgefunden haben, wer er ist«, erwiderte Dec.

Alle schwiegen einen Moment, dann ergriff Max wieder das Wort. »Er weiß, dass wir Emerson haben, also wird ihm klar sein, dass wir seine wahre Identität kennen. Entweder hatten wir wirklich Glück, als wir Garcia ausgerechnet an dem Abend ausschalteten, an dem er sich mit Landry treffen wollte. Letzterer kannte Emerson gut, daher haben wir ihre Tarnung geschützt, als wir sie mitnahmen. Oder das Treffen war Absicht, weil er wusste, was Emerson im Schilde führte, und deshalb mit Garcia zusammen war.«

»Du glaubst also, Landry hat es auf Emerson abgesehen?«, fragte Tatiana, bevor ich etwas erwidern konnte.

»Zweifellos«, bestätigte Max. »Ich wette, Landry hat Emerson innerhalb weniger Tage durchschaut und will sich deshalb ihrer entledigen. Von allen Männern, die Emerson im Visier hatte, war Landry der mächtigste und offensichtlich auch der vorsichtigste. Es würde mich nicht überraschen, wenn dieses Treffen eingefädelt wurde, um Emerson auszuschalten. Und ich wäre auch nicht verwundert, wenn Landry das Kopfgeld auf sie ausgesetzt hat und Paul nur als

Strohmann benutzt. Es wäre ein kluger Schachzug, denn Landry weiß, dass Emerson ihn identifizieren kann.«

»Mein Gott, du hättest das alles auch etwas behutsamer formulieren können«, sagte ich.

»Das hätte ich, aber du kennst mich, ich beschönige nichts. Vor allem wenn es um etwas so Wichtiges wie die Sicherheit deiner Frau geht. Paul muss so schnell wie möglich ausgeschaltet werden. Und als Nächstes nehmen wir uns Landry vor, und zwar aus vielerlei Gründen. Er hat Tatiana in eine Falle gelockt und sie fast umbringen lassen. Er steckt bis zum Hals in den Geschäften von Omni. Und er ist ganz allgemein ein Arschloch, das für den Handel mit unzähligen Frauen verantwortlich ist. Letztlich können wir Emerson zu der Liste von Gründen hinzufügen, warum wir Landry ins Jenseits befördern müssen.«

Als Max fertig war, rückte Emerson näher an mich heran und drückte meine Hand mit mehr Kraft, als ich ihr zugetraut hätte.

Dieser Mistkerl.

»Max hat recht«, fügte Declan hinzu. »Es tut mir leid, dass du Angst hast, Emerson, aber du hast dich mit einer Reihe von Arschlöchern eingelassen, die keine Skrupel haben, unschuldige Frauen zu töten. Für Landry bist du allerdings keine Unschuldige. Du wirst ihn nicht einfach loswerden, indem du davonläufst. Um dich endgültig von ihm zu befreien, müssen alle Beteiligten eliminiert werden.«

Mittlerweile keuchte Emmy vor Angst. »Ihr solltet ... ihr alle ... ihr solltet euch von mir fernhalten, bevor ihr meinetwegen zu Schaden kommt.«

»Auf keinen Fall«, knurrte ich.

»So funktioniert das nicht«, fügte Max hinzu.

»Aber ich glaube ...«

Sie verstummte, als Declans Handy klingelte. »Zane, du bist auf Lautsprecher«, sagte er zur Begrüßung.

»Ich habe gerade einen Anruf von Tex erhalten. Danach

hat der Präsident der Vereinigten Staaten angerufen. Tex hat bestätigt, dass Harry Landry in den USA ist. Er wurde in Los Angeles gesichtet. Anderson hat uns befohlen, Landry bis auf Weiteres in Ruhe zu lassen. Für den Moment ist er unantastbar.«

»Was soll der Scheiß?«, blaffte ich. »Warum sollte Präsident Anderson Landry schützen?«

»Das habe ich ihn auch gefragt. Tom sagte nur, ich solle ihm vertrauen. Wenn Tom Anderson dich bittet, ihm zu vertrauen, dann fügst du dich. Aber du stellst nicht seine Intelligenz infrage. Außerdem sagte ich ›für den Moment‹. Ihr werdet noch Gelegenheit haben, ihn in die Mangel zu nehmen, aber nicht jetzt sofort. Ihr habt ohnehin noch eine Menge zu erledigen. Garrett hat Garcias mögliche Anwesen auf einige wenige eingegrenzt und seinen Lagebericht nach dem Gespräch mit Emerson angepasst. Er hat die Informationen an mich weitergegeben und ich stimme ihm zu. Die beste Chance, Paul auszuschalten, haben wir in Manicoré.« Zane hielt einen Moment inne, bevor er hinzufügte: »Er wurde in der Gegend gesehen. Ist Emerson bereit, ausgeflogen zu werden?«

»Planänderung«, erwiderte ich.

»Natürlich, das wundert mich nicht. Würdest du mich bitte aufklären?«

»Sie bleibt bei uns, bis wir die Bedrohung beseitigt haben.«

»Declan?«, rief Zane.

»Ich bin hier.«

»Seltsam, ich habe weder die Schachtel Donuts noch die Flasche Knob Creek erhalten, die du mir versprochen hast. Bist du mit der Entscheidung einverstanden, oder ist ein Mitglied deines Teams mit seinem Schwanz abgehauen und hat vergessen, seinen Teamleiter zu informieren?«

»Sein Schwanz scheint fest mit seinem Körper verbunden

zu sein, was bedeutet, dass er damit denkt, während sein verdammter Verstand Urlaub macht«, antwortete Declan.

»Fick dich«, entgegnete ich. »Du weißt, dass ich recht habe. Wir können Emerson beschützen. Sie ist bei uns sicherer als irgendwo in einem Unterschlupf.«

»Weil sie Reißaus nehmen wird und …«

»Nein. Weil kein Mann sie so beschützen wird wie ich«, sagte ich.

Das war nur die halbe Wahrheit. Zwar wusste ich, dass niemand so sehr um ihr Wohlergehen besorgt war wie ich und ich deshalb besser auf sie aufpassen würde als jeder andere. Aber ich hatte auch Angst, dass sie das Weite suchen würde. Vor allem nachdem Max ihr gesagt hatte, was er über Landry dachte, und Declan ihr erklärt hatte, dass wir sie nur aus der Situation würden befreien können, wenn wir alle Beteiligten ausschalteten.

Mir war klar, dass sie Zweifel an einer Zukunft mit mir hegte, und nun zog sie in Erwägung, Reißaus zu nehmen, um mich erneut zu beschützen. Aber das würde ich nicht zulassen.

»Nur gut, dass ich die endgültigen Pläne für die Kindertagesstätte, die ich gezwungen bin zu bauen, noch nicht unterschrieben habe. Der Architekt hat mich schon seltsam beäugt, als ich ihm sagte, dass ich schusssichere Fenster will. Der Idiot hat doch tatsächlich versucht, mich dazu zu bewegen, einer beschissenen Folienbeschichtung zuzustimmen, die kaum ein 22er-Geschoss aufhalten würde. Kommt gar nicht infrage. Mein Kind wird in der Kita zusammen mit meinen Neffen sein. Ivy war stinksauer, als ich Schalldämmung in die Planung miteinbezogen habe. Sie hat mir nicht geglaubt, als ich ihr sagte, ich wolle nur vermeiden, dass der Lärm aus dem Büro die kleinen Hosenscheißer aufweckt. Jetzt habe ich also eine stinksaure schwangere Frau, die aussieht, als würde sie drei Kinder auf einmal austragen. Wie dem auch sei, scheinbar muss ich noch mehr Platz für euch fortpflanzungswillige Idioten einplanen.«

Emerson wirkte entsetzt. Declans Lippen zuckten, während Kyle und Max lächelten und Tatiana und Brooks scheinbar Mühe hatten, sich ein Lachen zu verkneifen.

»Ich hoffe, du hast Ivy nie gesagt, dass sie aussieht, als würde sie drei Kinder unter dem Herzen tragen«, scherzte Brooks. »Bei unserer letzten Begegnung schien sie sich nicht sonderlich wohlzufühlen.«

»Offenbar ist es nicht gerade angenehm, ein Baby auszutragen. Wer hätte das gedacht? Aber diese Frau im Fernsehen hat zweiundzwanzig Kinder auf die Welt gebracht. So schlimm kann es nicht sein, sonst würden sie und ihr Mann nicht versuchen, die Idioten dieser Welt zahlenmäßig zu übertreffen.«

»Mann, deine Frau wird dir in den Arsch treten«, lachte Tatiana. »Und ich werde ihr dabei helfen. Schließlich müssen wir Schwestern füreinander einstehen.«

»Ist mit dir alles in Ordnung, Thad?«, fragte Zane. Der humorvolle Unterton war gänzlich aus seiner Stimme gewichen.

»Absolut, Chef.«

»Gut. Emerson bleibt bei euch. Sie scheint ohnehin einen wertvollen Beitrag zu leisten. Und, Emerson?«

»Ja?«

»Wenn du einverstanden bist, verzichten wir von nun an auf Förmlichkeiten. Ich weiß, du hältst mich für ein Arschloch, und damit hast du recht. Frag einfach meine Frau, sie wird es dir bestätigen. Aber ich halte mein Wort und ich lasse mich nie auf eine Abmachung ein, die ich nicht einhalten will. Ich habe dir Informationen über deine Schwester versprochen. Mein Mann Garrett ist immer noch dabei, sie zu sammeln. Das Team wurde bisher nur über einige wichtige Punkte aufgeklärt, die sie wissen müssen. Aber wenn Garrett fertig ist, wirst du die vollständige Akte erhalten. Seit unserer Vereinbarung hat deine Schwester einem meiner Männer das Leben gerettet. Damit stehe ich in ihrer Schuld und bin ihr zu Dank verpflichtet. Wir werden sie finden. Und wenn es so weit ist, werde ich ihr meine Hilfe anbieten. Ich kann dir nicht versprechen, dass sie sie annehmen wird, aber ich werde ihr eine helfende Hand reichen. Damit revanchiere ich mich bei ihr für Declans Leben.«

Typisch Zane. Er ließ alle gern in dem Glauben, er sei ein Riesenarschloch. Nach außen hin war er zwar ein anspruchsvoller Sarkast, aber unter dieser Fassade steckte der großzügigste und verständnisvollste Mann, dem ich je begegnet war. Er war sowohl von innerlichen als auch äußerlichen Narben gezeichnet und auf ihm lasteten Schuld-gefühle wegen Dingen, die sich seiner Kontrolle entzogen.

Zane kümmerte sich um seine Männer, seine Familie und seine Frau, die er auf ein so hohes Podest gestellt hatte, dass niemand ihr das Wasser reichen konnte. Ich war nicht über-rascht, dass er Autumn seine Hilfe anbot.

Aber es war ein zweischneidiges Schwert. Wenn Autumn seine Hilfe ablehnte, wäre Emerson am Boden zerstört.

»Ich weiß dein Angebot zu schätzen. Obwohl ich dich nach wie vor für ein Arschloch halte. Immerhin hattest du keine Skrupel, mich zu erpressen.«

»Du nennst es Erpressung, ich sage dazu, dass ich alle mir zur Verfügung stehenden Mittel genutzt habe. Du hast dich verwundbar gemacht, und das habe ich ausgenutzt. Du kannst einem Mann nicht vorwerfen, dass er dich überlistet hat.«

Ich wollte Zane gerade sagen, er solle Emerson in Ruhe lassen, als sie entgegnete: »Ich wusste nicht, dass wir ein Spiel spielen, Zane. Und es war ein mieser Schachzug, meine Schwester zu benutzen.«

»Natürlich wusstest du, was wir tun. Vor acht Jahren wurdest du ein Teil meiner Welt, in der Lügen und

Täuschung vorherrschen und in der es vor allem darum geht, den Gegner zu überlisten. Bisher hast du das Spiel erfolgreich gemeistert. Es ist hässlich und geschmacklos, aber du weißt genauso gut wie ich, dass wir daran nichts ändern werden. Also komm darüber hinweg. Ich habe getan, was ich tun musste, um an die Informationen zu kommen, die ich brauchte. Was übrigens ein Segen für dich war, wenn man bedenkt, dass du nun neben Thad stehst und ihr nicht mehr versucht, euch gegenseitig zu zerfleischen. Ich erwarte eine Einladung zur Hochzeit. Ob du mir nun verzeihst, dass ich ein größeres Arschloch bin als du, liegt ganz bei dir. Aber hier geht es um mehr als dein Liebesleben, dich oder deine Schwester.«

Emerson senkte den Blick und ich fragte mich, ob sie Zane noch einmal Widerworte geben würde, als er hinzufügte: »Und, Emerson? Ich bin verdammt beeindruckt, dass du dich so für deine Schwester eingesetzt hast. Es sagt viel über dich als Mensch aus.«

»Ich bin nicht der Mensch aus meiner Akte«, flüsterte sie.

»Das weiß ich«, erwiderte Zane. »Das ist keiner von uns. Auf dem Papier bin ich ein kaltblütiger, narzisstischer Mörder. Aber ich kann dir versichern, dass meine Kugel noch nie einen unschuldigen Mann oder eine unschuldige Frau getroffen hat. Ich weiß, wer du bist. Du bist der Typ Frau, den ich gern besser kennenlernen würde.«

»Haben die örtlichen Behörden etwas von den Frauen gehört, die wir zurückgelassen haben?«, fragte Tatiana und wechselte dankenswerterweise das Thema.

»Fünf wurden gerettet«, bestätigte Zane.

Das war eine gute Nachricht, aber noch besser war das Lächeln auf Emersons hübschem Gesicht.

»Gott sei Dank«, hauchte sie. »Ich habe mir große Sorgen um sie gemacht.«

»Haltet euch bereit. Wenn sich nichts ändert, seid ihr morgen früh auf dem Weg nach Manicoré«, sagte Zane.

»Verstanden«, antwortete Dec.

»Ende.«

Die Leitung war tot und ich fragte mich, ob jetzt ein guter Zeitpunkt wäre, mich mit Emerson in mein Zimmer zurückzuziehen. Offensichtlich hatten wir beide noch eine Menge zu klären.

»Wer möchte etwas essen?«, fragte Brooks und mir knurrte der Magen.

»Wer hat Küchendienst?«, wollte Dec wissen.

»Kyle.« Brooks lächelte.

»Auf keinen Fall. Ich habe nun schon dreimal hintereinander gekocht«, protestierte er.

»Das liegt daran, dass Thad nicht kochen kann, deshalb hat er immer geschwänzt«, beschwerte Max sich.

»Du kannst immer noch nicht kochen?« Emerson blickte zu mir auf.

»Nein.«

»Warum nicht? Ich meine, wie kommst du zu deinem Essen?«

»Die Frage nach dem Warum ist leicht zu beantworten. Falls ich je kochen lerne, werde ich zum Küchendienst eingeteilt, und das will ich vermeiden. Und was meine Verpflegung angeht, das übernehmen die anderen«, erklärte ich und zeigte auf meine Teamkameraden.

»Arschloch«, murmelte Kyle und machte sich auf den Weg in die Küche.

»Siehst du?«

»Das habe ich gehört. Ich koche für alle außer für dich. Wenn du etwas essen willst, musst du es schon selbst zubereiten.«

»*Agápi mou?*«

»Auf keinen Fall«, sagte sie mit einem Lächeln. »Ich mische mich da nicht ein. Ich bin am Verhungern und esse gern, was auch immer Kyle kocht.«

Ich beugte mich vor und presste sanft meinen Mund auf

ihren, einfach weil ich es konnte. Dann führte ich meine Lippen an ihr Ohr und flüsterte: »Baby, Kyle macht nur Witze. Er würde mich auf keinen Fall verhungern lassen.«

»Auch das habe ich gehört, du Arschloch. Du liegst falsch!«, rief Kyle aus der Küche.

»Wie konnte er das verstehen?«

»Das hat er nicht. Er kennt mich nur gut genug, um zu wissen, dass ich mich über ihn lustig mache.«

Als ihr Lächeln verblasste, riss mir der Geduldsfaden. Ich packte ihre Hand und führte sie die Treppe hinauf.

Es war an der Zeit, dass ich herausfand, was sie bedrückte.

KAPITEL SECHSUNDZWANZIG

EMERSON

»Sag mir, was los ist«, forderte Thad, nachdem er mich in sein Schlafzimmer gebracht hatte.

Ich dachte daran, eine typisch weibliche Taktik anzuwenden und seine Bedenken einfach abzutun. Wenn er mich dann weiter drängte, weil er genau wusste, dass es eine Lüge war, würde ich die Empörte spielen. Aber ich besann mich eines Besseren. Wir hatten zu viel um die Ohren, und das war wichtiger als meine Unsicherheiten.

Also sagte ich es ihm geradewegs auf den Kopf zu.

»Das alles ist so überwältigend und verwirrend. Ich habe Angst und es macht mich traurig, dass Kyle dich besser kennt als ich. Im Grunde weiß dein gesamtes Team mehr über dich als ich. Ich ärgere mich über mich selbst, weil ich eine Menge schlechter Entscheidungen getroffen habe. Und es bringt mich fast um zu wissen, dass du so viel Gutes in deinem Leben vollbracht hast, während ich als Mörderin mein Unwesen getrieben habe. Im Gegensatz zu mir bist du durch und durch ein guter Mensch. Zudem habe ich immer noch Schwierigkeiten zu akzeptieren, dass der Geschäftspartner meines Vaters ein widerlicher Dreckskerl war, und bete, dass mein Vater nichts davon wusste. Ich bin wütend auf meine Schwester, weil sie nicht mit uns gekommen ist, aber zugleich bin ich stolz auf sie, weil sie mutig genug ist, diesen Frauen zu helfen. Ich habe Angst um sie und ich bin ihretwegen traurig. Ich will sie wiedersehen, aber ich befürchte, dass ich nie wieder die Chance dazu haben werde.«

Als ich fertig war, rückte Thad mir den Kopf zurecht.

»Es wird mehr als zehn Stunden dauern, bis du das Geschehene verarbeitet hast. Aber ich werde alles in meiner Macht Stehende tun, damit du irgendwann verstehst, dass deine Taten dich genauso wenig zu einem schlechten Menschen machen, wie meine von meiner Güte zeugen. Der Partner deines Vaters war Abschaum. Durch die Hand deiner Schwester ist er nun tot, und ob ihre Tat rechtens war oder nicht, sie musste es tun. Bisher sieht es so aus, als seien deine Eltern unschuldig. Offenbar hat dein Vater nichts von Stanley James' Machenschaften gewusst. Falls wir etwas herausfinden, was auf das Gegenteil hindeutet, werden wir uns der Sache widmen. Aber wir sollten uns nicht den Kopf über ein Problem zerbrechen, das vielleicht gar nicht existiert. Mit anderen Worten, du solltest davon ausgehen, dass dein Vater sich nichts hat zuschulden kommen lassen.

Ich habe keine Ahnung, ob du Autumn jemals wiedersehen wirst. Aber falls du es tust, musst du darauf gefasst sein, dass sie nicht mehr die kleine Schwester ist, die du einst kanntest. Genau wie du hat sie acht Jahre lang gemordet. Aber im Gegensatz zu dir ist sie tief in diese dunkle Welt abgeglitten. Falls wir sie finden, werden wir ihr helfen, wo wir nur können. Es ist allerdings möglich, dass sie unsere Hilfe ablehnen wird. Aber auch dann werden wir uns dem Problem widmen.

Ich weiß, dass die Ereignisse sich im Moment überschlagen. Wir müssen alle Blickwinkel in Betracht ziehen und können uns bei unseren Ermittlungen keine Pause erlauben.

Außerdem haben wir es auf mehr als eine Zielperson abgesehen. Ich werde mein Bestes tun, um dich auf dem Laufenden zu halten, damit du verstehst, was vor sich geht. Und letztlich hast du recht, was mein Team angeht. Ich stehe meinen Kameraden sehr nahe. Wir halten einander den Rücken frei und müssen während eines Einsatzes nicht einmal ein Wort miteinander wechseln, denn wir wissen immer, was der andere tut, denkt und was sein nächster Schritt sein wird. Ich würde für jeden von ihnen sterben, und sie würden das Gleiche für mich tun. Und das gilt auch für Tatiana.

Aber das bedeutet nicht, dass sie mich besser kennen als du. Sie kennen weder meine Träume noch mein Herz, und sie wissen nicht, wer ich wirklich bin, wenn ich keine Weste trage und keine Waffe in der Hand halte. Aber das liegt nicht daran, dass es sie nicht interessiert oder ich ihnen nicht vertraue. Es ist einfach so. Wir haben ein enges Band zueinander geknüpft, haben zusammen getötet und würden füreinander sterben. Aber kein Einziger von ihnen kennt mich besser als du.«

»Okay«, flüsterte ich.

»Und ich sage dir noch einmal, dass wir mehr als zehn Stunden brauchen werden, um wieder zueinander zu finden. Aber wir werden es gemeinsam tun. Und wenn wir fertig sind, wird unser Band stärker sein als je zuvor. Aber während wir an unserer Beziehung arbeiten, dürfen wir nicht in der Vergangenheit leben. Wir beide haben dumme Entscheidungen getroffen. Du darfst nicht vergessen, dass ich beschlossen habe, nicht zu deinen Eltern zu gehen und sie zu fragen, wo du bist. Obwohl du genau dort warst. Es war *mein* Stolz, der mich von dir ferngehalten hat. Wir haben beide Fehler begangen. Aber das liegt jetzt hinter uns. Ab jetzt blicken wir in die Zukunft.«

Dazu hatte ich nicht mehr viel zu sagen, also fragte ich: »Erzählst du mir von deiner Arbeit?«

»Ich erzähle dir alles, was du wissen willst, nachdem wir

nach unten gegangen sind, etwas gegessen haben und du das Team etwas besser kennengelernt hast.«

Ich hatte wirklich Hunger, doch der Gedanke, seine Kameraden kennenzulernen, war beängstigend.

»Würdest du mir zuvor noch erklären, was du meintest, als du gesagt hast, dass du einen halben Liter Blut gespendet hast, um Tatiana zu retten?«

»Bei unserem letzten Einsatz sind wir in Schwierigkeiten geraten. Wir waren in Saudi-Arabien, in der Nähe der kuwaitischen Grenze. Wir hatten gestohlene antike Artefakte aufgespürt und uns in einem Haus in der Nähe des Anwesens versteckt, in das wir eindringen sollten. Unsere Tarnung war aufgeflogen. Scheinbar hatte Leon Brown alias Harry Landry uns verraten. Unser Haus wurde angegriffen und Tatiana wäre bei dem Schusswechsel beinahe ums Leben gekommen. Eigentlich war sie schon tot, und zwar dreimal während der Operation. Kyle, Brooks und ich haben Blut gespendet.«

»Heilige Scheiße. Sie wäre fast gestorben?«

»Ja. Bei dem Versuch, Brooks zu beschützen. Sie hatte ihn in Sicherheit gebracht, nachdem sie von einer Kugel getroffen worden war. Als wir sie fanden, stand sie über ihm und hielt ihr Gewehr im Anschlag. Dann brach sie zusammen und hörte auf zu atmen. Declan begann sofort mit der Herz-Lungen-Massage und weigerte sich auch im Krankenwagen, den Sanitätern die Arbeit zu überlassen. Auf dem ganzen Weg zum Krankenhaus ließ er nicht von ihr ab. Wenn ich dir also sage, dass meine Teamkameraden für mich sterben würden und ich für sie, dann meine ich das wörtlich. Du musst verstehen, dass mein Job gefährlich ist.«

»Ich glaube, das ist mir bewusst«, murmelte ich.

Aber mir wurde jetzt erst klar, wie gefährlich seine Arbeit tatsächlich war.

»Du solltest jedoch wissen, dass wir alle, einschließlich Tatiana, gut in unserem Job sind. Jeder von uns war früher bei einer Spezialeinheit und Tatiana hat für die CIA gearbeitet. Wir wissen also, was wir tun. Das bedeutet zwar nicht, dass nie etwas schiefgeht, aber falls wir uns in einer vertrackten Situation befinden, können wir damit umgehen.«

»In Ordnung, Thaddeus.«

Über die Gefahren seines Berufs wollte ich im Moment nicht nachdenken. Ich würde mich später damit befassen.

»Bist du jetzt bereit, wieder nach unten zu gehen?«

»Nein, aber ich habe Hunger, also werde ich mitkommen.«

Thads Gesicht erhellte sich und ein Lächeln umspielte seine Lippen, bevor er murmelte: »Das ist meine Emmy.«

Mein Gott, ich liebte diese Worte aus seinem Mund.

* * *

DAS MITTAGESSEN WAR KÖSTLICH. KYLE WAR EIN großartiger Koch und Thad behielt recht damit, dass Kyle auch eine Portion für ihn zubereitet hatte.

Ich stellte fest, dass ich Tatiana und Brooks wirklich mochte. Beide waren mitteilsam, lustig und warmherzig. Als SEAL war Kyle der Sanitäter seiner Einheit gewesen und hatte einige Klassen nach Thad seine Ausbildung abgeschlossen. Auch er war offenherzig und scherzte gern. Max hatte direkt nach Thad seine Ausbildung beendet und war weniger aufgeschlossen. Er war wachsam. Nichtsdestotrotz schien er einen Sinn für Humor zu haben und hatte Tatiana mit ihren Fähigkeiten als Scharfschützin aufgezogen. Soweit ich verstand, war Max während seiner Zeit als SEAL Scharfschütze gewesen und Tatiana hatte eine Art Scharfschützentraining an einem Ort namens *Die Farm* absolviert. Ich hatte keine Ahnung, worum es sich dabei handelte, aber ich wusste, dass es etwas mit der CIA zu tun hatte. Die Vorstellung von Tatiana als knallharte CIA-Agentin war beängstigend.

Ich war mir zwar nicht sicher, wie ich mir einen CIA-Agenten vorzustellen hatte, aber mir kamen die Men in Black in den Sinn, die stets dunkle Anzüge, dünne Krawatten und Sonnenbrillen trugen, um ihre Augen zu verbergen. Mir hätte jedoch nie eine schöne, liebreizende Frau vorgeschwebt, die einen ganzen Tisch harter Kerle zum Lachen bringen konnte.

Und dann war da noch Declan. Er war nie ein SEAL gewesen, sondern hatte bei den Marines in einer Spezialeinheit für Fernaufklärung gedient, bevor auch er sich der CIA angeschlossen hatte. Die meisten Antworten auf meine Fragen nuschelte er, also verstand ich nur die Hälfte, aber soweit ich mitbekommen hatte, hatte er als verdeckter Ermittler gearbeitet. Sicher war ich mir jedoch nicht. Aber ich wusste mit absoluter Gewissheit, dass Declan mir eine Heidenangst einjagte.

Während des Mittagessens fiel mein Blick immer wieder auf seinen Hals. Unwillkürlich dachte ich an meine Schwester und daran, wie sie Declan das Leben gerettet hatte. Ich sah vor mir, wie sie über dem Toten stand, der durch ihre Hand gestorben war, und niemand hatte mit der Wimper gezuckt. Nicht einmal ich. Ich hoffte inständig, das bedeutete nicht, dass ich bereits so abgestumpft war, dass ein Menschenleben mir nichts mehr bedeutete, sondern dass meine mangelnde Reaktion auf den Schock zurückzuführen war, meine Schwester wiedergesehen zu haben.

Eine erfreulichere Information über Declan war die Tatsache, dass er eine Zwillingsschwester namens Violet hatte. Sie war mit einem Mann namens Jaxon verheiratet, der ebenfalls für Zane Lewis arbeitete. Während des Essens lächelte Declan nur einmal, und zwar, als er über seine Schwester sprach. Aber ich konnte spüren, dass er auch in dieser Hinsicht eine schmerzhafte Erinnerung mit sich herumtrug.

Nach dem Essen rief Tatiana eine Frau namens Faith in den USA an und erkundigte sich nach internationalen Tierrettungsorganisationen. Faith freute sich zu hören, dass Tatiana den Pitbulls helfen wollte, und nannte ihr einige Namen, wobei sie versprach, in den kommenden Tagen weitere Informationen zu liefern.

Jetzt lag ich neben Thad im Bett und versuchte, die Ruhe zu bewahren. Ich konnte es immer noch nicht glauben. Ich lag tatsächlich mit *Thaddeus* im Bett.

»Also, was willst du wissen, *agápi mou?*«

»Was meinst du?«

»Du sagtest, du hättest Fragen zu meinem Job. Schieß los.«

»Oh.« Nun, da ich entspannt neben dem Mann im Bett lag, den ich mein ganzes Erwachsenenleben lang geliebt, aber seit zehn Jahren nicht mehr gesehen hatte, fiel mir keine einzige Frage ein. »Erzähl mir von Zane«, forderte ich ihn stattdessen auf.

»Zane ist einer der härtesten Männer, die ich kenne. Er hat auch ein großes Herz, aber das versucht er zu verbergen, indem er den Griesgram spielt und sich über alles und jeden beschwert. Aber das ist nur Fassade. Als er vorhin über den Bau einer Kinderkrippe gemurrt hat, war das absoluter Blödsinn. Es war seine Idee. Sein Bruder Lincoln und seine Schwägerin Jasmin haben Zwillinge bekommen und er möchte, dass die Jungs sicher im Büro untergebracht sind. Seine Frau Ivy erwartet ihr gemeinsames Kind, das er auf keinen Fall aus den Augen lassen wird. Und da er ein Unternehmen leiten muss, wird das Baby in seiner Nähe bleiben. Er liebt Ivy über alles. Ich hätte nie für möglich gehalten, dass ein Mann seine Frau so sehr lieben kann. Sie hatte kein schönes Leben, bevor sie Zane begegnete, aber er ist entschlossen, dafür zu sorgen, dass ihr nie wieder etwas Schlimmes widerfährt. Auf seinen Schultern lastet der Tod vieler Männer, und er trauert um jeden einzelnen. Und das jeden Tag. Diese Schuld lässt ihn nicht los. Er behandelt jeden seiner Mitarbeiter als gleichwertig und nicht als Untergebenen. Er schätzt Loyalität und harte Arbeit, wobei er Letzteres verlangt und Ersteres verdient. Ich kann mir keinen besseren Chef vorstellen.«

Wow, das hörte sich gar nicht nach dem Arschloch an, das mich unter Druck gesetzt hatte. Zane hatte mir jedoch erklärt, dass er eine Vereinbarung aushandelte, und wie es der Zufall wollte, waren die Karten zu seinen Gunsten gemischt, und das würde er ausnutzen. Und so sehr ich den Mann auch hassen wollte, liebte ich die Tatsache, dass er seine Frau anbetete.

»Wie heißt die Firma, für die du arbeitest?«, fragte ich.

»Z Corps.«

»Z Corps? Und sie gehört Zane?«

»Ja.«

»Wie Zane Corps? Ist es nicht ein wenig narzisstisch, seine Firma nach sich selbst zu benennen?«

»Du hast keine Ahnung, wie gern er das von dir hören würde.« Thaddeus lachte leise. »Viele Menschen glauben tatsächlich, Z stünde für Zane, aber er macht sich nicht die Mühe, sie aufzuklären. Es gefällt ihm, wenn die Leute ihn für einen eingebildeten Arsch halten. Er behauptet sogar bei jeder sich bietenden Gelegenheit, von allen der größte Mistkerl zu sein. Aber das Z steht nicht für Zane.«

»Wofür steht es dann?«

Thad schwieg einen Moment und ich befürchtete schon, dass ich besser nicht hätte fragen sollen. Schließlich hatte er mir gesagt, dass es Dinge über seine Arbeit gab, die er mir nicht erzählen konnte.

»Z ist die Abkürzung für *zabulus*. Das ist Lateinisch für Teufel. Es ist reiner Zufall, dass das Wort mit Z beginnt. Zabulus Corps heißt übersetzt Teufelsbrigade. Aber er nahm an, dass weder die CIA noch das Justizministerium oder der Präsident gern Schecks an die Teufelsbrigade ausstellen würden. Zane findet allerdings Gefallen daran, unsere Operationen nach Pornodarstellerinnen zu benennen. Er malt sich dann aus, wie ein hochrangiger Politiker einen unserer Einsatzberichte liest, und lacht sich ins Fäustchen.«

»Das ist tatsächlich lustig«, kicherte ich.

»Allerdings. Was willst du sonst noch wissen?«

»Wo wohnst du?«

»Nirgendwo.«

»Was meinst du mit nirgendwo?«

»Ich habe die letzten Jahre mit dem Gold Team zusammengearbeitet. Die meiste Zeit davon waren wir OCONUS.«

»Ich weiß weder, was OCONUS bedeutet, noch, was das Gold Team ist«, erwiderte ich.

»Wir sind das Gold Team. Zane hat verschiedene Teams für verschiedene Regionen. OCONUS steht für Outside the Continental US, also außerhalb der kontinentalen USA.«

»Dann gibt es noch weitere Teams?«

»Ja. Das Red Team ist die Einheit, mit der Zane ausrückt. Auch genannt Fast Action Response Team, bilden sie die Schnelle Eingreiftruppe. Aber in den letzten Jahren hat das Blue Team, das sich auf Seepiraterie spezialisiert hat, einen Teil ihrer Arbeit übernommen, weil das Red Team hauptsächlich für den Präsidenten im Einsatz war. Unsere Region war vorrangig der Nahe Osten. Wir halten uns normalerweise an die großen Handelsrouten, die mit gestohlenen Antiquitäten und Menschenschmuggel überschwemmt werden.«

Menschenschmuggel. Das war ein anderes Wort für Sexhandel. Acht Jahre lang habe ich versucht, meine Schwester aufzuspüren, und bin dabei unzähligen Männern begegnet, die Frauen entführen, kaufen und verkaufen. Währenddessen hatte Thaddeus einer Einheit angehört, die den Menschenhandel bekämpft hatte. Die Ironie des Ganzen war niederschmetternd.

Doch ich verdrängte den deprimierenden und traurigen Gedanken und konzentrierte mich auf die anderen Informationen, die er mir gegeben hatte. Ich wusste nicht, was ich mir unter einer schnellen Eingreiftruppe vorzustellen hatte, aber es klang aufregend.

Dann kam mir ein weiterer Gedanke, der urkomisch war. Irgendwann konnte ich ein Kichern nicht mehr unterdrücken, das schnell zu schallendem Gelächter anschwoll.

»Was ist so lustig, Baby?«

Ich wedelte mit der Hand in der Luft und versuchte vergeblich, das Lachen zu unterdrücken. Schließlich atmete ich ein paarmal tief durch und beruhigte mich etwas.

»FART.«

»Wie bitte?« Nun lachte auch Thaddeus.

»Das ist das Akronym«, kicherte ich. »Die Abkürzung für Fast Action Response Team lautet FART.« Prustend presste ich hervor: »Was so viel bedeutet wie Furz.«

Ich lachte noch lauter und plötzlich drückte Thad mich auf den Rücken und vergrub sein Gesicht an meinem Hals. Er konnte vor Lachen kaum noch an sich halten, doch meines erstarb, denn es war ein wunderbares Gefühl, zu hören und zu spüren, wie Thaddeus seiner Belustigung freien Lauf ließ.

Er bebte am ganzen Leib.

Sein Lachen ließ meine Haut vibrieren.

Ich hielt an den Empfindungen fest.

Und wollte nie wieder loslassen.

KAPITEL SIEBENUNDZWANZIG

THAD

»Wir werden uns vorsehen müssen«, sagte Declan und zeigte auf eine Karte von Garcias Grundstück in Manicoré. »Es wird eng werden. Garrett hat das Anwesen ausgemessen und schätzt, dass die beiden Häuser jeweils etwa einhundert Quadratmeter groß sind.«

»Hat er sich mit der örtlichen Einsatzgruppe in Verbindung gesetzt?«, fragte Brooks.

»Er hat seine Fühler ausgestreckt, aber er stieß auf Widerstand und wollte nicht, dass sie von unserer Operation Wind bekommen. Daraufhin hat er einen Sicherheitsdienstleister vor Ort kontaktiert. Diese Leute überwachen zwar nicht Garcias Land, aber sie sind einem Drogenschmuggler auf der Spur und haben die Gegend im Auge. Offenbar haben sich die Aktivitäten in dem Gebiet nicht gehäuft. Sie sagten, sie hätten fünf Männer beobachtet, die regelmäßig die Straße benutzten, die zu dem Grundstück führt. Aber das Anwesen selbst haben sie nicht ausgekundschaftet, also könnte es dort noch mehr ständige Wachen geben«, erklärte Declan.

Ich studierte weiter die Karten, die auf dem Tisch lagen. Etwa einen Kilometer entfernt lag eine Kleinstadt mit Lebensmittelgeschäften, Restaurants, Kirchen und Autoersatzteilehändlern in Hülle und Fülle. Und Wohnbauten. Ich überprüfte den Vermerk, den Declan hinzugefügt hatte – vierundfünfzigtausend Einwohner. Das waren eine Menge Menschen für eine kleine Gemeinde. Die Anzahl der Leute auf Garcias Gehaltsliste war uns nicht bekannt.

»Hat jemand eine Idee, wie wir eindringen können?«, wollte ich wissen. »Sollen wir uns wieder über den Wasserweg nähern?«

Das Grundstück war im Norden und Süden von dichtem Wald umgeben, der im Westen, wo sich der Eingang befand, weniger undurchdringlich war. Im Osten grenzte das Anwesen an einen Fluss.

»Auf keinen Fall«, erwiderte Declan. »Der Madeira ist ein wichtiger Nebenfluss des Amazonas. In dem Gebiet herrscht nicht nur viel Schiffsverkehr, sondern es gibt auch indigene Stämme entlang des Flusses, die von der Fischerei leben. Und dann sind da natürlich noch die Schlangen.«

»Schlangen? Bruder, seit wann haben wir Angst vor Schlangen?«, lachte Kyle.

»Seit es in diesem Fluss Anakondas gibt. Ganz zu schweigen von der Penis-Schlange. Dieses Biest ist zwar nur einen halben Meter lang, aber ich will nicht herausfinden, ob es beißt.«

»Ist das dein Ernst?«, fragte ich und musste unwillkürlich lachen. »Du hast Angst vor einem kleinen Penis?«

»Verdammt richtig. Ich hasse Schlangen. Aber das ist nicht unsere größte Sorge, der Wasserweg ist allein wegen des Schiffsverkehrs ausgeschlossen. Garrett hat die Satellitenbilder überprüft und festgestellt, dass alle zehn Minuten ein Schlepper oder Transportschiff den Hafen von Manicoré passiert. Aufgrund vermehrter Regenfälle ist der Wasserpegel sehr hoch. Zudem werden Getreide und Baumstämme transportiert. Auch Vergnügungsschiffe sind in der Gegend unterwegs. Wir können nicht riskieren, mit einem von ihnen zusammenzustoßen.«

»Sicher«, prustete Brooks. »Du hast doch nur Angst, auf die *Mannakonda* zu treffen. Nur um das klarzustellen: Ich lasse mich von einem Penis von einem halben Meter nicht einschüchtern. Das habe ich gar nicht nötig. Nicht einmal, wenn er beißt.«

»Es ist mir scheißegal, ob du das lustig findest. Ich habe mehr Jahre im Dschungel verbracht als du und habe häufig erlebt, wie diese schleimigen Scheißer versuchten, sich in meiner Tasche, meinem Rucksack und meinen Stiefeln einzunisten. Ich bin froh, wenn ich diese Viecher nie wieder zu Gesicht bekomme.« Declan verschränkte die Arme vor der Brust, um zu signalisieren, dass diese Unterhaltung damit beendet war.

»Nun, da wir jetzt Decs Angst vor Schwänzen und Schlangen zur Genüge diskutiert haben, können wir den Wasserweg ausschließen«, bemerkte ich. »Ich würde vorschlagen, wir greifen von Norden an. Dadurch haben wir die Möglichkeit, zuerst in Haus Nummer eins einzudringen.« Ich zeigte auf das Gebäude, das dem Wald am nächsten lag. »Es ist das kleinere der beiden Häuser und hoffentlich die Behausung für das Personal. Somit können wir die Wachen und den Rest der Belegschaft ausschalten. Falls Paul sich auf dem Grundstück aufhält, ist er sicher in dem größeren Haus.«

»Dem stimme ich zu«, erklärte Max. »Das größere Haus hat einen Anbau auf der Rückseite, in der Nähe des Fluss-ufers. Das Dach deutet darauf hin, dass es sich dabei um eine Art Pavillon oder eine Hütte handelt. Ganz sicher ist das das Haupthaus. Paul wird dort sein.«

»In Ordnung.« Declan nickte. »Wir dringen von Norden ein. Brooks, du bringst die Sprengladung an. Max, du wirst dich als Scharfschütze auf die Lauer legen. Es bleibt dir überlassen, wo du in Position gehen willst. Thad, du bleibst bei Brooks. Ihr stürmt das Gebäude und Kyle und ich geben euch Deckung.«

Wir brummten zustimmend und verbrachten die nächsten zwei Stunden damit, Szenarien durchzuspielen und uns für alle Eventualitäten zu wappnen.

Als wir fertig waren, hatten wir einen soliden Angriffs-plan und drei Ausweichpläne. Sehr zu Declans Missfallen führte einer der Fluchtwege durch den Fluss.

Wer hätte gedacht, dass der große, knallharte Marine einen Schwachpunkt hat? Der Mann war schier unverwundbar. Niemals hätte ich vermutet, dass er Angst vor Schlangen hatte.

* * *

Nach der Besprechung begaben Brooks und ich uns auf die Suche nach unseren Frauen.

»Hat Tatiana kein Problem damit zurückzubleiben?«, wollte ich von ihm wissen, als wir die Treppe hinaufgingen.

»Was soll die Frage? Traust du ihr nicht zu, dass sie auf Emerson aufpassen kann?«, blaffte er.

Als wir den obersten Treppenabsatz erreichten, blieb ich abrupt stehen und drehte mich zu meinem Freund um. »Was soll der Scheiß? Du weißt genau, dass ich Tatiana vertraue. Aber mir ist auch klar, dass sie gern an den Einsätzen betei-ligt ist und nicht unbedingt erfreut darüber ist, wenn sie ausgeschlossen wird.«

»Scheiße, Mann, es tut mir leid. Ja, sie hat kein Problem damit.«

»Warum bist du so aufgebracht?«

»Es sind die Mädchen, Mann. Ich weiß auch nicht. Bei unseren Einsätzen haben wir es ständig mit Menschen-handel zu tun und nichts, was wir in den letzten Tagen gesehen haben, ist Neuland für uns. In mancher Hinsicht ist es nicht einmal so schlimm wie einige der Dinge, die uns früher begegnet sind. Aber aus irgendeinem Grund hat es mich diesmal ziemlich berührt. Vielleicht liegt es daran, dass ich jetzt eine Frau habe, die ich liebe. Der Gedanke, dass sie mir genommen werden könnte, ist unerträglich. Möglicherweise ist es auch die Vorstellung, dass ich eines Tages selbst Vater werde und eine kleine Tochter haben könnte. Mann, ich weiß nicht, was ich tun würde, wenn jemand mein Kind entführen würde. Woran auch immer es liegt, der Anblick dieser Mädchen und die Begegnung mit Emersons Schwester hat mich völlig fertiggemacht. Aber wegen Tatiana musst du dir keine Sorgen machen. Ehrlich gesagt bin ich erleichtert, dass sie zurückbleibt. Es ist mir lieber, wenn sie nicht noch mehr von diesem Mist sehen muss oder in die Nähe dieser Kerle kommt, die keine Skrupel hätten, eine schöne amerikanische Frau zu entführen.«

Bevor ich sowohl meine Zustimmung als auch meine Verachtung für die Situation zum Ausdruck bringen konnte, wurde knarrend eine Tür am Ende des Flurs geöffnet. Zwei weibliche Stimmen und Gelächter drangen an mein Ohr. Ich war überglücklich, dass Tatiana und Emerson sich so gut verstanden.

Wie meine Kameraden war auch Tatiana ein Mitglied des Teams. Es wunderte mich nicht, dass Emerson sich zuerst mit ihr anfreundete. Ich war froh, dass Emerson außer mir noch jemanden hatte, mit dem sie über all die schrecklichen Ereignisse reden konnte. Hoffentlich vertraute sie Tatiana genug, um mit ihr über Autumn zu sprechen.

Tatiana war zwar eine Frau, aber sie war zudem eine knallharte, kluge und äußerst fähige CIA-Agentin. Sie würde Emerson ehrlich ihre Meinung mitteilen, wobei sie jedoch Güte walten lassen würde.

»Hey, wir wollten gerade nach unten gehen, um etwas zu essen«, begann Tatiana.

Emerson lächelte. Zwar war es ein wenig zaghaft, aber ich war dennoch dankbar.

»Wir brechen in zehn Minuten auf nach Manicoré«, informierte Brooks seine Frau.

Tatiana warf einen Blick auf ihre Armbanduhr und rümpfte die Nase. »So spät?«

»Ja, du kannst im Auto schlafen.«

Tatiana sah ruckartig auf und kniff die Augen zu schmalen Schlitzen zusammen. »Auf keinen Fall, Brooks. Manicoré liegt über hundertsechzig Kilometer südlich von hier. Und wie ich Dec kenne, wird er die längste Strecke nehmen, also rechne ich mit eher fünfhundert Kilometern. Das ist mal wieder eine sechsstündige Autofahrt. Die letzte habe ich nur knapp überlebt, denn ich hätte mich fast aus dem fahrenden Wagen gestürzt. Das ist keine Übertreibung. Wenn du mich wirklich liebst, lässt du mich hier und bewahrst mich vor dem Elend.«

»Das war nur ein Scherz, Schätzchen«, lachte Brooks. »Wir fliegen.«

Tatiana wandte sich Emerson zu, um ihr einige Weisheiten angedeihen zu lassen. »Vertrau mir. Wenn die Jungs dir erzählen, dass sie irgendwohin mit dem Wagen fahren wollen, dann weigere dich. Andernfalls werden dir die Ohren bluten. Die ganze Fahrt über reden sie nur über Sport, dann streiten sie sich darüber und wenn sie fertig sind, wechseln sie die Sportart. Sie diskutieren so lange, bis sie sich auch darüber zanken. Und sie sind verdammt unleidlich. Niemand findet Gefallen daran, in ein Fahrzeug gepfercht zu werden, aber sieh sie dir doch an. Sie alle sind Hünen und sitzen ziemlich beengt. Auch darüber beschweren sie sich. Glaub mir, du würdest lieber zu Fuß gehen. Also, nimm meinen Rat an und verzichte auf einen Ausflug mit ihnen.«

»Verstanden.« Emerson schenkte ihrer neu gewonnenen Freundin ein Lächeln, woraufhin ich mich entspannte.

»Komm schon, Schätzchen, wir sollten unsere Sachen packen.«

Brooks ging auf seine Frau zu.

»Bist du bereit, Emmy?«, fragte ich.

»Ja.«

Sie warf mir einen vielsagenden Blick zu, der mir verriet, dass sie die tiefere Bedeutung meiner Frage kannte, denn ich wollte nicht wissen, ob sie ihre Taschen gepackt hatte.

KAPITEL ACHTUNDZWANZIG

EMERSON

Bin ich bereit?

Mir war klar, was Thaddeus wissen wollte. Ich konnte es an dem Ausdruck in seinen Augen erkennen. Nachdem wir uns gestern Abend über seine Arbeit unterhalten hatten, war ich mit meinem Kopf an seiner Schulter, meinem Arm auf seinem Bauch und seiner Hand an meiner Hüfte einge-schlafen.

Es war ein schönes Gefühl.

Wie in alten Zeiten.

Und es war beängstigend.

Heute Morgen war ich in der gleichen Position aufge-wacht, in der ich eingeschlafen war. Thad hatte mich zuerst leidenschaftlich geküsst, meine Erregung gesteigert und mich dann frustriert, als er verkündete, dass es Zeit zum Aufstehen sei.

Das Gefühl war weniger angenehm.

Ganz und gar nicht wie in alten Zeiten.

Und in gewisser Hinsicht war es ebenfalls beängstigend. Ich wollte, dass er weitermachte, und hatte ihn sogar direkt darauf angesprochen, aber er hatte sich geweigert. Offenbar wollte er warten, bis ich meine Gedanken wieder geordnet hatte und unsere Beziehung auf einem festen Fundament stand. Der Plan an sich war gut, aber mein Unterleib war anderer Meinung.

Thaddeus war nicht nur der attraktivste Mann, dem ich je begegnet war, er war auch gut im Bett. Er war ein Meister darin, mich mit seinen Händen und seinem Mund zu verwöhnen, obendrein hatte ich nie vergessen, wie unglaublich sein Schwanz war.

Ich wollte mit ihm schlafen und es war mir egal, was das über mich aussagte. Zehn Jahre lang hatte ich ihn nicht mehr gespürt und nun wollte ich keinen Tag länger warten.

Aber er war entschlossen, enthaltsam zu bleiben, und hatte sich aus dem Bett gerollt. Dann hatte er mich unter die Dusche gestellt, mich geküsst und seine seifigen Hände über meinen Körper gleiten lassen. Aber das war alles. Er hatte mir verboten, ihn unterhalb der Taille zu waschen. Es war verdammt frustrierend.

Wir hatten ein Frühstück genossen, das Declan zubereitet hatte. Alle schienen guter Stimmung zu sein, bis Thad mir irgendwann mitteilte, dass er noch etwas zu erledigen habe und in ein paar Stunden fertig sein würde. Ich nahm das als Zeichen, mich zurückzuziehen, denn das Team begann, sich über Jeffersons Grundstück in Manicoré zu unterhalten. Also war ich nach oben gegangen.

Überraschenderweise war Tatiana mir gefolgt. Da sie ein Mitglied des Teams war, hatte ich angenommen, dass sie bei jeder Einsatzplanung mit von der Partie war. Aber als wir im oberen Stock ankamen, lud sie mich ein, mich mit ihr in ihrem und Brooks' Zimmer zu unterhalten, und erklärte mir, dass sie bei mir bleiben würde, wenn die Männer sich auf die *Jagd* begaben.

Zuerst belustigte mich ihre Wortwahl, aber je mehr ich darüber nachdachte, desto mehr verstand ich. Sie jagten tatsächlich, allerdings keine Wildschweine oder Hirsche, sondern menschliche Tiere.

Tatiana und ich schlossen schnell Freundschaft. Ich hatte recht behalten, sie war lustig und warmherzig. Und nachdem sie mir erzählt hatte, wie sie Brooks und das Team kennengelernt hatte, fügte ich der Liste ihrer Vorzüge zudem mutig und großartig hinzu.

Ich kämpfte gegen die Tränen an, als sie mir anvertraute, dass sie während einem ihrer Einsätze gefangen genommen und gefoltert worden war. Das war, bevor sie Brooks begegnet war. Aufgrund der Narben, die sie davongetragen hatte, war es ihr schwergefallen, sich ihm zu öffnen.

Tatiana hatte mir auch erzählt, dass Brooks sich geweigert hatte aufzugeben und sie so lange an ihre Grenzen getrieben hatte, bis sie schließlich nachgab. Ganz offensichtlich war er ein toller Mann, der Tatiana so sehr liebte, dass sie schließlich die Akzeptanz gefunden hatte, die sie brauchte. Denn dank ihm hatte sie sich schließlich selbst akzeptiert, wie sie war. Und sie war sowohl äußerlich als auch innerlich wunderschön.

Nachdem sie mir all das anvertraut hatte, schüttete ich ihr mein Herz aus.

Ich erzählte ihr, wie ich Thaddeus kennengelernt hatte, wie gut wir zusammengepasst hatten und von dem Tag, an dem ich ihn verlassen hatte. Ich gestand ihr, dass ich gegenüber Autumn einen Groll hegte, warum ich mir die Tätowierung hatte stechen lassen und was ich während der vergangenen acht Jahre getan hatte. Als ich fertig war, wusste sie alles.

Sie hatte mich einen Moment nur angestarrt, wobei ihr eine Träne über die Wange gekullert war. Dann sagte sie mir, ich solle Thad mit beiden Händen festhalten und nie wieder loslassen. Ich hatte sie nicht für eine Romantikerin gehalten, doch sie versicherte mir, dass meine Geschichte die traurigste war, die sie je gehört hatte, und sie froh sei, dass wir wieder zueinander gefunden hatten.

Sie hatte recht, die Geschichte war tatsächlich traurig. Aber bis zu jenem Zeitpunkt war ich mir nicht sicher gewesen, ob ich Thaddeus mit beiden Händen festhalten sollte. Ich hatte eher daran gedacht, ihn mit einer Hand zu ergreifen, während ich ihn mit der anderen auf Distanz hielt. Denn wenn mein Herz am Ende in tausend Stücke zersprang, wäre zumindest ein Teil von mir noch intakt.

Doch dann musste ich daran denken, was sie durchgemacht hatte, bevor sie Brooks kennenlernte, und dass sie fast gestorben wäre, um den Mann zu retten, den sie liebte. Da wusste ich, dass sie recht hatte.

Es ging um alles oder nichts. Thaddeus hatte es verdient, dass ich mich ganz einbrachte.

Er hatte nur verlangt, dass wir keine Anforderungen aneinander stellten und ehrlich zueinander waren. Und er wollte, dass wir die Vergangenheit hinter uns ließen und uns gegenseitig keine Vorwürfe deshalb machten.

Ich musste nur an uns glauben.

Mehr wollte er nicht.

Es war so einfach.

Und doch die schwerste Aufgabe, die ich je in meinem Leben hatte meistern müssen.

»Lass uns deine Sachen packen.« Thads Stimme riss mich aus meinen Gedanken und holte mich in die Gegenwart zurück.

Thaddeus ging den Flur entlang, blieb vor seiner Schlafzimmertür stehen, öffnete sie und wartete darauf, dass ich eintrat. Inzwischen hatte er meine Sachen in sein Zimmer gebracht.

Sobald ich eingetreten war, ließ er die Tür ins Schloss fallen und fragte: »Hast du dich gut mit Tatiana unterhalten?«

»Ja, ich mag sie wirklich.«

»Das wundert mich nicht, sie ist ein guter Mensch.«

Der bewundernde Unterton in seiner Stimme war nicht zu überhören. Die Tatsache, dass er eine hohe Meinung von ihr hatte, bestärkte mich in meinem Urteil über sie. Sie war tatsächlich ein guter Mensch und hatte bewiesen, wie wertvoll sie für das Team war.

Ich ging zu meinem Gepäck in einer Ecke des Raumes und musterte es. Vor nicht allzu langer Zeit war der Inhalt der Koffer von großer Bedeutung für mich gewesen. Die Kleider, die Schuhe und der Schmuck hätten meine nächste Mission finanziert. Mein einziges Ziel war es gewesen, Autumn zu finden, wobei ich während meiner Suche noch ein paar Frauen hatte retten können.

Aber das lag alles hinter mir. Und all diese Sachen erinnerten mich nur an diese Zeit. Ich wollte sie nicht mehr.

»Woran denkst du?«, fragte Thad.

Während ich auf die Koffer starrte, die mit teurer Kleidung vollgestopft waren, antwortete ich: »Das ist eine Menge Gepäck.«

»Es wird schon irgendwie passen ...«

»Nein. Ich will es nicht. Ich will es loswerden und nicht mehr von einem Ort zum anderen schleppen.« Ich wandte mich Thad zu und nahm all meinen Mut zusammen. »Glaubst du wirklich, dass wir zueinanderfinden und ein gemeinsames Leben führen können? Denkst du, du kannst mir verzeihen und mir wieder vertrauen?«

»Ja«, antwortete er, ohne zu zögern und mit fester Stimme.

»Dann muss ich mich all dieser Sachen entledigen.« Ich zeigte auf das Gepäck. »Wenn ich mit dir zusammen bin, bin ich nicht die Frau, die sich in diesen Koffern befindet. Deine Emerson trägt keine schicken Kleider und überteuerte Schuhe. Die Frau, die ich früher war und wieder sein will, würde sich in diesem Mist nicht vor die Tür wagen. Ich kann diese Dinge nicht mit mir herumtragen und gleichzeitig an eine gemeinsame Zukunft mit dir glauben. Aber ich will an uns glauben und wieder ich selbst sein. Die Frau, die ich damals war. Also nein, ich will das ganze Zeug nicht mitnehmen.«

»Dann wirf es weg, *agápi mou*. Dort, wo du hingehst, wirst du es nicht brauchen.«

»Und wohin gehe ich, Thad?«

»Auf eine unglaubliche, wilde, beängstigende und erfüllende Reise. Ich verspreche dir, sie wird so schön sein, dass du dich an die zehn Jahre, die wir voneinander getrennt waren, nicht erinnern wirst. Du wirst ein Leben voller Liebe führen, in dem du Kinder haben und unterrichten wirst. Ein Leben voller Freunde und Abenteuer, in dem du dich sicher fühlst und du selbst sein kannst. Also lass die Sachen zurück, wirf sie in den Müll oder verbrenne sie. Was auch immer du tun willst, ich werde dir helfen.«

»Ich will dieses Leben, von dem du redest, Thaddeus.«

»Da bin ich froh, *agápi mou*, denn etwas anderes hätte ich nicht gelten lassen.«

Ein verschmitztes Lächeln umspielte seine Lippen. Er konnte von Glück reden, dass er so sexy aussah, wenn er einen gebieterischen Tonfall an den Tag legte. Er war oft herrisch, doch ich ließ es ihm durchgehen, gerade weil er verdammt verführerisch war.

»Und jetzt komm her und küss mich«, forderte er und bewies damit, dass er nicht nur sexy war, sondern meinen Körper auch mit einigen wenigen Worten in Brand setzen konnte.

Ich dachte daran, mich ihm zu verweigern, um ihn dazu zu bewegen, zu mir zu kommen. Doch ich wollte ihn küssen, also ging ich auf ihn zu, legte meine Hände an seine stahlharte Brust und stellte mich auf die Zehenspitzen. Bei einer Größe von über einem Meter neunzig musste er sich dennoch vorbeugen, um seine Lippen auf meine zu pressen.

Er öffnete den Mund und unsere Zungen vollführten

einen leidenschaftlichen Tanz. Es war himmlisch. Er hob mich hoch, woraufhin ich meine Beine um seine Taille schlang, dann vertiefte er den Kuss. Wieder einmal entführte er mich auf eine sinnliche Reise.

So verdammt sexy.

Mein Körper stand in Flammen.

Ich begann, mein Becken zu bewegen, und versuchte, mich durch meine Jeans hindurch an ihm zu reiben. Gerade als ich fand, was ich suchte, zog er den Kopf zurück.

»Emmy«, warnte er.

»Thaddeus«, wimmerte ich.

»Noch nicht, Baby.«

»Thad!«

»Geduld. Bald geht unser Flug.«

»Wir können uns beeilen.«

»Nein, *agápi mou*, wenn ich zum ersten Mal nach so langer Zeit mit dir schlafe, dann will ich mir Zeit nehmen und mich an jeden Zentimeter deines Körpers erinnern. So gern ich dich jetzt vernaschen würde, ich werde dich nicht nur einfach schnell gegen die Wand ficken.«

»Also schön.«

»Es wird das Warten wert sein«, versicherte er mir und lachte leise.

»Ich weiß, das ist ja gerade das Problem.«

Sein Lachen schwoll an und ich war wie gebannt.

Mein Gott, ich hatte ihn vermisst.

Ich hatte sein Lachen vermisst. Sein Lächeln. Seine Arme. Wenn er sie um mich schlang, hatte ich immer das Gefühl, die glücklichste Frau der Welt zu sein.

»Jetzt spring runter, schnapp dir alles, was du wirklich brauchst, und lass uns den restlichen Scheiß verbrennen, bevor wir gehen.«

»Verbrennen?«

»Ja, Baby, wir bringen es nach draußen, zünden es an und sehen zu, wie es in Rauch aufgeht.«

Der Gedanke gefiel mir.

»Aber das Zeug hat eine ordentliche Stange Geld gekostet. Vielleicht sollten wir es zurücklassen und es den Einheimischen überlassen.«

»Im Grunde hast du recht, denn es gibt Leute, die die Sachen sicher gut gebrauchen können, aber ich will, dass der Mist in Flammen aufgeht. Ich will das für dich und ich brauche es für mich, auch wenn das egoistisch klingt.«

»In Ordnung«, flüsterte ich.

Es war verschwenderisch und machte uns beide zu Egoisten, aber es war nicht von der Hand zu weisen. Ich liebte die Vorstellung, meine Vergangenheit in Flammen aufgehen zu sehen.

* * *

»Alles in Ordnung?«, wollte Declan von Tatiana wissen.

Wir befanden uns in Manicoré in einem kleinen, schmutzigen Hotelzimmer. Es lag etwa fünfzig Kilometer südlich von Jeffersons Anwesen. Das Team wollte Tatiana und mich hier zurücklassen, weil sie uns zum einen so weit wie möglich von dem Geschehen fernhalten wollten. Vor allem waren wir hier in der Nähe des Flughafens. Nun, wenn man das Rollfeld als Flughafen bezeichnen konnte. Als wir das Gebiet umkreist hatten, hatte ich ernste Zweifel an einer sicheren Landung gehegt. Thaddeus hatte mir jedoch versichert, dass der Pilot mehr als fähig sei. Ich hatte keine Ahnung, wie er das hatte wissen können, aber ich hatte ihn auch nicht danach gefragt. Stattdessen hatte ich die Augen geschlossen, seine Hand ergriffen und gebetet, dass er recht behielt.

Und das hatte er.

Wir setzten hart auf und rollten langsam aus. Als wir zum Stehen kamen, stand ein alter Geländewagen für uns bereit.

Erneut hegte ich Zweifel, ob das Ding anspringen würde, doch Declan startete den Motor ohne Probleme und fuhr los. Es war etwas beengt, aber wir erreichten wohlbehalten das Hotel.

Und nun machten die Jungs sich bereit zum Aufbruch.

Sie hatten Tatiana und auch mich, da ich in Hörweite war, ganze fünfmal über den Plan und die Ausweichpläne informiert.

Thad, Declan, Kyle, Max und Brooks waren von Kopf bis Fuß in Schwarz gekleidet. Ich nahm an, die schwarze Cargohose, das schwarze T-Shirt, die taktische Weste, an der unzählige Dinge befestigt waren, und die Holster an Hüfte und Oberschenkel war ihre gewöhnliche Uniform. Ich hatte außerdem gesehen, wie Thad ein Messer an seiner Wade befestigt hatte, und ging davon aus, dass die anderen es ihm gleichgetan hatten. Ihre Gewehre und Sturmhauben lagen noch auf dem Bett.

»Es ist alles bestens, Dec. Zum fünften Mal«, antwortete sie.

»Warte nicht auf uns, Schätzchen. Zwei Stunden. Das ist alles. Keine Sekunde länger. Wenn wir bis dahin nicht zurück sind, verschwindest du mit Emerson. Wir holen euch am Treffpunkt ab. In der Gegend haben wir keine Verbündeten, also bleib wachsam.«

»Brooks, ich habe alles im Griff«, erwiderte sie mit Nachdruck.

»Du musst nur deine Notfalltasche und eure Rucksäcke mitnehmen, alles andere kannst du hierlassen. Zusätzliche Magazine und Munition sind in ...«

»Ich mache das nicht zum ersten Mal. Wir kommen schon zurecht«, erinnerte Tatiana ihn.

»Sicher«, murmelte Brooks sichtlich unglücklich.

»Gut, das wäre geklärt. Los geht's«, verkündete Declan und ich wurde nervös.

Mist. Er wollte gehen. Es war so weit.

Die Jungs schnappten sich ihre Sturmhauben und Gewehre vom Bett. Declan, Max und Kyle gingen zur Tür, Brooks wandte sich Tatiana zu und Thaddeus kam auf mich zu.

»Pass auf dich auf«, flüsterte ich und starrte auf seine Brust.

Er legte eine Hand unter mein Kinn und neigte meinen Kopf nach hinten, sodass ich gezwungen war, seinem Blick zu begegnen.

Verdammt! Das war schwieriger, als ich gedacht hatte.

»Auf jeden Fall. *Se agapó.*«

»Ich dich auch«, erwiderte ich.

Thaddeus schenkte mir ein Lächeln, mit dem er mich sicher beruhigen wollte, aber es erreichte nicht seine Augen. Er beugte sich vor, presste seine Lippen auf meine und murmelte: »Ich bin bald zurück. Hör auf Tatiana, falls etwas passiert.«

»Das werde ich.«

Er drückte mir noch einen flüchtigen Kuss auf den Mund und zog sich zurück. Dann war er verschwunden.

Verdammt.

Sobald die Tür hinter den Jungs ins Schloss gefallen war, drehte Tatiana sich zu mir um.

»Was hatte es mit dem Rauch auf dem Hof auf sich?«, wollte sie wissen.

»Wir haben meine Sachen verbrannt.«

»Im Ernst? Alles? Die Klamotten, die Schuhe … alles?«

»Ja. Ich wollte die Last meiner Vergangenheit nicht länger mit mir herumschleppen und Thaddeus wollte alles brennen sehen. Also haben wir die Schachen angezündet.«

Ein Lächeln breitete sich auf Tatianas Gesicht aus und ihre Augen funkelten vergnügt.

»Das gefällt mir«, hauchte sie.

»Mir auch.«

»Ich gebe ihm zwei Wochen.«

Die Bemerkung nahm mir den Wind aus den Segeln und mein Magen verkrampfte sich. »Wie bitte?«

»Ich wette fünfzig Dollar, dass es nicht länger als zwei Wochen dauert, bis er dich in die nächste Kapelle schleppt, um dich zu Mrs. Emerson Bench zu machen.«

»Du bist verrückt.«

Der Knoten in meinem Magen löste sich, aber das mulmige Gefühl blieb. Ich wollte Thaddeus heiraten, aber ich fürchtete mich davor, mir Hoffnungen zu machen.

»Wir werden sehen.« Sie lachte. »Aber ich weiß, dass ich recht habe. Brooks hat weniger als zwei Wochen gebraucht. Übrigens, ich nehme weder Schecks noch Kreditkarten, nur Bargeld.«

Wenn Tatiana recht hatte, würde ich nur zu gern einen Teil meiner Aktien einlösen, um ihr die fünfzig Dollar zu geben. Schließlich war das alles, was ich noch hatte. Der Rest war zu einem Haufen Asche verbrannt.

Und das fühlte sich verdammt gut an.

KAPITEL NEUNUNDZWANZIG

THAD

»Thad, Bewegung von dir aus auf drei Uhr«, drang Max' Stimme mit einem Knistern über Funk.

»Verstanden.« Ich blickte nach rechts. »Mann im kampffähigen Alter«, bestätigte ich.

»Was tut er?«, fragte Declan. »Ich kann ihn nicht sehen.«

»Er pinkelt«, informierte ich ihn. Dann wandte ich mich Brooks zu. »Er ist auf Patrouille. Wir müssen zu Plan B übergehen und leise eindringen. Wenn du die Tür sprengst, machen wir alle auf uns aufmerksam.«

»Einverstanden«, sagte Brooks. »Schaltest du ihn aus oder soll ich es tun?«

»Ich mache das schon. Gib du den anderen Bescheid. Ich bin gleich zurück.«

»Verstanden.«

Brooks und ich lagen im dichten Unterholz auf der Lauer. Ich ging auf die Knie und stand dann lautlos auf. Statt direkt auf den Mann zuzugehen, schlich ich nach links, um mich so lange wie möglich hinter den Bäumen zu verbergen. Dann zog ich mein Ontario MK3 Messer aus der Scheide und trat hinter den Kerl. Bevor er den letzten Tropfen Urin abschütteln und seine Hose hochziehen konnte, drückte ich ihm meine fünfzehn Zentimeter lange, gehärtete Klinge an die Kehle und machte ihn mit einem flinken Schnitt den Garaus.

Behutsam legte ich ihn zu meinen Füßen auf den Boden und wischte die Klinge an meiner Hose ab, während ich über Funk hörte, wie Brooks den anderen von der Planänderung berichtete. Ich wartete darauf, dass er sich mir anschloss.

Einen Moment später tippte er mir auf die Schulter. Als ich mich zu ihm umdrehte, nickte er mir zu.

»Ihr habt freie Bahn«, ertönte Max' Stimme.

»Es ist so verdammt hell hier draußen, dass ich Schatten sehen kann«, brummte Brooks.

Er hatte nicht unrecht. Dank des Vollmonds hatten wir zwar auf Nachtsichtgeräte verzichten können, doch wir waren nicht in der Lage, die verbleibende Strecke zum Haus im Schutz der Dunkelheit zurückzulegen.

Dennoch erreichten wir die Hintertür ohne Probleme. Brooks zog sein Messer und knackte fachmännisch das Schloss. In ein Gebäude einzubrechen war immer mit einem gewissen Nervenkitzel verbunden. Selbst wenn wir über wasserdichte Informationen verfügten, war es verdammt gefährlich. Wir kannten weder die Aufteilung der Zimmer noch wussten wir, wie viele Personen sich in dem Haus befanden und über wie viel Feuerkraft sie verfügten.

Wir hofften, dass wir mit dem Lärm, den wir verursachen würden, die restlichen Wachen aus dem zweiten Haus anlocken würden, sodass Max sie einen nach dem anderen ausschalten konnte, wenn sie über den Hof eilten.

Aber es wäre auch möglich, dass sie klug genug wären, im zweiten Haus zu bleiben und durch die Fenster auf uns zu schießen.

Den menschlichen Faktor konnte man nicht vorhersehen, denn man konnte nie wissen, was ein Mann in seiner

Verzweiflung tun würde. Aufgrund meiner Erfahrung nahm ich jedoch an, dass sie wie ein Haufen kopfloser Idioten über den Hof rennen und dabei wild um sich schießen würden.

»Wir sind drin«, verkündete Brooks.

»Auf euer Kommando«, erwiderte Declan. »Wir sind in Position.«

Das bedeutete, dass er und Kyle direkt hinter uns waren.

Brooks legte eine Hand an die Tür und ich stieß den Atem aus. Er drehte den Knauf und drückte die Tür langsam auf. Ein Knarren durchbrach die Stille der Nacht, das so laut war, dass man damit Tote hätte aufwecken können.

Nichts.

Wir betraten das Haus und ich zog mir das Nachtsicht-gerät vor die Augen, das den dunklen Raum sofort grün färbte. Im Wohnzimmer standen zwei abgenutzte Sofas und ein Tisch, aber es war niemand zu sehen. Dahinter befand sich eine Küche mit einem weiteren Tisch. Die Arbeitsflä-chen und die Spüle waren voller Geschirr, Müll und anderem Unrat, der mit Sicherheit jede Menge Insekten anziehen würde. Es war ein Drecksloch.

Die Schlafräume waren nicht durch Türen abgetrennt. Stattdessen hingen zerfledderte Laken in den Rahmen.

Eine Bewegung zu meiner Linken erregte meine Aufmerksamkeit, als ein Laken beiseitegezogen wurde und ein Mann zum Vorschein kam, der sich mit einer Hand an den Eiern kratzte und in der anderen eine Pistole hielt. Mehr musste ich nicht sehen: Er war bewaffnet.

Ich drückte den Abzug und war mir bewusst, dass ich damit einen Dominoeffekt auslösen und die Hölle losbre-chen würde. Meine Kugel schlug in den Schädel des Mannes ein, der rücklings in den Raum fiel und dabei den Vorhang herunterriss.

Brooks wandte sich nach rechts, während ich nach links ging.

Zwei Männer traten aus einem weiteren Raum. Sie

waren beide nur mit einer Unterhose bekleidet, hielten aber jeder eine AK47 auf Hüfthöhe. Statt die altbewährten russischen halb automatischen Gewehre anzuheben und zu zielen, schossen sie wild um sich. Ihre 7,62er Kugeln durchschlugen die Sofas, die Fenster und die Wände. Das Projektil glitt durch alles wie ein heißes Messer durch Butter.

Ich erwiderte das Feuer und traf problemlos mein erstes Ziel. Der zweite Mann zog sich jedoch wieder in das Zimmer zurück. Ich hörte zuerst Schreie, dann folgte das unverkennbare Dröhnen von Max' Scharfschützengewehr Kaliber .50. Eigentlich bevorzugte er seine .308, aber da er nicht hatte wissen können, aus welcher Entfernung er würde schießen müssen, hatte er sich für den großen Prügel entschieden. Der Schuss würde jeden im Umkreis von fünfzehn Kilometern alarmieren.

Es war ein kalkuliertes Risiko, das jedoch notwendig war.

Brooks feuerte seine Waffe ab und fragte: »Gehst du rein oder soll ich es tun?«

»Zwei Männer verlassen das Haus, einer durch ein Fenster«, meldete Max über Funk. »Sieht so aus, als wollten sie fliehen.«

Ich antwortete Brooks nicht, sondern bewegte mich auf das Zimmer zu. Brooks zog das Laken herunter und ich wartete darauf, dass der Mann, der aus dem Fenster klettern wollte, sich umdrehte. Man konnte eine Menge unschöner Dinge von mir behaupten und manche würden mich sogar als einen viel zu gut bezahlten Mörder bezeichnen, womit die Leute wohl recht hätten. Aber ich war kein Feigling und schoss niemandem in den Rücken, wenn ich es vermeiden konnte.

Der Mann wandte sich mir zu und tat seinen letzten Atemzug. Er sackte auf der Stelle zusammen, als sein Kumpel gerade durchs Fenster nach draußen fiel. Der Kerl würde seine Freiheit nicht lange genießen können.

»Ziel getroffen«, verkündete Max, als sein Schuss durch das Haus hallte.

»Sauber!«, rief Kyle.

»Sauber!«, meldete auch Declan.

»Raus da, sofort. Los! Los! Los!«, brüllte Max.

Ohne Fragen zu stellen, sprinteten wir zu der Tür, durch die wir gekommen waren. Kaum waren wir draußen, explodierte der hintere Teil des Hauses. Ich stürzte zu Boden und mein Kopf dröhnte von der Erschütterung.

»Panzerfaust«, erklärte Max.

Was du nicht sagst.

Das laute Knacken von Holz war zu hören, als das Haus in sich zusammenfiel. Flammen tanzten durch die Nacht. Es würde nur eine Frage der Zeit sein, bis die Verstärkung eintreffen und es hier vor Männern nur so wimmeln würde.

»Fünf Minuten!«, rief Declan.

»Lagebericht?«, fragte Max.

»Wir sind alle raus«, antwortete Declan. »Wie viele sind noch übrig?«

»Der Hof ist frei.«

»Der Schütze?«

»Erledigt.«

Sobald wir wieder auf den Beinen waren, nickte Declan und er und Kyle gingen nach Norden um das mittlerweile lodernde Feuer herum, während Brooks und ich uns nach Süden wandten.

»Verdammte Scheiße«, murmelte Brooks. »Nichts ist jemals einfach.«

»Das kannst du laut sagen.«

Das zweite Haus kam in Sicht, als Declan fragte: »Siehst du etwas, Max?«

»Keine Bewegung.«

Declan und Kyle drangen zuerst ein, Brooks und ich folgten ihnen, bereit, weitere Männer auszuschalten. Im Gegensatz zum ersten Haus war dieses gepflegt. Die Ausstattung war gehoben und die Zimmer waren durch Türen abgetrennt. Der Grundriss war jedoch derselbe. Mit stetiger Präzision räumten wir einen Raum nach dem anderen.

»Bisher kann ich draußen niemanden sehen«, meldete Max sich über Funk.

Als nur noch ein Raum übrig war, ließen Kyle und Brooks Declan und mir den Vortritt und hielten uns den Rücken frei. Mit seinem Gewehr im Anschlag trat er ein.

Dann erstarrte er.

Er blieb wie angewurzelt stehen.

Ich drängte mich an ihm vorbei und war ebenfalls wie betäubt.

Autumn Pierce saß rittlings auf einem Mann und hielt ein Messer in der Hand. Das Bettlaken war bereits blutdurchtränkt. Im nächsten Moment schnitt sie dem Kerl kurzerhand die Kehle durch.

»Das ist für meine Schwester!«, rief sie.

Heilige Scheiße.

Autumn wandte sich uns zu und starrte uns an. Sogar in dem schummrigen Licht war der leere Ausdruck in ihren Augen deutlich zu erkennen.

»Ich dachte, ihr würdet es nicht rechtzeitig schaffen«, sagte sie.

»Wie bitte?«, fragte ich.

»Er wollte morgen früh abreisen. Ich dachte, ihr würdet nicht rechtzeitig hier sein.«

Sie rollte sich auf die Seite und dann vom Bett, woraufhin wir einen ungehinderten Blick auf Paul hatten. Autumn war mit Blut beschmiert.

Es war überall.

Von den Knien bis zu ihrer Brust.

Es klebte an ihren Händen.

Ich musterte wieder den Mann auf dem Bett. Sie hatte ihn vom Bauchnabel bis zum Brustbein aufgeschlitzt.

Großer Gott.

»Richtet meiner Schwester aus, dass sie in Sicherheit ist.«
Zum ersten Mal in meinem Leben war ich sprachlos.
Nicht wegen des Blutbads oder der Brutalität der Tat.
Sondern weil Autumn sie verübt hatte.

Und sie sah Emerson zum Verwechseln ähnlich. Es gab
keinen Zweifel daran, dass sie Schwestern waren. Der
Anblick von Emersons kleiner Schwester, die mit dem Blut
eines toten Mannes beschmiert war, brachte mich völlig
durcheinander.

»Du kannst es ihr selbst sagen«, erwiderte Declan.

»Schön zu sehen, dass du noch atmest, Großer, aber das
ist ausgeschlossen«, entgegnete sie.

»Autumn, es wird Zeit, dass du uns begleitest«, meldete
ich mich zu Wort, als ich meine Stimme wiedergefunden
hatte.

»Es wird Zeit? Du hast doch keine Ahnung«, blaffte sie.

»Doch. Wir wissen, was passiert ist, wer dahintersteckt
und was du getan hast«, erklärte ich.

»Nun, schön für euch. Aber ihr habt trotzdem keine
Ahnung.«

»Dann tu es für deine Schwester. Ihr beide müsst heilen.
Sie braucht dich«, versuchte ich es erneut.

»Nein. Das hier habe ich für meine Schwester getan.« Sie
zeigte auf das Bett. »Und um ihretwillen werde ich mich
weiterhin von ihr fernhalten. Ich weiß, dass das, was mit mir
passiert ist, ihr Leben ruiniert und meine Eltern auseinan-
dergerissen hat. Eine Heilung ist nicht möglich. Es gibt
keinen Weg zurück. Nicht für mich.«

»Sie wird am Boden zerstört sein, wenn ich ihr sage, dass
du hier warst und sie nicht einmal sehen wolltest.«

»Dann verrate es ihr nicht, sie muss nichts davon wissen.
Noch ein Grund, warum es keine glückliche Familienzusam-
menführung geben wird. Ich will nicht, dass sie mich kennt,
ich bin nicht mehr ihre kleine Schwester von früher.«

»Emerson und ich haben keine Geheimnisse voreinander.

Ich werde sie nicht belügen, nicht einmal, um sie zu beschützen. Außerdem hat sie sich ebenfalls verändert. Ihr beide braucht einander.«

Autumn starrte mich einen Moment an, bevor sie wieder das Wort ergriff. »Die Zeit ist um. In ein paar Minuten wird die ganze Stadt dieses Grundstück umzingeln. Richte Emmy aus, dass Paul Geschichte ist und dass sie ihr Leben leben und den ganzen Scheiß hier vergessen soll. Sie hätte nie in diese Welt eintauchen dürfen.«

Autumn wollte sich an mir vorbeidrängen, hielt aber noch einmal inne. »Passt auf euch auf«, murmelte sie.

Ich streckte eine Hand aus, um nach ihr zu greifen. Wenn sie nicht aus freien Stücken mitkommen wollte, dann würde ich sie eben zwingen, selbst wenn sie schrie und um sich trat. Aber bevor ich meine Hand um ihren Arm schlingen konnte, hielt Declan mich auf, indem er den Kopf schüttelte.

»Achtung, Autumn Pierce verlässt das Haus. Nicht schießen«, sagte Declan über Funk.

»Verstanden«, antwortete Max.

Sobald Autumn zur Tür hinaus und außer Sichtweite war, wandte ich mich an Declan. »Was zum Teufel sollte das?«

»Sie ist noch nicht bereit. Vielleicht wird sie es nie sein. Aber wenn der Tag kommt und sie Emerson finden will, wird sie nichts davon abhalten können. In der Zwischenzeit muss Emerson sich damit abfinden.«

»Damit abfinden?«, schnaubte ich. »Das ist ihre Familie. Ihre Schwester. Gerade du solltest das verstehen.«

Er und seine Zwillingsschwester waren nach dem Tod ihrer Eltern getrennt worden. Jahre später hatte er ihr während eines Interviews bei der CIA gegenübergesessen. Sie sollte seinen Undercover-Einsatz bewilligen und noch einmal mit ihm sprechen, bevor er untertauchte. Sie hatten unabhängig voneinander gewusst, dass sie Geschwister waren, hatten das den jeweils anderen aber nicht wissen lassen.

»Ich verstehe mehr, als du glaubst. Ich weiß, was es bedeutet, wenn man seine Familie vor Schaden bewahren will. Und ich kenne das Gefühl, wenn der Verlust eines anderen Menschen dich in Stücke reißt. Aber vor allem weiß ich, dass diese Frau nicht bereit ist, sich der Realität zu stellen, und wenn du sie dazu zwingst, wird das verheerende Folgen haben. Und zwar für deine Frau. Sie wird darunter am meisten leiden.«

Declans Miene verriet mir mehr, als er mit seinen Worten auszudrücken vermochte. Es war offensichtlich, dass er selbst einen schweren Verlust erlitten hatte und diesen noch immer spürte. Ich nahm an, dass es sich bei diesem um die Frau handelte, von der er gesprochen hatte und die nie wieder zu ihm zurückkehren würde. Aber ich würde ihn nicht danach fragen, weil ich wusste, dass er mir keine Antwort geben würde. In Declan schlummerten unzählige Geheimnisse und ein unbändiger Schmerz.

KAPITEL DREISSIG

EMERSON

Eine Woche war vergangen.

Eine Woche, in der Thaddeus und ich wieder *wir* waren.

Seit einer Woche waren wir wieder in den USA.

Und es war eine Woche her, seit Thaddeus meine Schwester gesehen hatte und sie nicht hatte überreden können, mit ihm zu kommen, geschweige denn mit mir zu reden.

Ich würde lügen, wenn ich behaupten würde, dass ich damit nicht zu kämpfen hatte. Tatsächlich war ich emotional völlig überlastet. Es machte mich schon nervös, zurück in den Staaten zu sein, denn dadurch wurde mein neues Leben umso realer. Thad und ich hatten uns noch eine Chance gegeben und er war wunderbar. Er hatte mich gehalten, während ich um meine Schwester geweint hatte, und meine Wut besänftigt, die in mir geschwelt hatte, weil sie sich geweigert hatte, Thads und Declans Hilfe anzunehmen.

Auf dem Flug zurück nach San Diego hatte er mir von dem Einsatz erzählt. Wegen der Tiere hatten sie nichts unternommen, doch Faith hatte eine der internationalen

287

Tierhilfsorganisationen dazu gebracht, die Hunde und Hühner zu beschlagnahmen.

Thad hatte mir erzählt, was Autumn getan hatte, doch ich hatte das Gefühl, dass er einige Details ausgelassen hatte. Dafür war ich dankbar, denn das, was ich gehört hatte, war schrecklich genug. Aber er vertraute mir die Informationen an und tröstete mich dann, als ich die Tatsache, dass meine Schwester getötet hatte, um meine Sicherheit zu gewährleisten, verarbeiten musste.

Die letzte Woche hatten wir damit verbracht, uns wieder besser kennenzulernen. Tatsächlich erfuhr ich mehr über Thad als er über mich, denn er erzählte mir von seiner Arbeit in den letzten Jahren, ohne mich zu drängen, über meine Taten zu sprechen. Ich erfuhr, wie verloren er sich als Zivilist nach seinem Ausscheiden aus dem Militärdienst gefühlt hatte und wie er Zane Lewis begegnet war.

Er spazierte mit mir am Strand entlang, führte mich zum Essen aus oder schaute sich mit mir einen Film an. Einmal gingen wir zusammen einkaufen und ich kochte für ihn in der voll ausgestatteten Küche unserer Suite im Hotel Del Coronado. Er erzählte mir von seiner Familie, unter anderem, dass seine Mutter vor einigen Jahren gestorben war, was zu einem Zerwürfnis zwischen ihm und seinem Vater geführt hatte. Offenbar hatte er Thad weismachen wollen, dass es seine Schuld gewesen sei, dass seine Mutter einen Herzinfarkt erlitten hatte. Sein Bruder Andras war nicht ganz so gemein gewesen, aber auch er wollte, dass Thad nach Oregon zurückkehrte, um im Familienbetrieb zu arbeiten. Schon vor zehn Jahren hatte ich vermutet, dass Andras Thad das Leben nur schwer machte, weil er eifersüchtig war. Schließlich hatte Thad alles hinter sich gelassen und war zur Navy gegangen, während Andras die Arbeit im Laden gehasst hatte. Und daran schien sich nichts geändert zu haben. Er war unglücklich und wollte, dass es Thad genauso erging.

Genau davor hatte ich Thaddeus bewahren wollen. Er war abenteuerlustig, ehrgeizig und hatte sich sein eigenes Leben aufbauen wollen, statt es sich von seinem Vater aufzwingen zu lassen. Andras mangelte es jedoch an Rückgrat, also hatte er sich den Forderungen seines Vaters gebeugt und war nun unglücklich. Thad hätte in einer ähnlichen Situation enden können.

Nachdem ich also alles über Thads Familie gehört hatte, wusste ich, dass mein Opfer sich gelohnt hatte. Das würde ich Thad natürlich nie sagen und er würde mir sicher nicht zustimmen. Ich hatte eine Entscheidung für uns beide und über seinen Kopf hinweg getroffen, aber ich war überzeugt davon, das Richtige getan zu haben.

Abgesehen von den Sorgen um meine Schwester war das Leben mit Thad fantastisch. Da ich nie aufgehört hatte, ihn zu lieben, musste ich mich nicht erst aufs Neue in ihn verlieben. Heute wie damals wusste ich, dass er der Eine für mich war. Der einzige Haken an der ganzen Sache war nur, dass er immer noch nicht mit mir schlafen wollte.

Er küsste mich, verwöhnte mich mit seinen Händen, duschte mit mir und hielt mich die ganze Nacht in seinen Armen. Aber er weigerte sich, sich von mir berühren zu lassen, und schob mir stets einen Riegel vor. Ich war frustriert und hatte keine Ahnung, worauf er wartete. Jedes Mal wenn ich ihn darauf ansprach, sagte er nur, ich solle Geduld haben. Aber mein Geduldsfaden war gerissen. Ich konnte mir einfach keinen Reim darauf machen, warum er mir den Sex verweigerte. Eine mögliche Erklärung wäre, dass er sich nicht sicher war, was uns betraf, und so begann ich, mich zu fragen, ob ich ebenfalls Zweifel hegen sollte.

»Emerson?«, rief Thad, als er gerade durch die Tür der Suite trat.

»Hier draußen«, rief ich zurück.

Es war ein wunderschöner Morgen und ich hatte mich auf die Terrasse gesetzt, während Thad joggen gegangen war.

Im Gegensatz zu Books' und Tatianas Bungalow bot unserer leider keine Aussicht auf den Strand. Aber ich konnte mich nicht beschweren, denn die Palmen und der Fischteich waren auch nicht zu verachten. Declan, Kyle und Max bewohnten ihre eigene Suite mit Blick auf das Schwimmbecken. Ich war mir sicher, dass die drei Männer den Aufenthalt genossen, da unzählige Frauen im Bikini die Annehmlichkeiten nutzten.

Als Thad auf die Terrasse kam, hatte er bereits seine Laufschuhe und Socken ausgezogen und sich zu meinem Verdruss überdies seines Hemdes entledigt. Natürlich genoss ich es, seine stahlharte Brust und seinen Waschbrettbauch zu betrachten, aber der Anblick steigerte meine Frustration. Thad genierte sich nicht und hatte weiß Gott keinen Grund, sich zu verstecken. Er war groß, gut gebaut und mit einem Schwanz gesegnet, auf den andere Männer sicher neidisch gewesen wären.

»Was ist los?«, fragte er.

Ich ließ den Blick über seinen Oberkörper wandern und sah ihn schließlich an. »Nichts.«

»Warum hast du dann die Stirn gerunzelt?«, wollte er wissen.

»Habe ich nicht«, blaffte ich.

»Emerson«, warnte er mich.

Ich kniff die Augen zu schmalen Schlitzen zusammen, da mir sein Tonfall nicht behagte. »Es ist alles in Ordnung, aber wenn du meinen Namen weiter auf diese Weise aussprichst, wird sich das ändern.«

»Hast du etwa deine …«

»An deiner Stelle würde ich die Frage nicht beenden, Thaddeus. Das ist nicht nur unhöflich, sondern wird mich auch auf die Palme bringen.«

»Dich auf die Palme bringen? Baby, du scheinst jetzt schon stinksauer zu sein. Ist etwas passiert, während ich weg war?«

»Nein.«

»Was hat sich dann geändert? Als ich gegangen bin, warst du noch glücklich und hast gelacht. Und jetzt komme ich nach Hause und du kochst vor Wut.«

»Nach Hause? Ist diese Suite etwa ein Zuhause für dich?«

Mittlerweile starrte er mich finster an. Ich wusste nicht, was über mich gekommen war, aber jetzt, da ich darüber nachdachte, musste ich zugeben, dass dieses unstetige Leben beunruhigte. Um genau zu sein, war es nicht nur unstet, sondern völlig in der Schwebe. Ich hatte nichts. Mein ganzes Leben war auf einen Rucksack reduziert worden.

»Im Moment ist das *unser* Zuhause.«

»Und wenn Zane die fünfhundert Dollar pro Nacht für das Del nicht mehr bezahlen will? Was dann?«

»Zane kommt nicht für unsere Unterkunft auf, sondern ich.«

»Wie bitte? Warum solltest du das tun?«

»Weil ich es mir leisten kann. Weil es hier schön und friedlich ist. Weil wir etwas Zeit für uns brauchen, damit du deine Gedanken ordnen kannst, bevor wir über die Zukunft sprechen.«

»Und was passiert in der Zukunft, Thaddeus? Werden wir das nächste Jahr damit verbringen, nebeneinander zu schlafen, während du dich immer noch weigerst, mich zu berühren, bis du schließlich herausfinden wirst, dass du nicht mit mir schlafen willst, weil ich zu beschmutzt bin?«

Wow, woher kam das plötzlich?

Was zum Teufel war los mit mir? Ich benahm mich wie ein zickiges Miststück. Bevor ich mich für mein untypisches Verhalten entschuldigen konnte, ergriff Thaddeus das Wort.

»Erstens weiß ich nicht, wie du plötzlich auf diesen Blödsinn kommst. Beschmutzt? Was soll das, Emmy? Wenn du die Männer meinst, mit denen du in den letzten acht Jahren zusammen warst, das ist mir scheißegal. Nein, das ist eine Lüge. Es ist mir nicht egal. Der Gedanke, dass diese Drecksäcke Hand an deinen schönen Körper gelegt haben, bringt mich in Rage. Sie hatten es nicht einmal verdient, dich anzusehen, geschweige denn anzufassen. Aber ich sage das, weil ich eifersüchtig bin, nicht weil ich dich für beschmutzt halte. Ich will nicht gefühllos erscheinen, aber ich habe in den letzten zehn Jahren nicht wie ein Mönch gelebt. Ich will dir nicht von den Frauen erzählen, mit denen ich das Bett geteilt habe, aber sie waren nicht du, und deshalb habe ich auch nichts für sie empfunden. Vielleicht klinge ich wie ein Arschloch, aber ich bin auch nur ein Mensch und ich war immer ehrlich. Sie wussten, dass ich nur Sex von ihnen wollte.«

Thad hielt einen Moment inne und atmete tief durch, bevor er fortfuhr: »Und falls du von den vier Männern sprichst, die du getötet hast, kann ich dir versichern, dass sie mir scheißegal sind. Sie waren der letzte Abschaum, und du hast der Welt einen Gefallen getan. Es ist mir scheißegal, dass du sie ins Jenseits befördert hast, aber es interessiert mich, wie du damit umgehst. Wenn du darüber reden willst, höre ich dir zu. Wenn du dich schuldig fühlst, werde ich mein Bestes tun, um dir diese Schuld zu nehmen. Denn diese Männer sind es nicht wert, dass du an sie denkst, und du solltest ihretwegen kein schlechtes Gewissen haben.

Es stimmt auch nicht, dass ich dich nicht berühre, denn ich habe dich jede Nacht in meinen Armen gehalten. Und bevor du eingeschlafen bist, bist du an meinen Fingern gekommen, während ich dein Stöhnen geschluckt habe. Aber wenn du wissen willst, warum ich noch nicht mit dir geschlafen oder dir erlaubt habe, mich zu berühren, dann hat das nichts mit der Vergangenheit und alles mit der Gegenwart zu tun. Ich weiß, wo ich stehe. Ich weiß, was ich will, aber ich werde keinen Schritt weiter gehen, bis ich mir sicher bin, wo du stehst.«

»Du weißt nicht, wo ich stehe?«, fragte ich ungläubig.

Wie konnte er das nicht wissen?

»Nein, *agápi mou*, das weiß ich nicht. Ich weiß, dass du

mit all den Veränderungen zu kämpfen hast, denn die Ereignisse haben sich in letzter Zeit überschlagen. Obwohl du es nicht gesagt hast, weiß ich, dass du dir den Kopf darüber zerbrichst, wo du wohnen wirst, wie du an Geld kommst und was du mit deinem Leben anfangen wirst. Darüber hinaus machst du dir Sorgen um Autumn.«

»Mit all dem hast du recht. Aber wie kannst du nicht wissen, wo ich stehe?«

»Baby. Gerade hast du zugegeben, dass ich recht habe, weil du über all diese Dinge nicht mit mir gesprochen hast. Wie sollte ich es also wissen?«

»Wie kannst du es *nicht* wissen?«

»Ich kann dir nicht folgen, Emmy«, erwiderte er.

»Ich vertraue dir.«

In diesem Moment sah ich es. Seine Miene erweichte sich so augenblicklich, dass er unwillkürlich zusammenzuckte. »Natürlich mache ich mir Sorgen. Außer einer Handvoll Klamotten besitze ich nichts. Ich weiß nicht, wo ich wohnen werde oder wie ich Arbeit finden soll. Ich besitze noch nicht einmal einen Führerschein, geschweige denn einen Ausweis. Zudem habe ich keine Ahnung, wo meine Schwester ist oder ob es ihr gut geht. Und ich fürchte mich davor, meinen Eltern gegenüberzutreten, doch das werde ich tun müssen. Ich bin immer noch durcheinander und muss das Erlebte erst noch verarbeiten. Aber ich vertraue dir. Obwohl ich also eine Heidenangst habe, kann ich mir sicher sein, dass ich dich habe. Und das ist das Wichtigste. Du hast mir versprochen, dass du dich um alles kümmern würdest und ich nichts weiter tun muss, als an uns zu glauben. Und ich glaube an uns, Thaddeus. Ich bin hier bei dir, liege jede Nacht in deinen Armen und glaube daran, dass du alles regeln wirst, bis ich wieder einen klaren Gedanken fassen und einen Teil der Last übernehmen kann. Ich brauche noch etwas Zeit, um alles zu verdauen, aber ich weiß jetzt schon, wo ich stehe. Und das ist bei dir.«

»Liebst du mich?«, wollte er wissen, woraufhin ich zusammenzuckte. Wie konnte er mich das nur fragen?

»Ja.«

»Du hast es nicht gesagt.«

»Doch, das habe ich.«

»Nein, *agápi mou*, ich habe es gesagt. Du hast lediglich erwidert: ›Ich dich auch.‹«

Ich dachte daran zurück, wie oft er mir seine Liebe gestanden hatte. Das erste Mal hatte er es mir in Manicoré zugeflüstert, bevor er mit dem Team aufbrach. Ich hatte jedoch nur zugestimmt, statt ihm zu sagen, dass ich ihn liebte. Und seitdem hatte ich dasselbe wieder getan. Verdammt!

»Thaddeus.« Ich stand von meinem Stuhl auf und ging auf ihn zu. Dicht vor ihm blieb ich stehen, legte meine Hände an seine Brust und begegnete seinem Blick. »Ich liebe dich. Ich habe dich vor zehn Jahren geliebt und liebe dich auch heute noch. Es tut mir leid, dass ich dir das nicht gesagt habe. Aber ich liebe dich mit jeder Faser meines Wesens. Daran habe ich nie gezweifelt. Noch habe ich es je bereut. Ich weiß, dass ich in Liebe zu dir sterben werde. Genau da stehe ich.«

Ich stellte mich auf die Zehenspitzen, um ihn zu küssen. Statt sich vorzubeugen, hob er mich hoch, und ich hatte keine andere Wahl, als meine Beine um seine Taille zu schlingen. Er presste seinen Mund auf meinen und strich mit der Zunge über meine Unterlippe, woraufhin ich mich ihm öffnete und er den Kuss vertiefte.

Mein Gott, der Mann konnte küssen. Mein Körper stand augenblicklich in Flammen, und das hatte nichts mit der strahlenden südkalifornischen Sonne zu tun, die auf uns herabschien. Thad setzte sich in Bewegung und trug mich ins Haus, durch den Wohnbereich und ins Schlafzimmer. Er legte mich auf die kühle, weiße Bettdecke und starrte auf mich herab.

»Bist du sicher?«, fragte er.

Ich antwortete nicht sofort, aber nicht, weil ich über seine Frage nachdenken musste, sondern weil ich ihn betrachten wollte. Seine definierten Bauchmuskeln machten deutlich, wie hart er für seinen Körper gearbeitet hatte. Das Gleiche galt für seine Brust und seine Arme. Vor zehn Jahren hatte Thaddeus den schlanken Körperbau eines Zweiundzwanzigjährigen. Heute war er ein Mann. Breiter, größer, fülliger und noch attraktiver.

Ich atmete tief durch. Obwohl es mir widerstrebte, mussten wir darüber reden. »Ich war seit über einem Jahr mit niemandem mehr zusammen. In der Zeit war ich beim Arzt und kann bestätigen, dass ich gesund bin. Außerdem habe ich ein Verhütungsimplantat in meinem Arm.«

»Ich werde aufgrund meiner Arbeit alle sechs Monate getestet und war seit der letzten Untersuchung mit niemandem zusammen«, erwiderte er.

Er starrte weiter auf mich herab. »Du hast mir nicht geantwortet.«

»Ja, Thaddeus, ich bin mir sicher.«

»Es gibt kein Zurück mehr, Emmy. Wenn du noch Zeit brauchst, nimm sie dir, ich werde warten.«

Ich war mir absolut sicher und brauchte keine Zeit mehr. Also musste ich die Sache irgendwie vorantreiben. Ich begann, meine Jeansshorts aufzuknöpfen, zog den Reißverschluss hinunter und schob mir das Kleidungsstück mitsamt meinem Höschen über die Hüfte, um sie schließlich mit meinem Fuß abzustreifen. Dann ließ ich mein T-Shirt und meinen Sport-BH folgen. Sobald ich mir diese über den Kopf gezogen und zur Seite geworfen hatte, saß ich völlig entblößt vor ihm.

»Ich bin mir absolut sicher, Baby«, flüsterte ich.

Ich hatte früher nie Probleme, mich vor Thaddeus nackt zu zeigen. Er hatte mir stets das Gefühl gegeben, die schönste Frau zu sein, die er je gesehen hatte. Aber nun ließ er seinen Blick so langsam über meinen Körper schweifen, dass ich zunehmend unsicherer wurde.

»Thaddeus?«, fragte ich. Ich wartete, bis er meinem Blick begegnete. »Ich liebe dich.«

Bevor ich überhaupt blinzeln konnte, hatte er seine Trainingshose ausgezogen, ein Knie auf der Matratze abgestützt und mich auf den Bauch gedreht.

»Knie dich hin, *agápi mou*, ich will meinen Namen auf deiner Haut sehen.«

Ich stützte mich auf allen vieren ab, wobei ich mir wünschte, sein Gesicht sehen zu können. Aber ich hörte, wie er nach Luft schnappte, und spürte, wie er die Muskeln anspannte. Es klang wunderbar und fühlte sich großartig an, doch ich war mir sicher, dass der Ausdruck in seinen Augen noch unglaublicher war.

Er ließ seine schwieligen Hände über meinen Rücken wandern und schob dabei mein Haar zur Seite. Für einen Moment hielt er inne, dann begann er, den ersten Buchstaben seines Namens nachzuzeichnen. Ich verrenkte mir fast den Hals, um einen Blick über die Schulter zu werfen. Aber es war die Mühe wert.

In seinen Augen spiegelten sich so viele Emotionen wider, dass der Anblick mir den Atem raubte.

In diesem Moment liebte ich meine Tätowierung mehr denn je.

»Du bist mein«, stöhnte er.

Er war fast beim letzten Buchstaben angelangt. Ich musste es nicht sehen, um es zu wissen. Sein Name war in meine Haut geätzt und hatte sich schon vor langer Zeit in mein Gedächtnis eingebrannt. Während er mit einer Hand weiter den Schriftzug nachzeichnete, ließ er die andere zwischen meine Schenkel gleiten.

»Du bist mein«, wiederholte er und drang mit einem Finger in mich ein. »Ganz. Und. Gar. Mein.«

Er zog seine Hand zurück und führte seinen Schaft an

meinen Unterleib. Mit einem schnellen, kraftvollen Stoß vergrub er sich bis zum Anschlag in mir.

»Oh Gott«, stieß ich mit erstickter Stimme hervor und ließ den Kopf nach vorn fallen.

Ich konnte Thads Gesicht nicht mehr sehen, aber ich wäre ohnehin nicht imstande gewesen, mich darauf zu konzentrieren. Ganz im Gegensatz zu seinem ersten Stoß glitt er nun immer wieder langsam in mich hinein.

»Meine schöne Emmy«, sagte er heiser. Bei dem Klang seiner Stimme machte mein Magen einen Satz.

Dann jagte er mir einen Schauer über den Rücken, als er sich vorbeugte und die Tätowierung auf meinem Rücken küsste.

»Thaddeus«, wimmerte ich. Mehr brachte ich nicht hervor.

»Du hast es getan«, sagte er und drückte mir einen weiteren Kuss auf den Rücken. Dann ließ er seine Zunge über die Schrift gleiten. »Du hast deine schöne Haut mit meinem Namen gezeichnet. Du hast dich gebrandmarkt und dich für alle Ewigkeit an mich gebunden, *agápi mou*. Du gehörst mir.«

»Ja, ich gehöre dir. Für immer und ewig.«

Er hielt inne und führte seine Lippen an mein Ohr. »Sag das noch einmal«, forderte er.

»Ich gehöre dir, Thaddeus.«

Er drang wieder mit langsamen Stößen in mich ein und knurrte: »Wenn du kommst, will ich meinen Namen aus deinem hübschen Mund hören.«

»Okay«, keuchte ich.

»Halt dich fest, Emmy.«

»Das tue ich.«

»Nein, Baby. Halt dich fest und lass mich nie wieder los. Ich verspreche dir, ich werde dich nie enttäuschen.«

»Ich halte an uns fest, Thaddeus.«

»Ich will, dass du mich heiratest.« Es dauerte einen

Moment, bis der Nebel der Leidenschaft sich gelichtet und ich verstanden hatte, was er gesagt hatte. Er hatte mir zwar nicht unbedingt eine Frage gestellt, doch ich kam nicht einmal dazu, etwas zu erwidern, denn er fuhr fort: »Ich will, dass wir es offiziell machen. Ich will, dass du meinen Namen annimmst und die Babys bekommst, über die wir gesprochen haben. Das bedeutet, dass das verdammte Ding in deinem Arm entfernt werden muss.«

»Okay«, stöhnte ich, denn ich hatte dem nichts hinzuzufügen. Ich wollte es auch.

»Ich will dich so schnell wie möglich zu meiner Frau machen«, fuhr er fort.

»Okay.«

»Wir haben zu viel Zeit verloren. Diesmal warten wir nicht, *agápi mou.*«

»Okay«, wiederholte ich, wobei ich diesmal heftig keuchte, als er seine Hand über meinen Bauch an mein Geschlecht gleiten ließ. Er begann, meine Klitoris zu massieren, und sagte: »So ist es gut, Emmy Baby, nimm es dir. Reib dich an mir.«

Ich zuckte mit der Hüfte und stand kurz davor zu explodieren.

»Ich komme gleich«, stieß ich hervor.

»Das musst du mir nicht erst sagen, Baby. Du bist so verdammt eng. Ich kann spüren, wie du die Muskeln um meinen Schwanz anspannst. Komm für mich Emmy.«

Thaddeus richtete den Oberkörper auf und begann, noch kraftvoller in mich einzudringen.

Im nächsten Moment wurde ich von der Welle der Ekstase mitgerissen.

Meine Schenkel bebten und ich konnte mich nicht mehr auf den Armen halten. In letzter Sekunde erinnerte ich mich an seine Bitte und schrie seinen Namen.

»Verdammt schön«, brüllte er und stieß noch einmal tief

in mich hinein. »Es fühlt sich so verdammt gut an, wieder zu Hause zu sein.«

Einige Zeit später, nachdem Thaddeus Bench mich in ungeahnte Höhen katapultiert hatte, schwebte ich auf die Erde zurück. Er lag auf dem Rücken und ich hatte mich an seine Seite geschmiegt und einen Schenkel über sein Bein geschlungen, während mein Arm auf seinem Bauch und meine Hand über seinem Herzen ruhte.

Ich wusste tief in meiner Seele, dass Thaddeus jedes Wort ernst gemeint hatte. Ihm waren nicht einfach irgendwelche Phrasen im Rausch der Leidenschaft über die Lippen gekommen, um mir ein gutes Gefühl zu vermitteln. Nein, er war absolut aufrichtig gewesen. Also konnte ich nichts weiter tun, als an uns festzuhalten.

Aber das wäre nicht schwer. Er hatte recht, es fühlte sich gut an, wieder zu Hause zu sein.

»Ich liebe dich, Thaddeus«, flüsterte ich.

»*Se agapó*, Emerson.«

KAPITEL EINUNDDREISSIG

THAD

Wir saßen in unserem Mietwagen und waren auf dem Weg zum Strandhaus von Decker »Gumby« Kincade. Seit wir das Del verlassen hatten, fummelte Emerson neben mir an ihrem Gurt herum.

»Warum bist du so nervös, Emmy?«, fragte ich.

»Wie bitte? Warum denkst du, ich sei nervös?«

»Weil ich dich kenne. Du wirst unruhig, wenn du nervös bist, und seit wir in den Wagen gestiegen sind, hast du nicht aufgehört herumzuzappeln.«

»Ich bin mir nicht sicher, ob es mir behagt, dass du dich an alle meine Gewohnheiten erinnerst«, murmelte sie gereizt.

Ich war mir sicher. Es gefiel mir, dass ich sie zwar in- und auswendig kannte und dennoch jeden Tag etwas Neues an ihr bemerkte. Es war wunderbar. Wir genossen eine tiefe Verbundenheit und Vertrautheit, aber wir befanden uns weiterhin auf einer Entdeckungsreise.

»Also, warum bist du nervös?«, fragte ich erneut.

»Weil ich deine Freunde treffe.«

Ich überlegte, was ich ihr über Gumby und seine Verlobte Sidney erzählen konnte. Tatsächlich wusste ich nicht viel über die Frau. Von Declan hatte ich heute Morgen erfahren, dass sie Ende des Monats heiraten würden. Als wir Sidney vor unserem Einsatz in Faiths Tierheim begegnet waren, war die Verbindung zwischen ihr und Gumby nicht zu übersehen gewesen. Sie hatte außerdem einen Ring am Finger getragen, der durchaus ein Verlobungsring hätte sein können, doch während des kurzen Treffens blieb keine Zeit für persönliche Gespräche. Genau wie wir war auch Gumbys Team auf dem Weg zu einer Mission gewesen, daher hatte das Sammeln von Informationen Vorrang gehabt.

»Gumby ist …«

»Gumby?«

»Das ist Deckers Spitzname«, erklärte ich. Ich hatte ganz vergessen, dass ich in ihrer Gegenwart nur seinen Vornamen benutzt hatte.

»Warum ist sein Spitzname Gumby?«, fragte sie.

»Keine Ahnung. Einen Spitznamen muss man sich verdienen, also könnte das alle möglichen Gründe haben. Vielleicht hat das Team ihn so getauft, weil er seinen Körper einmal durch eine kleine Öffnung gezwängt und dabei wie eine Zeichentrickfigur ausgesehen hat. Möglicherweise ist er auch während einer Mission erkrankt und wurde so grün im Gesicht wie die Figur aus der Kindersendung. Ich weiß nicht, wie er zu dem Namen gekommen ist, aber ich bezweifle, dass er es mir verraten wird.«

»Hast du einen Spitznamen?«, wollte Emerson wissen.

»Als ich bei den SEALs war, lautete er Jack. Wenn ich heute mit dem Team im Einsatz bin und wir unterhalten uns über Funk, nennen die Jungs mich MacGyver.«

»Jack?«

»Ich würde dir ja liebend gern erzählen, dass ich nach einem Jack Russell Terrier benannt wurde, der bekanntlich intelligent, energiegeladen und athletisch ist, aber leider entspricht das nicht der Wahrheit.«

»Ist es dann die Kurzform von Jackass?«, kicherte sie. »Das ist doch die Fernsehsendung, in der ein Haufen Trottel verrückte Stunts vollführen.«

»Das wäre sicher passend gewesen.« Ich stieß ein leises Lachen aus. »Tatsächlich hat mein erster Teamleiter mir den Namen gegeben. Er war auf einer Farm aufgewachsen und sagte, ich erinnere ihn an einen der Esel.«

»Aber du bist doch gar nicht starrköpfig«, sagte sie und schien um meinetwillen entrüstet.

»Das war nicht der Grund«, erklärte ich, als ich in die Straße einbog, in der Gumby wohnte.

»Pferde sind dafür bekannt, dass sie die Flucht ergreifen, wenn sie Angst haben. Esel tun das Gegenteil. Sie rühren sich nicht vom Fleck und wägen die Situation ab. Dieses Verhalten wird gemeinhin fälschlicherweise als Sturheit interpretiert.«

»Ich verstehe es immer noch nicht, warum hat er dich nicht einfach einen Esel genannt? Warum Jack?«

»Der Mammoth Jack, oder Riesenesel, ist die größte Esel-rasse. Da ich der Größte in unserer Einheit war, fand mein Teamleiter es lustig, mir den Namen zu geben.«

Als ich den Wagen vor Gumbys Haus parkte, fragte sie: »Haben alle Jungs Spitznamen?«

»Ja.«

»Verrätst du sie mir?«

»Sicher, aber das muss warten. Wir sind am Ziel.«

»Oh.« Sie warf einen Blick aus dem Fenster des Wagens.

Mit meiner Geschichte hatte ich erreicht, was ich beabsichtigt hatte, und hatte sie abgelenkt. Für eine Weile hatte sie ihre Nervosität vergessen.

»Du musst dir keine Sorgen machen. Gumby ist ein netter Kerl. Ich habe Sidney zwar nur einmal getroffen, aber wenn sie Gumby heiratet, dann ist sie zweifellos in Ordnung.«

»Okay.«

* * *

Wie nicht anders erwartet war Sidney ein wunderbarer Mensch. Sie war aufgeschlossen, freundlich und hatte ein großes Herz. Das stellte sie unter Beweis, indem sie uns augenblicklich Tausende von Fragen über die Hunde stellte, auf die wir während unserer Mission gestoßen waren. Sie wollte wissen, wo die Tiere gehalten wurden, in welchem Zustand sie sich befanden und ob die internationale Tierhilfsorganisation, die sie und Faith kontaktiert hatten, ihnen würde helfen können.

Danach erkundigte sie sich nach dem Befinden der Teammitglieder. Sie fragte, ob jemand verletzt oder von einem der Hunde gebissen wurde. Bei den letzten Worten zuckte sie sichtlich zusammen. Ich beantwortete ihre Fragen so gut ich konnte. Sie war erleichtert zu hören, dass wir alle wohlbehalten nach Hause zurückgekehrt waren, mein Chef mit der Tierhilfsorganisation in Verbindung stand und entsprechende Rettungsmaßnahmen im Gange waren. Dabei verschwieg ich, dass Zane selbst die Aktion finanzierte.

Nachdem Sidney sich vergewissert hatte, dass alles in Ordnung war, wandte sie sich an Emerson und bot ihr mit einem breiten Lächeln an, sie auf die Terrasse zu begleiten, um die Aussicht zu genießen. Damit bewies sie, dass sie die Frau eines SEALs war und verstand, dass ich ihr nicht die ganze Geschichte erzählt hatte. Sie wusste, dass Gumby weitere Fragen an mich hatte und meine Antworten sich von der beschönigten Version unterscheiden würden, die sie gerade gehört hatte.

»Also, wie ist es gelaufen?«, wollte Gumby wissen, sobald die Frauen außer Hörweite waren.

»Es war ein Desaster«, erwiderte ich. »Laut Dec haben deine und Sidneys Warnungen sich bewahrheitet. Offenbar hat er in dem Lagerhaus den reinsten Albtraum vorgefunden. Wir haben zwei unserer Zielpersonen ausgeschaltet, wurden aber angewiesen, uns fürs Erste von der dritten fernzuhalten. Bevor wir den Einsatz beendet haben, konnten wir glücklicherweise mehrere Mädchen retten. Und ich sage dir, sie waren alle blutjung. Eine Gruppe haben wir in Sicherheit gebracht, doch der zweiten konnten wir lediglich zur Freiheit verhelfen. Es macht mich fertig zu wissen, dass wir nicht mehr für sie tun konnten, aber ich habe das Gefühl, dass Emersons Schwester sich um sie gekümmert hat.«

»Emerson ...« Er verstummte sofort wieder.

»Ich habe mich in sie verliebt, als ich noch in der Ausbildung war. Aus Gründen, die sich unserer Kontrolle entzogen, hat sie mich verlassen. Nun habe ich sie wiedergefunden und sie gehört mir. Wenn ich sie dazu überreden kann, werden wir auf dem Rückweg auf dem Standesamt anhalten und ich werde sie heiraten.«

»Verdammt, das kommt mir bekannt vor«, murmelte er.

»Was ist mit eurem Einsatz? Wie ist es gelaufen?«, erkundigte ich mich nach der Mission, von der er gerade zurückgekehrt war.

»Es wird eine Weile dauern, das alles zu verdauen«, gestand Gumby. »Es erstaunt mich immer wieder, wozu Menschen fähig sind. Als wir das Waisenhaus erreichten, um den Mitarbeiter des Friedenskorps in Sicherheitsgewahrsam zu nehmen, hatten die Rebellen es bereits eingenommen und die Zielperson war tot. Aber die Mission war kein totaler Reinfall, denn wir konnten eine Bekannte des Mannes namens Piper Johnson ... äh, ich meine, Piper Morgan und drei der Waisen retten.«

Morgan? Ich brauchte einen Moment, um den Namen einzuordnen. Beckett »Ace« Morgan war ein Mitglied von Gumbys Team.

»Piper Morgan? Ist sie verwandt mit Ace?«

»Sie ist seine Ehefrau.«

»Wie bitte?«

Ace war nicht verheiratet.

Ein Klopfen an der Tür hielt Gumby leider davon ab, meine Frage zu beantworten. »Das muss Faith oder Declan sein«, sagte er und ging zur Tür.

Nachdem Gumby die Bombe hatte platzen lassen, war ich so schockiert, dass ich fast vergessen hätte, dass Declan und Faith ebenfalls kommen wollten. Tatsächlich hatte Faith dieses Treffen arrangiert und vorgeschlagen, es in Sidneys und Gumbys Haus abzuhalten, da ihr Tierheim gerade umgebaut wurde. Dank einer weiteren großzügigen Spende konnte sie noch mehr Spielzimmer für die geretteten Pitbulls einrichten.

Dabei fiel mir Hannah ein. Sie war die Hündin, die Gumby adoptiert hatte, doch bisher hatte ich sie nirgendwo gesehen. Ich ließ den Blick durch den Raum schweifen und bemerkte den leeren Käfig und mehrere Hundespielzeuge. Schließlich wandte ich mich der Terrasse zu und sah Emerson, die auf den Holzplanken saß und den Kopf des Hundes streichelte, während Hannah an ihrem Haar schnüffelte und ihr das Gesicht abschleckte.

Mir kam der Gedanke, Faith zu fragen, ob wir einen Hund adoptieren könnten, während ich meine Frau beobachtete. Ich war so gebannt von dem Anblick, dass ich gar nicht hörte, wie jemand den Raum betrat.

»Oh, gut, Sidney ist beschäftigt.« Faiths Stimme riss mich aus meinen Gedanken und ich drehte mich um.

Declan stand neben ihr und ließ mit seinen Sticheleien nicht lange auf sich warten. »Wie ich sehe, wird diese Frau noch dein Tod sein.«

»Wie bitte?«

»Du warst so sehr damit beschäftigt, sie zu betrachten, dass du uns gar nicht gehört hast. Und ich kann dir sagen,

Bruder, wir waren nicht gerade leise. In Gedanken habe ich dich zehnmal getötet, bevor Faith etwas gesagt und deinen liebeskranken Schädel aus deinem Hintern gezogen hat.«

»Eifersucht steht dir nicht, mein Freund. Ich bin sicher, wir können dir eine neue Persönlichkeit einpflanzen, dann kannst du dich selbst auf die Suche nach einer Frau begeben«, konterte ich.

»Danke, aber ich passe. Außerdem muss ja einer von uns wachsam bleiben. Ihr Trottel fallt einer nach dem anderen um und werdet weich.«

Ich hätte ihm gern erklärt, dass ich alles andere als weich wurde, wenn Emerson in der Nähe war, aber da eine Dame anwesend war, hielt ich mich zurück.

»Warum ist es gut, dass Sid beschäftigt ist?«, wollte Gumby wissen und unterbrach unser Wortgefecht.

»Weil ich sie nicht beunruhigen will. Sie hat mir versprochen, dass sie nichts mehr auf eigene Faust unternehmen wird, und ich vertraue ihr, aber ich weiß auch, wie viel ihr diese Tiere bedeuten. Deshalb will ich nicht, dass sie davon erfährt.«

Gumby versteifte sich sichtlich, als er fragte: »Wovon soll sie nichts erfahren?«

»Ich habe gestern einen anonymen Tipp erhalten. Daraufhin habe ich mich umgehört und denke, er ist glaubwürdig. Es gibt einen Züchter in Long Beach, der bekanntermaßen eine Massenzucht betreibt. Scheinbar handelt er zusätzlich mit den Welpen, die zu schwach sind, um als Kampfhunde verkauft zu werden. Er gibt sie an die Betreiber von Hundekämpfen weiter, die sie als Köder benutzen.«

»Er handelt mit ihnen?«, fragte Declan.

»Das hat der Informant zumindest gesagt. Im Austausch für die Welpen kann er seine Hunde kämpfen lassen und ihm wird die Kampfgebühr erlassen.«

»Welche Kampfgebühr?«, fragte ich.

»Bei einigen Hundekämpfen müssen die Teilnehmer eine

Summe an den Veranstalter entrichten. Manche nennen sie auch Hausgebühr. Dabei gibt es keine festen Regeln und der zu zahlende Betrag kann hundert Dollar oder auch fünftausend betragen. Das hängt ganz davon ab, wie hoch der Einsatz ist und welches Niveau die Hunde haben«, erklärte Faith.

»Wie können wir helfen?«, fragte Declan.

»Morgen Abend findet hier in San Diego ein Kampf statt. Der Züchter aus Long Beach wird dort sein. Ich hatte gehofft, Sie könnten …«

»Einverstanden«, antwortete Declan, bevor Faith den Satz beenden konnte.

Die ältere Frau verzog die Lippen zu einem wissenden Lächeln. »Ich hatte gehofft, Sie würden das sagen.«

»Nein, Sie wussten, er würde das sagen.« Ich lachte leise.

»Kein Wort davon zu meiner Frau«, befahl Gumby. »Faith hat recht, diese Information wird sie beunruhigen. In weniger als einem Monat werden wir heiraten und ich will, dass sie sich auf die Hochzeit konzentriert und die Renovierung des Hauses abschließt. Wenn sie Wind von der Sache bekommt und mir das Ohr abkaut, werde ich nicht nur unruhig, sondern auch gereizt sein und anfangen, Hochzeitseinladungen zu widerrufen.«

»Verstanden«, erwiderte ich mit einem Lachen.

»Gut. Da wir das geklärt hätten, schnappt euch ein Bier und geht auf die Terrasse«, befahl Gumby. »Ich werfe den Grill an.«

Ich bemerkte, wie Faith Gumby mit einem Ausdruck mütterlicher Liebe betrachtete, und fragte mich, wie nahe sie und Sidney sich standen. Offenbar war Faith mehr als erfreut, dass Sidney einen so ehrenhaften und gutherzigen Mann gefunden hatte.

KAPITEL ZWEIUNDDREISSIG

EMERSON

»Ich *liebe* sie«, verkündete ich, als wir wieder im Wagen saßen und zurück zum Hotel fuhren. »Wusstest du, dass sie das Haus eigenhändig renoviert?«

»Ja, Baby, das hast du erwähnt«, erwiderte er.

Also schön, es war gut möglich, dass ich in Sidney vernarrt war. Sie war einfach umwerfend. Absolut fantastisch. Bevor sie einen Job von dem Bauunternehmer angenommen hatte, der damals an Gumbys Haus gearbeitet hatte, war sie als Handwerkerin tätig gewesen.

Eine verdammte Handwerkerin.

Wie cool ist das denn?

»Hast du die Terrassenmöbel gesehen, die sie gezimmert hat?«

»Ja, ich habe sie gesehen.«

»Wusstest du, dass sie sie aus recycelten Paletten gebaut hat?«, fuhr ich fort, obwohl mein Geplapper über Sidney ihn offensichtlich irritierte.

»Ja, auch das wusste ich.«

»Und wusstest du …«

»Es freut mich wirklich, dass du Sidney magst, aber ich würde gern etwas mit dir besprechen.«

»In Ordnung. Raus mit der Sprache.«

Ich wandte mich ihm zu und sah, dass er lächelte.

Verdammt, er war so sexy.

»Was hältst du davon, auf dem Rückweg zum Hotel einen Zwischenstopp einzulegen?«

»Wo denn?«

»Im Rathaus.«

»Im Rathaus?«, wiederholte ich und rümpfte die Nase. »Um was zu tun?«

»Um zu heiraten.«

»Heiraten?« Ich verschluckte mich fast an dem Wort. »Jetzt sofort?«

»Ja.«

»Äh, ich sehe da zwei Probleme. Zum einen besitze ich keinen Ausweis und zum anderen werde ich nicht in Shorts und T-Shirt heiraten.«

»Ich habe mit meinem Freund Tex gesprochen. Wir können eine beglaubigte Kopie deiner Geburtsurkunde und einen neuen Reisepass auf dem Bürgeramt abholen.«

»Wie ist das möglich?«

»Das weiß ich nicht. Es ist mir auch egal. Ich habe vor langer Zeit gelernt, dass John ›Tex‹ Keegan immer Wort hält. Wenn er sagt, er kann etwas erledigen, dann erledigt er es auch. Ich stelle keine Fragen, weil ich weiß, dass er sich von niemandem in die Karten schauen lässt. Als wir bei Gumby waren, hat er mir mitgeteilt, dass deine Geburtsurkunde ans Bürgeramt geschickt wurde und du jetzt einen nagelneuen Reisepass hast. Wir müssen ihn nur abholen.«

»Das ist irgendwie beängstigend«, erwiderte ich.

»Du weißt nicht einmal die Hälfte. Andernfalls wäre dir klar, dass der Mann die Weltherrschaft an sich reißen könnte. Lass uns beten, dass Tex nie zur dunklen Seite überläuft, oder wir sind alle geliefert.«

»Würde er das tun?«

Bereits in Südamerika hatte die Tatsache, dass Tex so viel über mich wusste, mir eine Heidenangst eingejagt. Er hatte jeden meiner Schritte verfolgt, wusste von jedem Mann, mit dem ich je zusammen war, von jedem Land, das ich besucht hatte, und wie lange ich mich dort aufgehalten hatte. Er hatte sogar Informationen über Autumn gesammelt, und sie war sicher viel besser darin, ihre Spuren zu verwischen, als ich.

Auf Zanes Bitte hin hatte ich jetzt eine dicke Akte über meine Schwester. Garrett und Tex waren gründlich gewesen. Allerdings hatte ich sie noch nicht gelesen, denn ich war noch nicht bereit dazu. Thad stimmte mir in diesem Punkt zu.

»Nein, auf keinen Fall. Das war ein Scherz«, antwortete er. »Nachdem wir deinen Pass abgeholt haben, können wir einkaufen gehen. Ich werde einen Anzug brauchen.«

»Du meinst es wirklich ernst.«

»Absolut.«

Heilige Scheiße. Das war kein Scherz gewesen.

Wollte ich Thaddeus heiraten? Ja.

Wollte ich ihn heute heiraten? Ja.

Hatte ich den Verstand verloren? Möglicherweise.

»Wo sind die Jungs und Tatiana?«, wollte ich wissen.

»Brooks und Tatiana sind nach Norden nach Camp Pendleton gefahren, um einen Kameraden bei den Marines zu besuchen. Und Kyle und Max wollten im Gaslamp District um die Häuser ziehen.«

»Dann will ich nicht im Rathaus anhalten, um zu heiraten. Aber wir können meinen Reisepass und meine Geburtsurkunde abholen, damit wir bereit sind.«

»Was haben die Pläne der Jungs mit unserer Hochzeit zu tun?«, fragte er und war nicht in der Lage, seine Enttäuschung zu unterdrücken.

Sein Unmut gefiel mir, denn ich war froh zu wissen, dass er mich am liebsten heute heiraten wollte.

»Weil sie deine Kameraden sind. Sie sollten bei unserer Hochzeit dabei sein. Ich möchte, dass Tatiana während der Zeremonie neben mir steht und Declan, Kyle, Brooks und Max dir zur Seite stehen.«

»Scheiße«, murmelte er. In diesem Moment wusste ich, dass ich ihn überzeugt hatte.

Ich hatte kein Problem damit, ihn in einem Rathaus zu ehelichen. Und wenn nötig, wäre ich auch in Shorts und einem T-Shirt vor den Standesbeamten getreten. Aber wenn ich schwor, mich für den Rest meines Lebens an Thaddeus zu binden, dann wollte ich es vor Gott und seinen Kameraden tun. Die Menschen, die Thad am nächsten standen, sollten anwesend sein, wenn wir Mann und Frau wurden. In diesem Punkt würde ich nicht nachgeben.

* * *

»Ist dir kalt?«, fragte Thad.

»Nein, ganz und gar nicht. Es ist wunderschön hier draußen.«

Nach dem Abendessen hatte Thad mich eingeladen, mit ihm am Strand spazieren zu gehen. Brooks und Tatiana hatten beschlossen, die Nacht in Oceanside zu verbringen. Kyle und Max hatten es sich zur Aufgabe gemacht, jede Kneipe auf der Fifth Avenue zu besuchen, und hatten uns berichtet, dass eine Bar namens *Trailer Park After Dark* ihr Lieblingslokal war. Declan war anderweitig beschäftigt, doch das ging mich offensichtlich nichts an. Als ich ihn nach seinen Plänen gefragt hatte, hatte er mir ohne Umschweife zu verstehen gegeben, dass ich meine Nase nicht in seine Angelegenheiten stecken sollte. Thad hatte mir daraufhin erklärt, dass Declan seine Privatsphäre sehr schätzte. Und das Team ließ ihn, ohne zu murren, gewähren.

»Weißt du«, begann Thaddeus, »an manchen Tagen kommt es mir wie eine halbe Ewigkeit vor, seit ich die

Ausbildung zum SEAL absolviert habe.« Er starrte auf den Strandabschnitt, der für das Naval Special Warfare Command reserviert war.

Tagsüber war der Strand vor dem Hotel Del Coronado voller Schaulustiger, die hofften, einen Blick auf die Matrosen zu erhaschen, die während des Trainings auf Herz und Nieren geprüft wurden. Diese Männer waren auf dem Höhepunkt ihrer Leistungsfähigkeit und bildeten die Speerspitze des Militärs.

Ich musste Thad zustimmen. Manchmal hatte ich das Gefühl, als hätte jene Zeit in meinem Leben gar nicht existiert, als seien die Erinnerungen an damals nicht real oder gehörten einer anderen Person. Aber ich konnte mich noch genau an die Tage erinnern, an denen ich Thaddeus vor dem Stützpunkt abholte, weil er das Wochenende freihatte. Damals hatte er noch am Anfang seiner Ausbildung gestanden und wohnte in der Kaserne. Ich hatte unweit des Ufers geparkt und zugesehen, wie die Jungs aus der Brandung kamen.

Müde liefen sie über den Strand und waren von Kopf bis Fuß voller Sand. Mit durchnässten Klamotten und leeren Akkus strotzten sie trotzdem immer noch vor Energie. Ich blieb in meinem Wagen sitzen und beobachtete, wie sie an den Klimmzugstangen vor dem Kasernengebäude vorbeikamen. Einige sprangen unweigerlich hoch und absolvierten ein paar Klimmzüge.

Ich parkte immer an der gleichen Stelle. *Was soll ich sagen? Hier ist eine schöne Aussicht.*

»Ich weiß, was du meinst«, erwiderte ich.

»Aber manchmal fühlt es sich an, als sei es gestern gewesen, und ich habe Phantomschmerzen, wenn ich mich an die Hölle erinnere, durch die ich gegangen bin«, sagte er.

Thad hatte einen Arm um mich geschlungen und festigte seinen Griff. Ich war dankbar, dass um diese Zeit weder Schaulustige noch Groupies den Strand beobachteten.

Auch das würde ich nie vergessen: die Frauen. Und davon gab es eine Menge. Sie alle lagen am Strand, am Eingang des Stützpunktes und in den Kneipen auf der Lauer und versuchten, sich einen SEAL zu angeln. Einige von ihnen hatten es dabei nicht auf einen Ehemann abgesehen, sondern wollten den vielen Kerben in ihrem Bettpfosten nur eine weitere hinzufügen.

»Weißt du, wenn du nicht gewesen wärst, hätte ich die dritte Trainingsphase nicht bestanden.«

»Wie bitte?« Ich rümpfte ungläubig die Nase. »Das ist doch Unsinn. Du warst unschlagbar«, erinnerte ich ihn.

»Nein, das war ich nicht. Ich habe so viele Ibuprofen geschluckt, dass ich schon Angst hatte, ich bräuchte eine Nierentransplantation. Mein Knie schmerzte, nachdem ich es bei einem Fallschirmsprung aus großer Höhe verletzt hatte. Aus diesem Grund bestand ich einen Lauftest nicht und meine Motivation war im Eimer. Jeden Abend, wenn ich vom Training nach Hause kam, hast du einen Beutel Eis für mich bereitgehalten, den du auf dem Heimweg von der Schule besorgt hattest, damit ich mein Knie kühlen konnte.

Und jeden Abend hast du mich daran erinnert, dass ich nicht aufgeben darf. Ich erinnere mich noch genau an einen Abend, an dem die Schmerzen fast unerträglich waren. Am nächsten Tag stand ein Sprung auf dem Programm und du hast mir gesagt, ich solle mich zusammenreißen und aufhören, mich wie ein Baby zu benehmen. Dann hast du mir mitgeteilt, dass du mit mir Schluss machen würdest, wenn ich auch nur daran dächte aufzuhören.«

Ich erinnerte mich an jenen Abend. Thaddeus war schlecht gelaunt gewesen. Tatsächlich hatte ich ihn noch nie so unruhig erlebt. Sein Knie war immer noch geschwollen, er schluckte eine ungesunde Menge an Ibuprofen und sein Ausbilder hatte ihn wegen des Sprungs, den er für die Qualifikation brauchte, hart rangenommen. Der Fallschirm würde sich dabei näher am Boden öffnen, wodurch der Aufprall bei der Landung härter wäre.

Thad hatte jedoch vergessen, dass sein Ausbilder ihn nur deshalb antrieb, weil er in Thad etwas Besonderes gesehen hatte. Genau wie ich. Der Mann hatte gewusst, dass Thaddeus das Zeug zum SEAL hatte und sogar mit Bravour würde bestehen können.

An jenem Abend verlor ich den Verstand und drohte Thad damit, ihn zu verlassen, wenn er die Glocke läutete. Hätte er das getan, wäre er aus dem Trainingslager ausgeschieden. Und ich gab ihm zu verstehen, dass ich nicht mit einem Drückeberger zusammen sein wollte. Am nächsten Tag bestand Thaddeus den Test.

»Es schmeichelt mir, dass du glaubst, du hättest ohne mich nicht bestanden, doch du hättest es auch geschafft, wenn ich dich nicht gedrängt hätte«, erklärte ich.

»Nein, *agápi mou*, das hätte ich nicht getan. Den Jungs gegenüber würde ich es nie zugeben und vielleicht habe ich es sogar selbst lange Zeit verdrängt, denn ich schäme mich, wenn ich nur daran denke. Aber in diesem Moment der Schwäche kam mir tatsächlich der Gedanke, dass die reguläre Navy gar nicht so schlecht wäre. Ich hätte nach wie vor meinem Land gedient, wir hätten irgendwo auf dem Stützpunkt wohnen können und ich wäre weniger im Einsatz gewesen. Es wäre leichter gewesen, dir ein guter Ehemann zu sein.«

»Für den Gedanken musst du dich nicht schämen. Wahrscheinlich kommt für jeden, der die Ausbildung zum SEAL durchläuft, irgendwann ein Moment, an dem er sich fragt, ob es die ganze Plackerei wert ist und er diese Hölle körperlich und mental überstehen kann. Aber ich kenne dich und weiß, wie du denkst. Nur weil du einen Augenblick gezweifelt hast, bedeutet das nicht, dass du aufgegeben hättest. Ein Moment des Zweifels bedeutet nicht, dass du kapituliert hättest. Aufgeben liegt nicht in deinem Wesen. Du besitzt sowohl mentale als auch körperliche Stärke, sowie das Herz eines Kriegers.«

»Genau dieser Zuspruch hat mir geholfen. Du hast mich stets ermutigt und warst immer für mich da. Wenn ich frustriert war, hast du mich angetrieben und mir Mut gemacht. Ich liebe dich, Emerson, und ich werde dir ewig dankbar sein.«

»Ich liebe dich auch.«

Ich betrachtete ihn erwartungsvoll und nahm an, dass er sich vorbeugen und mich küssen würde. Doch er warf nur einen nachdenklichen Blick über meine Schulter auf den Stützpunkt. Dann ging er vor mir auf die Knie und sah zu mir auf. Selbst in dieser Position reichte sein Kopf mir noch bis zur Brust. Er ergriff meine Hand und drückte mir einen Kuss auf die Fingerknöchel.

»Emerson Pierce, würdest du mir die Ehre erweisen, meine Frau zu werden? Willst du mich heiraten?«

Ich hätte nie damit gerechnet, diese Frage aus seinem Mund zu hören. Er hatte mir zwar gesagt, dass er mich heiraten wolle, und wäre heute mit mir direkt zum Standesamt gefahren, aber er hatte mich nicht gefragt. Und obwohl ich bereits zugestimmt hatte, rührte mich dieser Moment zutiefst.

»Ja«, flüsterte ich, denn hätte ich noch lauter gesprochen, wäre meine Stimme sicher gebrochen.

Doch er hatte mich gehört. Sein schönes Lächeln wurde noch breiter, noch sinnlicher. Der Anblick raubte mir den Atem.

»Ich habe diesen Ring zehn Jahre lang mit mir herumgetragen«, sagte er und steckte mir den Solitär an den Finger. »Du warst bei jeder Mission, jedem Training und bei jedem Einsatz dabei. Der Ring diente mir als Erinnerung an dich und daran, wie sehr ich dich geliebt habe. Er war mein Glücksbringer.«

Ich betrachtete den Ring kaum. Er war bezaubernd, aber

der Mann, der ihn mir an den Finger gesteckt hatte, war noch umwerfender.

»Der Gedanke ist wunderschön«, weinte ich. »Die ganze Zeit über haben wir etwas bei uns getragen, das uns an den anderen erinnerte.«

»Wir können dir einen schöneren besorgen, Baby. Damals konnte ich mir nicht mehr leisten, aber heute spielt Geld weniger eine Rolle.«

Ich zog meine Hand zurück und bedeckte den Ring mit der anderen Hand. Er würde mir meinen Schatz nicht nehmen.

»Wir werden gar nichts ändern. Dieser Ring ist um die Welt gereist. Er ist etwas ganz Besonderes und ich gebe ihn nicht zurück.«

»Emmy, Baby, du hast nicht einmal einen Blick darauf geworfen. Er ist winzig. Ich will …«

»Thaddeus, ich werde dir den Ring nicht geben. Du verstehst das nicht. Es ist mir völlig egal, wie er aussieht. Du hast ihn ausgesucht und hast ihn bei dir getragen. Ich denke, er war wirklich eine Art Glücksbringer, denn er hat dich zu mir nach Hause gebracht. Er gehört mir. Du kannst ihn nicht einfach zurücknehmen, schließlich hast du ihn mir geschenkt. Und ein Geschenk sollte man nicht …«

Thaddeus sprang auf und presste seinen Mund auf meinen, wobei er seine Hände an meinen Hintern wandern ließ und mich hochhob. Der Rest meiner Worte erstarb, als er seine Zunge in meinen Mund schob.

Mein ganzer Körper stand in Flammen.

Verdammt, der Mann konnte küssen.

Ich schlang die Beine um seine Taille und Thaddeus trug mich zu unserer Suite. Er schaffte es, die Tür zu öffnen und ins Schlafzimmer zu gehen, ohne auch nur einmal die Lippen von meinen zu lösen. Er war mein Held und so verdammt sexy.

In Rekordzeit hatten wir uns unserer Kleider entledigt

und Thaddeus lag auf mir. Ich spürte seinen Schaft an meinem Unterleib, dann vergrub er ihn tief in mir.

»Es fühlt sich so verdammt gut an, wieder zu Hause zu sein«, murmelte er an meinen Lippen. »Ich liebe dich, Emmy.«

In einem sanften, gemächlichen Rhythmus drang Thaddeus immer wieder in mich ein. Ich begegnete seinem Blick und war nicht mehr in der Lage, ihm zu antworten. In seinen Augen lag so viel Liebe, dass ich mich völlig in ihnen verlor.

Erst lange nachdem er mich auf den Gipfel der Ekstase gehoben und sich in mir ergossen hatte, war ich endlich imstande, ihm zu sagen, wie sehr auch ich ihn liebte. Ich hoffte jedoch, er hatte meine Hingabe spüren können, während er mit mir Liebe gemacht hatte.

KAPITEL DREIUNDDREISSIG

THAD

»Ich muss gehen, *agápi mou*.«

»Okay«, murmelte sie, ließ mich aber nicht los.

Wir standen schon seit einer Weile in der Tür, denn was eigentlich ein kurzer Abschiedskuss hätte werden sollen, hatte sich in eine leidenschaftliche Knutscherei verwandelt. Ich wollte mich genauso wenig von ihr lösen wie sie sich von mir, aber ich war spät dran.

Wir hatten eine Besprechung in Declans Hotelzimmer anberaumt, um die Informationen durchzugehen, die wir über das Industriegebiet hatten, in dem heute Abend der Hundekampf abgehalten werden sollte. Faith hatte Declan vor einer Weile angerufen und bestätigt, dass die Veranstaltung nach wie vor stattfand und zudem sehr groß sein würde.

»Es wird spät werden«, sagte ich. »Und wir werden alle beschäftigt sein. Du hast Garretts Nummer, falls du etwas brauchst. Und ich habe dir die Handynummer von Zane aufgeschrieben.«

»Ich weiß. Ich komme schon zurecht.« Sie schenkte mir

ein gezwungenes Lächeln, aber ich war dankbar dafür, auch wenn es nur aufgesetzt war. »Tatiana muss arbeiten und ich will sie nicht stören, also werde ich einfach hierbleiben und den ganzen Abend fernsehen. Das habe ich schon seit Jahren nicht mehr getan.«

»Ich liebe dich.«

»Ich liebe dich auch. Jetzt geh zur Arbeit und komm gesund und munter zu mir zurück. Wir werden morgen heiraten, also hoffe ich, dass es nicht allzu spät wird. Ich will vermeiden, dass du einschläfst, während wir uns das Jawort geben.«

Es war niedlich, dass sie glaubte, ich würde auch nur eine Sekunde der Zeremonie verpassen. Ich hätte von einem der härtesten Überlebenstrainings zurückkommen und seit einer Woche unter Schlafmangel leiden können und wäre trotzdem hellwach gewesen.

Ich presste noch einmal meine Lippen auf ihre. Es kostete mich einiges an Überwindung, doch ich zog den Kopf zurück, bevor sie den Kuss vertiefen konnte.

»Verriegle die Tür«, wies ich sie an, als ich aus der Suite trat.

Ich beobachtete, wie sie die Tür hinter mir schloss, und hörte das Klicken der Verriegelung. Nichtsdestotrotz überkam mich plötzlich ein ungutes Gefühl.

Und je weiter ich mich von dem Hotelzimmer entfernte, desto mehr wuchs dieses Unbehagen, bis ich von Angst gepackt wurde.

* * *

»Es war eine gute Entscheidung, das San Diego Police Department hinzuzuziehen«, pflichtete Brooks Declan bei.

»Mir blieb keine andere Wahl. Ich verstehe, warum Faith uns gebeten hat, den Züchter aus Long Beach unter die Lupe zu nehmen, denn der Kerl ist völlig krank. Aber so gern ich das Arschloch einfach erschießen würde, auf amerikanischem Boden sind uns die Hände gebunden«, erklärte Declan.

Zu Anfang war die Polizei verständlicherweise nicht sonderlich kooperativ gewesen. Nachdem Declan den Beamten jedoch die Informationen gegeben hatte, die Faith, Tex und Garrett zusammengetragen hatten, und ihnen von der Aufklärungsarbeit erzählt hatte, die Kyle und Max an diesem Morgen betrieben hatten, waren sie sowohl von Declans Einsatzbefehl als auch von seinem Lagebericht beeindruckt.

Nach einer dreistündigen Besprechung am Nachmittag, bei der die Polizei die Informationen von ihrer Kriminalabteilung überprüfen ließ und für stichhaltig befunden hatte, wurden sowohl ein Spezialeinsatzkommando als auch eine Spezialeingreiftruppe und eine Rauschgifteinheit hinzugezogen.

Wir durften bei der Operation eine untergeordnete Rolle spielen, da der Leiter des Spezialeinsatzkommandos ein ehemaliger SEAL war und im Grunde von uns verlangte, als Verstärkung dabei zu sein. Offenbar waren sie bestens über die zahlreichen Hundekampfringe in der Gegend informiert. Erst kürzlich waren die Veranstalter bei einem dieser Kämpfe sogar so weit gegangen, ein weibliches Opfer mit den Pitbulls in den Ring zu stecken.

Wer zum Teufel war zu so etwas fähig?

Die Frau hatte überlebt, und ich hoffte inständig, dass die Männer, die ihr das angetan hatten, mittlerweile unter der Erde lagen, wo sie hingehörten.

Ich hatte mir sowohl Sidneys und Gumbys Warnungen als auch Declans, Kyles und Brooks' Augenzeugenberichte zu Herzen genommen, aber nichts hätte mich für den Anblick wappnen können, der sich mir bot, als wir das Lagerhaus betreten hatten.

In einem behelfsmäßigen Ring aus Maschendrahtzaun

waren zwei Hunde im Begriff, sich gegenseitig zu zerfleischen. Sie verbissen sich ineinander und rissen einander buchstäblich in Fetzen. Es wäre unmöglich gewesen, dass einer der beiden als Sieger aus dem Kampf hervorgegangen wäre.

Es war grausam, unbarmherzig und blutig.

Und es würde lange dauern, bis ich die schrecklichen Bilder aus meinem Kopf würde verbannen können.

Während des Kampfes wurden Drogen verkauft und Wetten abgeschlossen. Sowohl Männer als auch Frauen standen schreiend und jubelnd um den Ring. Der Gestank von Blut und tierischen Fäkalien war erstickend.

Alles in allem war ich auf diese Erfahrung nicht vorbereitet gewesen.

Aber der Einsatz war erfolgreich. Die Polizei nahm mehrere Personen in Gewahrsam und beschlagnahmte sämtliche Hunde. Als wir aufbrachen, trafen gerade die Leute vom Tierschutzbund ein, um ihren Teil der Operation zu erledigen.

Alles war nach Plan verlaufen, wir waren früher fertig als gedacht und niemand war verletzt worden. Und dennoch stimmte etwas nicht.

Ich konnte es spüren.

»Ich schreibe den Einsatzbericht, sobald wir zurück im Hotel sind«, bot Kyle an.

»Danke«, murmelte Dec.

Ich konnte mich kaum auf Declan und seine momentane Stimmung konzentrieren, aber mir fiel auf, dass er sehr sachlich und viel ruhiger als gewöhnlich war. Ich fragte mich, ob er es auch spürte. Irgendetwas lag in der Luft und schwebte über uns wie eine unheilvolle Wolke.

»Ist alles in Ordnung?«, fragte Brooks.

»Meinst du mich?«, erwiderte ich.

»Ja, dich. Du starrst aus dem Fenster, als seist du gerade dabei, einen Mord zu planen«, scherzte er.

»Irgendetwas stimmt nicht. Ich werde dieses Gefühl einfach nicht los«, antwortete ich aufrichtig.

»Welches Gefühl?«, blaffte Declan.

Er hat eindeutig schlechte Laune.

»Ich wünschte, ich wüsste es, Bruder. Heute Abend lief alles glatt. Ich dachte zuerst, mein Unbehagen rührt von dem Einsatz, aber der Knoten in meinem Magen hat sich immer noch nicht gelöst.«

Ich bemerkte, wie der Tacho fast hundertvierzig Stundenkilometer zeigte, als Declan aufs Gas trat. Ich war ihm dankbar, denn ich konnte es kaum erwarten, zu Emerson zurückzukehren und neben ihr ins Bett zu kriechen. Wenn ich Glück hatte, trug sie eines dieser hübschen Nachthemden, die sie heute im Einkaufszentrum mitgenommen hatte, als sie mit Tatiana ihr Kleid für morgen gekauft hatte.

* * *

Um Emerson nicht zu wecken, schloss ich leise die Tür hinter mir und machte mich auf den Weg ins Schlafzimmer. Emerson hatte recht. Die luxuriöse Suite kostete einen Haufen Geld, aber sie war jeden Cent wert. Sie war der perfekte Ort, um sich zu entspannen und zu erholen.

Bisher hatte ich Emerson noch nicht gefragt, wo sie in Zukunft leben wollte. Entweder würden wir hier in San Diego bleiben oder nach Maryland in die Nähe der Zentrale ziehen, wo auch viele Mitglieder der anderen Teams mit ihren Frauen wohnten. Brooks und Tatiana tendierten zur Ostküste und ich hoffte, Emerson würde ihrem Beispiel folgen. Diese Mission würde Tatianas letzter aktiver Einsatz sein, und da sie nun auch eine Angestellte von Z Corps war, wäre es sinnvoll für sie, nach Annapolis zu ziehen.

Ich wollte mir gerade mein Hemd über den Kopf ziehen, doch dann erstarrte ich.

Mein Blick fiel aufs Bett.

Es war leer.

Ich knipste das Licht an und stellte fest, dass das Bettzeug unberührt war. Also ging ich ins Bad und schaltete das Licht an.

Auch dort war niemand.

Das Herz schlug mir bis zum Hals, als ich zurück ins Wohnzimmer ging und hoffte, dass sie auf der Couch lag und ich sie einfach übersehen hatte. Ich knipste eine Lampe nach der anderen an, aber Emerson war nirgends zu finden.

Was zum Teufel?

»Emerson?« rief ich.

Nichts.

Ich ging zur Terrassentür, entriegelte sie und zog sie auf. Sie saß auch nicht draußen. Ich trat von der Terrasse auf den Pfad, als Declan plötzlich auftauchte.

»Der Strand ist sauber«, teilte er mir mit.

»Wie bitte?«

»Du sagtest, du hättest ein ungutes Gefühl. Ich habe den Strand und den Bereich um das Schwimmbecken abgesucht. Es ist niemand zu sehen.«

Mir schossen unzählige Möglichkeiten durch den Kopf. Vielleicht war Emerson verletzt und Tatiana hatte sie ins Krankenhaus gebracht. Möglicherweise saß sie auch nur in Brooks' Zimmer und sah *mit* Tatiana fern. Ich lief um die Ecke und erreichte die Terrasse ihrer Suite. Ohne mich darum zu scheren, dass ich die anderen Hotelgäste aufwecken könnte, hämmerte ich an die Tür und rief Brooks' Namen.

Die Tür wurde aufgerissen und Brooks erschien mit einer Waffe in der Hand. Er hatte die Stirn in Falten gelegt. »Was ist los?«

»Ist Emmy bei euch?«

»Nein. Warum sollte …« Er verstummte augenblicklich und warf mir einen finsteren Blick zu. »Ich werde Tatiana wecken. Wir treffen uns in fünf Minuten in deinem Zimmer.«

Brooks machte sich nicht die Mühe, die Tür zu schließen, sondern drehte sich um und verschwand in seinem Zimmer, während ich auf seiner Terrasse stand und in einem Albtraum gefangen war.

KAPITEL VIERUNDDREISSIG

EMERSON

Zehn Jahre lang hatte ich geglaubt, in der Hölle zu leben. Wie sich herausstellte, hatte ich mich geirrt. Ich hatte nicht die leiseste Ahnung, wie die Hölle aussah.

Ich dachte, ich könnte verstehen, wie all die entführten Frauen sich fühlten, weil ich sie gesehen hatte.

Aber das konnte ich nicht.

Ich dachte, ich könnte die Schrecken, die sie hatten erleiden müssen, nachvollziehen, weil ich die Verzweiflung in ihren Augen gesehen hatte.

Aber das konnte ich nicht.

Ich hatte in vielerlei Hinsicht falschgelegen. Vor allem mit der Annahme, dass ich nach allem, was ich in den letzten acht Jahren getan hatte, ungeschoren davonkommen würde.

Was hatte Thaddeus zu mir gesagt? *Der Durst nach Rache ist eine hässliche Emotion.* Er hatte unrecht. Sie war nicht nur hässlich, sondern absolut entsetzlich und abscheulich. Und nun war ich diejenige, gegen die sie gerichtet war, während ich für all das Unrecht, das ich begangen hatte, bestraft wurde.

Ich begann zu verstehen, wie echte Verzweiflung sich anfühlte. Das schiere Grauen hatte mich gepackt und die nackte Angst saß mir in den Knochen.

Jetzt kannte ich den Schrecken, der einen überkommt, wenn man mitten in der Nacht aus dem Bett gerissen wurde, oder in meinem Fall von der Couch, auf der ich eingeschlafen war. Die Panik, wenn man einen Lappen in den Mund gestopft bekam, während man gegen seinen Willen aus dem Zimmer gezerrt wurde. Und dann die Angst, an einem fremden Ort aufzuwachen und nicht zu wissen, wie man dorthin gelangt war und was einem auf dem Weg angetan wurde.

Aber all diese Empfindungen waren nur die Spitze des Eisbergs und der Beginn eines Albtraums, den ich noch nicht recht greifen konnte.

Ich war aufgewacht, als ich auf den Metallboden eines Containers geschleudert worden war. Wenn ich hätte raten müssen, hätte ich darauf getippt, dass es sich um einen Seefrachtcontainer handelte. Ich hätte mich auch in einem großen Lastwagen befinden können, aber ich hatte nicht den Eindruck, dass der Behälter sich bewegte.

Auf meiner Zunge lag der Geschmack von Chemikalien und Dreck. Das Adrenalin, die Angst und die Substanz, mit der sie mich betäubt hatten, ließen meinen Magen revoltieren.

»Wehre dich nicht gegen sie.« Ich zuckte zurück und prallte mit dem Kopf gegen die Metallwand, als ich feststellte, dass ich nicht allein war.

»Wie bitte?«, stammelte ich.

»Wenn sie zurückkommen. Kämpfe nicht gegen sie an. Das macht es nur schlimmer«, flüsterte die Frau.

Plötzlich durchbrach ein sanftes Licht die absolute Dunkelheit. Es war gerade so hell, dass ich die Frau erkennen konnte. Meine Augen gewöhnten sich an das schummrige

Licht und ich konnte die Blutergüsse in ihrem Gesicht und ihre aufgeplatzte Lippe sehen.

Verdammt.

Ich wandte den Blick von ihr ab und sah mich um. Der Container war nicht sonderlich groß, bot aber Platz genug für weitere Frauen, die in einer Ecke kauerten.

Scheiße.

»Wer hat uns entführt?«, flüsterte ich.

»Ich weiß es nicht«, antwortete die Frau.

»Wo sind wir?«

»Keine Ahnung. Ich war mit meinem Freund in Tijuana, als sie mich gepackt haben.«

Scheiße, *scheiße*, scheiße.

»Und die anderen? Hast du mit ihnen gesprochen?«

»Ja. Keine von ihnen weiß, wo wir sind oder wer uns gefangen hält. Einige von uns sind schon eine Weile hier.«

»Eine Weile?«

Die Panik schnürte mir fast die Kehle zu.

»Ich glaube, ich bin schon seit drei Tagen hier. Vielleicht auch vier. Ich bin mir nicht sicher.«

Ich stand auf und presste mein Ohr gegen die Wand. Nichts. Ich konnte überhaupt nichts hören, doch ich war mir nicht sicher, ob das ein gutes oder ein schlechtes Zeichen war. Auf jeden Fall musste ich mir etwas einfallen lassen, um mich aus diesem Container zu befreien.

»Wie viele Male pro Tag öffnen sie die Tür?«, fragte ich.

»Sie öffnen sie nur, wenn sie eine von uns holen. Ich glaube, das letzte Mal haben sie gestern eines der Mädchen geschnappt. Sie hat sich gewehrt und es war … es war schrecklich. Dann wurde sie erst wieder geöffnet, als …«

»Als sie mich hineingeworfen haben«, beendete ich den Satz für sie.

»Ja.«

Ich warf einen Blick auf die anderen Frauen und erkannte den Ausdruck in ihren Augen, den ich schon so oft

gesehen hatte. Hoffnungslosigkeit. Sie hatten bereits aufgegeben oder standen kurz davor.

Verdammt.

»Wir müssen hier raus«, keuchte ich.

»Was du nicht sagst«, blaffte sie.

»Wie heißt du?«

»Patty.«

»Patty, ich bin Emerson. Du bist meine neue beste Freundin, und wir beide werden uns und die anderen hier
rausholen.«

Patty sah mich an, als hätte ich den Verstand verloren.
Wahrscheinlich lag sie damit nicht einmal falsch. Aber wir
hatten keine andere Wahl, wir mussten etwas tun. Doch
bevor die Tür sich erneut öffnete und eine von uns herausge-
zerrt wurde, mussten wir uns einen Plan zurechtlegen. Ich
hatte eine vage Ahnung, was mit mir geschehen würde, wenn
ich aus diesem Container geschleppt wurde, und ich wollte
nicht verkauft werden.

Eher würde ich sterben.

Ein schneller Tod wäre immer noch besser, als versteigert
zu werden und langsam zugrunde zu gehen, während ich
den Rest meines Lebens angekettet und vergewaltigt wurde.

»Du bist verrückt«, zischte Patty. »Hast du nicht gehört,
was ich gesagt habe? Sie haben die letzte Frau windelweich
geprügelt, als sie sich gewehrt hat.«

»Und was hat der Rest von euch getan? Habt ihr euch
zurückgelehnt und zugesehen? Wenn die Tür sich das
nächste Mal öffnet, werden wir nicht einfach still dasitzen.
Wir gehen alle zum Angriff über. Wenn auch nur eine von
uns entkommen kann, kann sie Hilfe holen.« Pattys Augen
blitzten auf, woraufhin ich ein Seufzen ausstieß. »Hör zu, ich
will niemanden verurteilen. Ich weiß, dass alle Angst haben,
aber wir können uns nur retten, wenn wir alle zusammen-
arbeiten.«

»Warum hast du keine Angst?«, fragte sie mit einem

vorwurfsvollen Unterton in der Stimme und kniff die Augen zu schmalen Schlitzen zusammen.

»Ich habe eine Scheißangst, Patty. Ich habe solche Angst davor, was mit uns passiert, wenn wir verschleppt werden, dass ich lieber in dieser Kiste sterben würde, als verkauft zu werden. Ich weiß genau, was mit uns geschehen wird, denn ich habe es gesehen. Du kannst mir glauben, wenn ich dir sage, dass es schlimmer sein wird als alles, was du dir vorstellen kannst. Und zwar nicht nur für dich, sondern auch für deine Familie. Also verzeih mir, wenn ich ein wenig verrückt klinge, aber wir müssen aus diesem Container raus, bevor wir alle als Sexsklavinnen an einen Haufen widerlicher Schweine verscherbelt werden, deren größtes Vergnügen darin besteht, uns wehzutun.

Wir alle haben die Wahl. Willst du hier herumsitzen und dich geschlagen geben oder willst du kämpfen und überleben? Denn wenn es sein muss, werde ich bei dem Versuch, uns alle zu befreien, sterben. Lieber würde ich jedoch am Leben bleiben. Nachdem ich zehn Jahre im Elend verbracht habe, habe ich endlich mein Glück wiedergefunden. Ich habe einen wunderbaren Mann, der gerade nach mir sucht. Er will mich heiraten und mit mir eine Familie gründen. Aus diesem Grund wäre ich gern gesund und munter, wenn das alles hier vorbei ist.«

Ich hoffte inständig, dass ich recht hatte und Thaddeus tatsächlich nach mir suchte. Falls er annahm, ich hätte erneut das Weite gesucht, wäre er wütend und verletzt. Und dann würde er nicht nach mir suchen. Er würde in unserem Hotelzimmer sitzen und vor Wut schäumen.

Der Gedanke versetzte mir einen schmerzhaften Stich im Herzen. Es war schlimm genug, dass er den Verstand verlieren würde, wenn er das Hotelzimmer leer vorfand. Aber allein die Vorstellung, dass er vielleicht nicht darauf vertraute, dass ich ihn über alles liebte, brachte mich fast um. Doch das hatte ich mir selbst zuzuschreiben. Ich hatte seinen

Argwohn verdient. Ich betete, dass er an uns glaubte und wusste, dass ich ihn nie aus freien Stücken verlassen würde.

Ich brauchte ein Wunder.

»Okay«, stimmte Patty mit zitternder Stimme zu. »Was sollen wir tun?«

Gott sei Dank, sie war mit von der Partie. Ich wollte unter allen Umständen am Leben bleiben.

»Lass uns mit den anderen reden. Du wirst mir helfen müssen, sie zu überzeugen.«

»Ich will nicht sterben.« Tränen traten ihr in die Augen und ich versuchte, die Furcht von mir zu schieben.

Ich musste mich zusammenreißen. Obwohl ich Todesangst ausstand, durfte ich sie mir nicht anmerken lassen. Nicht wenn ich die Frauen davon überzeugen wollte, dass wir eine Chance hatten zu fliehen.

Ich schaffe das schon. Komm schon, Emerson, du bist eine großartige Schauspielerin. Reiß dich zusammen und denk nach.

Ich nahm all meine Kraft zusammen. Für mich selbst, für Thaddeus und für die Frauen, die mit mir in diesem Container eingesperrt waren, würde ich die Darbietung meines Lebens zum Besten geben.

Schließlich konnte ich nicht zusammengekauert in der Ecke sitzen und mich meiner Angst hingeben. Ich hatte nicht zehn Jahre ohne Thaddeus verbracht, nur um ihn wieder zu verlieren. Nicht auf diese Weise. Nicht jetzt. Nicht wenn sein Ring an meinem Finger steckte und wir kurz davor standen, das schöne Leben zu führen, von dem wir geträumt hatten.

Ich schloss die Augen und hätte schwören können, dass ich Thads Stimme hörte. *Ich werde dich finden, agápi mou.* Genau das würde er sagen. Und er würde Wort halten. Ich wusste es.

Als ich die Augen wieder öffnete, war ich bereit.

Ich würde alles in meiner Macht Stehende tun, um mich zurück zu Thaddeus zu kämpfen.

KAPITEL FÜNFUNDDREISSIG

THAD

Ich beobachtete entsetzt, wie zwei Männer mein Zimmer verließen. Einer trug eine bewusstlose Emerson hinaus. Der andere schloss die Tür hinter ihnen. Keiner von beiden verbarg seine Identität. Offenbar hatten sie sich über die Terrasse Zugang verschafft, denn sie waren nicht auf demselben Weg hereingekommen, auf dem sie gingen.

Garrett hatte fünf Minuten gebraucht, um sich in das Sicherheitssystem des Hotels zu hacken und uns die Aufnahme zu schicken. Ich hatte länger gebraucht, Declan davon zu überzeugen, sie mir zu zeigen. So sehr ich meinen Teamleiter auch respektierte, ich wäre bereit gewesen, ihm den Kopf abzureißen und mein Arbeitsverhältnis mit Z Corps zu kündigen, um meine Frau zu finden.

Doch um das zu tun, musste ich mir zuerst das Video ihrer Entführung ansehen.

»Du überprüfst die Männer?«, fragte ich.

»Ja. Bis jetzt nichts«, ertönte Garretts Stimme am anderen Ende der Leitung. Der Mann musste nicht vor mir

stehen, ich konnte seine Frustration hören. »Hör zu, Thad
…«

»Nein«, unterbrach ich ihn, »ich will kein Wort hören.
Meine Nerven liegen blank und ich will nicht, dass ihr mir
irgendwelche Plattitüden oder Nettigkeiten entgegenschleu-
dert. Ich weiß, dass ihr alle hinter Emerson und mir steht.
Und ich weiß, dass wir sie finden werden, denn etwas
anderes lasse ich nicht gelten. Aber das müsst ihr mir nicht
erst sagen. Und ihr müsst mich auch nicht mit Samthand-
schuhen anfassen. Also bei allem Respekt, Garrett, beschaffe
einfach die nötigen Informationen, damit ich meine Frau
finden kann.«

»Verstanden, Thad. Ich melde mich wieder.« Garrett
beendete die Verbindung und meine Teamkameraden
starrten mich an.

Ich hatte mich kaum unter Kontrolle und war kurz davor,
den Verstand zu verlieren, als mein Handy auf dem Tisch
klingelte.

Ich griff danach und machte mir nicht die Mühe zu überprüfen, wer der Anrufer war, bevor ich das Gespräch
annahm.

»Bench«, bellte ich.

»Sie ist in Mexiko, direkt hinter der Grenze.«

»Autumn?«

»Es wird schneller gehen, wenn ihr mit dem Boot kommt.
Sie befindet sich buchstäblich direkt hinter der Grenze am
Strand. Entlang der Promenade gibt es eine Reihe von Cafés.
Vor dem dritten in der Reihe steht eine Skulptur mit einem
Herz. Sie ist blau. Wenn du ihr den Rücken zuwendest, siehst
du ein Gebäude, das wie ein Lagerhaus aussieht. Darin
befinden sich zwei Frachtcontainer. Sie ist in einem von
ihnen.«

»Wo bist du?«, fragte ich.

»Ich sitze in einer Kneipe auf der anderen Straßenseite.«

»Unternimm nichts«, forderte ich. »Wir werden in

spätestens vierzig Minuten dort sein. Und jetzt verschwinde von dort.«

»Ausgeschlossen. Es geht das Gerücht um, die Käufer seien bereits in der Stadt. Das Mädchen, das sie gestern kaufen wollten, entsprach wohl nicht ihren Anforderungen. Ihre Leiche wurde heute Morgen an Land gespült. Das bedeutet, dass sie den Container erneut öffnen werden, um eine andere Frau zu holen. Es tut mir leid für die anderen, aber diese Frau wird nicht meine Schwester sein. Bisher sitze ich hier und beobachte, aber falls Emerson heute Abend die Auserwählte ist, werde ich etwas unternehmen.«

Verdammte Scheiße, sie war verrückt.

»Wir werden in dreißig Minuten dort sein. Bleib in Verbindung.«

Autumn beendete das Gespräch, während ich mir bereits Gedanken darüber machte, wie wir die Fahrtzeit um zehn Minuten verkürzen könnten. Da wir kein Boot hatten, waren unsere Möglichkeiten begrenzt. Wir würden eines erbetteln, leihen oder stehlen müssen. Mir wäre jede der drei Möglichkeiten recht, solange wir den schnellsten Weg wählten.

»Was hat sie gesagt?«, wollte Declan wissen.

Ich gab schnell die Informationen weiter, die ich von Autumn bekommen hatte, und sagte ihm, dass wir dringend ein Wasserfahrzeug benötigten.

»Konteradmiral Dag Creasy«, sagte Kyle. »Er ist nach wie vor der Kommandant von Gruppe Eins. Das Special Boat Team 20 ist in Coronado stationiert. Sie werden sicher ein Spezialeinsatzboot für uns haben.«

»Ich glaube, ich stehle lieber ein ziviles Boot als eines von der Navy«, erwiderte ich.

Dabei wäre ein Festrumpfschlauchboot genau das, was wir brauchten.

»Dag müssen sie nicht bestehlen, er wird uns eins geben«, erwiderte Kyle und zückte sein Handy.

Ohne mich darum zu scheren, dass ein Konteradmiral

Kyle gleich die Hölle heißmachen würde, weil er ihn mitten in der Nacht anrief, wandte ich mich dem Küchentisch zu, auf dem Max die Magazine geladen hatte. Ich steckte drei zusätzliche Kaliber .45 Pmags in den Gurt meiner Weste und vergewisserte mich, dass sie gesichert waren. Brooks tat es mir gleich und klopfte seine Ausrüstung ab, um sicherzustellen, dass sie vollständig war. Dann sah er auf und begegnete meinem Blick.

Ich hoffte inständig, dass er nichts sagen würde. Wie ich Garrett bereits mitgeteilt hatte, lagen meine Nerven blank. Die ganze Zeit über hatte ich mich bemüht, eine gewisse Distanz zu dem Geschehen aufzubauen, doch es wurde immer schwerer, meine Gefühle zu unterdrücken. Emerson hatte es nicht verdient, dass ich mich von meiner Wut und meiner Verzweiflung übermannen ließ. Um ihretwillen musste ich ruhig, berechnend und gefasst bleiben. Und um das zu tun, musste ich meine Emotionen unter Verschluss halten.

Im Moment war sie weder meine zukünftige Frau noch die Mutter meiner ungeborenen Kinder. Sie war nicht die Frau, die ich über alles liebte, sondern eine Schutzperson. Dies war eine Rettungsaktion für ein gesichtsloses Opfer, das unsere Hilfe brauchte.

Sie war ein Auftrag.

Andernfalls würde ich den Halt verlieren und zusammenbrechen.

»Konntest du den Anruf zurückverfolgen?«, hörte ich Declan fragen, dann folgte eine Pause. »Die Informationen sind also bestätigt. Verfolge sie weiter. Danke.« Er wandte sich uns zu. »Tex hat sich vergewissert, dass Autumn sich tatsächlich an dem angegebenen Standort befindet.«

Ich war froh, dass Declan so geistesgegenwärtig war, die Informationen zu überprüfen. Zwar glaubte ich nicht, dass Autumn uns an der Nase herumführen würde, wenn es um Emerson ging, vor allem nicht nach dem zu urteilen, was ich in Manicoré gesehen hatte, aber Declan hatte richtig gehandelt.

»Creasy trifft sich mit uns auf dem Stützpunkt und leiht uns nicht nur ein Boot. Das Spezialteam wird uns dorthin bringen, allerdings werden sie nicht in der Lage sein, am Strand zu landen. Sie werden uns so nahe wie möglich am Ufer absetzen und auf unsere Rückkehr warten. Es sagte, das Team wird in zehn Minuten bereit sein und kann uns in fünfzehn Minuten an unser Ziel bringen.«

»Los geht's«, bellte Declan, woraufhin ich mein Sturmgewehr schulterte und ihm folgte.

»Ich werde hier auf euch warten«, rief Tatiana. »Ich werde alles weiterleiten, was Garrett und Tex sonst noch herausfinden.«

»Danke«, erwiderte ich, ohne mich umzudrehen.

Ich konnte es nicht ertragen, sie anzusehen. Im Gegensatz zu dem Rest von uns unterdrückte Tatiana ihre Emotionen nicht und ihre Besorgnis war ihr deutlich anzusehen.

Declan fuhr in Rekordzeit zum Stützpunkt. Wenn ein Konteradmiral den Unteroffizieren am Tor einen Befehl erteilte, stellten sie ihn zum Glück nicht infrage. Wir hielten kurz an, Declan nannte seinen Vornamen, das Tor wurde geöffnet und ein Militärpolizist in einem Geländewagen hielt vor uns an. Er eskortierte uns auf die andere Seite des Stützpunktes, wo die Boote der Spezialeinsatztruppe lagen.

Ich war froh, dass der Fahrer das Gaspedal durchtrat und Declan es ihm gleichtat, denn mit jeder verstreichenden Sekunde wurde es schwieriger, diese lähmende Angst unter Kontrolle zu halten.

Der Mann führte uns durch ein zweites Sicherheitstor auf das Gelände der Spezialeinheit. Declan parkte neben dem Bereitstellungsraum am Pier und wir stiegen aus dem Wagen.

Konteradmiral Creasy stand neben einer vierköpfigen Mannschaft. Die Männer hatten ihre Ausrüstung angelegt und ihre Gesichter mit Tarnfarbe bemalt. Creasy sah noch genauso aus wie zu dem Zeitpunkt, an dem ich aus dem Militär ausgeschieden war. Er war groß, körperlich in bester Verfassung und sichtlich stolz auf seine vielen Dienstjahre.

»Meine Herren. Ich weiß, dass euch nicht viel Zeit bleibt, daher fasse ich mich kurz. Leider können meine Männer nicht eingreifen. Es widerstrebt mir, euch nicht mehr helfen zu können, aber offiziell ist diese Crew lediglich zu einer nächtlichen Trainingsmission unterwegs und wird jede Kenntnis von eurer Anwesenheit abstreiten. Ich hoffe, ihr versteht…«

»Keine Sorge, Admiral«, unterbrach Declan den Mann, »wir sind dankbar für Ihre Hilfe. Und bei allem Respekt, Sie haben recht. Uns bleibt keine Zeit.«

»Natürlich. Viel Glück, Jungs.« Der Admiral gab Declan einen Klaps auf den Rücken, nickte seinen Männern zu und trat zur Seite.

Unsere neunköpfige Gruppe lief die kurze Strecke zu dem Festrumpfschlauchboot und stieg ein. Ohne Vorwarnung schossen wir los, sodass ich für einen Moment das Gleichgewicht verlor.

»Wir setzen euch an der Wassergrenze zu Mexiko ab. Dabei bringen wir euch so nahe wie möglich ans Ufer, aber ihr müsst ungefähr fünfundvierzig Meter schwimmen«, erklärte uns eines der Besatzungsmitglieder.

»Was ist mit der Grenzpatrouille?«, fragte Kyle.

»Der Admiral hat einen Anruf getätigt. Ihr habt eine Stunde Zeit, bevor wir uns etwas einfallen lassen müssen, um euch wieder rauszubringen.«

»Falls die Zeit abläuft und wir noch nicht zurück sind, dann…«, begann Kyle.

»Auf keinen Fall«, fiel der Mann ihm ins Wort. »Wir werden uns anpassen.«

»Wir haben euch Trockenanzüge mitgebracht, falls ihr

welche braucht.« Er zeigte mit einem Nicken auf einen Stapel vulkanisierter Gummianzüge.

Declan unterhielt sich weiter mit den Männern, während wir am Imperial Beach Pier vorbeiflogen und die Lichter des Hubschrauberlandeplatzes der Navy in Sicht kamen.

Wir waren auf halbem Weg zur Grenze.

Fast geschafft, agápi mou. Halte durch.

Verdammt. Ich wischte mir mit den Händen übers Gesicht, als mir jemand eine Hand auf die Schulter legte.

Brooks stand dicht vor mir und bedachte mich mit einem finsteren Blick.

»Was ist?«

»Tu es nicht. Wir sind fast da.«

Wovon zum Teufel sprach er?

»Was soll ich nicht tun?«

»Bruder, ich kann es sehen. Ich weiß genau, was du durchmachst, denn ich habe es selbst schon einmal erlebt. Du schweifst mit deinen Gedanken ab. Wir sind fünf Minuten von unserem Ziel entfernt. Und in etwa zehn Minuten werden wir in das Lagerhaus eindringen. Du musst dich zusammenreißen.«

Ich hob das Kinn an, um ihm meine Zustimmung zu signalisieren.

Dann starrte ich wieder auf das Wasser und spürte das Schaukeln des Bootes, während wir uns der mexikanischen Grenze näherten. Aber mit den Gedanken war ich woanders. Ich war wieder in dem leeren Hotelzimmer, in dem sie sicher hätte sein sollen. Sie hätte dort auf mich warten und friedlich schlafen sollen. In dem Bett, in dem ich sie geliebt und zu der Meinen gemacht hatte, nachdem sie mir gesagt hatte, dass sie mich liebte.

Verdammt.

Ich biss die Zähne zusammen. Mein Herz schmerzte so sehr, dass ich kaum atmen konnte.

»Hör auf damit«, bellte Declan. »Du hast dreißig Sekunden, um wieder einen klaren Kopf zu bekommen, oder ich ziehe dich von der Mission ab.«

»Den Teufel wirst du tun.«

»Es ist mein voller Ernst, Thaddeus, ich werde es tun. Wir haben nur diesen einen Versuch, um deine Frau zu retten. Kyle, Max und ich übernehmen die Führung. Du und Brooks, ihr haltet Wache. Falls du von deinem Posten abweichst, werde ich dich eigenhändig erschießen.«

»Ich werde den Container öffnen«, entgegnete ich.

»Den Teufel wirst du tun. Wir wissen nicht, was uns da drin erwartet. Im Moment schaffst du es gerade noch, dich zu beherrschen. Falls wir etwas vorfinden, was dich die Fassung verlieren lässt, sind wir alle geliefert. Du wirst nicht vorausgehen, sondern meine Befehle befolgen. Wir werden deine Frau da rausholen und verschwinden. So lautet der Plan, und wir werden uns daran halten. Wenn ich an deiner Stelle wäre, würde ich von dir erwarten, dass du dieselbe Entscheidung triffst und mich in Schach hältst, damit wir nicht alle bei dieser Mission draufgehen.«

Ich gab es nur ungern zu, aber er hatte recht. Falls ich die Beherrschung verlor, würden wir vielleicht alle getötet werden. Es wäre besser gewesen, ich hätte das Problem auf eigene Faust gelöst. Nachdem Autumn angerufen hatte, hätte ich mich einfach davonschleichen sollen.

Brooks versetzte mir einen Schubs und schüttelte den Kopf. Offenbar hatte er wie immer meine Gedanken gelesen.

»Verstanden«, stieß ich hervor.

»Gut. Willst du einen Trockenanzug?«

Ich ließ den Blick durch das Boot schweifen. Wie erwartet hatte keiner der Jungs einen der Anzüge angezogen. Das Wasser würde kalt sein, aber wir würden es aushalten.

»Ich passe.«

»Hier.« Ein Mitglied der Bootscrew streckte mir eine wasserdichte Box entgegen, woraufhin ich mein Handy aus der Tasche fischte und es hinein zu den anderen warf.

Einen Moment später verlangsamten wir unsere Fahrt, dann hielt das Boot an. »Weiter kann ich euch leider nicht bringen«, sagte der Steuermann.

»Danke«, antwortete Declan.

Kyle, Max und Brooks hatten sich bereits auf den Rand des Bootes gesetzt.

»Bereit?«, fragte Brooks.

»Wir steigen aus«, informierte Dec die Besatzung.

Die drei Männer ließen sich lautlos ins Wasser gleiten, und Declan und ich folgten ihnen.

Wir schwammen in seitlicher Rumpflage durch die ruhige Brandung auf das Ufer zu. In weniger als drei Minuten hatten wir festen Boden unter den Füßen und stiegen aus dem Wasser.

Halte durch, agápi mou. Wir sind fast da.

Declan gab das Zeichen zum Angriff. Ich atmete noch einmal tief durch und verdrängte all meine Emotionen.

Mit zugeschnürter Kehle und wild pochendem Herzen besann ich mich auf alles, was ich gelernt hatte.

Ich war bereit.

Ich durfte nicht versagen.

Ich durfte sie nicht verlieren.

Nicht jetzt. Nicht, nachdem ich sie endlich wiedergefunden hatte.

Ich würde den Verlust niemals überleben.

KAPITEL SECHSUNDDREISSIG

EMERSON

»Es wird funktionieren«, sagte ich zu Patty.

»Wenn du es sagst«, murmelte sie.

»Und denkt daran, keinen Mucks. Sobald die Tür geöffnet wird, greifen wir alle auf einmal an. Es wird nur funktionieren, wenn wir sie überrumpeln. Aber wir dürfen nicht schreien, sonst kommt Verstärkung. Greift einfach an. Beißt, kratzt, zieht an den Haaren, schlagt. Tut, was immer ihr könnt«, wies ich die Frauen an.

Ich sah sie der Reihe nach an und fragte mich ernsthaft, ob mein Plan wirklich funktionieren würde. Nur einige von ihnen nickten entschlossen. Die anderen blickten teilnahmslos drein. Ich hatte keine Ahnung, ob sie sich überhaupt bewegen würden.

Ich bemühte mich, die Fassung zu bewahren, um sie nicht zu schütteln und zur Vernunft zu bringen. Wir würden den Mann, der die Tür öffnete, nur überwältigen können, wenn mehrere von uns auf ihn losgingen. Falls wir es vermasselten, könnten wir dabei alle sterben.

Ich wischte mir den Schweiß aus dem Gesicht und

kämpfte gegen die Tränen an. Meine Blase schmerzte, doch ich weigerte mich, sie in der Ecke zu entleeren, in der die Frauen sich erleichtert hatten.

Es war albern, doch meine Würde war alles, was ich noch hatte. Ich war entführt und in einen Container gesperrt worden, während ich einer qualvollen Zukunft entgegenblickte. Aber ich würde mich nicht erniedrigen und wie ein Tier behandeln lassen.

Also hielt ich durch.

Zumindest meine Blase konnte ich noch kontrollieren.

Und wenn diese Tür geöffnet wurde, würde ich mir einen Weg freikämpfen, mit oder ohne die anderen Frauen.

»Hey.« Patty ergriff meine Hand und drückte sie. »Es ist okay. Wir können es schaffen.«

»Danke.«

Nach einem Moment des Schweigens hörten wir es. Jemand rüttelte an der Tür.

Verdammt. Ich hatte keine Zeit mehr. Ich warf einen Blick auf die Gruppe von Frauen, die panisch auf die Tür starrten. Plötzlich überkamen mich Zweifel, denn offenbar hatte ich sie nicht von meinem Plan überzeugen können.

Patty folgte meinem Blick und sagte mit einem energischen Flüstern: »Macht mit. Das ist unsere einzige Chance.«

Sie ließ meine Hand los und richtete sich langsam auf. Zum ersten Mal konnte ich in ihren Augen einen Ausdruck von Entschlossenheit erkennen. Ich stand ebenfalls auf und wartete darauf, dass die anderen unserem Beispiel folgten.

Die Tür knarrte wieder. Zweifellos war jemand dabei, sie aufzuschließen.

Bitte, Gott, lass mich zu Thaddeus zurückkehren. Bitte, bitte, bitte, lass mich nicht sterben.

Die Tür wurde langsam geöffnet und Patty lief los. Ich blieb dicht hinter ihr. Wir passten den richtigen Zeitpunkt ab und stürzten uns auf den Mann. Er schlang einen starken

Arm um meine Taille und taumelte rückwärts, doch er ging nicht zu Boden.

Es hat nicht funktioniert.

Er hatte uns beide problemlos geschnappt und hielt uns fest. Nun hieß es kämpfen oder sterben.

Ich ballte die Hände zu Fäusten und schlug wild um mich. Dabei war mir völlig egal, wo ich ihn treffen würde, solange er nur von mir abließ. Meine Fingerknöchel gaben einen knackenden Laut von sich, als sie auf etwas Hartes, Metallisches trafen.

»Was zum Teufel?«

Ich erstarrte.

Ich kannte diese Stimme.

Sie gehörte Declan.

»Hör auf, Patty«, flüsterte ich.

Doch sie hörte nicht auf mich, sondern trat um sich. Declan setzte mich ab und schlang beide Arme um Patty, wobei er versuchte, ihre Hände zu packen.

»Er ist einer von den Guten, Patty. Beruhige dich.« Ich ergriff ihren Arm und schüttelte sie. »Patty. Sieh mich an. Wir sind in Sicherheit. Du hast es geschafft. Du kannst jetzt aufhören.«

Sie entspannte sich in Declans Armen und stieß ein Schluchzen aus.

»Wirst du jetzt stillhalten?«, fragte Declan. »Kann ich dich absetzen?«

»Ja«, jammerte Patty.

Dann schien alles auf einmal zu geschehen. Declan betrat den Container und weitere Männer folgten, um den Mädchen zu helfen. Jemand hob mich hoch und setzte sich mit mir in Bewegung. Auch ohne den Mann zu sehen, wusste ich genau, wer mich in seinen Armen hielt. Ich konnte es fühlen.

Thaddeus hatte mich gefunden.

Plötzlich erstarrte er und ich zog den Kopf zurück, um zu sehen, was los war.

Autumn.

Sie war hier und half einer der Frauen.

Declan sprang heraus und verkündete: »Das sind alle. Los geht's.«

Ich wand mich, bis Thad mich absetzte, damit ich zu meiner Schwester eilen konnte. Es war mir egal, was sie mir bei unserer letzten Begegnung gesagt hatte, ich blieb vor ihr stehen und zog sie in meine Arme.

»Bitte komm mit uns«, flehte ich sie an.

Zögernd erwiderte sie die Umarmung.

»Noch nicht.«

»Bitte.«

»Noch nicht, Emmy, ich bin noch nicht fertig«, flüsterte sie.

»Ich werde morgen heiraten.«

Ich hatte keine Ahnung, warum ich ihr das erzählte, während wir inmitten einer Gruppe verängstigter Frauen vor dem Container standen. Aber ich wollte sie bei meiner Hochzeit dabeihaben. Ich wünschte mir so sehr, dass sie uns begleitete, damit Thad sie in Sicherheit bringen konnte.

»Ich freue mich für dich«, sagte sie.

»Bitte komm mit. Ich will, dass du morgen dabei bist. Wir können dir helfen …«

Ich verstummte, als Autumn ihren Griff um mich festigte und mir fast die Luft abdrückte.

»Noch nicht«, wiederholte sie. »Ich freue mich für dich, Schwester. Es ist an der Zeit, dass du all das zurückbekommst, was ich dir genommen habe. Mach dir keine Sorgen um mich, sei einfach glücklich.«

»Aber ich kann nicht anders, als mir Sorgen zu machen. Ich liebe dich.«

»Ich liebe dich auch. Deshalb musst du mich vergessen.« Mit diesen Worten ließ sie mich los und trat zurück.

»Ich unterbreche euch nur ungern, aber wir müssen gehen«, verkündete Declan. Am liebsten hätte ich ihm noch einen Fausthieb verpasst.

Ich war noch nicht fertig. Ich brauchte mehr Zeit mit Autumn.

»Kommst du zurecht?«, fragte Kyle.

Ich wusste nicht, mit wem er sprach, doch dann antwortete meine Schwester: »Ja. Ich kümmere mich um die Mädchen.«

»Einer von uns kann …«, begann Max, doch Autumn fiel ihm ins Wort.

»Ich habe Verstärkung. Ein Lieferwagen wartet an der Straße auf mich. Kümmert ihr euch um meine Schwester, ich erledige den Rest.«

Verstärkung?

Autumn hatte Verstärkung? Was war hier los?

»Das Café war leer. Der Strand war sauber«, sagte Declan.

Sie nickte Declan verständnisvoll zu und wandte sich mir zu. »Ich meine es ernst, Emmy, geh und sei glücklich.«

Dann trommelte sie die Mädchen zusammen. Ich war noch ganz benommen, als Patty mich in ihre Arme zog. »Ich danke dir«, flüsterte sie. »Ich werde dich nie vergessen.«

Dann war auch sie verschwunden.

»Aufbruch«, befahl Declan und Thad hob mich wieder hoch.

»Ich kann selbst gehen«, sagte ich.

»Das bezweifle ich nicht.«

»Warum lässt du mich dann nicht los?«

»Weil *ich* nicht in der Lage bin zu gehen. Nicht ohne dich in meinen Armen zu spüren.«

Verdammt. Er hatte ebenfalls Ängste ausgestanden.

»Thaddeus …«

»Nicht, Emmy. Bitte lass mich dich einfach tragen. Im

Moment schaffe ich es nur, mich aufrecht zu halten, weil du in meinen Armen liegst.«

Das Zittern in seiner Stimme brach mir das Herz.

»Danke, dass du mich gerettet hast. Ich wusste, dass du kommen würdest.«

Ich spürte, wie er nach Luft schnappte, und hörte seine gebrochene Stimme, als er sagte: »*Agápi mou.*«

Ich schmiegte mein Gesicht wieder an seinen Hals und ließ meinen Tränen schließlich freien Lauf.

Plötzlich brach die Angst, die ich die ganze Zeit über unterdrückt hatte, hervor und ich bebte am ganzen Körper.

Ich war zwar eine gute Schauspielerin, aber nachdem der Vorhang gefallen war und ich meine Maske abgenommen hatte, wurde ich mir der Gefahr bewusst, in der ich mich befunden hatte, und ich schluchzte hemmungslos.

Ich spürte, wie ich ins Wasser glitt und durch die sanften Wellen gezogen wurde.

»Ich kann schwimmen.«

»Nein«, erwiderte Thad.

»Aber ich …«

»Zwei Stunden lang hatte ich keine Ahnung, wo du bist. Zwei Stunden davor wurdest du entführt und ich wusste nicht einmal davon. Das sind vier Stunden, Emmy. Vier verdammte Stunden, in denen du in großer Gefahr schwebtest. Mir ist klar, dass du selbst gehen und schwimmen kannst, aber im Moment will ich dich nur festhalten.«

Ich erwiderte nichts, denn es gab nichts, was ich hätte sagen können. Wenn Thaddeus mich festhalten musste, um sich zu beruhigen, würde ich ihn gewähren lassen. Und um ehrlich zu sein, wollte ich nicht, dass er mich losließ.

Weder jetzt.

Noch sonst irgendwann.

Wir erreichten ein Boot, und jemand zog mich hinein. Dafür war ich dankbar, denn ich war völlig entkräftet und hätte mich nicht eigenständig hineinhieven können.

Thad schien jedoch über übermenschliche Kräfte zu verfügen, denn er sprang ins Boot und einen Moment später lag ich wieder in seinen Armen. Er ließ sich am Rumpf auf den Boden fallen und setzte mich auf seinen Schoß. Ich presste mein Gesicht an seine Brust, während er das seine in meinem Haar vergrub.

»Scheiße«, knurrte er.

»Du hast mich gerettet, Thaddeus. Es geht mir gut«, beruhigte ich ihn.

»Scheiße«, wiederholte er und bebte am ganzen Körper.

»Du hast mich rechtzeitig erreicht«, redete ich weiter auf ihn ein.

»Ich hätte dich verlieren können«, sagte er mit erstickter Stimme.

»Auf keinen Fall. Ich hatte einen Plan«, erwiderte ich. »Ich hätte einen Weg zurück zu dir gefunden, mit allen Mitteln.«

»Das war viel zu knapp«, fuhr er fort. »Viel zu knapp.«

Er hatte zwar recht, aber das würde ich ihm nicht sagen.

»Ich hätte nicht aufgegeben und wäre zu dir zurückgekommen.«

»Ich bin so verdammt stolz auf dich.«

Seine Worte durchströmten mich mit einem wohligen Schauer. Doch zugleich brachen sie mir das Herz. Mein starker, tapferer Krieger stand kurz davor, die Fassung zu verlieren.

»Thaddeus, es geht mir gut. Ehrlich, mir ist nichts passiert. Es ist alles in Ordnung.«

»Sie haben dich aus unserem Zimmer entführt und in einen gottverdammten Container gesperrt. Nichts ist in Ordnung.«

»Du hast recht, aber es ist vorbei. Du hast mich gefunden. Es geht mir gut.«

»Ich habe dich nicht gefunden. Das war Autumn.«

Wie bitte? Autumn? Ich wollte mehr wissen, aber diese

Fragen würde ich ihm ein andermal stellen. Im Moment war Thaddeus wichtiger.

»Das mag sein. Aber du hast mich gerettet. Ich wusste, dass du kommen würdest. Ich habe keine Sekunde daran gezweifelt.«

»Sie wollten …«

»Hör auf. Es spielt keine Rolle, was sie vorhatten. Sie haben es nicht getan. Ich liege sicher in deinen Armen, und wir sind auf dem Weg nach Hause. Und zwar zusammen. Das ist alles, was zählt. Alles andere ist nicht wichtig.«

Thaddeus verstummte, hielt mich aber immer noch fest umschlungen.

Während ich auf Thads Schoß saß und wir uns immer weiter von dem verdammten Container entfernten, wurde mir eines klar. Vor einigen Tagen hatte ich Thad gebraucht und darauf vertraut, dass er stark für uns beide war. Jetzt brauchte er mich. Ich würde ihm helfen, die Angst zu verarbeiten, die meine Entführung in ihm ausgelöst hatte.

Das konnte ich tun.

Für ihn würde ich alles tun.

KAPITEL SIEBENUNDDREISSIG

THAD

Wir hatten uns alle in Brooks' und Tatianas Hotelzimmer eingefunden. Weder Emerson noch ich würden je wieder einen Fuß in unsere Suite setzen, in der ihr Albtraum seinen Anfang genommen hatte.

Es würde lange dauern, bis ich die Bilder von Emersons bewusstlosem Körper, der aus dem Zimmer geschleppt wurde, aus meinem Kopf würde verbannen können. Wenn ich sie überhaupt je wieder loswurde.

Sobald wir den Raum betreten hatten, hatte Tatiana mich gebeten, Emerson abzusetzen. Sie hatte sich nicht einmal von meinem Knurren abschrecken lassen und mich weiter bedrängt, bis ich schließlich nachgab. Sie hatte Emerson fest an sich gedrückt und ihr gesagt, wie froh sie sei, sie zu sehen, während ihr Tränen über die Wangen kullerten.

Als Tatiana endlich von ihr abgelassen hatte, hatte ich meine Frau sofort wieder in meine Arme gezogen. Dann hatte ich mich in einen Sessel gesetzt und sie auf meinen Schoß gezogen. Niemand verlor ein Wort über mein Verhalten. Aber selbst wenn sie etwas gesagt hätten, wäre es mir egal gewesen.

Diese zwei Stunden waren die schlimmsten meines Lebens gewesen, und das wollte schon etwas heißen. Noch nie hatte ich eine derart lähmende Angst ausgestanden. Ich hatte mit aller Kraft versucht, eine Distanz zum Geschehen aufzubauen, doch als ich Emerson erblickte, die wie ein wildes Tier aus dem Container stürmte, hatte ich nicht mehr an mich halten können.

In diesem Moment war ich nicht länger imstande gewesen, mir einzureden, dass Emerson nur eine beliebige Schutzperson sei. Als ich den Ausdruck des Entsetzens in ihren Augen sah, zerbrach meine Selbstbeherrschung und ich wollte sie nur noch halten.

»Ich habe die Namen überprüft, die Garrett mir geschickt hat«, berichtete Tatiana.

Sie war im Hotel geblieben, um Garrett und Tex bei der Suche nach den Männern zu helfen, die für Emersons Entführung verantwortlich waren.

»Beide stehen in Verbindung mit Harry Landry«, fuhr sie fort.

Bei der Erwähnung von Landrys Namen war ich sofort in höchster Alarmbereitschaft. Ich würde den Mann töten. Ich wollte ihn langsam umbringen und ihn wissen lassen, warum ich ihn mit meiner Klinge durchbohrte. Und falls ich abgebrüht genug war, würde das Ganze vier Stunden dauern, denn genauso lange war meine Frau durch die Hölle gegangen.

»Wo ist Landry jetzt?«, fragte ich und spürte, wie Emerson ihren Griff um meine Schultern festigte.

»In Connecticut. Er trifft sich mit Emilio Ruiz«, antwortete Tatiana und reichte ihr Tablet an Declan weiter. »Dieses Bild wurde vor einem Hotel aufgenommen.«

Declan drehte mir den Bildschirm zu, sodass ich das Foto von Harry Landry betrachten konnte, auf dem er einem gut gekleideten, älteren mexikanischen Mann die Hand schüttelte.

»Das ergibt keinen Sinn …«

»Ich habe außerdem mit Zane gesprochen«, fiel Tatiana mir ins Wort. »Wegen dieses Treffens hat er uns den Befehl erteilt, uns fürs Erste von Landry fernzuhalten. Offenbar ist Emilio nicht glücklich darüber, dass seine Tochter ins Visier genommen wurde. Die Familie sollte tabu sein. Ashaki Maloof hat sich gemeldet. Es geht das Gerücht um, dass Emilio aus Omni aussteigen will.«

»Ashaki Maloof? Wie glaubwürdig sind die Informationen? Ich dachte, sie sei übergelaufen«, bemerkte Max.

Bisher hatten wir das Rätsel um Ashaki Maloof noch nicht lösen können und wussten immer noch nicht, welche Rolle sie während unseres letzten Einsatzes gespielt hatte. Sowohl Brooks als auch Tatiana hatten die CIA-Agentin eng umschlungen mit dem Prinzen gesichtet, der alle davon überzeugen wollte, dass Ashaki seine Tochter sei. Zudem hatte sie einen der Söhne des Prinzen geküsst, der bei dieser Scharade ihr vermeintlicher Bruder gewesen war.

»Nachdem sie all diese Informationen übermittelt hat, halte ich es für unwahrscheinlich, dass sie übergelaufen ist. Garrett hat sie auch an Violet weitergeleitet, damit sie sie überprüfen kann. Aufgrund ihrer Vergangenheit bei der CIA würde mich ihre Meinung zu dem Thema interessieren.«

Violet hatte für die Behörde gearbeitet, bis sie erpresst wurde. Sie war hochintelligent, war eine ausgezeichnete Datenanalystin und konnte eine Lüge sogar aus der Entfernung riechen.

»Wo ist Ashaki jetzt?«, wollte Declan wissen.

»In Connecticut. Nach dem Tod ihres *Vaters* hat sie sich an Landry gewandt und ihn um Schutz gebeten«, informierte Tatiana uns.

»Ein kluger Schachzug. Vorausgesetzt Landry ahnt nicht, dass sie in Wirklichkeit nicht die Tochter des Prinzen ist.

Allerdings scheint Landry allwissend zu sein. Ich wette, er weiß Bescheid und hat sie vorzugsweise in seiner Nähe, bis er sich ihrer entledigen kann«, schlussfolgerte Declan.

»Das ist nicht unser Problem. Die Frau hat bewiesen, dass sie sich in den Job einbringt. Und zwar voll und ganz. Außerdem ist sie ziemlich einfallsreich«, sagte Brooks und runzelte die Stirn. Vermutlich erinnerte er sich gerade an den Moment, an dem er bezeugt hatte, wie Ashaki mit einem Mann herumknutschte, den er zu dem Zeitpunkt für ihren Vater gehalten hatte.

Die Eingangstür der Suite wurde geöffnet und Kyle trat ein. Über einer Schulter trug er meinen Rucksack, während Emersons an seinem Unterarm baumelte. Außerdem hielt er etwas in der Hand.

Und er zog ein grimmiges Gesicht.

»Was ist das?«, kam Max mir mit der Frage zuvor.

»Das habe ich auf dem Küchentisch gefunden.«

»Küchentisch? In meiner Suite?«, wollte ich wissen.

»Ja.« Er stellte unsere Rucksäcke auf dem Boden ab, machte sich auf den Weg zur Sitzecke und legte ein Stück Papier auf den Couchtisch. Darauf lag eine Pfauenfeder.

»Was zum Teufel?«, rief Brooks erbost. Ich wusste genau, warum er so aufgebracht war.

Tatiana war ungeschützt im Hotel zurückgeblieben. Wenn jemand erneut in meine Suite eingedrungen war, bedeutete das, dass er ihr nahe genug gekommen war, um an diesem Abend eine zweite Frau zu entführen.

Hastig überflog ich die Zeilen und schäumte vor Wut.

»Thaddeus …«

Vielleicht sagte Emerson noch mehr, aber ich verstand kein einziges Wort, als ich die bedrohliche Nachricht ein zweites Mal las.

Möge euch dies als eine Warnung dienen. Es wird die einzige sein. Eure Einmischung wurde zur Kenntnis genommen und ist nicht erwünscht. Wir hoffen, dass ihr jetzt versteht, wie verletzlich ihr alle seid. Wenn es für uns so einfach war, Miss Pierce zu entführen, während Mrs. Miller ganz in der Nähe war, dann stellt euch vor, wie einfach es wäre, Mrs. Lewis oder Mrs. Anderson-Doyle verschwinden zu lassen. Wir wären nicht in der Lage, ihre sichere Rückkehr zu garantieren.

Wir beobachten euch.

Wir beobachten euch.

Sie beobachteten uns? Verdammte Scheiße.

Auf keinen Fall.

Ich sprang mit Emerson auf meinem Schoß auf, die sich daraufhin wie ein Äffchen an mich klammerte.

»Geh von mir runter, Emerson.«

»Nein.«

»Nein?«

»Denk einen Moment darüber nach, Thaddeus. Wir sollten in aller Ruhe darüber sprechen.«

»Sie hat recht. Setz dich«, bellte Declan.

Das kam gar nicht infrage.

»Sie haben meine Frau entführt«, brüllte ich und spürte, wie Emerson zusammenzuckte. »Während *seine* Frau im Zimmer nebenan war.« Ich zeigte mit dem Finger auf Brooks. Seiner finsteren Miene nach zu urteilen war er genauso erzürnt wie ich. »Und sie beobachten uns? Ivy? Erin? Zane, Colin und der Präsident werden vor Wut an die Decke gehen. Und du willst, dass ich *mich hinsetze?*«

»Ja, denn genau deshalb sollten wir uns neu formieren«, erklärte er.

»Ruf Garrett an, wir brauchen einen Flug nach Connecticut«, entgegnete ich.

»Nein. Ihr fliegt heute Abend nicht nach Connecticut. Wir werden morgen heiraten«, protestierte Emerson.

»Das ist …«

»Nein!«, rief sie und löste sich von mir. Sie stemmte die Hände in die Hüfte und starrte mich an. In ihren hübschen grünen Augen loderte ein wütendes Feuer. »Du wirst nirgendwohin gehen. Selbst ich weiß, dass man sich nicht unvorbereitet und in Rage in eine Mission stürzt. Das wäre Selbstmord. Wir werden morgen heiraten.«

»Emerson ...«

»Du hast es mir versprochen«, flüsterte sie. »Du hast mir versprochen, dass wir das Leben führen werden, von dem wir immer geträumt haben. Ich musste nur daran glauben. Und das habe ich getan, Thaddeus. Wenn du jetzt von Rachedurst getrieben losziehst, bist du viel zu verwundbar. Deine Gedanken werden nur von Hass und Zorn bestimmt sein, und das ist viel zu gefährlich. Ich weiß, dass du dann nicht zu mir zurückkehren wirst. Du wirst so geblendet sein von deinem Bedürfnis, die Bedrohung auszuschalten, dass du direkt auf Kollisionskurs mit dem Tod gehen wirst.«

Als ich beobachtete, wie die Panik in Emersons Augen ihren ganzen Körper erfasste, holte der Anblick mich in die Realität zurück. Ich war nun nicht mehr allein. Meine Entscheidungen hatten auch Auswirkungen auf ihr Leben. Manche Risiken würde ich nicht mehr eingehen, da sie zu Hause auf mich warten würde. Unsere Kinder würden darauf bauen, dass ihr Vater sicher zu ihnen zurückkehrte.

Verdammt.

Wir mussten uns tatsächlich neu formieren.

»Em...«

Sie unterbrach mich erneut, und mit ihren Worten traf sie mich mitten ins Herz. »Du hast es versprochen. Du hast gesagt, du würdest mich nie wieder loslassen, nachdem du mich fast verloren hättest. Und nun willst du, dass ich *dich* verliere?«

»Nein, Emmy, das will ich nicht. Komm her.«

»Nein, Thaddeus. Du musst ...«

»*Agápi mou,* du hast recht. Ich werde nirgendwo hingehen. Jetzt komm her.«

Emerson rührte sich nicht von der Stelle, doch sie ließ erleichtert die Schultern hängen. Verdammt! Ich war daran schuld, dass sie so niedergeschlagen war. Nach allem, was sie heute Abend durchgemacht hatte, hatte ich sie derart aufgewühlt.

Ich wartete nicht mehr darauf, dass sie zu mir kam, sondern zog sie in meine Arme, presste meine Lippen auf ihre und setzte mich mit ihr zurück auf den Sessel.

Declan griff nach seinem Handy auf dem Couchtisch und wählte eine Nummer. Ich wusste, wen er anrufen würde und wie sehr ihm vor dem Gespräch graute.

Zane Lewis.

Der Mann hatte einen Hang zur Dramatik und eine Vorliebe für Verwüstung. Wenn er beides kombinieren und seine Kreativität spielen lassen konnte, war er zum Fürchten. Und eine direkte Drohung gegen seine Frau wäre genau das, was ihn zum Explodieren bringen würde. Ich wusste jetzt schon, dass Omni in Schutt und Asche liegen würde, wenn er mit ihnen fertig war.

Declan informierte ihn zuerst über Emersons Rettung und ließ ihn wissen, dass Autumn ebenfalls dort gewesen war. Dann las Declan die Warnung vor, wobei er sich bemühte, sich seine eigenen Emotionen nicht anmerken zu lassen, die die Zeilen in ihm ausgelöst hatten.

Als er fertig war, lag eine elektrisierende Spannung in der Luft. Zane musste nicht anwesend sein, wir konnten auch so die Wut spüren, die von ihm ausging. Als er schließlich das Wort ergriff, war seine Stimme eiskalt. Noch nie hatte ich einen derart bösartigen Tonfall gehört.

»Wir lassen äußerste Präzision walten«, sagte er erbittert. »Diese Operation wird jedes Ziel treffen.«

Er hielt kurz inne und ich nahm an, dass er Mühe hatte, die Fassung zu wahren. Als er wieder das Wort ergriff, machte er ein Versprechen, das er zweifellos erfüllen würde, selbst wenn es bis ans Ende seiner Tage dauern würde. »Sie. Sind. Erledigt. Wir ziehen uns zurück und legen uns eine Strategie zurecht. Ich ziehe das Red Team hinzu. Dies ist jetzt eine unternehmensweite Operation. Wir werden sie uns alle gleichzeitig vornehmen, sie überwältigen und ihnen gewaltsam die Macht entziehen. Wir werden sie nicht länger Stück für Stück auseinandernehmen. Aber fürs Erste formieren wir uns neu. Wenn wir sie das nächste Mal angreifen, werden sie zerbrechen. Jeder Einzelne von ihnen wird zu Asche verbrennen.«

Er schwieg einen Moment, dann sagte er mit etwas sanfterer Stimme: »Emerson, ich bin froh, dass du in Sicherheit bist. Du wirst dich zwar noch etwas gedulden müssen, aber ich verspreche dir, dass die Männer, die dich entführt haben, nicht mehr am Leben sein werden, wenn wir fertig sind.«

»Okay«, flüsterte Emerson.

»Brooks?«, rief Zane.

»Ja.«

»Halte dich zurück.«

»Ich habe gehört, was du gesagt hast, Zane.«

»Ja, aber ich weiß, was dir durch den Kopf geht. Du bist vielleicht nicht ganz so aufgewühlt wie Thad, aber deine Emotionen sind trotzdem beeinträchtigt, weil Tatiana in der Nachricht erwähnt wurde und nebenan im Hotelzimmer war. Ich muss wissen, dass du klar denken kannst.«

»Das kann ich. Solange sie am Ende unter der Erde sind.«

»Das werden sie sein«, erwiderte Zane.

»Thad?«

»Ich habe es verstanden. Ich komme klar.«

»Nein, das tust du nicht. Aber du wirst dich beruhigen. Ich war auch einmal in deiner Situation, Bruder, und ich weiß nicht, was ich getan hätte, wenn ich mich hätte zurückhalten müssen. Der Wichser hat deine Frau entführt, und sie stand kurz davor, auf furchtbare Weise missbraucht zu werden. Aber heute Abend ist sie bei dir. Und irgendwie hast du sie davon überzeugen können, morgen mit dir in den Hafen der Ehe einzulaufen. Bald wird dir auch alles andere zuteilwerden, was du für ein glückliches Leben brauchst, das verspreche ich dir. Hab noch etwas Geduld.«

Er hatte in jeder Hinsicht recht. Es war mir zuwider, warten zu müssen.

Aber heute Abend, mit Emmy an meiner Seite, würde ich meinem Ziel ein Stück näher sein.

Morgen, wenn sie mir das Jawort gab, würde ich noch einen Schritt darauf zugehen.

Und am darauffolgenden Tag, wenn ich mit ihr zum Arzt ging, um das Ding aus ihrem Arm entfernen zu lassen, damit ich ihr ein Kind machen konnte, würde ich einen weiteren Schritt gemacht haben.

Aber erst wenn ich den Scheißkerl, der sie entführt hatte, unter die Erde gebracht hatte, würde das Brennen in meinem Bauch endlich nachlassen.

Glücklicherweise war ich ein geduldiger Mann.

KAPITEL ACHTUNDDREISSIG

EMERSON

»Ich will das wirklich nicht tun«, jammerte ich.

Wir lagen noch im Bett. Thaddeus hatte sich an meinen Rücken geschmiegt und einen Arm um meine Taille geschlungen, während er träge meinen Bauch streichelte.

Zum Glück hatten Brooks und Tatiana ein zweites Schlafzimmer in ihrer Suite. Nach allem, was gestern passiert war, brauchte ich ein bequemes Bett, in dem ich mich an Thad kuscheln konnte.

»Ich weiß. Aber ich werde bei dir bleiben.«

Er hatte darauf bestanden, dass ich meine Eltern anrief. Ich hatte ihm anvertraut, wie sehr ich meine Mutter vermisste und wie schuldig ich mich fühlte, weil ich sie im Stich gelassen hatte. Meine Eltern hatten alles verloren. Zuerst Autumn, dann einander und zuletzt mich. Wir würden nie wieder die glückliche Familie sein, die wir einst waren, aber ich konnte ihnen zumindest die Gewissheit geben, dass Autumn noch lebte.

»Später?«, versuchte ich auszuweichen.

»Sofort, *agápi mou*. Wir haben später noch viel vor.«

Ja, da hatte er recht.

In ein paar Stunden würden wir heiraten.

»Also schön. Kann ich dein Telefon benutzen?«, fragte ich mit einem Schnauben.

Thad rollte sich auf die Seite und schnappte sich sein Handy. Bevor er es mir reichte, beugte er sich vor und küsste mich so leidenschaftlich, dass alle Gedanken an das Telefonat für einen Moment wie weggeblasen waren.

Dann zog er den Kopf zurück, half mir, mich aufzusetzen, richtete die Kissen in meinem Rücken auf und reichte mir schließlich das Telefon.

Ich wählte die Nummer meines Elternhauses und hoffte, dass meine Mutter nicht umgezogen war oder beschlossen hatte, ins einundzwanzigste Jahrhundert zu wechseln und ihren Festnetzanschluss abzuschaffen.

»Hallo?« Die helle, wenn auch verschlafene Stimme meiner Mutter umhüllte mich wie eine warme Decke.

Verdammt, ich hatte sie vermisst.

»Hallo, Mom. Ich …«

»Emerson«, hauchte sie. »Bist du das? Geht es dir gut? Wo bist du?«

»Ja, ich bin es. Es geht mir gut. Ich bin in San Diego.«

»San Diego?«

»Es tut mir leid, dass ich so lange gebraucht habe, um dich anzurufen«, sagte ich und ignorierte ihre Frage. »Aber ich wollte dir erzählen, dass ich Autumn gesehen habe.«

»Autumn?«, rief sie mit schriller Stimme. »Du hast sie gefunden?«

Offenbar hatte ich mein Vorhaben nicht so gut vor meiner Mutter verbergen können wie geglaubt. Obwohl sie natürlich nicht wusste, wie ich dabei vorgegangen war.

»Nein. Eigentlich hat sie mich gefunden. Es ist eine lange Geschichte. Und ich würde sie dir gern von Angesicht zu Angesicht erzählen. Aber ich wollte dir schon jetzt mitteilen, dass ich sie gesehen habe und dass sie lebt.«

Meine Mutter brach in Tränen aus und ich wartete einen Moment, bis sie sich wieder gesammelt hatte. Es würde allerdings länger als ein paar Minuten dauern, bis sie wirklich verinnerlicht hatte, dass ihr vermisstes Kind tatsächlich noch am Leben war.

»Ist sie ... ist sie bei dir?«

»Nein, Mom. Ich habe mit ihr gesprochen. Sie braucht noch etwas Zeit.«

»Wie hat sie ausgesehen?«

Ich hatte bereits darüber nachgedacht, was ich meiner Mutter erzählen würde, wenn sie mir diese Frage stellte. Und ich war zu dem Schluss gekommen, dass ich ihr zwar nie die Wahrheit sagen, sie aber auch nicht anlügen würde, indem ich ihr weismachte, dass Autumn das blühende Leben war. Also entschied ich mich für die goldene Mitte. »Sie sah müde aus, als hätte sie eine harte Zeit hinter sich. Aber ich hatte den Eindruck, dass sie begonnen hat zu heilen. Sie braucht nur noch etwas Zeit. Aber ich bin sicher, dass sie sich irgendwann bei uns melden wird.«

»Und du? Meine süße Emmy. Wie geht es dir?«

Diese Frage konnte ich ehrlich beantworten.

»Mir ging es noch nie besser. Erinnerst du dich an Thaddeus?«

»Ja. Der Junge in der Navy.«

Beinahe hätte ich darüber gelacht, dass meine Mutter Thad einen Jungen nannte. Selbst mit einundzwanzig war er ein ganzer Mann gewesen.

»Genau der. Wir ... äh ... wir haben einander wiedergefunden. Genau genommen werden wir ... ich ... wir werden heute heiraten.«

Erneut schluchzte meine Mutter.

»Ich habe dafür gebetet. Dafür, dass du alles zurückbekommst, was du aufgegeben hast. Ich habe mir so sehr gewünscht, dass du dein Glück findest.« Sie hielt kurz inne, schluckte hörbar und fragte: »Werde ich ihn kennenlernen?«

»Natürlich. Wir werden dich besuchen.«

»Ich kann auch zu euch kommen. Was auch immer einfacher für euch ist«, stieß sie hervor. »Aber ich will dich nicht unter Druck setzen. Gib einfach Bescheid, wenn du Zeit hast.«

Verdammt. Ich schloss die Augen, denn die verunsicherte Stimme meiner Mutter versetzte mir einen schmerzhaften Stich im Herzen. Dafür war ich ganz allein verantwortlich. Ich hatte sie von mir gestoßen und sie in dem Glauben gelassen, es sei ihre Schuld, weil sie etwas falsch gemacht hatte.

»Hör zu, Mom, ich habe dir eine Menge zu erzählen und dafür möchte ich dich treffen. Aber etwas will ich dir schon jetzt sagen. Mein Weggang hatte weder etwas mit dir noch mit Dad zu tun, sondern nur mit meinen Schuldgefühlen. Ich habe Autumn an jenem Tag einfach gehen lassen. Ich saß auf der Couch und beachtete sie kaum, als sie gerade aufbrechen wollte. Damit muss ich leben, aber ich war damals so ...«

»Emerson Isabella, du darfst dich nicht schuldig fühlen. Autumn hat jeden Tag gedroht zu gehen. Sie stürmte nach draußen, saß auf der Veranda und schmollte, bevor sie wieder hereinkam. Wenn ich an deiner Stelle gewesen wäre, hätte ich sie auch nicht aufgehalten. Mein süßes, süßes Mädchen, wir haben dir zu viel abverlangt und dir die Schuld gegeben. Aber wir hätten dich dazu drängen sollen, zurück nach Kalifornien zu gehen, um wieder zu studieren und bei Thad zu sein. Ich habe gesehen, wie traurig du warst. Es war so egoistisch von mir, dich zu bitten zu bleiben. Aber nachdem Autumn entführt worden war, fürchtete ich mich davor, dich aus den Augen zu lassen, weil ich solche Angst hatte, dass dir dasselbe passieren könnte. Ich habe in jeglicher Hinsicht falsch gehandelt.«

»Mom, mittlerweile habe ich begriffen, dass keiner von uns etwas falsch gemacht hat. Keiner. Von. Uns. Wir alle wussten nicht, wie wir mit dieser schrecklichen Situation umgehen sollten. Auch darüber müssen wir reden. Ich weiß, dass es nie wieder so sein wird wie früher, aber wir sind immer noch eine Familie. Wir müssen alle heilen und unser Leben weiterleben. Wenn Autumn eines Tages nach Hause kommt – und das wird sie –, müssen wir sie als Familie auffangen. Das bedeutet, dass wir uns zusammenraufen müssen.«

»Ich bin froh, dass du die Intelligenz deines Vaters besitzt«, scherzte sie.

»Aber das Aussehen habe ich von dir geerbt, nicht wahr?«

»Ja.« Ich war froh, als ich ein Lächeln in ihrer Stimme hörte.

Jedes Jahr, am Ende des Schuljahres, las mein Vater unsere Zeugnisse und verkündete: »Ich bin verdammt stolz auf meine Mädchen. Sie sind so klug wie ihr Vater und so wunderschön wie ihre Mutter. Nichts wird sie aufhalten können.«

Meine Mutter nahm es ihm nie übel, dass er sich selbst als den klügsten Kopf in der Familie rühmte. Wahrscheinlich nahm sie es schweigend hin, weil sie selbst einen Abschluss in Biochemietechnik hatte und wohl die Intelligentere der beiden war.

»Macht es dir etwas aus, wenn ich deinen Vater anrufe und ihm die Neuigkeiten erzähle, oder willst du es selbst tun?«

»Du sprichst wieder mit Dad?«

Das war mir neu.

»Wir haben beide festgestellt, dass niemand den Schmerz verstehen kann, den wir erleiden mussten, es sei denn, er hat ihn selbst erlebt. Wir wissen, dass wir unsere Ehe zerstört haben, aber wir haben einen Weg gefunden, trotzdem Freunde zu bleiben. Wir treffen uns einmal in der Woche zum Abendessen, manchmal auch häufiger. Manchmal gehen wir zusammen ins Kino und ich koche für ihn oder er für mich.«

»Du bist mit Dad zusammen?«

»Nein, mein Schatz. Wir sind wirklich nur Freunde. Damit sind wir beide glücklich.«

»Das klingt eher wie eine romantische Beziehung, Mom«, neckte ich sie.

»Ist es aber nicht. Und wenn es so wäre, hätte ich deinen Vater schon vor langer Zeit wegen seiner mangelnden Zuneigung abserviert.«

Ach herrje, darüber wollte ich nicht nachdenken. Ich hatte wirklich keine Lust, mit meiner Mutter über die »mangelnde Zuneigung« meines Vaters zu sprechen. Sie war konservativ und sehr zurückhaltend. Ich wusste, dass sie mit ihren Worten auf Sex anspielte, das Wort jedoch nicht in den Mund nehmen würde.

Nächstes Thema.

»Ich würde mich freuen, wenn du ihn anrufen könntest. Wenn ich etwas mehr Zeit habe, werde ich mich bei ihm melden. Ich werde dir eine Nummer geben, unter der du mich erreichen kannst.«

»Ich kann dich anrufen?«

Verdammt. Auch dafür war ich verantwortlich. Ich hatte meine Eltern aus meinem Leben ausgeschlossen und ihnen nicht einmal die Möglichkeit gegeben, mich zu kontaktieren.

Es war beschämend.

»Ich würde mich sehr darüber freuen.«

Ich ratterte Thads Handynummer herunter, da ich nach wie vor kein Telefon besaß. Ehrlich gesagt genoss ich es sogar.

Meine Mutter und ich versprachen uns, bald wieder miteinander zu reden. Dann sagten wir uns, wie sehr wir uns vermissten und liebten. Und nachdem ich das Gespräch beendet hatte, zog Thad mich in seine Arme und hielt mich fest, während ich weinte.

So viele vergeudete Jahre.

So viel Reue.

Ich schluchzte und mit jeder Träne, die mir über die

Wangen kullerte, ließ ich das Erlebte los. Stück für Stück fiel alles von mir ab. Ich konnte die Last meiner Vergangenheit nicht mit mir herumtragen und gleichzeitig in eine strahlende Zukunft blicken.

»Ich bin so stolz auf dich, Emmy.«

»Bevor ich es vergesse: Ich schulde Tatiana fünfzig Dollar. Sie hat gewonnen.«

»Was hat sie gewonnen?«

»In Manicoré hat sie mit mir um fünfzig Dollar gewettet, dass du mich in weniger als zwei Wochen heiraten würdest. Und sie hat gewonnen.«

»Es war klar, dass du den Kürzeren ziehen würdest, Baby. Sie wusste, dass sie gewinnen würde.« Thad lachte leise.

»Woher hätte sie das wissen sollen?«

»Weil sie schlau ist. Weil sie mit Brooks verheiratet ist, und er hat nicht lange gezögert, sie zu seiner Frau zu machen. Und sie weiß, dass ich vom selben Schlag bin wie ihr Mann und mich auch nicht lange bitten lassen würde.«

»Sind Kyle, Max und Declan denn auch vom selben Schlag wie ihr?«

»Auf jeden Fall.«

»Das heißt also, dass sie auch nicht lange zögern werden.«

»Ganz richtig.«

»Oh Mann, Declan hat gesagt, dass er dem nächsten Mann, der sich an eine Frau bindet, die Eier abschneiden wird.«

»Er hat etwas Ähnliches gesagt, als Brooks und Tatiana zusammenkamen. Das ist alles nur heiße Luft.«

»Es wird ein Vergnügen sein zu sehen, wie er sich verliebt.« Bei dem Gedanken musste ich lächeln.

»Nein, Baby, es wird schmerzhaft sein. Er wird bis zum bitteren Ende dagegen ankämpfen. Die Frau, die sich seiner annimmt, wird meinen größten Respekt haben.«

»Wenn er sie findet, wird sie perfekt für ihn sein, wer auch immer sie ist. Es wird einfacher sein, als du glaubst.«

»Ich hoffe, du hast recht.«

»Übrigens, Tatiana hat gesagt, dass sie nur Bargeld akzeptiert.«

»Das wundert mich nicht.« Thad drückte mich fest an sich und lachte schallend.

Verdammt, ich liebte sein Lachen.

* * *

»Ich verspreche, dich zu lieben, dich zu unterstützen und dir für den Rest meines Lebens zur Seite zu stehen.« Mit diesen Worten steckte ich Thad den Ehering an den Finger.

Als er nach einem kurzen Moment immer noch nicht begonnen hatte, sein Gelübde aufzusagen, blickte ich auf. Mir stockte der Atem. In seinen tiefbraunen Augen standen Tränen und er starrte mich mit einem Ausdruck unbändiger Liebe an, wie ich ihn noch nie gesehen hatte.

»Ich verspreche, dich zu lieben, dich zu unterstützen und dir für den Rest meines Lebens zur Seite zu stehen«, gelobte er, steckte mir aber nicht sofort den Ring an den Finger. »Ich verspreche, für dich da zu sein und dich immer daran zu erinnern, dass du die schönste Frau in jedem Raum bist. Ich werde dich immer wissen lassen, wie klug, wie stark und wie mutig du bist und wie dankbar ich bin, dass du dich für mich entschieden hast. Und wenn Gott will und uns mit Kindern segnet, werde ich sie wissen lassen, dass sie ihre Klugheit und ihre Schönheit von ihrer Mutter geerbt haben. Ich liebe dich, Emerson, bis ans Ende meiner Tage.«

Er steckte mir meinen Ehering an den Finger, führte meine Hand an seine Lippen und küsste sie.

»Ich erkläre euch hiermit zu Mr. und Mrs. Bench. Du darfst deine Braut …«

Thaddeus zog mich in seine Arme und küsste mich.

Lange.

Innig.

Leidenschaftlich.

Er nahm mich mit auf eine wunderbare Reise.

Als er seinen Kopf zurückzog, stieß der Standesbeamte ein leises Lachen aus und beendete den Satz: »... jetzt küssen.«

Thaddeus wandte sich unseren Freunden zu. Wir hatten beschlossen, die Zeremonie im Blumengarten hinter dem Standesamt statt in einem der Säle abzuhalten. Es war wunderschön.

Die Sonne schien, die roten und rosafarbenen Rosensträucher blühten und die Menschen, die Thad am meisten bedeuteten, hatten sich um uns versammelt.

Declan trat vor, um Thad die Hand zu schütteln, wobei mein Blick auf den Rasen hinter ihm fiel.

Autumn.

Sie stand etwas abseits und in einiger Entfernung, aber sie lächelte. Es war ein strahlendes, wunderschönes Lächeln, das mein Herz zum Schmelzen brachte.

Dies war der beste Tag aller Zeiten.

Sie nickte mir zu, zwinkerte und verschwand.

Eines Tages würde sie bereit sein.

Ich blickte zu meinem Mann auf, der ebenfalls lächelte.

Er beugte sich vor und drückte mir einen Kuss auf die Stirn, bevor er sich wieder Declan zuwandte.

Ja, es war ein großartiger Tag.

Meine Schwester, mein Mann und alle unsere Freunde lächelten.

Es war ein wunderschöner Tag, um ein wunderschönes Leben zu beginnen.

KAPITEL NEUNUNDDREISSIG

KYLE

Ganz bestimmt befand sich irgendetwas in dem Proteinpulver. Ich würde es sicher nicht trinken.

Zwei weniger.

Und ich hatte keinen Zweifel daran, dass bald ein Haufen Babys zur Welt kommen würde.

Nein danke.

Das war nichts für mich.

Ich konnte mich mit dem Gedanken anfreunden, sesshaft zu werden und eine Frau zu finden, die meine Abenteuerlust teilte. Aber das mit den Kindern kam für mich nicht infrage. Man hätte es egoistisch nennen können, aber ich genoss meine Unabhängigkeit. Ich tat gern, was ich wollte und wann ich es wollte. Nach meiner begrenzten Erfahrung mit Kindern nach zu urteilen würden diese meine Freiheit beträchtlich einschränken.

Ja, das war wirklich nichts für mich.

»Glaubst du, Max wird sich zusammenreißen können?«, fragte Declan und riss mich aus meinen Gedanken.

Wir saßen in Decs Mietwagen und waren auf dem Weg

zurück zum Hotel. Bei seiner Fahrweise würden wir die zwanzigminütige Strecke in zehn zurücklegen.

»Er wird sich wieder beruhigen. Er braucht nur eine Mütze voll Schlaf und etwas Zeit zum Nachdenken.«

Ich hoffte, er hatte recht. Max war durcheinander. Wir waren alle aus dem Häuschen, aber im Gegensatz zu uns hielt Max mit seinem Unmut und seiner Wut nicht hinter dem Berg. Er ließ seinen Emotionen freien Lauf und hatte kein Problem damit, seine Meinung zu äußern, selbst wenn er damit seine Mitmenschen beleidigte. Dabei war er kein Arschloch, sondern ehrlich bis ins Mark. Er duldete keinen Mist, denn er hatte schon genug Scheiße erlebt.

Die Entführung von Emerson und die Drohungen der Omni hatten Max in seiner Fähigkeit, einen klaren Kopf zu behalten, stark eingeschränkt.

»Ja, ich habe ihn gesehen. Nachdem wir gestern Abend Brooks' Zimmer verlassen hatten, ging er auf Patrouille«, bemerkte Dec.

Max hatte letzte Nacht kein Auge zugetan. Stattdessen war er über das Hotelgelände gestreift, vor Brooks' und Tatianas Suite auf- und abgelaufen und hatte sogar den Strand überprüft.

»Das ist eben seine Art. Wenn die Lage angespannt ist, zieht Max sich für ein paar Tage in sein Schneckenhaus zurück. Aber er kriegt sich wieder ein und ist dann wieder ganz der Alte.«

Declan nickte und ich wechselte das Thema. »Ich finde es toll, was du für Emerson getan hast.«

»Wie bitte?«

»Du hast Autumn dazu gebracht, zur Hochzeit zu kommen.«

Dec öffnete und schloss einige Male hintereinander den Mund, während er vermutlich überlegte, wie er meine Behauptung abstreiten konnte.

Ich wusste, dass er Thads Anrufe zurückverfolgen ließ.

Selbst wenn Autumn ihre Nummer unterdrückt hatte, als sie ihn angerufen hatte, hätte Tex ihre Nummer entschlüsseln können. Und das hatte er offensichtlich getan.

Je länger ich mit Declan zusammenarbeitete, desto mehr durchschaute ich ihn. Er spielte das herzlose Arschloch, doch das war alles nur Fassade. Von Zeit zu Zeit ließ er seine Deckung fallen und gewährte uns einen Blick auf sein wahres Wesen. Ich wusste, dass die CIA ihm übel mitgespielt hatte, doch das war sicher nicht der einzige Grund für sein abweisendes Verhalten.

Niemand bildete einen Schutzwall um sich, nur weil sein Arbeitgeber ihn übers Ohr gehauen hatte.

»Zu niemandem ein Wort«, forderte er und bestätigte damit meine Vermutung.

»Würde mir im Traum nicht einfallen«, murmelte ich und verdrehte die Augen.

Dec fuhr gerade auf den Parkplatz des Hotels, als sein Handy klingelte. Er drückte einen Knopf am Lenkrad, um den Anruf über das Radio im Wagen zu verbinden. »Crenshaw.«

»Declan, hier ist Ace. Du musst mir einen Gefallen tun.« Beckett »Ace« Morgan kam direkt zur Sache.

»Kein Problem. Was ist los?«

»Glaub mir, ich würde dich nicht bitten, wenn es nicht wichtig wäre. Ich weiß, dass Gumby dir ein wenig über unsere letzte Operation in Timor-Leste erzählt hat.«

»Das stimmt. Ich habe gehört, dass Glückwünsche angebracht sind«, erwiderte Declan.

»Vielen Dank.« Ace hielt einen Moment inne, bevor er fortfuhr: »Ich rufe an wegen einer Frau namens Anaya Baker. Sie braucht Hilfe.«

»Hilfe? Ist sie verschwunden?«

»Negativ, sie befindet sich in den Staaten. Sie arbeitet für das Friedenskorps. Wegen der Unruhen in der Region wurde den Helfern geraten, die Gegend zu verlassen. Die meisten mussten evakuiert werden. Aber sie ist fest entschlossen zurückzukehren und hat mich um Hilfe gebeten. Doch aus offensichtlichen Gründen sind mir die Hände gebunden. Onkel Sam wird mich nicht in ein Kriegsgebiet zurückschicken, damit ich jemandem einen Gefallen erweisen kann. Sie ist verzweifelt, und wenn ich nicht mit eigenen Augen gesehen hätte, was da drüben vor sich geht, hätte ich dich nicht angerufen. Ich hatte gehofft, du könntest dir zumindest anhören, was sie zu sagen hat.«

»Ich weiß nicht, ob ich etwas für sie tun kann, aber ich werde sie anhören. Kann sie uns in einer Stunde im Del treffen?«

Mit diesen Worten bewies Declan, dass er nicht der kaltherzige Mistkerl war, für den er sich ausgab.

»Vielen Dank, Mann. In der Empfangshalle?«, fragte Ace.

»Ich kann dir nicht versprechen, dass ich ihr behilflich sein kann. Wir haben gerade einen Haufen Scheiße am Hals und fliegen morgen nach Maryland. Aber ich werde mit ihr reden. Falls wir nichts für sie tun können, kann ich sie vielleicht an jemanden verweisen, der in der Lage ist, ihr zu helfen. Hast du eine Ahnung, was sie will?«

»Vor dem Friedenskorps hat sie fünf Jahre lang bei einer Organisation für vermisste und ausgebeutete Kinder gearbeitet. Sagen wir einfach, dass das, was sie in Timor-Leste gesehen hat, sie niedergeschmettert hat. Die Waisenhäuser dort sind völlig überlaufen. Ich bin als Single und kinderlos in Timor-Leste gelandet und als stolzer Vater von drei Kindern nach Hause zurückgekehrt. Dafür gibt es einen Grund. Und wenn ich sowohl die Mittel als auch die Genehmigung der Regierung hätte, wäre ich Vater von zwanzig Kindern.«

»So schlimm?«, fragte Declan mit zusammengebissenen Zähnen.

Ja, von wegen kalt und herzlos. Aber es wunderte mich nicht, dass Dec nervös wurde, wenn Ace über die schlechten

Bedingungen in einem Waisenhaus sprach. Nach dem Tod seiner Eltern waren er und seine Schwester getrennt worden und in Pflegefamilien gelandet. Violet war schon früh adoptiert worden, Declan jedoch nicht. Er konnte viele Geschichten über das Jugendamt erzählen und darüber, wie es unsere Kinder im Stich ließ. In einem Drittweltland waren die Zustände zweifellos noch verheerender.

»Es ist die Hölle«, bestätigte Ace.

»In einer Stunde in der Empfangshalle.«

»Verstanden. Danke.«

»Mal sehen, was ich tun kann.«

Declan beendete das Gespräch und ich hätte am liebsten laut gelacht. Zane Lewis hatte offenbar auf ihn abgefärbt, denn Letzterer war dafür bekannt, dass er immer das letzte Wort hatte.

»Willst du bei dem Gespräch dabei sein?«, fragte er.

»Ich habe nichts Besseres zu tun.«

»Wir sehen uns in einer Stunde.«

Declan stieg aus, schlug die Tür des Geländewagens zu und ging davon.

Verdammt. Das Telefonat mit Ace hatte ihn offensichtlich mitgenommen.

* * *

ICH SAß MIT DECLAN IN DER EMPFANGSHALLE UND WARTETE auf Anaya Baker. Seine Stimmung hatte sich nicht verbessert. Vielleicht war das doch keine so gute Idee. Leider hatte ich immer wieder erlebt, wie wohlmeinende Weltverbesserer oft unrealistische Erwartungen hatten.

Meiner Erfahrung nach waren es oft wohlhabende Leute, die glaubten, die Situation der Kinder in einem armen afrikanischen Dorf ändern zu können, indem sie ihnen Fußbälle schenkten. Oder sie dachten, das Leben der Dorfbewohner zu verbessern, indem sie einen Brunnen bauten. Doch das war häufig nicht der Fall, denn die neue Wasserquelle machte das Dorf interessant für Rebellen und Kriegsherren. Ein Dorf, das andernfalls nicht bedroht gewesen wäre, besaß nun etwas Wertvolles und wurde meistens eingenommen und ausgebeutet.

Es war furchtbar.

Es war falsch.

Und es verstieß gegen sämtliche moralische Werte. Aber so war das Böse nun einmal.

Ein Kribbeln in meinem Nacken riss mich aus meinen Gedanken und ich warf einen Blick auf den Eingang. Die Schiebetüren glitten auf und Anaya trat ein.

Ich hatte keine Ahnung, woher ich wusste, dass sie es war, aber ich war mir absolut sicher. Zudem sah sie ganz anders aus, als ich erwartet hatte. Ich war mir zwar nicht ganz schlüssig, wie ich mir eine Mitarbeiterin des Friedenskorps hätte vorstellen sollen, doch Anaya wäre mir nicht in den Sinn gekommen. Obendrein war sie viel jünger, als ich gedacht hatte.

In ihrer robusten grünen Cargohose, dem eng anliegenden weißen T-Shirt und den Trekking-Stiefeln wirkte sie wie das ganz normale Mädchen von nebenan. Das Outfit war an sich nicht unbedingt feminin, doch an ihr wirkte es unheimlich sexy.

Sie war groß mit weiblichen Kurven, hatte ein hübsches Gesicht und braune Haare, die sie zu einem Pferdeschwanz hochgebunden hatte.

Plötzlich wurde ich von dem Drang übermannt, ihr das Haarband herauszureißen, nur um zu sehen, wie lang ihre Haare waren.

Anaya blieb stehen und sah sich in der belebten Eingangshalle um. Als ihr Blick auf uns fiel, verzog sie die Lippen zu einem Lächeln.

Umwerfend.

Ihr Lächeln wurde noch breiter und brachte ein Grübchen auf ihrer rechten Wange zum Vorschein.

Meine Güte.

Sie war das Mädchen von nebenan mit einem verdammten Grübchen.

Mit selbstsicheren und geschmeidigen Schritten kam sie auf uns zu.

»Hi, ich bin Anaya. Beckett hat mich geschickt.«

»Anaya, ich heiße Declan«, begrüßte er sie.

»Kyle«, stellte ich mich vor.

Sie lächelte erneut und ich stellte fest, dass mir das Grübchen an ihrer Wange wirklich gefiel. Und zwar so sehr, dass ich hoffte, wir würden uns bald setzen. Andernfalls würde noch jemand meinen Ständer bemerken.

»Danke, dass Sie sich zu dem Treffen bereit erklärt haben«, sagte sie.

Entweder wir fanden schleunigst eine Sitzgelegenheit oder sie hielt den Mund, denn ihre Stimme war mindestens genauso sexy wie ihr Grübchen.

Als hätte Declan mein Unbehagen gespürt, sagte er: »Warum setzen wir uns nicht? Wie ich Ace schon sagte, weiß ich nicht, ob wir Ihnen helfen können. Aber falls nicht, können wir Sie mit den richtigen Leuten in Kontakt bringen.«

Ihr Lächeln erstarb und sie versuchte nicht, ihre Enttäuschung zu verbergen. »Ich weiß, dass ich nach einem Strohhalm greife. Aber ich muss es versuchen. Obwohl ich mich manchmal frage, ob ich nicht mehr Schaden anrichte als Gutes tue. Ich will den Mädchen keine Hoffnungen auf ein besseres Leben machen, um dann nichts für sie tun zu können.« Interessant. Offenbar war Anaya eine Weltverbesserin, die realistisch geblieben war. »Ich weiß, was sie durchmachen, denn ich spreche aus Erfahrung. Das, was ich erlebt habe, war zwar nicht so furchtbar wie das Schicksal dieser

Mädchen, aber ich verstehe es dennoch. Es ist entsetzlich. Eines der Waisenhäuser ist besonders schrecklich.«

»Wir sollten uns setzen, damit wir uns in Ruhe unterhalten können«, schlug Dec erneut vor.

Anaya wandte sich mir zu und lächelte. Doch diesmal war es nicht das Lächeln des Mädchens von nebenan. Es war voller Schmerz.

Der Anblick traf mich zutiefst.

Am liebsten hätte ich sie in den Arm genommen und ihr versprochen, dass ich ihr beistehen würde.

Schon nach drei Minuten in der Gegenwart dieser Frau, die eine völlig Fremde für mich war, wusste ich, dass ich ihr helfen würde.

DANKSAGUNG

An Sie alle – meine Leserinnen und Leser. Danke, dass Sie dieses Buch gelesen und mir einige Stunden Ihrer Zeit geschenkt haben. Ob dies nun das erste Buch ist, das Sie von mir lesen, oder ob Sie schon von Anfang an dabei sind, danke für Ihre Unterstützung. Ihretwegen habe ich den tollsten Job der Welt.

BÜCHER VON RILEY EDWARDS

<u>Gold Team – Stahlharte Beschützer:</u>

Brooks (1 Januar)

Thaddeus (1 Februar)

Kyle (1 Marsch)

Maximus (1 April)

Declan (1 Mai)

<u>Red Team – Stahlharte Beschützer:</u>

Jasmins Erinnerung

Schutz für Olivia

Vergebung für Violet

Erlösung für Ivy

Die Rettung von Erin

<u>Die Gemini-Gruppe:</u>

Nixons Versprechen

Jamesons Erlösung

Westons Schatz

Alecs Traum

Chasins Kapitulation

Holdens Erwachen

Jonnys Befreiung

<u>Eliteteam 707:</u>

Shanes Auferstehung

Jaspers Freiheit

Levis Erkenntnis
Nolans Zwiespalt

BIOGRAFIE

Riley Edwards ist eine USA Today und Wall Street Journal Bestsellerautorin, Ehefrau und Armee-Mom. Geboren und aufgewachsen ist sie in Los Angeles, lebt inzwischen jedoch mit ihrem fantastischen Ehemann und ihren Kindern an der Ostküste.

Riley schreibt herzerwärmende Liebesgeschichten mit sexy Alphahelden und noch stärkeren Heldinnen. Rileys Lieblingsgenres sind spannende Liebesromane und Militär-romanzen.

Besuchen Sie Riley im Netz!
www.rileyedwardsromance.com
facebook.com/Novelist.Riley.Edwards
instagram.com/rileyedwardsromance
youtube.com/channel
tiktok.com/@rileyedwardsromance
twitter.com/rileyedwardsrom
E-Mail: riley@rileysrebels.com

facebook.com/Novelist.Riley.Edwards
x.com/rileyedwardsrom
instagram.com/rileyedwardsromance
bookbub.com/authors/riley-edwards
amazon.com/author/rileyedwards

BÜCHER VON SUSAN STOKER

SEALs of Protection:

Schutz für Caroline
Schutz für Alabama
Schutz für Fiona
Die Hochzeit von Caroline
Schutz für Summer
Schutz für Cheyenne
Schutz für Jessyka
Schutz für Julie
Schutz für Melody
Schutz für die Zukunft
Schutz für Kiera
Schutz für Alabamas Kinder
Schutz für Dakota

SEALs of Protection: Legacy

Ein Beschützer für Caite
Ein Beschützer für Brenae
Ein Beschützer für Sidney
Ein Beschützer für Piper

Ein Beschützer für Zoey
Ein Beschützer für Avery
Ein Beschützer für Kalee
Ein Beschützer für Jane

Die Zuflucht in den Bergen
Zuflucht für Alaska
Zuflucht für Henley
Zuflucht für Reese
Zuflucht für Cora
Zuflucht für Lara
Zuflucht für Maisy
Zuflucht für Ryleigh

SEALs of Protection: Alliance
Schutz für Remi
Schutz für Wren
Schutz für Josie (4 Mar)
Schutz für Maggie (1 Apr)
Schutz für Addison (6 May)
Schutz für Kelli
Schutz für Bree

Das Bergungsteam vom Eagle Point
Ein Retter für Lilly
Ein Retter für Elsie
Ein Retter für Bristol
Ein Retter für Caryn
Ein Retter für Finley
Ein Retter für Heather
Ein Retter für Khloe

Die SEALs von Hawaii:
Die Suche nach Elodie
Die Suche nach Lexie

Die Suche nach Kenna
Die Suche nach Monica
Die Suche nach Carly
Die Suche nach Ashlyn
Die Suche nach Jodelle

Delta Team Zwei
Ein Held für Gillian
Ein Held für Kinley
Ein Held für Aspen
Ein Held für Jayme
Ein Held für Riley
Ein Held für Devyn
Ein Held für Ember
Ein Held für Sierra

Die Delta Force Heroes:
Die Rettung von Rayne
Die Rettung von Emily
Die Rettung von Harley
Die Hochzeit von Emily
Die Rettung von Kassie
Die Rettung von Bryn
Die Rettung von Casey
Die Rettung von Wendy
Die Rettung von Sadie
Die Rettung von Mary
Die Rettung von Macie
Die Rettung von Annie

Mountain Mercenaries:
Die Befreiung von Allye
Die Befreiung von Chloe
Die Befreiung von Morgan
Die Befreiung von Harlow

Die Befreiung von Everly
Die Befreiung von Zara
Die Befreiung von Raven

Ace Security Reihe:
Anspruch auf Grace
Anspruch auf Alexis
Anspruch auf Bailey
Anspruch auf Felicity
Anspruch auf Sarah

Die Männer von Silverstone
Vertrauen in Skylar
Vertrauen in Taylor
Vertrauen in Molly
Vertrauen in Cassidy

Eine Sammlung von Kurzgeschichten
Ein langer kurzer Augenblick

BIOGRAFIE

Susan Stoker ist die New York Times, USA Today und Wall Street Journal Bestsellerautorin der Buchreihen »Badge of Honor: Texas Heroes«, »SEAL of Protection«, »Die Delta Force Heroes« und einigen mehr. Stoker ist mit einem pensionierten Unteroffizier der US-Armee verheiratet und hat in ihrem Leben schon überall in den Vereinigten Staaten gelebt – von Missouri über Kalifornien bis hin zu Colorado. Zurzeit nennt sie die Region unter dem großen Himmel von Tennessee ihr Zuhause. Sie glaubt ganz und gar an Happy Ends und hat großen Spaß daran, Geschichten zu schreiben, in denen Romantik zu Liebe wird.

Besuchen Sie Susan im Netz!
www.stokeraces.com

facebook.com/authorsusanstoker
twitter.com/Susan_Stoker
bookbub.com/authors/susan-stoker
instagram.com/authorsusanstoker
Email: Susan@StokerAces.com